Fantasy

Herausgegeben von Friedel Wahren

Das Schwarze Auge

1. Roman: Ulrich Kiesow, *Der Scharlatan* · 06/6001
2. Roman: Uschi Zietsch, *Túan der Wanderer* · 06/6002
3. Roman: Björn Jagnow, *Die Zeit der Gräber* · 06/6003
4. Roman: Ina Kramer, *Die Löwin von Neetha* · 06/6004
5. Roman: Ina Kramer, *Thalionmels Opfer* · 06/6005
6. Roman: Pamela Rumpel, *Feuerodem* · 06/6006 (in Vorb.)
7. Roman: Christel Scheja, *Katzenspuren* · 06/6007 (in Vorb.)
8. Roman: Uschi Zietsch, *Der Drachenkönig* · 06/6008 (in Vorb.)
9. Roman: Uschi Zietsch, *Wolfsmond* · 06/6009 (in Vorb.)
10. Roman: Jörg Raddatz, *Die Legende von Assarbad* · 06/6010 (in Vorb.)
11. Roman: Karl-Heinz Witzko, *Treibgut* · 06/6011 (in Vorb.)
12. Roman: Berhard Hennen, *Der Tanz der Rose* · 06/6012 (in Vorb.)
13. Roman: Berhard Hennen, *Die Ränke des Raben* · 06/6013 (in Vorb.)

Das Schwarze Auge

INA KRAMER

THALIONMELS OPFER

Das Leben der heiligen Thalionmel erzählt von einem Freunde

TEIL 2

Fünfter Roman

Originalausgabe

WILHELM HEYNE VERLAG
MÜNCHEN

HEYNE SCIENCE FICTION & FANTASY
Band 06/6005

4. Auflage

Redaktion: Friedel Wahren

Printed in Germany 1999
Umschlagbild: Attila Boros
Kartenentwurf (Seiten 6/7 und 10 und 11): Ralf Hlawatsch
Umschlaggestaltung: Atelier Ingrid Schütz, München
Technische Betreuung: M. Spinola
Satz: Schaber Satz- und Datentechnik, Wels
Druck und Bindung: Presse-Druck Augsburg

ISBN 3-453-08680-5

1. Kapitel

Ein kalter Wind blies von Efferd her. Die bleigrauen Regenwolken, die seit Tagen den Himmel verdunkelt hatten, hatte er inzwischen vertrieben, aber auch jetzt, um die dritte Stunde nach Mittag, war es ihm noch immer nicht gelungen, den fahlen Dunstschleier von Praios' winterlich blassem Antlitz zu ziehen.

Der Junge und das Mädchen saßen auf einem aus Treibholz mehr schlecht als recht gezimmerten Bänkchen, die Rücken an das Mauerwerk des verfallenden Zollhäuschens gelehnt und die Gesichter dem Meer zugewandt, das nur wenige Meilen vor der Stadt gegen die steinige Küste brandete. Zum Schutz gegen die Kälte hatten sie ihre dürftigen Kleider fest um die Körper geschlungen.

Seit einer halben Stunde hatten die beiden kein Wort mehr miteinander gewechselt und blickten nur mit finster zusammengezogenen Brauen starr nach Südwesten, wo irgendwo in weiter Ferne die endlose graue Wasserfläche mit dem Himmel verschmolz.

»Wann bist du das letzte Mal im Tempel gewesen?« ergriff der Junge unvermittelt das Wort, nicht ohne sich zuvor zu räuspern, wie er es jedesmal tat, wenn er nach einer längeren Pause zu sprechen begann, denn seine Stimme war knabenhaft rauh und noch nicht recht gefestigt.

»Es geht dich zwar nichts an«, erwiderte seine Gefährtin schroff, »aber ich kann es dir genau sagen: Das war vor acht Tagen, und anläßlich dieses seltenen Ereignisses habe ich Mutter Rovena sieben Kreuzer in ihre hölzerne Schale gelegt.«

Yeti-Land
Ifirns Ozean
Riva
Norburg
Bornland
Orkland
Festum
Thorwal
Lowangen
Baliho
Warunk
Mittelreich
Beilunk
Nostria
Havena
Gareth

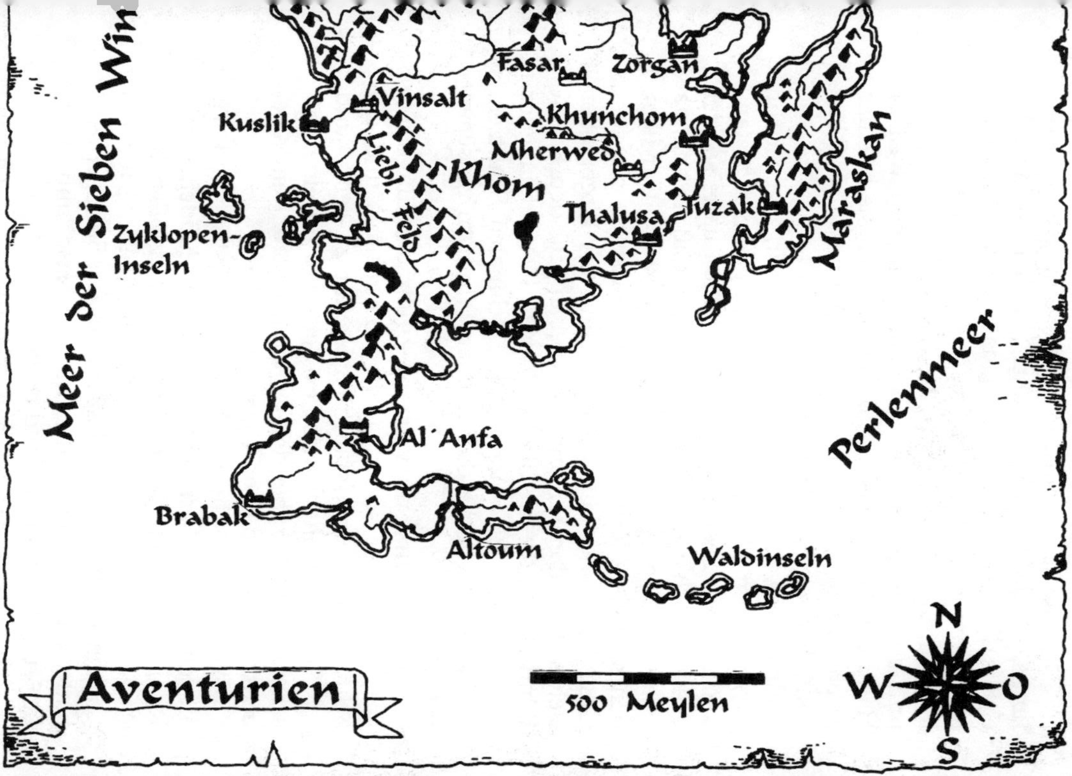
Aventurien
Meer der Sieben Win
Perlenmeer
Fasar
Zorgan
Vinsalt
Kuslik
Khunchom
Mherwed
Liebl. Feld
Khom
Thalusa
Tuzak
Maraskan
Zyklopen-Inseln
Al'Anfa
Brabak
Altoum
Waldinseln
500 Meylen
N
W
O
S

»Ich spreche nicht vom Perainetempel«, sagte der Junge, »und das weißt du auch...« Er hielt inne, als er aus den Augenwinkeln sah, daß sich die Miene des Mädchens noch mehr verfinsterte. »Ach Thalionmel, ich will doch nicht mit dir streiten«, fuhr er leise fort und streckte die Rechte nach der mageren weißen Hand des Mädchens aus, doch sie schob sie in einer raschen, wie zufälligen Bewegung unter ihren Umhang, bevor er sie berühren konnte.

»Ich weiß, du meinst es gut mit mir, machst dir Sorgen um mich wie eine Mutter und denkst beständig an mein Seelenheil.« Das Mädchen hatte so viel beißende Schärfe in ihre Worte gelegt, daß sie nun, da sie den Satz gesprochen hatte, fast bestürzt war über den häßlichen Klang ihrer Stimme. Aber es gab dem Gesagten nichts hinzuzufügen, und vor Ärger über sich selbst, über ihr unnützes Leben und den kalten Wind preßte sie die blassen Lippen fest aufeinander und verengte die Augen zu so schmalen Schlitzen, daß kaum mehr als die dunklen Wimpern zu sehen waren.

»Morgen wirst du vierzehn«, fuhr der Junge ungerührt fort; er schien an den Sarkasmus und die Schroffheit seiner Gefährtin gewöhnt zu sein, »und ich finde, allmählich wird es Zeit, daß du eine Entscheidung triffst über den weiteren Verlauf deines Lebens. Wenn du deinen Oheim...«

»Woher weißt du, wann mein Tsafest ist und wie alt ich bin?« Überrascht wandte das Mädchen den Kopf und blickte ihren Begleiter aus großen hellen Augen fragend an. Ihre blonden, nicht eben sauberen Locken, die ihr der Wind zuvor aus der Stirn gepustet hatte, flatterten nun um Stirn und Nase, und ärgerlich fuhr sie mit der Hand dazwischen.

»Ich merke mir, was du mir erzählst, und ich kann rechnen, auch wenn ich nur ein fortgelaufener Schreiberlehrling und Praiosschüler bin.« Der Junge lachte rauh und ohne Freude. Er war etwa einen halben Spann kleiner als Thalionmel, schmal und zartgliedrig, und trug das schlichte Haar von der Farbe winterlichen Laubes in der Mitte gescheitelt und mit einem ledernen Stirnband gehalten. Diese Haartracht, der schlanke Wuchs und nicht zuletzt das schmale blasse Gesicht mit den hohen Wangenknochen, der recht kurzen Nase und den leicht schräggestellten hellbraunen Augen verliehen seinem Aussehen auf den ersten Blick etwas Elfisches, ein Eindruck, der beim zweiten Hinschauen durch die Unzahl kleiner Sommersprossen, die bei Elfen niemals vorkommen, sogleich wieder zerstört wurde. Dennoch hatte Thalionmel in den ersten Tagen ihrer Bekanntschaft – oder vielmehr neuerlichen Bekanntschaft – der Versuchung nicht widerstehen können, bei jedem Windstoß den Kopf des Jungen scharf zu beobachten, um zu sehen, welche Art von Ohren wohl unter dem Haar verborgen waren.

»Sie sind rund«, hatte der Junge am dritten oder vierten Tag gemeint und sich lachend das Haar hinter die Ohren gestrichen, »rechte Rosenohren, wenn auch ein wenig abstehend. Und es fließt kein Tropfen Elfenblut in meinen Adern, und die Gabe besitze ich auch nicht.« Bei diesen Worten hatte das Mädchen sich seltsam ertappt gefühlt, und ihr war bewußt geworden, daß sie schon einmal, vor langer, langer Zeit, geglaubt hatte, Pagol könne ihre Gedanken lesen.

Pagol war nicht der wirkliche Name des Jungen, aber den richtigen wollte er nicht verraten, sondern hatte nur gescherzt, als Thalionmel ihn danach gefragt hatte. »Vielleicht heiße ich Boronian«, hatte er gesagt und sie mit strengem Blick gemustert, »oder Bärbeiß.« Er hatte das Kinn vorgeschoben und die Mundwinkel nach unten gezogen. »Oder Buckelbert.« Wobei er den Kopf zwischen die gerundeten Schultern gezogen hatte. »Oder gar Borbarad.« Und

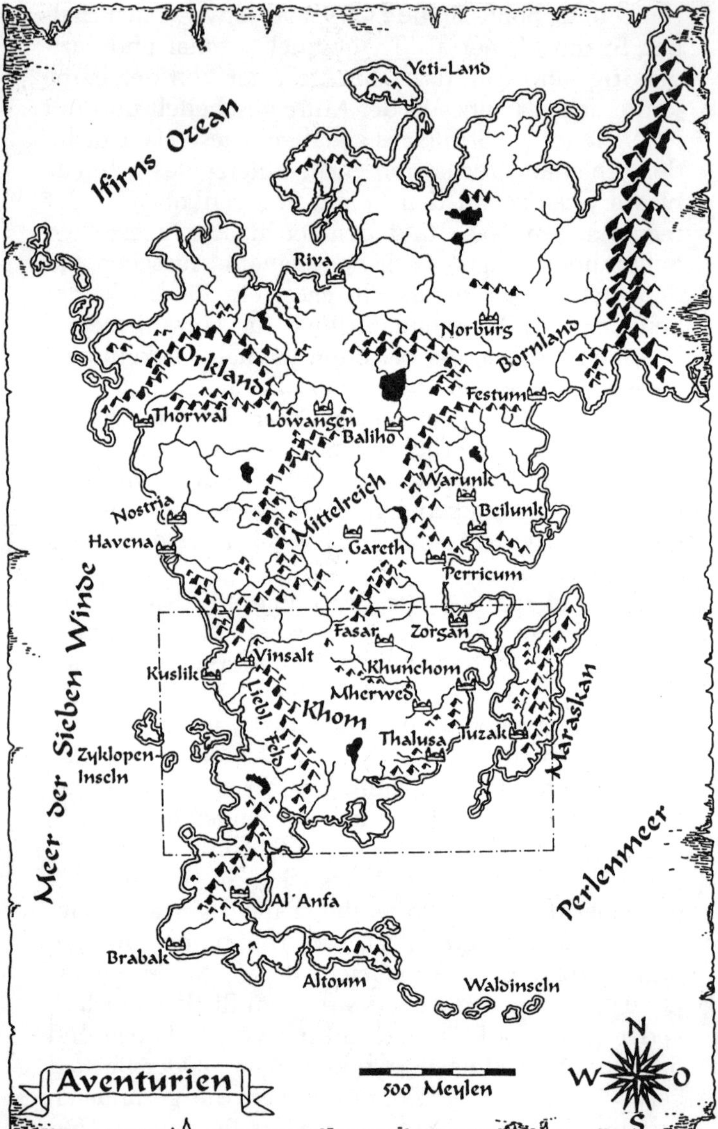
Yeti-Land
Ifirns Ozean
Riva
Norburg
Bornland
Orkland
Festum
Thorwal
Lowangen
Baliho
Warunk
Mittelreich
Nostria
Beilunk
Havena
Gareth
Perricum
Meer der Sieben Winde
Fasar
Zorgan
Vinsalt
Kuslik
Khunchom
Mherwed
Liebl. Feld
Khom
Maraskan
Thalusa
Tuzak
Zyklopen-
Inseln
Perlenmeer
Al'Anfa
Brabak
Altoum
Waldinseln
N
W
O
S
Aventurien
500 Meylen

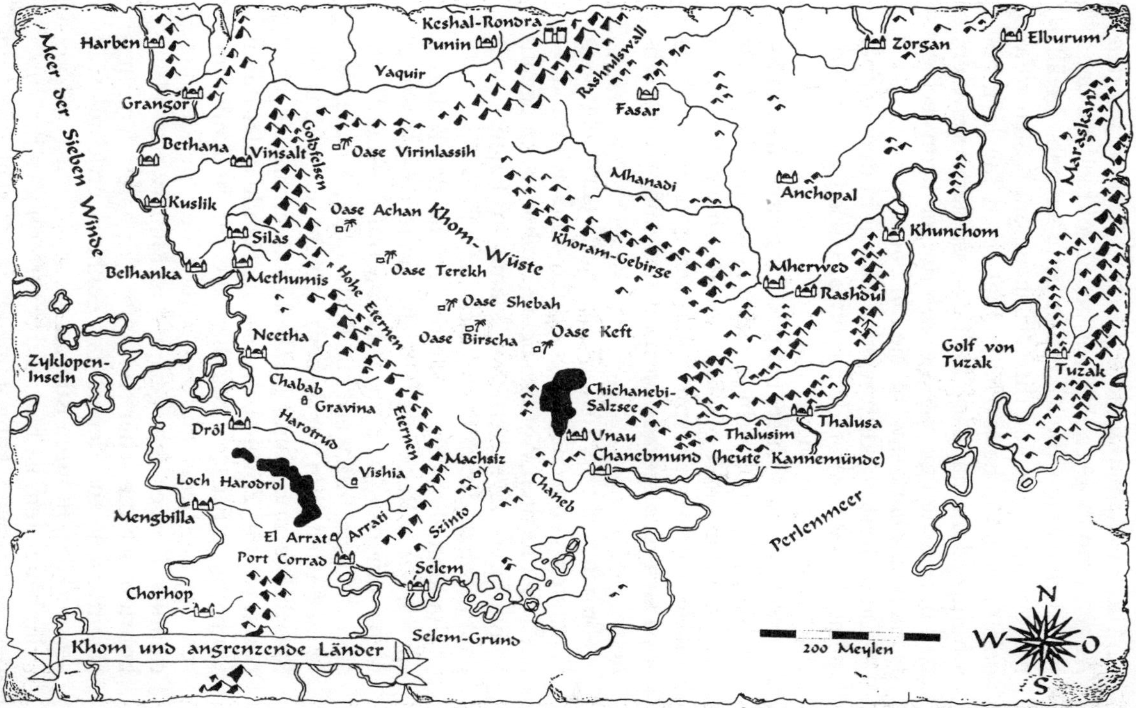
Khom und angrenzende Länder
Meer der Sieben Winde
Harben
Grangor
Bethana
Kuslik
Belhanka
Zyklopen-
Inseln
Keshal-Rondra
Punin
Yaquir
Rashtulswall
Fasar
Zorgan
Elburum
Maraskan
Vinsalt
Goldfelsen
Oase Virinlassih
Mhanadi
Anchopal
Khunchom
Oase Achan
Khom-Wüste
Silas
Methumis
Hohe Eternen
Oase Terekh
Khoram-Gebirge
Mherwed
Rashdul
Oase Shebah
Oase Birscha
Oase Keft
Neetha
Chabab
Gravina
Harotrud
Drôl
Eternen
Vishia
Machsiz
Loch Harodrol
Mengbilla
El Arrat
Arrati
Szinto
Port Corrad
Selem
Chorhop
Selem-Grund
Chichanebi-
Salzsee
Unau
Chaneb
Chanebmund (heute Kannemünde)
Thalusim
Thalusa
Golf von
Tuzak
Tuzak
Perlenmeer
200 Meylen
N
W
O
S

bei diesem Namen hatte er furchteinflößend mit den Augen gerollt. »Ach, laß uns bei Pagol bleiben, denn von allen Namen, die ich bisher getragen habe, gefällt mir der mir einst von dir verliehene am besten.« Pagols Geheimnis hatte Thalionmel einen Tag lang beschäftigt, dann hatte sie das Interesse daran verloren, und inzwischen glaubte sie, den Jungen beim rechten Namen zu nennen, wenn sie ihn Pagol rief.

»Du solltest wirklich wieder einmal in den Tempel gehen«, nahm er gerade das etwas einseitige und einsilbige Gespräch wieder auf.

»Hier gibt es keinen Tempel, ich müßte also zuvor einen bauen, um hineingehen zu können, falls ich das wollte, denn offen gestanden weiß ich nicht, was ich mit der Göttin zu besprechen hätte, und Sie Ihrerseits wird sich nicht gerade nach meiner Aufwartung sehnen.«

»Sprich nicht so, so ...« Pagol hatte einen eigroßen Feuerstein vom Boden geklaubt, und während er nach den rechten Worten suchte, drehte er ihn gedankenverloren zwischen den klammen Fingern. »Es paßt nicht zu dir, es macht dich häßlich ...«

Thalionmel wußte, daß ihr Freund die Wahrheit sprach – ihre Rede war häßlich, und ihre Seele war es nicht minder –, und eben darum trafen seine Worte sie ins Herz. Mit welchem Recht mengte Pagol sich immer wieder in ihr Leben, gab ihr unerwünschte Ratschläge und sagte ihr Wahrheiten, die sie nicht hören wollte? Zornig ballte sie die Hände unter ihrem Umhang zu Fäusten, zog die Füße auf die Bank, umschlang die Beine mit den Armen und preßte ihren dünnen Körper fest gegen das Mauerwerk. Dabei bohrten sich die scharfen Kanten der halbierten Flintsteindrusen, aus denen das Zollhaus errichtet war, schmerzhaft in ihren Rücken.

Ja, Feuerstein ist hart und scharf, ging es ihr durch den Kopf, man kann Funken damit schlagen und

Speerspitzen daraus fertigen… Ihr fiel ein, wie verwundert sie gewesen war, als sie das Stadttor von Eldoret zum ersten Mal passiert und eine ganze Stadt aus Feuerstein erbaut vorgefunden hatte. Grau – das war ihr erster Eindruck gewesen, und er hatte zu dem trüben Tag und ihrer Stimmung gepaßt. Zwar hatte sie im Verlauf der folgenden Wochen und Monde durchaus die Unterschiede wahrgenommen (die Häuser, zu deren Bau man unversehrte Kiesel verwendet hatte, waren heller, und ihr milchiger Ton spielte bisweilen ins Bläuliche, und bei denen, die aus aufgeschlagenen Drusen errichtet waren, mengte sich Ocker in das Grau, und sie glitzerten schwach, wenn die Sonne darauf traf), doch das änderte nichts an Thalionmels Einschätzung: Eldoret war eine graue Stadt. Ob es sich wohl lohnte, mit Flintsteinen Handel zu treiben? fragte sie sich. Vermutlich nicht, denn sonst hätten die Bürger dieses ärmlichen Ortes gewiß längst damit begonnen, anstatt fluchend die faust- oder kindskopfgroßen Steine, die in den Äckern ringsum zu wachsen schienen, zu immer höheren Mauern aufzuschichten. Und dennoch, dachte sie, vielleicht gibt es irgendwo am anderen Ende der Welt ein Land, dessen Bewohner bereit wären, Feuersteine mit Gold aufzuwiegen, weil dort das edle Metall in dicken Klumpen im Boden läge, sie aber nichts besäßen, um Feuer damit zu machen…

»Warum gehst du nicht fort, was hält dich hier?« riß Pagols Stimme das Mädchen aus den müßigen Überlegungen. Nichts, gar nichts hält mich an diesem elenden, stinkenden Ort, hätte sie antworten sollen, statt dessen sagte sie: »Du, mein Herzallerliebster. Es bräche mir das Herz, dich zu verlassen.«

»Gibt es einen besonderen Grund für deine üble Laune? Ist ein Gast dir zu nahegetreten, hat dich auf den Hintern geschlagen oder dir ins Mieder gegriffen?«

»Das soll nur einer wagen – der wird mich kennenlernen! Außerdem trage ich kein Mieder, wie du weißt.« Thalionmel funkelte ihren Gefährten zornig an, als hätte er sich einen solchen Übergriff zuschulden kommen lassen, und schnaubte durch die geblähten Nüstern. Tatsächlich hätte sie nicht gewußt, wie sie sich in einem solchen Fall, der zum Glück bisher nicht eingetreten war, verhalten sollte. Einen Gast verprügeln oder fordern, das ginge wohl nicht an, und ›Nehmt Eure Hände von meinem Hinterteil, werter Herr!‹ könnte sie auch schlecht sagen. In den letzten Wochen, seit sie im *Goldenen Einhorn* als Schankmagd arbeitete, hatte sie festgestellt, daß die meisten Männer – und Frauen wohl auch – sie wenig anziehend fanden, obwohl sie doch, wie sie wußte, groß und gerade gewachsen war, eine weiße Haut, ebenmäßige Züge und einen scharfen Verstand hatte. Alle Gäste gaben der kleinen, dummen, unaufhörlich plappernden und kichernden Ilma den Vorzug, und Thalionmel war es zufrieden, auch wenn die beschränkte Person viel mehr an Trinkgeld einheimste als sie selbst. Dafür war sie jedoch bisher von Nachstellungen verschont geblieben, während Ilma sich beständig quiekend und scheltend der täppischen oder derben Annäherungen trunkener Gäste erwehren mußte, was ihr seltsamerweise nicht einmal zu mißfallen schien.

»Ich gehe fort«, sagte das Mädchen unvermittelt, »noch heute. Ich kann hier nicht länger bleiben.«

»So, hast du dich also endlich entschieden.« Pagol wiegte nachdenklich den Kopf; er schien nicht überrascht zu sein. »Wohin soll es denn gehen – nach Neetha zurück? Ja, das wird wohl das beste sein«, beantwortete er selbst seine Frage, zu der die Gefährtin sich kaum hätte äußern können, da der Entschluß, Eldoret zu verlassen, vor wenigen Wimpernschlägen getroffen worden war, just in dem Augenblick, als sie ihn ausgesprochen hatte. »Aber willst du nicht lieber bis morgen warten? Gewiß gibt es noch dies und das zu erledigen – Menschen Lebewohl sagen, die dir lieb geworden sind …«

»Ich hole mein Bündel und den Lohn, der mir noch zusteht, und dann gehe ich fort. In einer Stunde habe ich Eldoret verlassen, und so die Götter wollen, werde ich dies stinkende graue Nest nie wieder betreten.«

»Darf ich dich begleiten? Auch mich hält hier nichts mehr, wenn du fort bist«, fragte Pagol und fügte, als er den abweisenden Zug in der Miene der Gefährtin bemerkte, rasch hinzu: »Nur bis Neetha natürlich. Dort werden sich unsere Wege trennen – du wirst deinen Geschäften nachgehen und ich den meinen. Aber zu zweit wird die Reise vielleicht ein wenig vergnüglicher als allein.«

»Mir liegt nichts an Vergnügen, aber ich kann dich schlecht daran hindern, dieselbe Straße zu benutzen wie ich. Wenn du in einer Stunde hier bist, können wir zusammen wandern. Ich werde jedoch nicht auf dich warten.« Das Mädchen erhob sich, dehnte kurz die steifgefrorenen schmerzenden Glieder und stapfte davon, ohne sich noch einmal umzublicken.

Es war Pagol, der warten mußte, und wenn der Wind in der Zwischenzeit nicht noch weiter aufgefrischt hätte, wäre es ihm ein Vergnügen gewesen, die Freundin zu erwarten. Nun ja, dachte er, während er mit großen Schritten vor dem Stadttor auf und ab ging, um sich ein wenig zu wärmen, meine Freundin ist sie eigentlich nicht. Ich bin ihr Freund, das steht fest, auch wenn sie meine Freundschaft nicht will oder doch so tut, als sei sie ihr lästig. Sie ist niemandes Freundin und hat keinen lieb – am wenigsten sich selbst. Er seufzte schwer. Wenn ich ihr nur helfen könnte, den götterlosen Oheim zu finden und zu töten, rondragefällig zu töten und auf ehrenhafte

Weise Rache zu nehmen ... ich würde ihrer Göttin einen Finger dafür opfern, vielleicht sogar zwei, aber bitte nur von der linken Hand ...

Vorsichtig tastete der Junge nach seinem einzigen kostbaren Besitz, den er stets bei sich und dicht am Körper trug: einem mit einem Trageriemen versehenen und zum Schutz gegen Nässe in Wachstuch gehüllten, flachen hölzernen Koffer, auf dessen Boden er fünf frische Pergamente wußte, und in einem Einsatz darüber drei gute Gänsekiele, ein Federmesser, zwei Pinsel, einen Tuschestein und vier Fläschchen mit farbigen Tinten. Zwei lange Monde hatte er geschuftet wie ein Sklave, fast nichts gegessen und noch weniger geschlafen, um diesen Schatz zu erwerben, doch als er schließlich in Eldoret angelangt war, gab es dort für einen reisenden Schreiber noch weniger Arbeit als in Valavet, dem ersten Ziel seiner Reise, und er wäre längst weiter nach Methumis gezogen, um dort sein Glück zu machen, hätte er nicht am zweiten Tag nach der Ankunft in einem Hof neben einer engen dunklen Gasse das große blonde Mädchen erspäht, das ihm seltsam bekannt vorkam und das damit beschäftigt war, ein wenig herrschaftliches Pferd zu striegeln.

So hatte er Thalionmel wiedergetroffen, die Verehrte, die Stolze, den strahlenden Garnisonszögling von einst – als schmutzige Stallmagd, mit Haß in den wunderbaren goldgesprenkelten Augen und einem von Gram verhärteten Herzen.

In den folgenden Monden hatte Pagol nach und nach erfahren, was sich zugetragen hatte, seit sie sich aus den Augen verloren hatten. Von der Schule hatte das Mädchen am eifrigsten erzählt, von ihren Erfolgen im Schwertkampf und dem schwierigen Umgang mit dem Zweihänder. Auch von der kleinen hübschen Schwester, die eine begabte Tänzerin zu werden versprach, hatte sie gern und mit Wärme geplaudert. Was danach geschehen war – die Untat des falschen Oheims, der große Brand, der Abschied von Quendan und Zulhamin, die Reise nach Methumis, wo sie dem Onkel aufgelauert hatte und ihn beinahe getötet hätte –, das alles war viel mühseliger in Erfahrung zu bringen gewesen, und auch jetzt wollten die Bruchstücke sich keineswegs zu einem Ganzen fügen. Eines aber war ihm klargeworden: Den Oheim zu vernichten und den Tod der Eltern zu rächen, das war Thalionmels Lebensziel, das einzige, das ihrem Leben einen Sinn gab, und wenn Pagol es auch nicht verstand, so war es immerhin ein Ziel.

In den letzten Wochen jedoch hatte der Junge eine Veränderung bei der Freundin bemerkt: Ihr Haß, die Triebkraft ihres Lebens, wich einer mürrischen Launenhaftigkeit, und immer seltener holte sie den prächtigen blinkenden Dolch, ein Abschiedsgeschenk ihres Mitzöglings Quendan, unter dem Gewande hervor, um ihn dann lange mit gerunzelten Brauen und fest aufeinandergepreßten Lippen anzustarren. Ja, beim letzten Mal, als er die Waffe in ihrer Hand gesehen hatte, glaubte er gar einen Rostfleck auf der scharfen Klinge zu bemerken. Deshalb war er froh, daß Thalionmel sich endlich entschieden hatte, Eldoret zu verlassen und nach Neetha zurückzugehen.

In Neetha wird sich ihr Schicksal erfüllen, dachte Pagol, hätte aber nicht zu sagen gewußt, woher er die Gewißheit nahm, und welches Los die Götter der Freundin wohl zugedacht hatten. Und für mich ist es dort auch nicht gefährlicher als an jedem anderen Ort der Welt. Wenn mir das Pflaster aber doch zu heiß werden sollte, ziehe ich einfach nach Süden weiter, nach Wobran oder Drôl, oder nach Mengbilla... Er lachte leise in sich hinein – Mengbilla, die Stadt der Alchimisten, Zauberer und finsteren Giftmischer hatte stets seine Gedanken beflügelt, und zu gern hätte er sie einmal mit eigenen Augen gesehen, aber er wußte genau: Für den Rest seines oder ihres Lebens mußte er immer in ihrer Nähe bleiben. Ja, das ist mein Los, dachte er, während er mit dem Fuß den Namen der Freundin in den Straßenstaub schrieb. Und als er aufblickte, sah er sie aufrecht und gemessenen Schrittes durch das Stadttor schreiten, ohne die schläfrige Wache auch nur eines Blickes zu würdigen.

»Da hast du also auf mich gewartet«, sagte Thalionmel zur Begrüßung, und für einen kurzen Augenblick glaubte Pagol, Freude in den Augen der Gefährtin aufblitzen zu sehen. »Nun gut, aber es wäre nicht nötig gewesen, denn ich reise ebensogern allein.«

»Ich nicht«, erwiderte der Junge, »und für einen schmächtigen Schreiber ist es allemal sicherer, eine Kriegerin an der Seite zu haben.«

»Ich bin keine Kriegerin, das hast du schon einmal sehr richtig bemerkt, und heute bin ich es weniger denn je. Aber wenigstens bin ich keine Schankmagd mehr, und ich werde mich auch niemals wieder als solche verdingen.« Sie schüttelte die Locken, wie um die Erinnerung an die vergangenen Wochen abzuschütteln.

Die Gefährten schritten zügig aus. Zwar war nicht daran zu denken, Valavet vor Einbruch der Nacht zu erreichen, aber der Entschluß, etwas Neues zu wagen und ein elendes Leben an einem elenden Ort hinter sich zu lassen, trieb sie voran. Hier, auf der Straße, zwischen deren losen Pflastersteinen harte graugrüne Gräser wuchsen, pfiff der Wind noch unbarmherziger als vor der Stadt. Die beiden hatten Mühe, zugleich ihre wollenen Umhänge und die geringe Habe festzuhalten, die sie mit sich führten. Immer wieder versuchte der mutwillige Beleman, ihnen die Bündel zu entreißen oder die Umhänge von den Schultern zu ziehen, und hin und wieder machte er sich einen Spaß daraus, nach den mageren Körpern selbst zu greifen und sie ein paar Schritt weit rahjawärts zu schieben.

Dieser Landstrich ist gewiß der götterverlassenste im ganzen Reich, dachte Thalionmel, während sie mit hochgezogenen Schultern und halbgeschlossenen Augen vorwärtsstapfte. Nur wenige zum Winter umgebrochene Äcker, wie braune Flecken auf einem schmutzigen grüngelblichen Teppich, belebten die weite Ebene links der Straße. Erst in weiter Ferne, im Dunst und der beginnenden Dämmerung kaum noch auszumachen, begannen die lieblichen sattgrünen Pinien- und Zypressenwälder, die die neue Reichsstraße säumten. Hier, dicht am Meer, wuchsen nur vereinzelte Bäume – windschiefe Kiefern und verkrüppelte Ilmen und Eichen –, und die Bauernkaten, etliche von ihnen aufgegeben und halb verfallen, schienen genauso im Wachstum zurückgeblieben zu sein wie die Bäume, in deren Schatten sie sich duckten. Früher, vor dem Bau der großen Straße, mochte es hier wohl lustiger zugegangen sein, aber in den letzten Jahren hatten immer mehr Familien das Land verlassen müssen, weil nun, da die Karawanen, die Händler und Fuhrleute den bequemeren und sichereren Weg zwischen Neetha und Methumis nahmen, das Zubrot aus Bewirtung und Unterbringung der Reisenden fehlte und das, was der steinige Boden hergab, nicht ausreichte, die hungrigen Mäuler zu stopfen.

Die milchigrote Praiosscheibe näherte sich dem Horizont, schon tauchte sie in die violette Wolkenbank am Ende des Meeres, als die beiden Wanderer die verlassene Kate entdeckten. Zwar fehlten die Tür und der Laden des einzigen Fensters, aber das noch recht gut erhaltene Dach würde vor Regen schützen, und etwas weniger zugig als im Freien ließe es sich hier gewiß nächtigen.

Holz zum Feuermachen gab es nicht, weder im Haus noch ringsumher, und so verzehrten die beiden ihr Abendmahl bei immer dichter werdender

Schwärze und ohne von einem Feuer gewärmt und belebt zu werden. Auf dem Weg hierher hatten die Kinder kaum miteinander gesprochen – das beständige Brausen des Windes mit ihren Stimmen zu übertönen, hatten sie schon nach wenigen Versuchen aufgegeben –, und so genossen es alle beide, plötzlich wieder in gewohnter Lautstärke reden zu können. Thalionmel berichtete auf Pagols überraschte Frage hin, wie sie in den Besitz der Wurst und des Weines gelangt war, die sie zusammen mit dem harten Brot und dem Käserest verzehrten, die Pagol zum Mahl beigesteuert hatte.

»Die fette Schlampe, Alvida oder wie immer sie heißen mag – ich bin gerade dabei, sie und ihren Namen aus meinem Gedächtnis zu tilgen –, wollte mir doch tatsächlich den restlichen Lohn nicht zahlen. Ich könne meine Stellung nicht so einfach aufgeben und müsse noch bis zum übernächsten Windstag bleiben, meinte sie. Nun, gesagt habe ich nicht viel – ich habe sie nur angefunkelt und bin ihr immer näher auf den Leib gerückt, bis ich zu meinem Ekel fast ihren schwammigen Bauch in der speckigen Schürze berührt hätte. Da niemand außer uns beiden im Schankraum war, hat sie es wohl mit der Angst zu tun bekommen und sich schließlich dazu bequemt, das mir Zustehende in Naturalien zu begleichen.« Das Mädchen lachte, und Pagol versuchte, den Ausdruck ihrer Miene zu ergründen, aber es war bereits so dunkel, daß er nicht mehr erkannte als den Umriß ihres Profils, das sich schwarz vor dem dunkelgrauen Rechteck der Fensteröffnung abzeichnete.

»Und dann mußte ich noch diese unnütze Ilma suchen«, fuhr Thalionmel aufgeräumt fort. »Ich hatte ihr ein Paar wollene Strümpfe geborgt. Zu gern hätte ich sie ein wenig gebeutelt, nur um zu hören, ob sie auch noch andere Geräusche zustande bringt als Kichern und Quieken, aber da sie die Strümpfe willig herausgab, habe ich Abstand von diesem Vorhaben genommen.«

Pagol war sich nicht sicher, ob ihm Art und Ton des Berichtes gefielen – besser als mürrisches Schweigen war es allemal –, und so lenkte er das Gespräch auf einen anderen Gegenstand. »Hast du eigentlich die Nadel noch?« fragte er.

Thalionmel wußte sofort, wovon er sprach: von der feinziselierten silbernen Löwinnennadel, die sie einst zum Zeichen ihrer Tempelreife erhalten hatte. »Selbstverständlich!« erwiderte sie scharf. »Denkst du vielleicht, ich hätte sie zu Geld gemacht oder gegen eine warme Mahlzeit eingetauscht?«

»Du hättest sie verlieren können ... oder vielleicht hätte jemand sie dir gestohlen ... Nun, ich bin jedenfalls erleichtert, daß du sie noch hast ...«

Thalionmel war unmerklich zusammengezuckt, als Pagol den möglichen Diebstahl erwähnte. Sie war sich sicher, daß sie ihm noch nie von dem Räuberpärchen kurz hinter Gebein erzählt hatte, und sie wollte jetzt auch nicht daran denken. Deshalb war sie erleichtert, Pagols rauhe, helle Stimme zu vernehmen: »Dann wird es ja am Tempeltor keine Schwierigkeiten geben.«

»Die gibt es ohnehin nicht – ich sehe wie sechzehn aus.«

»Wie fünfzehneinhalb«, korrigierte der Junge leise. Er lächelte, als er weitersprach: »Du hast dich also entschieden, den Tempel der Löwin aufzusuchen, wenn wir in Neetha angelangt sind.«

»Ich weiß nicht, Pagol, laß uns schlafen.« Thalionmel tastete im Dunkeln nach dem Weinschlauch und nahm einen kräftigen Schluck, dann reichte sie ihn an Pagol weiter. Als er ihn entgegennahm, streiften seine suchenden Finger die Wange des Mädchens, und diesmal war er es, der zurückzuckte, als hätte er sich verbrannt. »Verzeihung«, murmelte er, »ich wollte dich nicht berühren, aber ich kann nichts sehen.«

»Ich auch nicht, drum laß uns schlafen.« Der Junge hörte, wie die Gefährtin sich zur Ruhe legte, und auch er schob sich sein Bündel unter den Kopf und zog den Umhang fest um den zitternden Körper. Er würde nicht schlafen können, nicht so bald jedenfalls, obwohl er rechtschaffen müde war vom Wandern. Aber innerhalb der Hütte war es kaum wärmer als draußen, und das Pfeifen des Windes war nicht das rechte Schlummerlied. Er schloß die Augen und versuchte seiner Stimme einen schläfrigen Klang zu verleihen, als er »Boron sei mit dir«, murmelte. »Boron sei mit dir«, erwiderte das Mädchen.

Bald nachdem die Gefährten den Nachtgruß getauscht hatten, vernahm Thalionmel, die angestrengt in die Dunkelheit lauschte, durch das Brausen des Windes hindurch, der beständig um die Kate strich, Pagols gleichmäßige Atemzüge. Sie war sich jedoch nicht sicher, ob der Freund tatsächlich schlief. Er wird genauso frieren wie ich, dachte sie, und der klamme harte Boden hier lädt wahrlich nicht zum Schlummern ein. Für einen winzigen Augenblick sehnte sie sich nach dem Strohsack in der engen, schmutzigen Kammer zurück, die sie so viele Wochen lang mit Ilma geteilt hatte ... Aber er ist viel schmächtiger als ich und an körperliche Anstrengungen ebensowenig gewöhnt wie an berauschende Getränke ... Sie tastete nach dem Weinschlauch und drückte ihn prüfend. Ja, er hat gut zugelangt, stellte sie fest, da wird er wohl bald in Borons Armen ruhen. Was sie selbst betraf, so war an Schlafen nicht zu denken. Die Nadel – warum hatte Pagol sie daran erinnern müssen? Jetzt sah sie das Pärchen wieder deutlich vor sich, genauso wie damals in dem Waldstück wenige Meilen hinter Gebein. Sie war auf dem Weg nach Thegun gewesen, wo sich der Oheim, Gerüchten zufolge, aufhalten sollte.

Quendans schöner scharfer Dolch hing an ihrem Gürtel, und immer wieder hatte sie danach gegriffen und grimmig gelächelt, wenn sie sich vorstellte, wie sie die Waffe in Fuxfells mörderisches Herz stoßen würde. Wie wird er wohl schauen, wenn er mich erkennt und den blitzenden Stahl in meiner Hand sieht? hatte sie sich gefragt. Wird er in ungläubigem Staunen die Augen aufreißen, wird er schlottern vor Todesangst und um Gnade winseln, oder wird er schief lächeln und eine seiner dummen Redensarten zum besten geben: ›Wie freue ich mich, Euch zu sehen, schöne Nichte‹, und dergleichen mehr. Nein, dazu wird es nicht kommen, hatte sie entschieden. So viel Zeit werde ich ihm nicht lassen. Aber ich selbst will zu ihm sprechen, bevor ich ihn töte, und deshalb darf der erste Stich auch nicht ins Herz treffen. ›Das ist für meine Mutter‹, werde ich sagen und ihm die Klinge in den Bauch rammen. ›Das ist für meinen Vater‹, werde ich sagen und ihm dabei den Hals durchbohren, doch ohne die Kehle zu durchtrennen. ›Das ist für Alrik, das brave Pferdchen‹, werde ich sagen und ihn blenden, und bevor ich den letzten tödlichen Hieb ansetze, werde ich sagen: ›Und nun fahr zum Namenlosen, Elender, und ewige Verdammnis sei dein Lohn!‹ Sie hatte sich die Szene so lebhaft ausgemalt und in immer neuen Varianten vor dem inneren Auge heraufbeschworen, daß sie eine Zeitlang nicht auf den Weg geachtet hatte. Das war ein Fehler gewesen, denn nicht nur Quendan, auch Meisterin Shahane hatte sie eindringlich gewarnt, daß der ›Wilde Süden‹ weiter nördlich noch viel gefährlicher sei als rings um Brelak.

»Plötzlich standen sie vor mir«, begann Thalionmel zu sprechen, »ein schmalschultriger Tulamide mit strähnigem Haar und seine verschleierte Gefährtin, rechte Strauchdiebe, abgerissen und zerlumpt und beide mit schweren Dolchen bewaffnet.« Sie hatte kaum bemerkt, daß sie zu reden begonnen hatte, und wußte auch nicht, ob sie dem schlafenden Pagol die Geschichte erzählte oder ob sie zu sich selber sprach – fast schien es, als formten die Bilder in ihrem Kopf sich selbst zu Worten, um sie durch ihren Mund verlassen zu können, endgültig und für immer zu verlassen.

»Wahrscheinlich waren meine Kleider damals noch in einem besseren Zustand, oder man sah ihnen trotz des Schmutzes die gute Machart an. Ich weiß nicht, wie sie mich einschätzten, ob sie sogleich wußten, daß sie es mit einem fortgelaufenen Edelfräulein zu tun hatten. Jedenfalls sahen sie ein halbes Kind vor sich – ich war ja noch keine dreizehn –, und sie erwarteten wohl, leichtes Spiel mit mir zu haben. Natürlich verlangten sie Geld – ich hatte ja auch welches, innen im Stiefel waren die zwölf Taler sicher verborgen –, aber ich wollte es ihnen nicht überlassen und behauptete bettelarm zu sein. Halb glaubten sie mir wohl und halb auch nicht, forderten meinen Dolch und meine Stiefel und wollten wissen, was da an meinem Hals baumelte – es war das Medaillon mit Zulhamins Bildnis, das sie meiner Mutter zum Tsafest hatte malen lassen und das ich immer noch bei mir trage ... Nun, es kam zum Kampf oder besser, zum Geplänkel, denn richtig Ernst machten sie nicht, obwohl es mir lieber gewesen wäre und mir durchaus der Sinn danach stand. Vielleicht getrauten sie sich auch nicht, mich zu verletzen, oder sie wollten mich gefangennehmen, falls es bei mir nichts zu holen gäbe, um Lösegeld zu erpressen, und in einem solchen Falle sollte die Geisel natürlich möglichst wenig beschädigt sein ... Also umkreisten wir einander, sie waren zu zweit, aber ich war besser ... Bei einer heftigen Bewegung verrutschte der Schleier der Tulamidin, und ich sah, daß sie kaum älter als vierzehn sein konnte, während ich den Burschen auf Anfang oder

Mitte der Zwanzig schätzte. Bisher hatte ich nur zwei Kratzer davongetragen – einen auf dem rechten Handrücken und einen am linken Unterarm –, da gelang es mir, mit einem Tritt das Mädchen zu entwaffnen. Ich sah aus den Augenwinkeln, wie sich ihr Gesicht vor Schmerz verzerrte und sie fassungslos auf ihre Rechte starrte – vielleicht habe ich ihr einen Finger gebrochen oder gar das Handgelenk. Plötzlich schrie sie auf, aber nicht vor Schmerz. »Sie hat Schmuck, sie hat Schmuck, sieh nur, sie hat Schmuck!« rief sie immer wieder mit schriller Stimme. Mein Hemd hatte sich unbemerkt geöffnet, und die Nadel, die ich stets innen trage, war nun deutlich zu sehen, vielleicht auch das Medaillon … Die Linke des Tulamiden schoß vor – wie er so unvorsichtig sein konnte, weiß ich bis heute nicht, er hätte doch merken müssen, daß mit mir nicht zu spaßen ist – und im selben Augenblick meine Rechte … Ich habe ihm den Dolch bis zum Heft in den Bauch gerammt, aber das merkte ich erst, als er unter gurgelnden Lauten zu Boden ging und mich, die ich den Griff noch immer fest umklammert hielt, dabei ein wenig mit sich zog. Da lag er nun, die Hände vor den Leib gepreßt, und zwischen seinen Fingern quoll dunkles Blut hervor. Die Kleine stand zitternd daneben. ›Hol Hilfe, Zulhamin!‹ brachte er mühsam und unter Stöhnen hervor. Seltsam, sie hieß wie meine Schwester … Ob mich das so wütend machte oder weil er mir die Nadel hatte rauben wollen, weiß ich nicht mehr, ich weiß nur, daß mich plötzlich unbändiger Zorn übermannte … nein, Wut … oder Haß … ›Du wolltest meine Nadel, Elender‹, schrie ich, ›nimm dies statt dessen!‹ Und dann habe ich mich auf ihn gestürzt und ihm den Dolch mit aller Kraft in den Hals gestoßen. Als ich die Fontäne hellroten Blutes sah, wußte ich, daß er in wenigen Augenblicken zu Boron fahren würde. Das Mädchen hat mich angesehen, als stünde ein Siebengehörnter vor ihr. ›Mörderin! Mörderin!‹ schrie sie plötzlich, dann warf sie sich weinend neben ihrem Gefährten in den Straßenstaub. Während sie sein Gesicht mit Küssen bedeckte, unternahmen ihre kleinen Hände – auch die rechte, vielleicht gebrochene – den sinnlosen Versuch, die Blutung zum Stillstand zu bringen … Ich habe mich abgewandt und meinen Weg nach Thegun fortgesetzt. Ich spürte keine Reue, auch keine Freude, auch keine Befriedigung … Ein ekliger Geschmack war in meinem Mund, das weiß ich noch …«

»Töten macht niemals Freude, glaube ich.« Pagols Stimme war leise und beherrscht.

»Du bist wach?« Thalionmel schien nicht sonderlich überrascht zu sein.

»Ich bin immer wach, wenn du mir etwas erzählst«, erwiderte der Junge.

Dann schwiegen beide, und es war nichts weiter zu hören als Belemans brausender Atem. Pagol dachte nach; er hätte der Freundin gern ein paar beschwichtigende Worte gesagt: daß es nur billig sei, demjenigen das Leben zu nehmen, der es einem selbst rauben wollte, und daß sie recht und göttergefällig gehandelt habe. Aber das brachte er nicht über sich. Ihre Tat war grausam und unrecht, und sie hat große Schuld auf sich geladen, dachte er. Und kein Sterblicher kann sie lossprechen von der begangenen Sünde. Er wunderte sich, daß er keinen Abscheu vor ihr empfand und ihm nicht vor ihr graute. »Ist noch Wein da?« fragte er schließlich, nur um irgend etwas zu sagen. Er hörte es leise schaben und gluckern, als Thalionmel den Schlauch in seine Richtung schob. Gierig trank er, obwohl er gar nicht durstig war.

»Nun graut dir vor mir, nicht wahr, und du bereust es, einer Mörderin deine Begleitung angetragen zu haben.« Thalionmel hatte den Satz wie eine Feststellung gesprochen, und sie ließ Pagol keine Zeit zu antworten, als fürchte sie, er könne das Gesagte bestätigen. »Ich weiß, was ich getan habe, war nicht göttergefällig, und wenn ich es ungeschehen machen könnte, so täte ich es... Falls das Reue ist, so bereue ich meine Tat... Aber den ersten Stich bereue ich nicht! Ich täte es wieder, immer wieder! Er wollte mir die Nadel rauben!«

»Du sagst, er war Tulamide? Nun, vielleicht wollte er nicht nur deinen Schmuck rauben, sondern vor allen Dingen dich selbst. Vielleicht wollte er dich als Haremssklavin an einen reichen Hairan verkaufen.« Pagol sprach schnell. Er war erleichtert, daß ihm etwas eingefallen war, das die Tat der Freundin gerechtfertigt hätte.

»Du bist sehr freundlich, Pagol, aber wie gesagt, den ersten Stich bereue ich nicht, und vermutlich war schon dieser tödlich. Ich bereue nur den zweiten. So handelt keine Kriegerin...« Verlegen hielt das Mädchen inne. »Und auch kein früherer Garnisonszögling«, ergänzte sie dann. »Soldaten rücken übrigens eng zusammen, wenn es kalt ist«, fuhr sie mit veränderter Stimme fort. »Es ist zwar ein wenig unangenehm, den Körper eines anderen so dicht am eigenen zu spüren, aber man friert wenigstens nicht am Boden fest, und das kann manchmal sehr nützlich sein. Also, wenn du magst und falls du keine Angst vor mir hast, so kannst du gern ein wenig näher kommen. Außerdem schlottern und klappern deine Glieder und Zähne so laut, daß ich keinen Schlaf finden werde, wenn das die ganze Nacht nicht aufhört.«

»Ich habe keine Angst vor dir, ich will dir ja nichts rauben«, sagte Pagol, während er Bündel und Koffer in Richtung des Mädchens schob und sich dann eng an ihre Seite schmiegte. Wie kalt es war, wurde ihm erst jetzt, in ihrer wärmenden Nähe, richtig bewußt, und er konnte einen Ausbruch heftigen Zitterns nicht unterdrücken. Ärgerlich preßte er die Hand vor den schlotternden Kiefer und versuchte, sich so klein wie möglich zu machen, damit die Gefährtin das Beben seines Körpers nicht bemerken möge, als er ihre Hand auf seiner Schulter spürte. »Du brauchst dich nicht zu schämen – es ist nicht dem Willen unterworfen, genauso wie die Gänsehaut. Paß auf, gleich hört es auf, und dir wird warm – gleich wird uns beiden warm.« Sie nahm einen Zipfel ihres Umhanges und breitete ihn über den Körper des Jungen. »Zimperalrik«, murmelte sie dabei.

Wie Thalionmel vorausgesagt hatte, ließ das Zittern bald nach und verebbte schließlich ganz. Nun, da er nicht mehr gar so arg fror, spürte der Junge, wie müde er war. Gleich würde er einschlafen. Aber das wollte er um keinen Preis. Vielleicht war diese Nacht die einzige seines Lebens, die er an der Seite der Freundin verbringen würde, und er wollte sie nicht verschlafen. Wenn wir miteinander reden, werde ich wach bleiben und jeden Wimpernschlag in ihrer Nähe auskosten können, dachte er, aber ihm fiel nichts ein, womit er das Gespräch wieder hätte beleben können. »Schläfst du?« flüsterte er.

»Das ist die dümmste Frage der Welt, und eigentlich sollte ich gar nicht darauf antworten«, erwiderte Thalionmel, und Pagol stellte sich vor, daß dabei ein kaum merkliches Lächeln ihre Lippen umspielte, »denn wenn man schläft, kann man nicht schwatzen. Aber heute will ich einmal nicht so sein und dir Rede und Antwort stehen: Nein, ich schlafe nicht. Warum?«

»Ach, ich wollte nur Gewißheit haben, daß ich dich nicht aus dem Schlummer reiße, wenn ich meine Lage ein wenig ändere«, log der Junge und regte sich, so als wolle er eine bequemere Haltung einnehmen. Dabei stieß er mit dem Ellbogen an etwas Weiches – eine so weiche Stelle, wie er sie am Körper der Freundin niemals vermutet hätte –, und es dauerte eine

Weile, bis er begriff, daß es ihr Busen war. Ich habe ihre Brust berührt, dachte er erschreckt und entzückt zugleich – was wird nun folgen? Er wagte nicht, den Arm zu bewegen, obwohl die Stelle, wo die kleine weiche Wölbung ihn berührte, allmählich immer heißer wurde.

Da drehte Thalionmel sich auf die Seite, Pagols Arm glitt hinab, und der seltsame Zauber des Augenblicks war verflogen. »Bist du endlich fertig mit Strampeln?« fragte sie, aber ihre Stimme klang nicht unfreundlich dabei. »Ich finde, wir sollten nun schlafen, denn wir haben noch einen weiten Weg vor uns, und wenn der Wind nicht nachläßt, wird das Wandern morgen genauso mühsam, wie es heute war.«

Pagol fand nicht, daß die Stimme der Freundin schläfrig klang. »Aber du bist doch gar nicht müde«, sagte er, ein Gähnen unterdrückend. »Warum plaudern wir nicht ein bißchen?«

»Plaudern? Worüber sollen wir plaudern?«

»Ach, erzähl mir einfach etwas – vom Kriegerhandwerk, vom Fechten...«

»Ja, interessiert dich denn das?« Thalionmel lachte plötzlich hell auf. »Nun, vielleicht hilft es dir ja beim Einschlafen, wenn ich dir für einen Schreiber so über alle Maßen bedeutsame Dinge wie den Ausfallschritt oder den Ochsenhieb erläutere.« Sie hielt inne, und als sie weitersprach, war alle Heiterkeit aus ihrer Stimme verschwunden. »Ich bin keine Kriegerin, Pagol. Das hast du schon einmal ganz richtig erkannt, und heute bin ich es weniger denn je. Kriegerin zu werden, das war einmal mein größter Herzenswunsch, aber die Götter haben es anders entschieden. Es ist auch kein Herzenswunsch mehr, denn in meinem Herzen sind keine Wünsche, außer dem einen, den du kennst...«

»Du willst deine Eltern rächen und deinen Oheim töten...«

»Das will ich, ja! Darum lebe ich, um den Elenden zu töten, und bei ihm wird mir das Töten eine Freude sein!«

»Aber dann mußt du dich wieder im Fechten üben, damit du ihn auch töten kannst und es nicht umgekehrt endet. Und du mußt ein Schwert oder einen Degen haben, denn mit dem Dolch kannst du ihn schlecht fordern.«

»Du meinst, ich solle ihn fordern?« Thalionmel dachte nach. »Dann muß ich wirklich fechten lernen. Aber einen Lehrer kann ich nicht bezahlen, ich habe ja kein Geld ...«

»Die Schule, die Garnisonsschule«, schlug Pagol vor; er entsann sich, daß ihm Thalionmel einst von den Stipendiaten aus armem Hause erzählt hatte, die kein Schulgeld zahlen mußten.

»Ach, Pagol, wie soll das angehen? Ich kann nicht auf die Schule zurück. Ich habe nicht nur meine Eltern, mein Pferd und mein ganzes Hab und Gut verloren, ich habe auch meinen Namen verloren, da ich ihn nicht nennen darf. Schließlich bin ich noch nicht volljährig, und sobald ich die Garnison betrete, wird man mich Fuxfell übergeben, da er sich mit Hilfe der gefälschten Dokumente zu meinem Vormund hat bestellen lassen.« Das Mädchen seufzte kaum hörbar. »Ich weiß keinen Rat«, murmelte sie, »und du weißt auch keinen.«

»Jetzt weiß ich keinen, außer dem, daß du, wenn wir in Neetha angelangt sind, in den Tempel gehen solltest. Vielleicht wirst du dort Trost und Rat finden.« Pagols Müdigkeit war verflogen – die Freundin sprach mit ihm wie mit einem Gleichgestellten, öffnete ihm ihr Herz und fragte ihn um Rat! Geschützt durch die Schwärze der Nacht, legte sie den Panzer aus Schroffheit ab. Vielleicht hatten auch der genossene Wein oder das vorausgegangene Bekenntnis sie weicher und milder gestimmt, doch welche Rolle spielte das? Der Junge lauschte dem Klang ihrer Stimme, die klar und unverstellt in sein Ohr drang, und von dort unmittelbar ins Herz. Er hätte dieser schönen Stimme die ganze Nacht lang lauschen mögen. »Warum erzählst du mir nicht dein Leben, alles, was geschehen ist, seit du von Brelak fliehen mußtest?« forderte er sie auf. »Vielleicht findet sich darin die Antwort.«

»Sechzehn Monde sind seitdem vergangen – ich weiß nicht, wo ich beginnen soll.«

»Am Anfang vielleicht, mit jener Nacht, in der es geschah«, schlug Pagol vor. Er spürte, wie sich Thalionmels Hände unter der Decke zu Fäusten ballten.

»Nun gut«, sagte sie schließlich, »ich werde es erzählen.«

»Und ich höre zu«, erwiderte Pagol sanft.

2. Kapitel

Ich lief durch den Wald«, begann Thalionmel zu erzählen, »und es regnete in Strömen. Was ich fühlte, weiß ich nicht mehr, ich könnte es auch nicht beschreiben … Vielleicht …« Sie zögerte. »vielleicht fürchte ich mich auch, mich daran zu erinnern. Nennen wir es Verzweiflung … Leere … Götterferne. Wie dem auch sei, ich weiß jedenfalls, daß ich jeden Kummer, den die Götter noch für mich bereithalten, überleben werde, da ich jenen auch überlebt habe.«

»Man stirbt nicht so leicht«, sagte Pagol, da die Gefährtin ihre Rede sinnend unterbrochen hatte, »selbst dann nicht, wenn man es sich wünscht, wenn man es wirklich will.«

»Nun gut. Ich wollte ja auch nicht sterben, das heißt, ich wollte schon, aber ich wollte auch Fuxfell vernichten – das will ich immer noch –, und dazu mußte ich am Leben bleiben. Ich entsinne mich noch, daß ich mich fragte, in welchem Paradies die Seelen meiner Eltern wohl Einlaß fänden: in Rondras Hallen oder in Peraines Garten, oder ob sie gar im Tode getrennt würden. Diese Frage machte mir große Sorge, denn auf Erden hatten sie einander stets sehr lieb gehabt, und nie ist ein böses Wort zwischen ihnen gefallen. Vielleicht sind sie ja nun vereint in Travias Herberge … aber ob das der Mutter recht ist …«

Thalionmels Stimme war bei den letzten Worten seltsam rauh geworden, und nun schwieg sie. Angestrengt lauschte Pagol in die Finsternis, aber er hörte nichts als das Schluchzen des Windes. Nicht weinen, Thalionmel!, bat er stumm, denn das könnte er nicht ertragen. Doch da gewahrte er das Beben an seiner Seite, wie Krämpfe von Schüttelfrost, und das war weit schlimmer als lautes Weinen. Schon spürte der Junge, wie es heiß in seinen Augen zu brennen begann, und er blinzelte heftig. Was soll ich nur tun?, dachte er verzweifelt. Sie anfassen, ihr begütigend das Haar streicheln oder tröstend den Arm um sie legen, das durfte er nicht – es würde sie aufbringen und alles noch schlimmer machen –, und mit Worten Trost spenden, das konnte er nicht, die Stimme würde ihm dabei versagen. Und welche Worte hätte er auch sprechen sollen? Gab es denn einen Trost? Gab es eine Antwort auf ihre Frage? War jemals ein Sterblicher von dort zurückgekehrt, um zu berichten, wie es dort zuging?

Nein, ich kann sie nicht trösten, entschied Pagol, und der Kummer über diese Erkenntnis und das Mitleid mit der Freundin legten sich wie eine steinerne Last auf sein Herz. Er hatte, angesteckt vom Leid des Mädchens, auch zu zittern begonnen und fürchtete schon, daß über kurz oder lang sie beide in Tränen ausbrechen würden, da ließen ihre Krämpfe nach, und das lautlose Schluchzen verebbte. Steif wie ein Brett lag sie nun neben ihm, alle Muskeln ihres mageren Körpers schienen gespannt. Eine Weile verharrte sie in dieser Haltung, dann schneuzte sie sich in irgend etwas und begann erneut zu sprechen – mit leicht belegter Stimme zwar, aber klar und gefaßt.

»Jetzt will ich dich nicht weiter mit müßigen Überlegungen und jenseitigen Fragen langweilen«, sagte sie, »denn das bringt uns nicht weiter. Wo war ich stehengeblieben? Ach ja, ich lief durch den Wald. Nun, später wird wohl ein Gehen daraus geworden sein, denn fünfundzwanzig Meilen in einem fort laufen, das kann ich nicht. Und irgendwann ließ der Regen nach. Als ich in Neetha anlangte, war es noch recht früh am Tag, um die siebte oder achte Stunde vielleicht. Zwar musterte mich die Wache stirnrunzelnd – ich war völlig durchnäßt und gewiß von oben bis unten besudelt –, aber sie erkannte die Uniform und ließ mich achselzuckend passieren, ohne Fragen zu stellen.

Ein Lauf beziehungsweise Marsch von fünfundzwanzig Meilen gibt einem die Gelegenheit, Gedanken und Gefühle zu ordnen, mögen sie auch noch so verworren und verzweifelt sein. Und so hatte ich schon unterwegs damit begonnen, die Untat des Oheims zu überdenken und meine Schlüsse daraus zu ziehen. Wie abgrundtief seine Bosheit war, wurde mir erst bewußt, als ich erkannte, mit welch dämonischer Klugheit er sein Verbrechen geplant und ausgeführt hatte. Außer mir gab es keine Zeugen, denn den einzigen anderen hatte er ermordet. Welch namenlose Kraft mag ihm wohl beigestanden und Robak in die Schreibstube geschickt haben, auf daß er in diesem einen Zeugen hätte, der, obzwar tot, dennoch für ihn sprechen konnte? Denn fände man Robaks verkohlte Leiche in den Trümmern, und dazu vielleicht Reste der erbrochenen Truhen und Schränke, so wäre doch jedem klar, wie sich alles zugetragen hatte: Robak hatte versucht, sich am freiherrlichen Vermögen zu bereichern, und um seine Freveltat zu vertuschen, hatte er ein Feuer gelegt (vielleicht war der Brand auch durch seine Hast oder Unachtsamkeit ausgebrochen), in dem er dann selbst umgekommen war. Den Frevler strafen die Götter. Fuxfell aber hatte, den Göttern sei Dank, in seiner geringen geretteten Habe ein wichtiges Dokument, die Zweitschrift des Testamentes meiner Eltern, das sie ihm – und das war der eigentliche Grund seines Besuches gewesen – just am Vortag eingehändigt hatten, damit er es zu einem Advocatus nach Neetha oder Methumis bringe, auf daß es dort sicher verwahrt werde. In diesem Dokument nun steht – das habe ich mit eigenen Augen gelesen –, daß Zordan Fuxfell, der Halbbruder meiner Mutter Kusmine, bis zum Tage meiner Volljährigkeit mein Vormund und der alleinige Lehensverweser von

Brelak sei. Und Zeit genug, es mit den gut eingeübten Unterschriften meiner Mutter und meines Vaters zu versehen, hatte er allemal. Welch abgrundtiefe Bosheit, welch namenlos abscheulicher Plan! Ob er wohl einzig darum nach Brelak gereist war, meine Eltern zu ermorden? Nun, du weißt es ebensowenig wie ich, und es ist auch müßig, sich darüber den Kopf zu zerbrechen. Fest steht jedenfalls, daß, als die Türme und Kuppel von Neetha im Dunst vor mir auftauchten, er schon Herr über Brelak war. Und ich wußte es und wußte, was es für mich bedeutete. Nicht nur wäre ich von nun an meines Lebens nicht mehr sicher, ich könnte ihn auch nicht anklagen und seiner Untat überführen. Denn wem würde man glauben: dem vor Kummer verstörten Kinde oder dem aufrechten Mann mit dem einnehmenden Wesen und den zierlichen Umgangsformen? Ja, so wirkt er auf Fremde, dieser Abschaum, diese Ausgeburt der Niederhöllen! Und er kann ein wenig zaubern und sich mit Hilfe dieser Gabe die Menschen gewogen machen …«

»Was ist mit deiner Schwester?« warf Pagol ein. »Wird sie in dem gefälschten Testament auch erwähnt?«

»An Zulhamin habe ich kaum gedacht, das muß ich bekennen«, erwiderte Thalionmel, ohne die Frage des Jungen zu beantworten, »und das war schlecht von mir, denn der Verlust, den sie erlitten, war nicht geringer als der meine. Doch als ich den Platz vor dem Praiostempel überquerte, wohin meine Füße mich ohne mein Wissen getragen hatten, da wurde mir klar, daß ich nun zu ihr gehen und es ihr sagen mußte … Mir wurde auf einmal ganz kalt, obwohl die Sonne Nebel und Dunst schon vertrieben hatte und sie recht warm herniederschien … Nein, in dem falschen Dokument steht nichts von ihr, er kannte sie ja nicht einmal und wußte nicht, daß sie als meine Schwester bei uns lebte, da konnte er auch nichts von ihr schreiben …«

»Aber da waren die Dörfler doch sicher sehr verwundert, daß deine guten Eltern dem Ziehkind gar nichts hinterlassen haben... Du sagst doch, daß sie so liebreizend ist, und alle im Dorf sie gern hatten.«

»Darüber habe ich auch schon nachgedacht«, erwiderte Thalionmel, »aber er wird kaum dem Schulzen das Testament unter die Nase gehalten oder es in voller Länge vorgelesen haben. Der Graf muß die Rechtmäßigkeit von Fuxfells Anspruch auf das Lehen bestätigen, und was schert den meine kleine Schwester... Daß nun ganz Brelak den armen Robak für einen Dieb und Mordbrenner hält, das tut mir in der Seele weh. Er mag ein wenig faul und einfältig gewesen sein – so hörte ich jedenfalls meine Eltern einmal sagen –, aber er war von aufrechter Gesinnung und stets freundlich gegen jedermann...«

»Erzähl mir von Zulhamin«, bat Pagol. »Wie hat sie die Nachricht aufgenommen?«

»Ach bitte, Pagol, erspar es mir, dir das zu schildern. Die Kunde brach ihr das Herz und raubte ihr fast den Verstand, so daß Meisterin Shahane in ihrer Sorge schließlich nach einem Medicus schickte, der Zulhamin einen Schlaftrunk einflößte. Die Sharisad ist eine kluge Frau, mußt du wissen, klug und umsichtig. So sandte sie noch am selben Tag einen Boten zur Garnison, um Quendan unter einem Vorwand in ihr Haus zu locken. Quendan, Shahane, du, Zulhamin und ich, wir sind die einzigen, die die Wahrheit kennen. Ich habe mich, bevor ich Neetha verließ, mit Quendan an einem geheimen Ort getroffen, doch davon später. Denn zuvor will ich dir noch ein wenig von Shahane erzählen. Sie ist kein schlechter Mensch, ganz gewiß nicht. Sie hat mich sehr umsorgt, mich in einen warmen Zuber gesteckt, mir trockene Kleider und zu Essen gegeben. Aber sie nimmt es mit den Talern ziemlich genau, und sie kann ausgezeichnet rechnen, wie die meisten Tulamiden. Als ich mich ein wenig ausgeruht hatte und wir besprachen, wie es nun weitergehen soll – nicht nur mit mir, sondern auch und vor allen Dingen mit Zulhamin –, da wußte sie auf der Stelle und bis zum letzten Kreuzer und auf den Tag genau zu sagen, für welche Spanne Zeit das Lehr- und Kostgeld reichen würde, das meine Eltern ihr im voraus für Zulhamins Pflege und Erziehung geschickt hatten. Neun Monde und achtundzwanzig Tage waren es. Wie seltsam, daß ich das behalten habe. Und sie meinte, danach sei meine Schwester alt genug, um sich die weitere Ausbildung durch Unterhaltung der Gäste selbst zu verdienen.«

Thalionmels Stimme war vom vielen Reden etwas rauh geworden, und sie hüstelte. Pagol reichte ihr den Weinschlauch. »Hier, trink, du bist ja schon ganz heiser, und es ist noch reichlich Wein da.«

Gedankenverloren nahm das Mädchen einen langen, kräftigen Schluck. »Ich hoffe, sie hat mit Unterhaltung der Gäste das Tanzen gemeint«, sagte sie dann. »Ich war ja noch so jung und dumm damals, daß mir gar nichts anderes in den Sinn gekommen wäre, aber inzwischen… Nun, Zulhamin wird nicht daran sterben, wenn sie hin und wieder für ein paar Silber- oder Goldstücke recht freundlich zu einem Mann ist…«

»Sprich nicht so von deiner Schwester, bitte!«

»Ich meine es gar nicht böse… oder häßlich«, erwiderte Thalionmel nach einer nachdenklichen Pause. »Ich wollte sagen: Durch ihr Leben geht ein Riß; sie ist nicht mehr dieselbe wie zuvor und wird es nie wieder sein. Und ein gebrochenes Herz kann man weder kitten noch abermals brechen.«

Wie kannst du das alles wissen? wollte Pagol einwenden. Du hast sie doch so lange nicht gesehen. Vielleicht ist sie anders als du, vielleicht haben die Götter ihr so viel Heiterkeit ins Herz gelegt, daß sie irgendwann einmal den Schicksalsschlag verwinden und wieder glücklich werden kann. Aber da merkte er, daß die Freundin von sich selbst gesprochen hatte. »Du machst dir Sorgen um Zulhamin, nicht wahr?« fragte er leise. »Auch sie zieht dich nach Neetha zurück.«

»Ich bin nicht ihre Kinderfrau, und sie ist kein Kind!« Der Satz klang schroffer, als Thalionmel beabsichtigt hatte, deshalb fügte sie rasch hinzu: »Aber du hast recht – ich fühle mich verantwortlich für sie. Ich war immer ihre Ratgeberin, und sie hat stets zu mir aufgeblickt und meinen Ratschlag meistens befolgt, so dumm das in deinen Ohren auch klingen mag. Ja, ich muß wissen, was sie treibt und ob sie wohlauf ist – das ist meine schwesterliche Pflicht.«

Vielleicht sehnst du dich ja auch ein wenig nach ihr, dachte Pagol und lächelte befriedigt. Schließlich hatte er längst bemerkt, daß der Freundin das Medaillon mit dem Bildnis der Schwester, das an einem unscheinbaren ledernen Bande hing, fast ebenso teuer war wie die Löwinnennadel und daß sie es ebenso mit Zähnen und Klauen verteidigen würde. Diesmal war es, als habe Thalionmel seine Gedanken erraten, denn unvermittelt kam sie auf das Schmuckstück zu sprechen.

»Daß sie meiner Mutter, ihrer Muhme, das eigens für diese gemalte Bildchen nun nicht würde überreichen können, das schien sie am meisten aus der Fassung zu bringen, und immer wieder kam sie schluchzend darauf zu sprechen – vermutlich war ihr armes kleines Köpfchen nicht in der Lage, das ganze Ausmaß des Unglücks zu erfassen, oder die heilige Noiona hatte ihren Geist mit einem schützenden Nebel umhüllt. Als ich Abschied von Zulhamin nahm, erbat ich mir das Bildnis, und sie schien fast erleichtert, es loszuwerden. Weißt du, daß ich, als ich Neetha bereits verlassen hatte, noch einmal umgekehrt bin, um es bei einem Silberschmied, dessen Werkstatt unweit des Tores ich unterwegs entdeckt hatte, fassen und mit einer Öse versehen zu lassen? … Nun stelle ich schon ebenso dumme Fragen wie du. Wie sollst du das wissen, und was geht es dich an!« Thalionmel schwieg eine Zeitlang. »Und ich hatte mich am meisten darauf gefreut, mit meiner Mutter die Klingen zu kreuzen und ihr meine Fortschritte im Zweihänderkampf zu zeigen! Das sage ich dir, Mordbube, das sollst du wissen!« rief sie plötzlich so laut, daß Pagol erschreckt zusammenfuhr, weil er einen Wimpernschlag lang glaubte, ihre Worte gälten ihm, und dann erst verstand, daß sie zu dem unsichtbaren Oheim sprach, so als stünde er leibhaftig draußen vor der Kate.

Plötzlich war es still, so still, daß der Junge den Nachhall von Thalionmels Worten zu hören glaubte. Das beständige Brausen, Pfeifen und Ächzen des Windes waren ganz unvermittelt tiefer Ruhe gewichen. Wahrscheinlich schöpft er nur neue Kraft, dachte Pagol und beschloß, die Ruhepause zu genießen. Er lauschte auf den Atem der Freundin, hörte ihn aber kaum, dafür seinen eigenen Herzschlag um so lauter. Warum nur schlägt mein Herz so heftig? fragte er sich. Doch gewiß nicht wegen des winzigen Schrecks. Vorhin, als ich das Weiche berührt habe, ihren Busen, da hat es auch so zu schlagen begonnen. Und dann hat sie eben etwas von Quendan erzählt, diesem verliebten Gockel, mit dem sie sich heimlich an einem geheimen Ort getroffen hat. Ja, was ist nun mit ihm? Der Junge straffte sich, räusperte sich und holte tief Luft. »Und was war mit Quendan?« fragte er. »Du sagst, ihr habt euch heimlich getroffen. Habt ihr … Ich meine …«

»Quendan war mein Spion, mein Kundschafter.« Pagol glaubte, einen Anflug von Spott in Thalionmels Stimme auszumachen, doch als sie weitersprach, merkte er, daß er sich geirrt hatte. »Durch ihn habe ich Kunde von daheim erhalten. Zwar waren die Nachrichten spärlich und bruchstückhaft, doch soviel erfuhr ich in den sieben oder acht Praiosläufen, die ich mich in Shahanes Haus verborgen hielt: Zordan, Edler von Malur und Freiherr von Brelak – so nannte sich der Unhold inzwischen, doch weiß ich nicht, ob er sich den Anspruch, Lehensverweser von Brelak zu sein, und das Recht, die Adelstitel meiner Eltern zu tragen, bereits so zeitig vom Grafen hatte bestätigen lassen oder ob er in Erwartung und im Vorgriff so anmaßend handelte. Zordan also ließ nach seiner Nichte suchen, die ihm lieb und teuer und noch minderjährig sei und welche, so nicht im Feuer oder in den Wäldern umgekommen, schutzlos und wohl halb umnachtet durchs Land irre. Auch nach einer Zulhamin Plotz suchte er – er konnte ja nicht wissen, daß meine Schwester inzwischen von Brelak heißt ...« Das Mädchen hielt plötzlich inne. »Nein«, sagte sie dann leise, »so heißt sie gar nicht, dafür gibt es keinen Beweis.«

»Wovon sprichst du? Ich verstehe dich nicht.«

»Es gab einen Brief meiner Mutter; er steckte in einem Umschlag, der hinter einem Sparren auf dem Dach des Refektoriums verborgen lag. In diesem Brief ... ach, lassen wir das.«

»Bitte, Thalionmel, erklär mir alles! Was ist mit dem Brief?« Pagol sprach hell und hastig.

»Nun«, begann das Mädchen zögernd und mit seltsam teilnahmsloser Stimme, »in dem Brief stand, daß meine Ziehschwester Zulhamin Plotz von nun an und hinfort Zulhamin von Brelak heißen solle, und daß Zordan Fuxfell wegen seiner Schlechtigkeit vom Erbe ausgeschlossen werde ... Aber«, fuhr sie rasch fort, als sie merkte, daß der Gefährte etwas einwenden wollte, »es gibt den Brief nicht mehr. Es gibt keinen meiner Briefe mehr ... Trotzdem habe ich, in einem Anfall von Wahn oder kranker Hoffnung vermutlich, Quendan gegen besseres Wissen auf den Dachboden geschickt, den Umschlag zu suchen. Natürlich kehrte er mit leeren Händen zurück. Ich hatte meine Schätze ja mitgenommen! Ich wollte die Briefe, die nur mir gehörten und die kein unbefugter Blick je entweihen sollte, nicht vierzehn Praiosläufe lang allein und unbewacht zurücklassen. Welch ein Hohn, nicht wahr? Da wähnte ich sie sicher bei mir und habe sie doch selbst in die Flammen getragen.«

»So darfst du nicht reden!« unterbrach Pagol das Mädchen fast entrüstet. »Das stellt ja alles auf den Kopf, und solcherlei Gedanken sind wirklich krank! Aber«, fuhr er stockend fort, »du dauerst mich sehr, so sehr, daß ich es kaum zu sagen vermag...« Er schluckte und verstummte.

»Vielleicht wurde meine Habe ja auch gerettet«, fuhr Thalionmel sinnend fort, so als habe sie Pagols Worte gar nicht wahrgenommen, »und dann wird es dem Elenden gewiß eine rechte Freude gewesen sein, die Briefe zuerst zu lesen und dann dem Feuer zu überantworten... Warum hast eigentlich du Neetha verlassen, und was hat dich nach Eldoret verschlagen?« fuhr sie mit angestrengt munterer Stimme fort. »Schwätz doch auch einmal, damit sich meine Kehle ein wenig ausruhen kann.«

»Ach, Thalionmel!« Pagol schüttelte den Kopf. »Du erwartest doch nicht im Ernst, daß ich dir die altbekannte kleine dumme Geschichte zum fünften Mal erzähle!«

»Nein, natürlich nicht. Als kleine dumme Geschichte hast du sie mir ja bereits viermal erzählt. Beim fünften Mal erwarte ich eine lange, dramatische Erzählung.«

»Also gut: Ich habe gesehen, wie einer von den Pfaffen in den Opferstock gegriffen hat, und er hat gesehen, daß ich es gesehen habe. Das ist alles, und damit ist die Geschichte zu Ende.« Pagol schwieg trotzig; warum sollte er der Gefährtin von seinen Gefühlen, Sorgen und Zweifeln erzählen, da er doch sicher sein konnte, daß ihr Interesse und ihre Anteilnahme nicht länger als bis zum Morgengrauen währen würden. Eine lange, dramatische Erzählung..., wiederholte er ihre Worte im Geiste. Eine spannende Geschichte... aber ich fand es gar nicht spannend, sie zu erleben... eher bedrückend...

»Das ist doch kein Grund, die Schule zu verlassen, und erst recht kein Grund, die Stadt zu verlassen!« unterbrach Thalionmels Stimme Pagols Überlegungen. »Den Wortlaut deiner Geschichte kenne ich ja nun seit Monden auswendig, aber was dich in Wahrheit bewogen hat, Schule und Stadt den Rücken zu kehren, frage ich mich bis heute.«

»So, das fragst du dich – seit Monden schon?« Der Junge war aufrichtig überrascht und der leichte Anflug von Verbitterung augenblicklich verflogen. »Es ist aber keine dramatische sondern eine eher langweilige Geschichte. Eigentlich ist es gar keine Geschichte, denn außer dem, was die Worte besagen, die du auswendig kennst, hat sich nichts zugetragen. Du denkst wahrscheinlich, der Pfaffe habe mich bedroht oder versucht, mir den Frevel anzuhängen – schließlich war auch mein Vater ein Dieb –, oder ich hätte mir ein Herz gefaßt, Hochwürden den Vorfall gemeldet und sei doch zuletzt der Verleumdung bezichtigt worden... Ein Grund zu fliehen das erste, Grund genug für einen schimpflichen Schulverweis das zweite...«

»Nein, das habe ich eigentlich nicht gedacht«, erwiderte Thalionmel schlicht. »Wenn dir ein solches Unrecht zugefügt worden wäre, hättest du dich mir gewiß schon anvertraut. Warum auch nicht? Darüber kann man reden – über Freveltaten, schlechte Menschen und falsche Priester...« Sie hielt nachdenklich inne.

Es dauerte eine Weile, bis Pagol sich die Worte zurechtgelegt hatte. Fast wünschte er, der Wind möge wieder auffrischen, damit er nicht in die Stille sprechen müßte, aber Beleman hatte sich wohl schlafen gelegt, denn außer der fernen Brandung war nichts zu hören. Der Junge schluckte und hüstelte ein paarmal, bevor er sich schließlich aufraffte zu reden: »Ich konnte nicht bleiben«, sagte er dann, »ich ... ich hatte den Glauben verloren.« Nun war es heraus, und betroffen lauschte er dem Nachhall seiner Stimme. Was würde nun geschehen, wie würde die Freundin das Bekenntnis aufnehmen? fragte er sich, aber Thalionmel schwieg.

Bitte sag etwas! flehte Pagol in Gedanken. Sag, daß du mich nicht verdammst, sag, daß du mich verstehst oder auch nicht verstehst und ich es dir erklären soll. – »Fahr doch fort«, erklang da leise die Stimme des Mädchens.

Über das folgende hatte Pagol so oft nachgedacht, hatte seine Gedanken so oft geordnet, wieder verworfen und neu geordnet, sie im Geiste niedergeschrieben wie zu einem Traktat, in welchem er dem Boten des Lichtes selbst würde Rechenschaft ablegen können, daß die Worte nun aus Mund und Herzen quollen, als hätte man ein Stauwehr geöffnet. »Wir lernen«, begann er, »Praios sei der Gott des Lichtes, der Gott des Rechtes und der Gesetze. Wir lernen, Er sei der erste der Götter und Herrscher über diese sowie alle sterblichen Kreaturen. Wir lernen, Er sei allwissend, und nichts bleibe Ihm verborgen. Das lehren uns Seine Priester. Wenn nun ein Priester etwas Unrechtes tut, einen Frevel oder eine Sünde begeht, welche Schlüsse müssen wir daraus ziehen? Zum ersten: Er glaubt nicht an Praios' Gesetze, da er sie mißachtet. Zum zweiten: Er glaubt nicht an Praios' Allwissenheit, da er Ihn hintergehen zu können meint. Zum dritten: Er glaubt nicht an Praios' Zorn, da er ihn nicht fürchtet. Zum vierten: Er glaubt nicht an Praios' Paradies, da er keinen Einlaß begehrt. Aus all dem folgt: Der Priester glaubt nicht an Praios den Herrn – einen anderen Schluß gibt es nicht!« Pagol hielt inne, um sich zu räuspern, dann fuhr er fort: »Wenn nun ein Priester an den Gott, den er verkündet, gar nicht glaubt, kann es diesen Gott dann geben? Denn die Verkündigung ist in dem Falle ja Lüge, und Lüge ist das Gegenteil von Wahrhaftigkeit, welche das Wesen der Gottheit ist. Das Wesen der Gottheit und Seine Verkündigung stehen also in Widerspruch zueinander, was aber ein Paradoxon ist, und daraus ergibt sich …«

»Hast du ihn inzwischen wiedergefunden, den Glauben meine ich?« unterbrach Thalionmel Pagols Ausführungen.

Der Junge fuhr erschreckt zusammen; er hatte im Verlauf seiner Rede beinahe vergessen, daß er nicht zu Hochwürden oder dem Tempelvorsteher in Kuslik sprach, sondern zur Gefährtin an seiner Seite. Nun, da der Schwall der Worte unterbrochen und das Geflecht der Argumente zerrissen waren, verlor er den Faden, und es fiel ihm schwer, den Sinn der schlichten, aber unerwarteten Frage zu begreifen.

»Was? … Ich weiß nicht …«, stammelte er. Doch dann hatte er sich gefaßt und antwortete langsam und nachdenklich: »Ich glaube an Praios den Herrn, aber ich glaube nicht mehr alles, was Seine Diener sagen. Ich glaube den Pfaffen nicht! Und ganz gewiß stehen sie Ihm nicht näher als irgendein anderer Sterblicher. An den Herrn jedoch muß man glauben, da Sein Licht jeden Tag die Welt bescheint und vor ewiger Nacht und Tod bewahrt. Und man muß an Ihn glauben, da Er das Wissen, was Recht ist und was Unrecht ist, in das Herz jedes Menschen gepflanzt hat. Ich habe in der letzten Zeit wieder begonnen zu beten, aber es fällt mir noch schwer. Sein Haus habe ich seit damals nicht mehr betreten, und ob ich es jemals wieder tun werde …«

»Mir ist es ähnlich ergangen und doch wieder anders«, erklang Thalionmels Stimme in der entstandenen Stille. »Ich habe mit der Göttin gehadert, vielleicht habe ich Sie gar gehaßt … Und deshalb konnte ich auch nicht in den Tempel oder zu Hochwürden Gunelde gehen. Ihr hätte ich mich eröffnen und von Fuxfells Untat berichten können, aber ich habe es nicht über mich gebracht... Ich konnte nicht. Es wäre... Betrug gewesen... Verstehst du, was ich meine?«

»Ich verstehe dich«, erwiderte Pagol. Dann schwiegen beide und hingen ihren Gedanken nach. Ein seltsam heller, klagender Laut durchdrang die Nacht, wie eine kurze Melodie; fern und fremd. »Was war das?« flüsterte Pagol. »Eine Eule?«

»Das glaube ich nicht«, antwortete das Mädchen ebenso leise. »Eulen rufen anders. Laß uns still sein, vielleicht schreit es ja noch einmal.«

Und in der Tat: Kaum war der Satz verklungen, als abermals das fremdartige Rufen erscholl, viel näher diesmal. Nein, das war nicht die Stimme eines Kauzes oder eines anderen Nachtvogels; weder tierisch noch menschlich erschien sie Pagol, und dennoch gemahnten die Töne ihn an Gesang, an ein Lied. Sosehr ihm auch graute, versuchte er doch, die Melodie im Geiste mitzusingen und die Silben des Rufes zu Worten zu fügen. Aber bevor ihm das gelang, rief das Wesen ein drittes Mal, ganz nahe nun. Und dann war die Luft erfüllt von Brausen und Rauschen – es schwoll, war über ihnen, um sie, brachte das Gebälk zum Beben und das Gemäuer zum Ächzen und zog weiter, bevor die Gefährten recht zur Besinnung gekommen waren.

Pagol hatte in seiner Furcht den Umhang über den Kopf gezogen und sich ganz dicht an die Freundin geschmiegt. Sein Herz hämmerte zum Zerspringen, aber auch ihren Herzschlag glaubte er durch die Schichten der Kleidung hindurch schnell und heftig wahrzunehmen. »Was war das nur?« flüsterte er kaum hörbar. »Glaubst du, es kommt wieder?«

»Ich weiß es nicht«, raunte ihm Thalionmel ins Ohr; ihr Kopf war so dicht bei seinem, daß er ihren Atem heiß auf seiner Wange spürte. »Aber was immer es war, ich glaube nicht, daß es uns gesucht hat, denn sonst hätte es uns auch gefunden. Diese nächtlichen Wesen haben gute Nasen und noch bessere Augen, mit denen sie sogar durch Mauern hindurchsehen können. Vielleicht war es ein Drache…«

»Ein Drache meinst du? Keine Harpyie, kein Vampir?« Pagol atmete hörbar, aber keineswegs erleichtert aus. »Von den Drachen heißt es, daß sie Menschen rauben und in ihre Höhlen verschleppen, um ihnen Rätselfragen aufzugeben. Und wer die Rätsel nicht lösen kann, den fressen sie.«

»Das tun nur die Purpurwürmer und Kaiserdrachen«, erwiderte das Mädchen, »und sie rauben auch nur Magier und Gelehrte, kluge Leute eben, die in den Wissenschaften bewandert sind, nicht solche wie uns.« Sie hob lauschend den Kopf, doch die Ruhe ringsum schien die Richtigkeit ihrer Worte zu bestätigen, und so ließ sie ihn auf das Lager zurücksinken. »Vielleicht war es ein Westwinddrache. Sie sollen sehr schön und prächtig sein. Hast du schon einmal einen gesehen?«

»Nein, ich habe noch nie einen Drachen gesehen, weder einen Westwinddrachen noch irgendeinen anderen, und ich weiß nicht, ob ich mich wirklich nach dem Anblick sehne, mag er auch noch so prächtig sein.« Auch Pagol lauschte angestrengt, aber das Rufen ertönte nicht wieder, und so entspannte er sich allmählich. Unvermittelt begann er zu summen – eine seltsame Folge langer und kurzer Töne unterschiedlicher Höhe.

»Was brummelst du da in deinen Umhang?« fragte Thalionmel ein wenig zu forsch und zu munter. »Soll dies unliebliche Geräusch ein Schlaflied sein und mich einlullen?«

»Es ist das Lied des nächtlichen Wesens; die Melodie ist in meinem Kopf, ganz deutlich sogar, aber es will mir nicht gelingen, sie mit der Kehle nachzuformen.« Der Junge versuchte es noch einmal, mit voller Stimme nun, aber nach den ersten schönen Tönen brach diese sich, wurde schrill und heiser, und verlegen hielt er inne. »Ich habe auch Worte verstanden«, sagte er rasch, wie um den mißlungenen Sangesversuch vergessen zu machen, »es klang wie Donner oder Wonne ...«

»Oder Sonne oder Tonne ... Ach, Pagol, warum trinkst du Wein, wenn du ihn nicht verträgst?« Thalionmel knuffte den Gefährten freundschaftlich, und als er blitzschnell nach ihrer Hand griff, duldete sie die Berührung für einen kurzen Augenblick, bevor sie sich ihm wieder entzog.

»Ich bleibe dabei«, sagte Pagol, »das Wesen, ob es nun ein Drache oder Zaubertier war, hat ein Lied gesungen. Aber da du mir nicht glaubst, können wir ja das Thema wechseln und endlich wieder auf deine Erzählung zurückkommen. Du hast mir immer noch nicht erzählt, wo du dich damals mit Quendan getroffen hast und was ihr an dem geheimen Ort getrieben habt.«

»Und du hast meine Frage noch nicht beantwortet, warum du Neetha verlassen hast. Für einen Schreiber gibt es dort doch gewiß mehr zu verdienen als in Eldoret«, erwiderte das Mädchen.

»Ich habe dich gesucht«, sagte Pagol mit plötzlich veränderter Stimme. »Hast du das nicht gewußt? So bitter mein Erlebnis auch war – ich meine den Vorfall mit dem falschen Pfaffen und die anschließenden Zweifel und all das –, so hatte es doch ein Gutes: Es gab den Anstoß, mich endlich auf und davon zu machen, dir nach. Denn was dir widerfahren war, wußte ich schon lange, und auch daß du lebtest und nach Norden gezogen warst, deinen Onkel zu suchen. Auch ich hatte meine Spione und Kundschafter ...«

»So«, erwiderte das Mädchen nur. »Nun, und was deine Fragen betrifft, so habe ich mich mit Quendan auf der Baustelle getroffen, du weißt schon, dort, wo man einen Hesindetempel baute. Ist er inzwischen fertig?«

»Als ich Neetha verließ, standen die äußeren Mauern, aber das Dach fehlte, und ich kann mir auch nicht vorstellen, wie sie es bauen wollen, denn der Grundriß hat fünf Ecken, und das habe ich bei einem Haus noch nie gesehen ... Und auf der Baustelle habt ihr dann ...«

»Wir haben gar nichts«, unterbrach Thalionmel den Gefährten unwirsch. »Quendan brachte mir Nachrichten, Kleider, Geld, das ich nicht genommen habe, und den Dolch. Ach, Pagol, glaubst du, ich wüßte nicht längst, worauf du hinauswillst? Quendan ist ein guter Mensch, auch wenn ich vor langer Zeit etwas anderes behauptet haben mag. Er hat mehr für mich getan, als ich ihm je werde vergelten können, und selbstverständlich hat er nichts verlangt für seine Mühe. Und ebenso selbstverständlich habe ich geduldet, daß er mich zum Abschied umarmte und auf die Stirn küßte. Was nun die Liebe betrifft – denn das ist es ja, was dich so brennend interessiert –, so laß dir sagen, ich habe sie kennengelernt, und es ist nicht weit her damit, Rahja, vergib mir.« Pagol, der mit angehaltenem Atem lauschte, spürte, wie die Gefährtin mit der Hand vor dem Mund wedelte, um die Lästerung zu verwehen. Er hoffte, daß sie nun weitersprechen werde, aber sie schwieg.

Es ist wirklich nicht weit her damit, wiederholte das Mädchen ihre Worte im Geiste. Sie dachte an die verlassene Scheune, in die der blonde Bauernbursche sie geführt hatte, an seine schwitzende Geschäftigkeit, sein Keuchen und an den kleinen Schmerz. Es war eine täppische Liebe gewesen, und er war genauso unerfahren gewesen wie sie selbst. Auf sein Gesicht konnte sie sich nicht mehr besinnen, obwohl sie es doch so dicht vor Augen gehabt hatte, daß sie im Sonnenlicht, das hell durch ein Loch im Dach gefallen war, jede Pore, jedes Härchen und jeden Schweißtropfen hatte erkennen können. Warum sie sich mit ihm eingelassen hatte, wußte sie heute nicht mehr, und ob es aus

Neugierde oder Trotz geschehen war, hätte sie nicht mehr sagen können. Gewiß war nur, daß sie nicht wegen des Specks, der Würste und des Zuckerkuchens das Strohlager mit ihm geteilt hatte, obwohl die Speisen vorzüglich geschmeckt hatten, wie sie sich entsann.

»Wie es gemacht wird, wirst du ja wohl wissen«, sagte Thalionmel just in dem Augenblick, da Pagol beschlossen hatte, das Gespräch mit einer belanglosen und unverfänglichen Bemerkung wiederaufzunehmen, »und mehr kann ich dir dazu nicht sagen. Was den Burschen betrifft, so würde ich ihn vermutlich nicht wiedererkennen, falls er mir begegnen sollte. Ich habe es später noch ein paarmal mit einem gemacht, den ich sehr wohl wiedererkennen würde, aber es war kaum anders als beim ersten Mal. Vielleicht ist es für Männer schöner... Mir ist jedenfalls unbegreiflich, wie man einer Göttin, der solches heilig ist, Tempel bauen kann, Rahja vergib mir.« Wieder fühlte Pagol, wie die Freundin fächelte.

»Da du alles genau und der Reihe nach wissen willst«, fuhr das Mädchen fort, »muß ich noch etwas nachtragen: Ein wenig Geld hatte ich, wie ich dir bereits mitgeteilt habe, und da es nicht von Quendan war, wirst du wissen wollen, wer sonst es mir geborgt haben könnte. Es war Zulhamin. Sie gab mir ihr Lehr- und Kostgeld für die letzten beiden Monde. Was rede ich – sie gab es mir! Sie zwang es mir auf, sollte ich besser sagen, da ich mich selbstverständlich weigerte, es zu nehmen. Sie war außer sich, schrie und weinte und drohte wahrhaftig, sich zu entleiben, wenn ich ihre Gabe zurückwiese... Und ich war sicher, daß sie ihre Drohung wahrmachen würde... Sie wollte mich ja auch nicht gehen lassen, obwohl sie einsah, daß ich gehen mußte... Ach, Pagol, es war furchtbar, und ich will jetzt nicht daran denken. Laß uns lieber zu der Scheune zurückkehren, in der ich es zum ersten Mal getan habe. Sie stand unweit der Straße, zwei oder drei Meilen vor Gebein. Bis dahin hatte sich nichts Bemerkenswertes ereignet, nichts, das sich meinem Gedächtnis eingeprägt hätte. Was dann zwischen Gebein und Thegun geschah, habe ich dir bereits erzählt, und wir wollen es überspringen. Seltsamerweise dachte ich auf dem ganzen langen Weg nach Thegun kein einziges Mal an das, was ich getan hatte, noch kam es mir in den Sinn, die Räuber könnten Rache nehmen für den Tod ihres Kumpans. Später machte ich mir sehr wohl Gedanken über meine Tat und ihre möglichen Folgen, aber bis zu meiner Ankunft in der Stadt war ich ausschließlich mit meiner eigenen Rache beschäftigt. Doch als ich Thegun erreicht hatte, war Fuxfell nicht mehr dort. Er war schon vor Tagen nach Methumis weitergezogen, wie ich erfuhr… Kannst du ermessen, wie enttäuscht ich war? Nein, das kannst du nicht, denn du weißt nicht, was ich aus Enttäuschung tat. Natürlich hätte ich mich unverzüglich auf den Weg nach Methumis machen müssen, um nicht noch mehr Zeit zu verlieren – das wäre meine Pflicht und Schuldigkeit gewesen –, aber nein, das tat ich nicht, sondern trieb mich statt dessen drei Tage in Thegun herum und verpraßte Zulhamins Geld… Nicht alles natürlich, aber doch viel zuviel. Ja, das war schändlich und läßt sich nicht wiedergutmachen… Was war das nur für ein seltsames Wesen, das da eben über uns hinweggebraust ist?… Nun, das werden wir wohl niemals erfahren. Fest steht jedoch, daß es dort in Thegun begann – mein unnützes und liederliches Leben. In diesen drei Tagen wurde ich so faul und träge, daß ich gern zustimmte, als mich zehn Meilen hinter der Stadt ein Bauer und seine Frau einluden, auf ihrem Karren mitzufahren. Drei lange Stunden ertrug ich das dumme und dreiste Geschwätz der Bauersleute ohne Widerrede, nur um nicht wandern zu müssen und meine empfindlichen, edelgeborenen Füße schonen zu können.«

Thalionmel machte eine Pause, um nach dem Weinschlauch zu suchen, wie Pagol an den Bewegungen und Geräuschen erkannte. Dann hatte sie ihn gefunden und erfrischte ihre Kehle mit einem kräftigen Schluck.

»Ja, das Zechen habe ich gut gelernt in den vergangenen Monden«, fuhr sie fort, »und ich habe es wahrlich nicht mit Wein geübt. Ich konnte es schon, noch bevor ich mich als Schankmagd verdingte, und bei dieser Arbeit kam es mir dann kaum zugute, denn die galanten Herren, die mich mit Bosparanjer verwöhnten und willig zu machen trachteten, waren rar im *Goldenen Einhorn*. Doch ich greife schon wieder vor. Was kam nach den Bauern, von denen ich mich keineswegs trennte, weil ich ihrer überdrüssig war, sondern einzig deshalb, weil sie ihren Karren nach drei Stunden auf einen Feldweg lenkten, der zu ihrer Kate führte? Da hieß es wieder wandern, und auf diese Weise legte ich auch die letzten fünfunddreißig Meilen bis Methumis zurück. Die neue Straße ist zwar gut gebaut und bequem, aber nicht so rege befahren, wie du glauben magst. Mehr als ein Fuhrwerk in der Stunde bekam ich selten zu Gesicht, und es waren in der Mehrzahl Bauern, die ihre Waren zum nächsten Marktflecken transportierten. Nur sechs Kutschen kamen mir in den drei Tagen meiner Wanderschaft entgegen, und von vieren wurde ich überholt. Eine Einladung zum Mitfahren bekam ich kein zweites Mal. Am Vormittag des dritten Tages kam mir eine Schar Söldlinge entgegen, aber ich wollte nicht von ihnen gesehen und in ein Wortgeplänkel verwickelt werden, und so schlug ich mich rechtzeitig in die Büsche. Als sie an mir vorüberzogen in ihren geschlitzten bunten Röcken und Beinkleidern, die mächtigen Bidenhänder geschultert und die verwegenen federgeschmückten Hüte auf den Rücken gebunden, bekam ich große Lust, mich ihnen anzuschließen. Ich war nahe daran, mein Versteck zu verlassen und ihnen mein Anliegen vorzutragen. Aber ich wußte damals so gut wie heute, daß sie mich im besten Falle ausgelacht hätten, und so schaute ich ihnen nur bedauernd hinterdrein. Weißt du, was seltsam und lustig war? Die Anführerin der Truppe – sie trug einen schwarzen Eisenharnisch, und ihr Helm war vor Federn kaum zu sehen – sah Weibelin Birsel zum Verwechseln ähnlich, meiner früheren Ausbilderin, nicht nur was Statur und Wuchs betraf, auch ihre Züge, soweit ich sie erkennen konnte, glichen denen meiner ehemaligen Vorgesetzten, so wie ein Ei dem anderen gleicht. Vielleicht war es ihre Schwester oder Zwillingsschwester... An das Räuberpärchen dachte ich recht oft, wie sie mich überrumpelt hatten, was danach geschah und daß der Tulamide seine Gefährtin nach Hilfe hatte schicken wollen. Ich war also wachsam. Aber niemand verfolgte mich, niemand lauerte mir auf. Irgendwann kam mir in den Sinn, daß die beiden vielleicht gar nicht zu einer Bande gehörten, sondern sich allein und auf eigene Faust im Räuberhandwerk versucht hatten. Vermutlich waren sie noch neu in diesem Beruf, und deshalb war ihr Überfall auch so stümperhaft gewesen... Ich könnte mir vorstellen, daß sie auf der Flucht waren, so gehetzt und abgerissen, wie sie aussahen. Und das Mädchen war noch sehr jung... Vielleicht sollte sie mit einem alten ungeliebten Mann verheiratet werden, wie das bei den Tulamiden so Brauch ist, und da ist sie lieber mit ihrem wahren Liebsten davongelaufen... Nun, es ist müßig, darüber zu mutmaßen... Und eines Abends, spät im Rondra oder früh im Efferd, erreichte ich dann Methumis. Es ist eine schmucke Stadt, nicht so groß wie Neetha, aber doch recht ansehnlich. Das Merkwürdigste an dieser Stadt ist die Stadtmauer. Von innen unterscheidet sie sich kaum von der Stadtmauer von Neetha – sie mag etwas niedriger sein, ist aber ebenso solide gebaut –, und von außen sieht man auch keinen Unterschied, falls man die Stadt von Süden her betritt. Wenn man sie aber umrundet, so wird man feststellen, daß östlich des Nordtores Leitern und Gerüste an der Mauer stehen. Und emsige Arbeiter sind damit beschäftigt, die Wand mit weißem Mörtel zu verputzen. Denk nur, sie verputzen ihre Stadtmauer! Doch damit nicht genug – sobald ein Abschnitt fertig ist, beginnen Maler, die noch feuchte Stelle mit bunten Farben zu bemalen. Bei meiner Ankunft sah und wußte ich natürlich von all dem noch nichts, und ich glaube auch, die Arbeit war damals gerade erst aufgenommen worden. Doch als ich Methumis verließ, war sie nicht viel weiter fortgeschritten. Ein einziges Bild war erst fertig, und es zeigte, nach Kleidung und Würdenzeichen zu urteilen, wohl einen Herrscher vergangener Zeiten. Sie wollen die ganze Mauer bemalen – das mag Jahrzehnte oder Jahrhunderte dauern –, und keiner konnte mir sagen, wozu es nütze sei. Bunte Bilder schrecken doch keine Ogerbande und kein feindliches Heer ab! Doch warum erzähle ich dir das alles?«

»Um Zeit zu gewinnen … und um mir eine Freude zu machen. Du weißt doch, wie gern ich von Seltsamkeiten aus aller Welt erfahre.« Pagol lächelte im Dunkeln.

»Ja, du hast recht, ich wollte einen Aufschub, denn die Zeit in Methumis war die unrühmlichste meines Lebens, wie ich dir gleich erzählen werde. Ich schlug mich durch, wie man so sagt, nahm ehrenhafte und weniger ehrenhafte Arbeiten an, denn bis ich Fuxfell fand oder vielmehr etwas über seinen Verbleib in Erfahrung brachte, vergingen Wochen, und das, was von Zulhamins Geld übrig war, war schnell verbraucht. In Thegun war es nicht schwer gewesen, das verlassene Nest aufzuspüren – Thegun ist ein kleiner Ort, nicht viel größer als Brelak, und mein Oheim scheint dort ein bekannter Mann zu sein –, aber hier wußte ich nicht, wen ich fragen und wo ich fragen sollte. Als kein Kreuzer mehr in meinem Beutel steckte, sah ich mich nach Arbeit um. Als Magd wollte ich mich nicht verdingen, wie du dir denken kannst, weder im Stall noch in Küche oder Schankraum, und als Schauerfrau wollten sie mich nicht nehmen, weil ich zu schmal und schwächlich sei, pah! So fand ich mich, nach der ersten Nacht im Freien innerhalb dieser merkwürdigen Stadtmauer, auf dem Fischmarkt wieder, Fische ausnehmend, schuppend und in Salz einlegend ... So ein Markt ist ein seltsamer Ort; wie seltsam er ist, merkt man jedoch erst, wenn man ihn nicht als Käufer oder müßiger Spaziergänger durchstreift, sondern auf der anderen Seite des Tisches steht. Ich habe viel gelernt in dieser Zeit; ich habe Dinge gesehen, die ich mir nie hätte träumen lassen: Bettler, die weder arm noch blind waren, obwohl sie beides zu sein behaupteten, kleine Kinder mit der Gerissenheit von Phex-Geweihten und andere, denen die eigenen Eltern die Gliedmaßen verkrüppelt hatten, damit sie besser betteln konnten. Ich habe Gardisten gesehen, die hart waren gegen Arme und Schwache und kleinste Vergehen grausam bestraften, aber milde gegen solche, die ihnen Geschenke machten, obwohl deren Untaten weit größer waren. Ich habe viel Unrecht gesehen und viel Ungerechtigkeit ...«

»Hast du wirklich nicht gewußt, daß es so zugeht auf der Welt?« fragte Pagol überrascht.

»Nein, natürlich nicht, wo hätte ich es lernen sollen? Ich kannte doch nur Brelak und die Garnison. Wieviel Eigennutz und Selbstsucht es gibt und wie wenig Freundlichkeit und Wahrhaftigkeit, habe ich erst in Methumis erfahren ... Weißt du, daß die Selbstsucht eine ähnliche Wirkung hat wie ein Meeresstrudel? Bist du erst einmal von ihr umgeben, so zieht sie dich an und saugt dich ein, immer weiter, bis sie dich ganz verschlungen hat… Nein, so kann man es wohl nicht sagen – ein wirklich edler, aufrechter Charakter könnte widerstehen…«

»Aber nicht lange, Thalionmel.«

»Ich hingegen«, fuhr das Mädchen fort, ohne Pagols Einwand zu beachten, »ließ mich treiben und in den Strudel ziehen, und so wurde ich mit jedem Tag selbstsüchtiger und immer ausschließlicher auf mein eigenes Wohl bedacht. Weißt du, daß es Augenblicke gab, Stunden und halbe Tage, in denen ich nicht ein einziges Mal an meine Pflicht und den eigentlichen Grund meines Aufenthaltes in Methumis dachte? Nun bist du überrascht, nicht wahr, und doch spreche ich die Wahrheit… Auf einem großen Markt – der Fischmarkt in Methumis ist ein Teil des Marktes und nicht von diesem getrennt, so wie in Neetha – treibt sich viel Volks und Gelichter herum. Jeden Tag gab es Händel, und es dauerte nicht lange, da ließ auch ich mich in diese verwickeln, ja, ich suchte sie geradezu, doch nicht etwa um den Schwachen beizustehen und der Gerechtigkeit zum Siege zu verhelfen, sondern aus dreister Frechheit, aus Rauflust und um mich hervorzutun.«

»Ach Thalionmel«, unterbrach der Junge, »warum machst du dich schlechter, als du bist?«

»Ich mache mich nicht schlechter. Warte nur, wie es weitergeht, und du wirst sehen, daß ich noch tiefer sank. Natürlich trug ich bei den Raufereien und Messerstechereien – ja, bisweilen wurden die Händel auch mit Messern und Dolchen ausgetragen – nicht immer den Sieg davon, aber ich machte mir doch einen Namen. Mein Name…«

»Dein Name? Hast du in Methumis deinen richtigen Namen genannt?«

»Nein, natürlich nicht, wo denkst du hin? Ich nannte mich Birsel Gisbrecht, wie ich dir gerade mitteilen wollte, Birsel nach meiner früheren Ausbilderin und

Gisbrecht nach dem alten Fechtlehrer meiner Mutter. Ich dachte, dieser Name brächte mir Glück, doch da er es nicht getan hat, wählte ich für Eldoret den Namen Thalita Schwarzwasser, den du kennst... Mir war danach, und ich fand, daß er paßte... Doch zurück nach Methumis: Mein Ruf unter den Gleichaltrigen und etwas Älteren war wohl der folgende: daß ich eine streitlustige, jähzornige Person sei und die Nase für ein Fischweib ein wenig zu hoch trage. Aber sie ahnten wohl auch, daß ich nicht auf der Straße oder einem Fischmarkt aufgewachsen war, sondern aus guter Familie stammte; ich gab mich in dunklen Andeutungen als fortgejagte Knappin aus. Und mutig war ich damals auch... vielleicht eher tollkühn... oder gleichgültig... Mein Mut jedenfalls oder was immer es war, meine Gewandtheit mit den Fäusten und dem Dolch und meine geheimnisvolle Herkunft machten mich für einige der Jungen und Mädchen interessant, und sie suchten meine Nähe. Und ich ließ mich mit ihnen ein, obwohl ich sicher war, daß sie sich ihren Lebensunterhalt nicht mit ehrlicher Arbeit verdienten. Doch gefiel es mir, von ihnen umworben zu werden... Auch hoffte ich, mit Hilfe meiner neuen Freunde Auskünfte über den Wohnsitz, die Geschäfte und Gewohnheiten meines Oheims zu erhalten – ich wußte durch besagten Brief meiner Mutter, daß er in dunkle Geschäfte verwickelt war oder ist und in fragwürdiger Gesellschaft verkehrte.«

»Das wird wohl der eigentliche Grund gewesen sein, dich mit den jungen Beutelschneidern und Schmugglern einzulassen«, mutmaßte Pagol. Aber Thalionmel schüttelte den Kopf, wie er zu spüren glaubte.

»Am Anfang vielleicht«, sagte sie. »Später gefiel es mir, dazuzugehören, anerkannt und gefürchtet zu sein und gelegentlich das große Wort zu führen... Wie wohl ich mich unter den Kindern der Straße fühlte, kannst du daran ermessen, daß ich sogleich zustimmte, als der Prinz mir den Antrag machte, seine Braut zu werden...«

»Seine Braut!? Was sagst du da!?« Pagol setzte sich so plötzlich auf, daß ihm der Umhang, der den Gefährten als Decke diente, von den Schultern glitt und kalte Nachtluft die mageren Körper streifte.

»Leg dich wieder hin!« befahl das Mädchen. »Du wolltest, daß ich dir alles erzähle, dann hör auch zu, ohne in Zuckungen zu verfallen. Nun dauert es wieder eine Weile, bis wir halbwegs warm sind... Prinz, so wurde der Anführer genannt; alle nannten ihn so. Er war groß, hatte blondes Haar, recht verwegene Züge, und er war der älteste, klügste und stärkste der Bande – deshalb vielleicht. Ich habe ihn nie nach seinem rechten Namen gefragt, und als er mich zur Braut erwählt hatte und ich ihn zum Bräutigam, nannten mich die anderen Prinzessin. Sein Antrag kam mir gerade recht, denn just am Morgen dieses denkwürdigen Tages hatte mich meine Brotherrin davongejagt.« Thalionmel lachte rauh. »Grätenherrin sollte ich wohl besser sagen. Und damit hatte ich nicht nur meinen Broterwerb, sondern auch den heimeligen Schlafplatz auf dem Boden ihrer Küche verloren. Ja, so zog ich dann als Braut und Prinzessin in das Schloß des Prinzen. Der Palast, der für die nächsten Monde mein Domizil sein sollte, befand sich im Keller einer Brennerei – kein übler Schlupfwinkel, muß ich sagen. Dort lernte ich auch das Zechen so gut. Und das Fische-Ausnehmen und -Einsalzen hatte ein Ende. Als Prinzessin führte ich kein schlechtes Leben, wenn es auch ein verwerfliches Leben war. Ich wachte darüber, daß die Einnahmen gerecht geteilt wurden und daß keiner den Prinzen betrog. Ich schlichtete Streit, wie auch immer, und half dem Prinzen bei seinen Geschäften... Und des Nachts teilte ich sein Lager – es gehörte dazu und machte mir nichts aus. Geküßt habe ich ihn kein einziges Mal…«

Pagol war es bei den letzten Sätzen der Freundin seltsam kalt geworden, obwohl er sich den Umhang bis zum Kinn hochgezogen hatte. Und so sehr er sich auch mühte, es zu unterdrücken – er begann zu zittern.

»Was schlotterst du?« fragte das Mädchen unwirsch. »Warte, bis meine Geschichte zu Ende ist, dann hast du Grund zum Schlottern. Doch ist es nun auch bald getan, und wir haben es gleich überstanden. Du fragst dich gewiß schon lange, was eigentlich mit Fuxfell war, ob ich ihn neun Monde lang vergeblich suchte oder neun Monde lang um sein Haus strich, um mich an seinem Anblick zu weiden… Nun, es brauchte tatsächlich seine Zeit, bis ich die Fährte wiederaufgenommen hatte, und wiederum war der Vogel ausgeflogen, als ich das Nest gefunden hatte. Er reist eben viel, und diesmal, so erfuhr ich, führten ihn seine Geschäfte bis mitten in die Wüste, zu einer winzigen Oase, Keft genannt.«

»Von diesem Ort habe ich noch nie gehört«, bemerkte Pagol tonlos.

»Du brauchst ihn dir auch nicht zu merken – eine Oase eben, wie es etliche in der Wüste gibt, und für meine Geschichte ohne Belang. Nur dauert es nun mal eine Weile, bis jemand in die Wüste gelangt und von dort wieder heimgekehrt ist; deshalb habe ich es erzählt. Ich wartete auf Fuxfell – ich mußte lange warten. In seine Nähe zu kommen, ist nicht so leicht; er ist ein großer Mann inzwischen, und wenn er ausreitet, dann stets in Begleitung; ansonsten läßt er sich gern in der Sänfte tragen. Er hat wohl auch allen Grund zur Vorsicht, denn wie ich erfuhr, gibt es genug Männer und Frauen, die ihn in die Niederhöllen wünschen. Aber der Prinz machte mich mit einem Burschen bekannt, der meinte, ein Zusammentreffen zustande bringen zu können. Er kannte meinen Oheim von früher her, war wohl sein Gefährte aus Kindertagen. Nun, daß ich plante, Fuxfell zu töten, erzählte ich ihm selbstverständlich nicht – niemand wußte das –, aber daß es darum ging, eine alte Rechnung zu begleichen, war offenkundig. Ratzo, so hieß der Bursche, war ein alter, häßlicher, verderbter Mann mit schütterem Haar und rattenhaften Zügen … Nun, was spielt es für eine Rolle – er konnte beschaffen, was ich haben wollte, und ich zahlte seinen Preis … Die meisten Männer finden mich wenig anziehend – ich bin ihnen wohl zu knochig und zu abweisend –, und auch der Prinz hat mich vermutlich nur deshalb genommen, weil ich keine Angst vor ihm hatte und einen guten Dolch besaß …«

Mir gefällst du, und ich finde dich wunderschön, dachte Pagol, aber da sprach die Gefährtin schon weiter.

»Doch Ratzo war ganz vernarrt in mich, schenkte mir ein Seidentüchlein, zwei silberne Ringe und Konfekt. Du weißt, was ich früher von solchen Dingen hielt – Tüchlein! Ringelein! Konfekt! In Methumis jedoch lernte ich, es anders zu sehen: Ich schätzte sogleich den Wert der Gaben und überlegte, was ich bei Gelegenheit dafür eintauschen könnte. Dennoch gelang es Ratzo nicht, mich zu betören – du kannst dir nicht vorstellen, wie abstoßend er ist, wie widerlich und ekelerregend, und für nichts auf der Welt hätte ich mich mit ihm eingelassen … Und doch erhielt er schließlich, was ich ihm nicht geben wollte. Ja, mein Körper war der Preis für seine Vermittlung – für meine Rache habe ich mich zur Hure gemacht … Und wozu das alles? Für nichts! Für nichts! Für nichts!«

Thalionmel schwieg, heftig atmend. Pagol fühlte, daß er etwas sagen sollte, aber er brachte es nicht zustande. Er zitterte vor Kälte, das Herz schlug ihm bis zum Hals, und Lippen, Zunge und Gaumen waren wie mit einem pelzigen Klebstoff bestrichen und ließen sich nicht voneinander lösen.

Aber da hatte das Mädchen sich wieder gefaßt. »Hör auf zu schlottern«, fuhr sie den Gefährten an, »und hör mir zu! Ratzo versprach mir folgendes: ein Zusammentreffen mit Fuxfell, bei dem ich Gelegenheit hätte, all das mit ihm zu verhandeln, weswegen ich ihn suchte, und von dem ich unbehelligt würde entkommen können, sollte das Treffen nicht zufriedenstellend verlaufen. Es verlief wahrhaftig nicht zufriedenstellend, und ich konnte unbehelligt entkommen; Ratzo erfüllte seinen Teil des Vertrages ebenso redlich wie ich den meinen.« Thalionmel lachte. »Und daß mir nicht vergönnt war, die Rechnung mit Fuxfell zu begleichen, war nicht seine Schuld ... Er wählte einen Praiostag für das Treffen und als Ort den Platz vor dem Westflügel des Herzogspalastes, denn er hatte ausgekundschaftet, daß an diesem Tag mein Oheim eine Audienz bei einem der engsten Berater des Herzogs hatte, das Land in Malur betreffend, das meiner Mutter gehörte ... An jedem zweiten Praiostag versammeln sich viele Bittsteller vor dem Palast, denn es ist Brauch in Methumis, daß zweimal im Mond von der neunten bis zur zwölften Stunde jeder, ohne Ansehen der Person, beim Herzog selbst vorsprechen darf, um sein Anliegen vorzutragen. Jeder natürlich nicht, wie du dir denken kannst, denn so viele Leute sich auch versammeln, so wenigen gelingt es doch, sich bis zu den Wachen vorzudrängen, und die meisten gehen unverrichteter Dinge wieder nach Hause. Da mir nicht an einer Audienz gelegen war, wählte ich einen Platz am Rande der Menschentraube, von dem aus ich einen guten Blick auf die Freitreppe hatte, über welche – hoffnungsvoll und von einem Bewaffneten eskortiert – die Bittsteller den Palast betraten und frohgemut oder mit hängendem Kopfe wieder verließen. Die Menge drängte weiter, aber ich blieb an meinem Platz, reglos wie eine Statue. Ich mußte bis zur elften Stunde warten, dann sah ich meinen Oheim. Er hatte sich schmuck herausgeputzt, mit Federhut und Spitzenkragen, und obwohl er sein Haar nicht zum Zopf geflochten, sondern offen und gekräuselt trug, erkannte ich ihn sofort. Zwei stutzerhafte Gecken begleiteten ihn, ein Mann und eine Frau, und alle drei schienen vorzüglicher Laune zu sein. Sie waren mit Rapieren bewaffnet – bis sie die Waffen gezogen hätten, müßte ich mein Werk vollbracht haben. Mir blieb also nicht viel Zeit. Und dennoch war ich seltsam ruhig, so ruhig, als hätte der Zeitenfluß sich verlangsamt. Ich prüfte und wählte die Worte mit Bedacht, die ich zu Fuxfell sprechen wollte, denn ihm all das ins Gesicht zu schleudern, was mir auf dem Herzen lag und was ich mir auf dem Wege nach Thegun ausgedacht hatte, würde nicht möglich sein: Bevor ich mit der Tirade am Ende wäre, hätten die Rapiere seiner Beschützer mich schon durchbohrt, und das sollten sie doch erst, wenn mein Dolch in Fuxfells Herzen steckte. Ich maß den sich langsam, aber stetig verringernden Abstand zwischen dem Oheim und mir. Ich hatte mir einen Punkt auf dem Pflaster erwählt, etwa fünf Schritt von meinem Platz entfernt. Wenn er diesen erreicht hätte, wollte ich losstürmen. Die drei kamen langsam näher – nur noch zwei oder drei Schritt trennten sie von der Stelle. Ich hielt meinen Dolch unter dem Umhang fest umklammert, räusperte mich noch einmal, um eine reine Stimme zu haben – nun war es soweit! Ich schob die Hand aus dem Gewand und setzte zum Sprung an, als ich mich plötzlich von hinten umklammert fühlte: Eine große knochige Hand legte sich über meinen Mund, die andere schloß sich mit eisernem Griff um mein Handgelenk. Ein paar Wimpernschläge lang war ich so verblüfft, daß ich mich nicht rührte, und als die Erstarrung sich löste und ich mich aus der Umschlingung winden konnte, war der rechte Augenblick vertan. Hilflos mußte ich mit ansehen, wie Fuxfell lachend und scherzend an mir vorüberschritt. Für einen winzigen Moment blieb sein Blick auf mir haften – so schien es mir jedenfalls –, dann wandte er sich ab und schritt auf die Sänfte zu, die unweit seiner harrte. Erst als die Träger die Sänfte aufnahmen, ließ mein Peiniger von mir ab. Rasend vor Zorn hob ich den Dolch, um ihn anstelle des Oheims dem Unbekannten zwischen die Rippen zu stoßen, doch als hätten sich alle gegen mich verschworen, nahm die Menge den Fremden auf, und er war verschwunden, noch bevor ich mich völlig umgedreht hatte. Ein paar Mal sah ich sein langes weißes Haar zwischen und über den Köpfen der Wartenden auftauchen, dann hatte ich ihn aus den Augen verloren ...«

Thalionmel schwieg; ihre Geschichte war offensichtlich zu Ende. Pagol räusperte sich umständlich. »Weißt du, wer der Fremde war?« fragte er, obwohl er Antwort und Reaktion der Freundin vorausahnte.

»Natürlich nicht!« erwiderte sie scharf. »Ich weiß nicht einmal, ob es ein Mann oder eine Frau war! Es wird ein Diener oder eine Dienerin des Namenlosen gewesen sein, eine andere Erklärung gibt es nicht ... Ratzos Dienste nahm ich nicht noch einmal in Anspruch – ich spürte, daß es in Methumis keine zweite Gelegenheit für mich geben würde ... und auch sonst nirgends. Die einzige Gelegenheit war vertan, und alles war vergebens gewesen. Und so beschloß ich, die Stadt noch am selben Tag zu verlassen. Den Prinzen und seine Bande hatte ich schon vergessen, als ich meine Schritte zum Stadttor lenkte. Er hingegen hatte mich nicht vergessen ... Als Prinzessin war ich dem Prinzen ebenbürtig gewesen und genauso berechtigt, Befehle zu erteilen und Ungehorsam zu bestrafen wie er selbst. Nur eines ist der Prinzessin verboten: Sie darf sich mit keinem anderen einlassen. Ich hatte es vergessen, doch hätte ich mich ohnehin nicht darum geschert. Aber als die Büttel mich ergriffen und grundlos der Beutelschneiderei bezichtigten, begriff ich, daß der Prinz dahintersteckte und daß dies seine Rache für mein Vergehen war. Was den Diebstahl betraf, so ließ sich meine Unschuld schlecht beweisen, meine Schuld jedoch genausowenig, und ich kam glimpflich davon: Einen Tag verbrachte ich an den Pranger gekettet mit der Schandkappe auf dem Kopf, und meine Abreise aus Methumis verzögerte sich um einen Praioslauf. Meinen Dolch hatten die Büttel mir abgenommen – konfisziert, wie sie es nannten... Du weißt, daß ich dich töten werde, wenn auch nur ein Wort von dem, was ich heute nacht der Finsternis und deinen keuschen Ohren anvertraut habe, jemals die Mauern dieser Kate verläßt... Erst dich, dann mich, und Fuxfell kommt davon...«

»Was soll diese Drohung? Was soll diese hochtrabende, theaterhafte Rede?« Zum ersten Mal an diesem Tag hob Pagol die Stimme. »Ich bin kein Mensch, der ihm Anvertrautes preisgibt, und das weißt du auch!« Der Junge hatte sich empört aufgerichtet, doch als die kalte Luft ihn streifte, legte er sich rasch wieder nieder und zog sich den Umhang übers Gesicht. »Es tut mir leid«, hörte er es murmeln, dann war es still. Wieviel Zeit verstrichen war, seit Thalionmel ihre Beichte begonnen hatte, hätte Pagol nicht sagen können, aber es war noch immer stockfinstere Nacht und das Rechteck der Fensteröffnung nicht zu erkennen. »Wie bist du wieder in den Besitz des Dolches gelangt, da die Büttel ihn doch konfisziert hatten?« fragte er schließlich.

»Ich weiß es nicht... Er ist zu mir gekommen. Es war eine seltsame Geschichte: Warum ich wieder nach Süden zog, kann ich dir nicht sagen – eine Himmelsrichtung war mir so recht wie die andere. Am Abend des ersten Tages erreichte ich Arenkis und beschloß, dort zu nächtigen. Es gibt nur wenige Schenken in dem Ort, und ich nahm die erstbeste. Mit dem Wirt wurde ich schnell einig: Für einen von Ratzos Ringen war er bereit, mich mit einer guten warmen Mahlzeit, einem Nachtlager und Verpflegung für drei Tage zu versorgen. Als ich mich an einem Tisch im hintersten Winkel der Gaststube niedergelassen hatte und die Füße unter die Bank schob, spürte ich, daß dort etwas lag. Es war ein Bündel – braunes Wolltuch, mit einem Lederriemen ordentlich verschnürt –, und ich dachte, ein Gast habe es dort vergessen. Ich öffnete es, um zu sehen, ob sich etwas von Wert und Nutzen darin befinde, und stellte verwundert fest, daß es meine eigenen Kleider und Habseligkeiten barg – all die Dinge, die ich im Schloß des Prinzen zurückgelassen hatte. Auch mein Dolch war dabei, in einer neuen Scheide. Ich fragte den Wirt, wer heute an diesem Tisch gesessen habe, doch er wußte es nicht mehr. Der einzige Gast des Tages, an den er sich deutlich erinnern konnte, war ein hochgewachsener Greis mit langem weißen Haar und stechenden schwarzen Augen gewesen. Und dann forderte der Wirt das Bündel für sich selbst. Ich gab ihm das Seidentuch und den anderen Ring, um mein Eigentum behalten zu können... Eine seltsame Geschichte, nicht wahr?... Drei Tage später erreichte ich dann Eldoret, und dort bin ich geblieben, wie du weißt...«

»Vielleicht war es beide Male derselbe Mann«, murmelte Pagol. Er war plötzlich so schläfrig, daß er glaubte, nicht einen Augenblick länger wach bleiben zu können. »Was faselst du? Ach, laß uns schlafen, und Boron sei mit dir«, hörte er die Freundin noch sagen, bevor der Mantel des Schlafes ihn umhüllte.

Pagol erwachte, weil ihn fröstelte. Es war noch früh am Tag; die Praiosscheibe hatte sich wohl eben erst über den Horizont geschoben, wie der Junge aus dem rosigen Schimmer schloß, mit dem die winterlich dürre Erde, die trockenen Gräser und die Stämme der entlaubten Bäume überhaucht waren, denn sehen konnte er die Sonne nicht, da das einzige Fenster der Kate nach Westen zeigte. ›Wach auf, Thalionmel‹, wollte er gerade sagen, als er sah, wie die Gefährtin sich schlaftrunken aufrichtete und herzhaft gähnte.

»Rondra zum Gruße, schöne Kriegerin«, begrüßte Pagol sie munter. »Sieh nur: Die Sonne scheint, Wolken und Dunst sind vertrieben, und kein Lufthauch regt sich. Wenn das kein gutes Omen ist für unsere Reise…« Aber als er Thalionmels finstere Miene bemerkte, hielt er inne.

»Praios zum Gruße«, murmelte das Mädchen, während sie ihr Bündel packte. Sie schien an diesem schönen Morgen noch schlechterer Laune zu sein als an den vergangenen Tagen, und Pagol mutmaßte, daß ihr nächtliches Bekenntnis sie jetzt, am hellen Tage, reute. Nun, wenn wir erst wieder auf der Straße sind und wandern und die Sonne uns wärmt, wird ihr Finstersinn gewiß bald verfliegen, dachte er. Er beschloß, niemals, weder heute noch an irgendeinem anderen Tag, an das in der letzten Nacht Vernommene zu rühren, und obwohl er sich an jedes einzelne Wort mit fast unheimlicher Klarheit erinnerte, erschien ihm doch zugleich alles unwirklich und nebelhaft wie ein Traum.

Schweigend verzehrten die Gefährten die Reste vom Vortag, leerten den Weinschlauch und machten sich auf den Weg. Als sie eben vom Pfad auf die Straße einbogen, sah Pagol etwas im Staub glitzern – ein rundes, goldglänzendes Ding. »Ein Goldstück!« schrie er, außer sich vor Freude. »Sieh nur, Thalionmel, jemand hat einen Dukaten verloren!« Er eilte zu der Stelle und hob das Ding auf, aber es war kein Dukat.

Der Gegenstand war nicht aus Gold, obwohl er golden schimmerte. Er war überhaupt nicht aus Metall gefertigt, sondern aus einem fremdartigen, halb durchscheinenden Stoff, in dem sich das Sonnenlicht brach, und er war auch nicht rund, eher schindelförmig. »Was ist das?« fragte Pagol und reichte der Freundin das seltsame Gebilde. Das Mädchen nahm es, hielt es sich dicht vor die Augen und betrachtete es lange. »Also war es doch ein Drache«, murmelte sie schließlich.

»Ein Drache!? Du meinst, es ist eine Drachenschuppe? Und du glaubst, das nächtliche Wesen hat sie hier verloren?«

Thalionmel nickte. »Ja«, sagte sie, »und ich glaube auch, sie ist für dich.« Als der Junge sie verständnislos ansah, fuhr sie fort: »Drachen verlieren keine Schuppen, sie werfen sie ab. Und wenn sie einem eine Schuppe vors Haus legen, so ist das ein Zeichen. Ich weiß nicht, was mich so sicher macht, aber ich weiß: Sie gehört dir, und sie soll dir Glück bringen.« Mit diesen Worten reichte sie Pagol das glitzernde Ding.

Der Junge betrachtete die Gabe lange und andächtig, bevor er sie behutsam in seinem Brustbeutel verstaute.

Ergriffen und in Gedanken versunken setzten die Gefährten die Reise nach Neetha fort.

3. Kapitel

Die Gefährten schritten zügig aus. Wie Pagol vorausgesehen hatte, besserte sich Thalionmels Laune mit jedem Schritt, der sie von der Kate und den in ihr zurückgelassenen Geheimnissen trennte. Die Luft war kühl und klar, und die Sonne schien – ein besseres Wetter zum Wandern hätte man sich nicht wünschen können.

»Wenn wir so gut vorankommen wie bisher, können wir Neetha noch vor Einbruch der Nacht erreichen«, sagte der Junge einmal, aber Thalionmel nickte nur und meinte: »Im Winter werden die Tore um die achte Stunde nach Mittag geschlossen. Außerdem weiß man nie, wer oder was einem begegnen wird und wie das Treffen endet.«

Aber es begegnete ihnen niemand, der sie an der Weiterreise zu hindern versuchte oder ihnen sonstwie das Leben hätte schwermachen wollen. Mit den wenigen Wanderern, die sie trafen, tauschten sie kurze freundliche Grüße: »Praios zum Gruße, guter Mann (oder gute Frau)« – »Praios zum Gruße, ihr beiden, wird wohl die nächsten Tage schön bleiben, meint ihr nicht auch? Wohin soll denn die Reise gehen?« Sie ließen sich aber auf keine Plauderei über das Wetter, den Zustand der Straße, Neuigkeiten aus dem fernen Vinsalt, aus Methumis oder Neetha ein. Einmal lud ein Bauer sie ein, auf seinem Ochsenkarren mitzufahren, doch Thalionmel lehnte das freundliche Angebot höflich, aber entschieden ab. Sie hätten es recht eilig, meinte sie, und zu Fuß kämen sie allemal hurtiger voran.

In Valavet, das sie eine halbe Stunde nach ihrem Aufbruch erreichten, kauften sie einen Laib Brot und füllten ihre Wasserflaschen am Brunnen auf dem Marktplatz. Sie hatten den Markt schon hinter sich gelassen, als Pagol die Freundin am Ärmel zupfte. »Warte hier auf mich«, sagte er, »ich bin gleich zurück.«

Kaum war Pagol im Gewühl verschwunden, als Thalionmel schon spürte, daß sie ungeduldig wurde; ihre Brauen runzelten sich von selbst, und ihr Fuß trommelte den Rhythmus eines Liedes, das in den letzten Wochen in Eldoret in Mode gekommen war. ... Und küßt' sie weder, als er kam, noch als er wieder von ihr ging, sang sie im Geiste. Und als sie aus dem Fenster sah, der Mond ... der Mond ... Zum Difar, wo bleibt der Bursche? Sie wunderte sich über sich selbst, da sie die Entscheidung, nach Neetha zurückzukehren, erst vor wenigen Stunden getroffen hatte. Nicht einmal ein voller Praioslauf war seitdem vergangen, und doch war sie von einer seltsamen Unrast erfüllt, und es drängte sie, schnell voranzukommen. Aber es war keine Sehnsucht, was sie nach Neetha zog. Auch nach Zulhamin sehnte sie sich nicht wirklich, wie sie sich eingestehen mußte, denn die Zulhamin, die sie anträfe – falls sie sie träfe –, wäre eine andere als die Zulhamin, die sie zurückgelassen hatte, und eine ganz und gar andere, als die kleine Schwester ihrer Erinnerungsbilder. Und sie selbst hatte sich in den letzten Monden ebensosehr verändert – oder mehr, und nicht eben zum Guten ... Nein, dachte sie, ich fühle eher Beklommenheit als Freude ... Aber wenn dieser unnütze Pagol nicht augenblicklich hier erscheint, dann ziehe ich ohne ihn weiter ...

Thalionmel ließ den Blick über die Menge schweifen, und da sah sie den Gefährten auch schon; er trug etwas in den Händen und strahlte über das ganze Gesicht. »Meine allerherzlichsten Glückwünsche zum vierzehnten Geburtstag«, sagte er, als er das Mädchen erreicht hatte, und machte eine zierliche Verbeugung. »Nein fünfzehnten«, verbesserte er sich dann, »denn wenn du heute vierzehn wirst, jährt sich der Tag deiner Geburt zum fünfzehnten Mal, nicht wahr? Darf ich dir zu deinem Tsafeste diesen bescheidenen Hirsefladen überreichen. Er ist mit Sirup bestrichen.«

»Danke, Pagol«, erwiderte Thalionmel, sichtlich verlegen. »Aber heute ist gar nicht mein Geburtstag. Ich bin mitten in der Nacht geboren, und eigentlich darf ich diesen köstlichen Fladen erst um Mitternacht verspeisen.« Ihre Augen leuchteten auf, als der Duft des warmen Gebäcks ihr in die Nase stieg, und ungeachtet ihrer Worte biß sie herzhaft hinein. Dann reichte sie ihn Pagol. »Hier, iß auch etwas, denn ich meinerseits möchte dich anläßlich meines morgigen Tsafestes zu einem halben Hirsefladen einladen.« Kauend setzten die beiden ihren Weg fort.

Um die Mittagsstunde beschlossen sie, eine kurze Rast einzulegen. Die Straße, die sich hinter Valavet immer mehr vom Wasser entfernt, macht hier einen Bogen, der sie fast bis zum Strand führt, um kurz darauf den Wanderer des schönen Anblicks wieder zu berauben, wenn sie sich in südöstlicher Richtung zur Reichsstraße wendet. Unweit der Straße standen ein paar armselige Fischerhütten, und weiter hinten, bei den Dünen, die hier wie ein Wall Efferds und Peraines Reich voneinander trennen, fanden sich weitere – ein ganzes Dorf. Doch nur aus wenigen Schornsteinen quoll Rauch, und Thalionmel vermutete, daß in den alten Tagen, als man die Straße baute, die inzwischen halb verfallen und schlecht gangbar war, dieser Ort so bedeutend gewesen war, daß man sie seinetwegen im Bogen geführt hatte. Heute fände man den Namen des Dorfes, so es einen hatte, gewiß auf keiner Karte mehr.

Das Mädchen kramte in seinem Beutel und reichte Pagol einen Heller. »So«, sagte sie, »ohne diesen besitze ich noch genau einen Silbertaler und fünf Heller. Das ist eine runde Summe, finde ich, und ich werde nicht als Bettlerin nach Neetha kommen. Sieh einmal zu, ob du für den überschüssigen bei den Fischersleuten ein paar Räucherfische kaufen kannst. Ich habe derweil etwas anderes vor.« Sie wandte sich um, überquerte die Straße und war bald hinter ein paar Büschen verschwunden.

Links von der Straße, hinter Gesträuch und Bäumen verborgen, lag ein großer Teich mit klarem Wasser. Von Norden kommend, sah man ihn von der Straße aus nicht, aber Thalionmel entsann sich seiner, als sie das Fischerdorf erreichten. Hier hatte sie auf ihrer Reise in die andere Richtung ihren Wasserschlauch gefüllt. Doch heute war es nicht der Durst, der sie zum Wasser trieb – sie wollte baden.

Als das Mädchen die Stelle gefunden hatte, wo das Ufer sanft zum Wasser abfiel, schaute es sich nach allen Seiten um, doch niemand war zu sehen, und Thalionmel legte Gepäck und Kleider ab. Nein, zum Fischen und Baden war es wohl nicht die rechte Jahreszeit, und Waschtag wurde heute offensichtlich auch nicht gehalten. Thalionmel breitete ihre Kleider über ein Gebüsch und prüfte sie. Es waren ärmliche, zerrissene und unsaubere Gewänder, daran gab es nichts zu deuteln, und daran änderte auch ihr Schütteln, Klopfen und Wischen nicht viel. Dennoch verwandte sie einige Zeit darauf, sie vom Straßenstaub zu befreien und mit einem Büschel trockenen Grases die gröbsten Flecken zu entfernen. Sie fröstelte, denn die Firunsonne schien wohl hell, jedoch nicht warm.

Bevor Thalionmel ins Wasser stieg, unterzog sie auch ihren von einer Gänsehaut bedeckten Körper einer flüchtigen Prüfung. Arme und Beine waren zu dünn, wie sie fand, die Muskeln nicht genügend ausgeprägt. Wie lange werde ich mit diesen dürren schwächlichen Armen ein Schwert schwingen oder auch nur halten können? ging es ihr durch den Kopf. Dann fiel ihr ein, wie unwahrscheinlich es war, daß sie je wieder in den Besitz eines Schwertes gelangen würde, und sie schüttelte unwirsch den Kopf. Auch die Brüste, die ihr seit zwei Götterläufen gewachsen waren, bereiteten ihr wenig Freude. Zwar waren sie klein und fest und beim Laufen und Raufen wenig hinderlich, aber die Knospen reagierten empfindlicher auf Schmerz als in der Kinderzeit, und das hatten ihre Gegner zu nutzen gelernt. Als das Mädchen die dunklen Ränder an Fesseln und Handgelenken sah, die deutlich zeigten, daß ihr Körper schon lange nicht mehr mit Wasser in Berührung gekommen war, straffte sie sich. Es muß sein! ermahnte sie sich. Es wird abscheulich, aber es muß sein! Starrend vor Schmutz will ich nicht in Neetha und auch nicht im neuen Lebensjahr ankommen.

Es wurde noch scheußlicher, als sie erwartet hatte. War die Luft schon so kalt, daß Thalionmel ein Schaudern nicht hatte unterdrücken können, so schien das Wasser aus eben geschmolzenem Eise zu bestehen. So schmerzhaft biß die Kälte in die Haut, daß es dem Mädchen für einen Augenblick den Atem nahm. Dennoch watete sie so weit in den See, bis das Wasser ihr bis zur Brust reichte, und blieb dort so lange, bis sie sich gänzlich abgerieben und völlig gereinigt hatte; auch den Kopf tauchte sie unter.

Das Baden und Reinigen der Kleider hatten kaum länger als eine Viertelstunde gewährt, dennoch warf Thalionmel einen besorgten Blick zum Himmel, als sie sich auf den Rückweg machte – sie mußten sich beeilen, wenn sie Neetha vor Toresschluß erreichen wollten.

Pagol erwartete die Freundin, in jeder Hand einen Fisch schwenkend. »Frisch geräucherte Salzarelen, fett und saftig, das Stück nur vier Kreuzer!« rief er ihr nach Marktschreierart fröhlich zu. Doch als er ihr nasses Haar bemerkte, ließ er die Arme sinken. »Was ist geschehen? Du bist ja ganz naß«, sagte er besorgt. Thalionmel berichtete von dem Bad im See und schüttelte die feuchten Locken. Fassungslos starrte Pagol sie an. »Du hast gebadet? Im Firun?« meinte er. »Dann mußt du wahrlich eine Kriegerin sein, denn nur Krieger getrauen sich das.«

Thalionmel schlug vor, die Fische beim Wandern zu verspeisen. Sie sei frisch und munter nach dem kühlen Bad und brauche keine Pause, erklärte sie, und ausgiebig rasten könne man immer noch in Rhuvak, dem letzten Dorf vor Neetha. »Dort werden wir gewiß nicht rasten«, erwiderte Pagol trocken, »denn wenn du erst die Türme von Neetha in der Ferne siehst, wird dich nichts mehr aufhalten können. Ich hingegen werde bald eine kleine Ruhepause brauchen, denn sonst muß ich mich auf Händen und Knien durchs Stadttor schleppen – falls ich es überhaupt bis dorthin schaffe –, und das wäre mir denn doch arg peinlich.« Das Mädchen lachte. »Nun gut«, sagte sie, »das kann ich wirklich nicht verantworten. Laß uns in einer Stunde rasten – aber dann nicht länger als eine halbe Stunde.«

Wie Thalionmel vorgeschlagen hatte, so wurde es auch gemacht. Die Rast war kurz, zu kurz, wie Pagol fand, um seinen schmerzenden Füßen Erleichterung zu verschaffen, aber dennoch freute er sich an dem drängenden Eifer der Freundin, der endlich die quälende, mondewährende Unentschlossenheit und Teilnahmslosigkeit vertrieben hatte.

Als die Gefährten Rhuvak erreichten, war die sechste Stunde nach Mittag halb vorüber. Es war rasch dämmrig geworden, und in einer Stunde würde es Nacht sein. Hier und dort luden Schenken, aus denen fröhliche Stimmen drangen (und in deren jeder es gewiß köstliches, frisch gezapftes Bier und ein wärmendes Feuer gab, wie Pagol bedauernd dachte), mit ihren anheimelnd erleuchteten Fenstern die Wanderer zum Rasten ein, aber Thalionmel würdigte sie keines Blickes, schaute weder nach rechts noch nach links, während sie das Dorf mit großen Schritten durchmaß, und blieb erst stehen, als die Reichsstraße vor ihnen lag. »Dort ist es, dort ist Neetha«, sagte sie und wies nach Süden. »Ich glaube, ich kann die Türme und Lichter erkennen.«

Pagol sah keine Türme und auch keine Lichter, außer dem sichelförmigen Madamal, das blaß im violetten Dunste schwebte, obwohl er sich auf seine scharfen Augen immer etwas zugute gehalten hatte, aber er wußte ebensogut wie die Freundin, daß nun nur noch fünf Meilen Straße zu überwinden waren. Dann hätten sie Neetha erreicht. »Schaffst du es, oder muß ich dich tragen?« hörte er Thalionmels Stimme neben sich, und dann fühlte er sich um die Mitte gefaßt und ein paar Finger weit hochgehoben.

Doch nach wenigen Schritten trennte das Mädchen sich wieder von ihrer Last und nahm den Gefährten bei der Hand. »Los, komm!« rief sie, während sie ihn mit sich zog. Und nun begann sie tatsächlich zu laufen; und Pagol mußte mit. Bei jedem Schritt schlug ihm der hölzerne Koffer schmerzhaft gegen die Schenkel, und schon bald bekam er Seitenstechen. Nein, fünf Meilen laufen, das würde er nicht überleben. »Gemach, gemach!« stieß er schließlich keuchend hervor und löste sich aus dem Griff der Freundin. »Wenn du rennen willst, dann mußt du mich tatsächlich tragen. Aber ich glaube, wir schaffen es auch mit göttergefälligem Marschieren. Sieh doch die Kutschen und Karren vor uns auf der Straße. Die guten Leute wollen so wie wir nach Neetha und haben gewiß nicht vor, ihr Nachtlager vor den Toren der Stadt aufzuschlagen.« Thalionmel blieb stehen und blinzelte in die Dämmerung. »Kutschen und Karren, sagst du? Nun gut, da magst du recht haben. Ich habe mich schon gefragt, was das für seltsame Schatten sind, die da in der Ferne schwanken ...«

Und mit göttergefälligem Marschieren erreichten Thalionmel und Pagol tatsächlich das Nordtor von Neetha, just in dem Moment, als die beiden Wächter sich anschickten, es zu schließen. Einer von ihnen, ein grimmig dreinschauender Hüne mit buschigen Brauen und tief in die Stirn gezogenem Helm, vertrat ihnen den Weg und senkte die Hellebarde. »Woher des Weges und wohin? Nennt eure Namen und euer Begehr«, empfing er sie mit der üblichen Formel.

»Travia zum Gruße, guter Mann. Mein Name ist Thalita Schwarzwasser«, erklärte Thalionmel schnell und mit seltsam heller, furchtsamer Stimme. Sie deutete einen Knicks an und wies auf Pagol. »Und das ist mein Bruder Ulfaran. Wir kommen aus Valavet, wo wir dem Großmütterlein die letzte Ehre erwiesen haben. Gestern haben wir sie zum Boronanger geleitet, und nun wollen wir heim.« Sie senkte den Kopf und wischte sich eine unsichtbare Träne aus dem Auge, da sie nicht sicher war, ob sie den Mann nicht von früher her kannte. »Möge ihre arme Seele Frieden finden ...«

»Boron sei ihr gnädig!« erwiderte der Mann und trat zur Seite. »Ihr könnt passieren, aber gebt acht, daß ihr euch beim nächsten Mal nicht wieder vertrödelt – einen Wimpernschlag später, und ihr hättet das Tor verschlossen gefunden.« Gutmütig lachend wandte er sich ab.

»Nun, das wäre geschafft«, meinte Pagol, als sie außer Hörweite waren. »Bei Phex, das hast du wirklich gut gemacht. Wie bist du nur auf die Geschichte mit der verstorbenen Großmutter gekommen und darauf, daß ich dein Bruder bin?«

»Ich kann gehen und gleichzeitig nachdenken – dieses wunderbare Talent hat Frau Hesinde mir verliehen.« Das Mädchen lachte, doch plötzlich blieb sie mitten auf der Straße stehen und sah den Gefährten ratlos an. »Und was machen wir nun?« Die Unrast, das Drängende und Treibende waren von ihr abgefallen, als das Stadttor sich hinter den Gefährten geschlossen hatte, und nun schien sie seltsam verwirrt und blickte um sich, mit halbblinden Augen wie im Traum. Pagol hatte den Eindruck, als wisse die Freundin – nach langem, hartem Marsch endlich am Ziele angelangt – mit einem Male nicht mehr, was sie dort beginnen solle.

»Da drüben ist der Tempel«, sagte er und deutete mit dem Finger praioswärts, wo sich über einem Meer aus Dächern die im Mondlicht fahl schimmernde Kuppel des Siegestempels erhob. »Du wolltest wieder einmal in den Tempel gehen, weil du dort Trost und Rat finden wirst.« Ich hoffe es zumindest, fügte er in Gedanken hinzu. »Deshalb bist du nach Neetha gekommen, und dort ist er.« Pagol ließ die Hand sinken. »Und du wolltest deine Schwester suchen, oder besser gesagt besuchen, denn sie wird, so die Götter wollen, noch immer bei Meisterin Shahane und in deren Obhut leben, und ist inzwischen gewiß zu einer wunderschönen und hochbegabten Tänzerin herangewachsen ...«

Pagol sprach immer schneller, je weniger seine eigenen Worte ihn überzeugten, aber Thalionmel nickte nur. »Ja«, sagte sie dann, »ich werde Zulhamin suchen. Das ist das Wichtigste. Im Tempel bin ich über sechzehn Monde nicht gewesen, da kommt es wohl auf einen Tag nicht an, oder was meinst du?«

Pagol hob unschlüssig die Schultern und breitete die geöffneten Hände aus, eine Geste, die er von der Freundin übernommen hatte. »Ich weiß es nicht«, meinte er schließlich. »Welcher Weg ist der längere, der zum Tempel oder der zu Shahanes Haus? Vielleicht solltest du den kürzeren Weg wählen.«

»Zu Shahanes Haus ist es weiter«, erwiderte das Mädchen. »Und du meinst, ich solle zuerst zum Tempel gehen?« Sie wartete Pagols Antwort nicht ab, sondern schaute sinnend zu der hellen Kuppel hinüber, die sich wie eine Wächterin über die schmalen Häuser erhob. »Man kann sich nicht verlaufen in Neetha, denn das Dach von Rondras Haus sieht man von jedem Winkel und jeder Gasse aus … Dann trennen sich also hier und jetzt unsere Wege – das hast du selbst gesagt.« Pagol glaubte einen Anflug von Bedauern in Thalionmels Stimme auszumachen, und als sie ihm nun zum Abschied die Hand reichte und ihn ernst und fest anschaute, entdeckte er dasselbe Bedauern auch in den schönen schimmernden Augen. »Ich wünsche dir den Segen der Zwölf«, fuhr sie fort, »vor allem natürlich Hesindes Beistand, denn wenn Sie dich erleuchtet, dann wirst du vielleicht einst ein so bedeutender Schreiber, daß du nicht mehr das aufschreiben mußt, was andere dir diktieren, sondern selbst dicke Folianten mit deiner Weisheit füllen kannst.« Sie lachte unvermittelt. »Und dann kannst du mein unnützes Leben als Roman niederschreiben. Du warst ein angenehmer Reisebegleiter, Pagol, und nun leb wohl.« Bei den letzten Worten hatte sie dem Gefährten die Hand entzogen und ihn gegen die Schulter geknufft. Und dann, als käme etwas lange Vergessenes ihr wieder in den Sinn, streckte sie die Rechte abermals vor, und Pagol, der das alte Kindheitsritual nicht kannte, schlug ein, daß es klatschte, und wußte, daß er das Richtige getan hatte. »Leb wohl!« sagte Thalionmel noch einmal, dann drehte sie sich um und rannte davon.

»Leb wohl, und Rondra schütze dich«, rief Pagol ihr nach. »Ich werde da sein, wenn du mich brauchst, und wenn du mich nicht findest, so werde ich dich finden.«

Thalionmel schlug den Weg zum Tempel ein; ihre Füße gingen ihn fast ohne ihr Zutun. Es ist der kürzere Weg, dachte sie, und Pagol hat gesagt, daß ich den kürzeren wählen soll. Da werde ich also gleich vor der Göttin stehen. Und was werde ich zu ihr sagen? Soll ich ihr mein Leben erzählen und meine vielen Sünden und Verfehlungen beichten, so wie ich es gestern nacht getan habe? Aber Sie ist doch allwissend und kennt mein Leben schon und weiß auch, daß ich manches bereue und anderes nicht. Doch wie soll ich wissen, ob mein unnützes Leben Ihr nicht völlig gleichgültig ist? Ich bin ein Nichts vor Ihren Augen, nein, weniger als ein Nichts. Warum dann sollte Sie Anteil nehmen an meinem Kummer und mir beistehen bei meiner Rache? Sie wird mich gar nicht bemerken und meine Gebete nicht hören. Vielleicht ist Sie auch gar nicht im Tempel, sondern auf einem fernen Schlachtfeld, wo Sie mit donnerndem Ruf die Aufrechten ermutigt und die Finsteren mit Entsetzen erfüllt. Nein, das war dumm, denn darin besteht ja Ihre göttliche Macht, daß Sie auf einem fernen Schlachtfeld und zugleich in all Ihren Häusern sein kann … Am besten sollte ich ein Gebet sprechen, das Ihr wohlgefällig ist und das ich auswendig weiß. Ja, damit werde ich beginnen: Herrin Rondra, durchdringe mich und fülle mich mit Deinem Geist. Sie hielt inne und blickte mit gerunzelten Brauen zu Boden. Nein, das kann ich nicht sagen, es wäre anmaßend. Wie sollte Ihr Geist mich wohl durchdringen, und wie könnte mein dürftiger Körper ihn aufnehmen …

Das Mädchen schüttelte betrübt und ratlos den Kopf. Als sie aufblickte, bemerkte sie, daß sie in eine Gasse eingebogen war, die gar nicht zum Tempel führte, sondern von diesem fort, direkt zu der Straße, in der Shahanes Haus stand. Wenn meine Füße mich ohne mein Wissen hierher getragen haben, dann soll es wohl so sein, daß ich zuerst Zulhamin besuche, entschied sie. Der Tempel kann bis morgen warten. Ich verspreche mir ohnehin nicht viel davon. Es wird gewiß kein goldenes Schwert aus der Kuppel fallen, und keine dröhnende Stimme in meinem Kopf wird mir den Weg zu Fuxfell weisen und mir sagen, ob ich ihn durchbohren, in zwei Hälften spalten oder enthaupten soll …

Doch nun, da Thalionmel sich entschieden hatte, zuerst nach der Schwester zu schauen, befiel sie wieder diese seltsame Beklommenheit, die sie immer ergriff, wenn sie an Zulhamin dachte. Sie wünschte sich nur zweierlei, doch das mit aller Kraft: zum einen, daß sie die Schwester nicht in einem Zustand anträfe, der ihr das Herz zerrisse – mit eingefallenen Wangen, wirrem Haar und hoffnungslosen Augen oder einem vom Wahnsinn umnebelten Blick. Zum anderen, daß die Schwester nicht vor ihr zurückwiche, wenn sie erkannte, wer da vor ihr stand, da Roheit und ein liederliches Leben die ihr vertrauten Züge entstellt hätten …

Während solcherlei und ähnliche Gedanken ihr Herz bewegten und bedrückten, war das Mädchen bei Shahanes Haus angelangt. Sie erkannte es sofort – es hatte sich jedenfalls nicht verändert. Entschlossen griff sie nach dem Klopfer, aber dann zögerte sie, ihn fallenzulassen. Es muß sein! ermahnte sie sich. Es ist wie bei dem eisigen Bad – es muß sein!

Doch wie überrascht und befremdet war Thalionmel, als ihr statt des Moha-Mädchens, der Meisterin selbst, einer Schülerin oder Magd ein wie ein Hausknecht gekleideter Mann öffnete, den sie noch nie zuvor gesehen hatte. Stammelnd und in wirrer Rede brachte sie ihr Anliegen vor und mußte doch zuletzt erfahren, was stets ihre größte Sorge und Furcht gewesen war: Eine Zulhamin Plotz lebte nicht in diesem Haus, und der Mann wußte nichts von ihr. Er erkannte sie auch nicht, als Thalionmel ihm das Bildnis zeigte, und wußte nur zu berichten, daß Meisterin Shahane das Haus vor fünf Monden an seinen Herrn, die Spektabilität Zachaban Terbui, verkauft hatte und mit einigen ihrer Mädchen nach Vinsalt gezogen war. Weder konnte er Thalionmel sagen, was aus den Mädchen geworden war, die Shahane zurückgelassen hatte, noch ob inzwischen eine andere Sharisad in Neetha junge Mädchen in der Tanzkunst unterwies. »Vielleicht solltet Ihr Eure Freundin oder Base – was diesen Punkt betrifft, war Eure Rede ein wenig widersprüchlich – am Hafen suchen. In den Schenken dort gibt es genug Mädchen, die für Geld tanzen«, sagte der Diener mit aufrichtiger Anteilnahme, und Thalionmel war ihm dankbar, daß er nicht aussprach, was er wirklich meinte. Der Mann kramte in seiner Schürzentasche und klaubte drei Kreuzer hervor, die er dem Mädchen in die Hand drückte. »Trinkt einen Schnaps auf den Schreck, und Travia sei mit Euch.«

Halb benommen wandte das Mädchen sich ab. Zulhamin war fort! Und es war allein ihre, Thalionmels, Schuld! Warum war sie nicht früher nach Neetha zurückgekehrt? Welcher Dämon hatte sie geritten, daß sie sieben kostbare Monde in dem trostlosen grauen Eldoret vertrödelt hatte? Es wäre ihre Schuldigkeit gewesen, sich um die kleine Schwester zu kümmern, aber statt dessen hatte sie es vorgezogen, sich beim Stallausmisten oder Bierzapfen in Gram und Selbstekel zu suhlen. Nun war die kleine Zulhamin wohl zur Hafendirne geworden, falls sie noch lebte... Daß sie das nicht verhindert hatte, war ihre schwerste Verfehlung, befand Thalionmel, und genauso verdammenswürdig, als hätte sie die Schwester von einem hohen Turme gestoßen...

Sie hatte den Hafen schnell erreicht, und obwohl ihr jetzt nichts widerwärtiger erschien als menschliche Gesellschaft, zumal solche trunkener See- und Schauerleute, ging sie doch in jede Schenke, aus der Musik erscholl. Aber wen sie auch nach der Schwester fragte – ob es nun die Schönen der Nacht, Tänzerinnen, Wirte, Schankmägde oder Gäste waren –, niemand hatte den Namen Zulhamin Plotz je gehört, und keiner erkannte sie auf dem Bildnis wieder.

Hätte Thalionmel die Schwester im Arm eines verschlagenen Piraten oder auf dem Knie eines grölenden Nordländers mit geflochtenem Bart gefunden, so wäre der Anblick ihr bitter und schmerzlich gewesen. Aber immerhin, sie hätte sie gefunden, und zwar lebend! Nun jedoch war alles ungewiß, außer dem einen: Im Hafen von Neetha ging Zulhamin nicht dem Liebeshandwerk nach. Es tröstete Thalionmel wenig, sich auszumalen, die Schwester könnte inzwischen zu einer gefeierten und hochbezahlten Sharisad am Vinsalter Hof geworden sein. Nein, solche Wunschträume und Phantastereien waren dumm und kindisch.

Ziellos wanderte das Mädchen durch die dunklen Gassen. Der Mond war inzwischen untergegangen, und finstere Nacht umfing sie. Sie ging immer weiter, auch als das lärmende Hafenviertel längst hinter ihr lag, und bald wußte sie nicht mehr, wo sie sich befand. Ihr Kopf war schwer von Kummer, Wein, Bier und Schnaps, ihr Beutel aber leicht wie nie – nicht ein einziger Kreuzer war ihr geblieben, aber das kümmerte sie nicht. Sie wollte nur schlafen, schlafen … und nie mehr erwachen. Ein ferner rosiger Lichtschein erregte ihre matte Aufmerksamkeit, und sie lenkte ihre wenig folgsamen Füße darauf zu.

Das Licht drang aus einem Garten, an dessen niedriger weißgetünchter Mauer Thalionmel schon eine Weile entlanggetaumelt war, wie sie erst jetzt bemerkte. Immer wieder sah sie es zwischen den Zweigen und Ästen entlaubter Bäume und den Blättern immergrüner Pflanzen hervorblitzen. Und dann gelangte sie an das Tor. Es war eine schöne Schmiedearbeit, zweiflügelig, mit gedrehten Streben und reich mit Ornamenten verziert. Als das Mädchen gedankenverloren den eisernen Schwüngen und Schleifen mit dem Finger folgte, schwang das Tor lautlos auf, und der glitzernde Kiesweg dahinter schien sie einladen zu wollen, den Garten zu betreten.

Der Garten war trotz der winterlichen Jahreszeit von

eigentümlich verwunschener, frühlingshafter Schönheit: Blühende Rosenbüsche säumten den Weg, Nachtigallen sangen ihr schluchzendes Liebeslied, Bächlein und Brunnen plätscherten nahe und fern, und die Luft duftete süß nach Nelken, Rosen und Jasmin. Auch schien es in dem Garten wärmer zu sein als ringsumher.

Während Thalionmel dem gewundenen Weg, der im Schein der fernen Fackel rosenfarben leuchtete, mit unsicheren Schritten folgte, wurde ihr ein wenig leichter ums Herz, aber sie fühlte auch, daß sie sich nicht mehr lange auf den Beinen halten könnte. Wo bin ich hier nur hingeraten? dachte sie. Was ist das für ein seltsamer Garten, und wem mag der prächtige Palast gehören? Denn eben hatte sie am Ende des Weges das fremdartig-schöne Haus mit den geschwungenen fensterlosen Wänden entdeckt, das ganz und gar – und das hatte sie noch nie gesehen – aus blaßrosigem Marmor errichtet war. Sie wünschte sosehr, es aus der Nähe zu bewundern – es schien unbewacht, genauso wie der Garten –, doch wollten die Füße ihr immer weniger gehorchen. Als sie links des Weges, in einer immergrünen, mit winzigen Schleifen und seidenen Schmetterlingen besteckten Geißblattlaube halb verborgen, eine marmorne Ruhebank gewahrte, faßte sie das als Zeichen auf. Ja, hier werde ich ein wenig rasten, entschied sie, und wenn ich wieder frisch und ausgeruht bin, sehe ich mir das Haus von nahem an.

Die Bank hatte zwei Sitze, einen Sitz dem Weg und einen dem Garten zugewandt. Obwohl keine Wachen vor dem Haus patrouillierten, keine Lakaien am Tor warteten und nirgends lustwandelnde Gestalten zu sehen waren, wählte das Mädchen die dem Wege abgewandte Bank als Ruhelager. Wie gut tut es doch zu liegen, dachte sie, als sie die müden Glieder auf dem kühlen Marmor ausgestreckt hatte. Die Augen fielen ihr zu, und in ihren Ohren mischten sich ferne süße

Lautenklänge mit dem lieblichen Gesang der nächtlichen Vögel. Der Marmor wurde warm und weich, ihr Körper wurde leicht, und bald glaubte sie zu schweben. Auch wurde ihr plötzlich so froh ums Herz, daß sie unwillkürlich lächelte. Ich träume, dachte sie. Ich träume schon die ganze Zeit, und es ist ein wunderschöner Traum. Ach, wenn ich ihn nur festhalten könnte. Aber in Wirklichkeit liege ich gewiß vor einer Hafenschenke in einer Lache von Erbrochenem und bin dabei zu erfrieren …

NEIN! Die Stimme war in Thalionmels Kopf – hell wie ein Kristall, dröhnend wie ein Gong, hold und schmeichelnd und keinen Widerspruch duldend. Und während die Stimme verklang, glitt das Mädchen in die Bewußtlosigkeit des Schlafes.

Thalionmel erwachte, weil sie Stimmen vernahm – Mädchenstimmen, eine helle und eine dunkle, und die beiden plauderten ganz in ihrer Nähe. Nein, dachte Thalionmel, ich bin gar nicht wach, ich träume wohl noch immer, denn sie hörte die Vögel singen, die Brunnen plätschern, und ihr war warm und wohl. Sie hielt die Augen geschlossen, um sich ganz dem neuen Ohrenschmaus hinzugeben, denn die Stimmen klangen so süß, so girrend, zwitschernd, atemlos und liebkosend, daß sie ihr wunderbarer dünkten als Gesang und Glockengeläut. Eine der Stimmen, die hellere, kam ihr bekannt vor, und je länger sie ihr lauschte, um so vertrauter schien sie ihr, ja, fast glaubte das Mädchen, sie hätte diese Stimme schon immer gekannt, ihr ganzes Leben lang …

Zulhamin! wollte Thalionmel rufen, aber sie spürte sogleich, daß es zu anstrengend wäre, die Lippen voneinander zu lösen, die Augen zu öffnen und den Kopf zu heben, und so blieb sie weiter still liegen und horchte. Die Stimmen waren ganz nahe, so nahe, daß Thalionmel überzeugt war, Zulhamin und ihre Begleiterin müßten auf der anderen Seite der Bank sitzen. Was zwitscherten und plapperten die beiden denn so unaufhörlich? Das Mädchen hatte bisher nur auf den Klang und nicht auf die Worte achtgegeben. Doch nun wollte sie den Sinn der Rede ergründen. Das war nicht leicht, und bis sie aus dem Geläut und Geklingel einzelne Worte herausgefiltert hatte, verging ein gutes Weilchen. Und welch seltsame Worte es waren! Vom Tharf war die Rede, vom Göttlichen Rausch, vom Reigen der Lust und von der Heiligen Ekstase. Thalionmel schüttelte den Kopf, ohne ihn zu bewegen – nein, sie konnte sich keinen Reim auf all das machen, aber eines verstand sie doch: Zulhamin und Fenia – so hieß die Begleiterin, wie sie dem Gespräch entnommen hatte – hatten soeben ein ganz besonderes Erlebnis gehabt – ein einmaliges, aufwühlendes und wunderbares. Und beide schienen erregt, erschöpft und glücklich.

Zulhamin ist glücklich! dachte Thalionmel, sie ist wirklich glücklich. Der Gedanke erfüllte sie mit solchem Frieden, daß sie die Worte im Geist immer wieder sprach. Und so merkte sie auch nicht sogleich, daß die Stimmen neben ihr allmählich leiser und matter wurden und schließlich ganz verstummten. Überall ringsum wurde es nun stiller: Die letzten nächtlichen Sänger begaben sich zur Ruhe, die fernen Lautenklänge endeten mit einem kaum hörbaren Akkord, und das Plätschern und Rauschen der Brunnen und Bächlein verrieselten … Es wurde auch merklich kühler, und ohne Nachdenken erhob sich das Mädchen. Fröstelnd schlang sie den Umhang fester um die Schultern, verließ die Laube und schaute sich blinzelnd um: Ja, sie befand sich immer noch in dem verwunschenen Garten, in den sie vor Stunden unversehens geraten war, doch erschien er ihr nun weniger verwunschen und traumbildnerisch als zuvor. Die Firunsnacht war kühl und sternklar, und auf der Marmorbank am Weg, von fernen Fackeln und Laternen in schwaches rosiges Licht getaucht, saßen zwei schlafende Mädchen, von denen eine Zulhamin war.

Thalionmel erkannte die Schwester sofort, obwohl sie ganz anders aussah als das kleine Mädchen, das sie vor sechzehn Monden bei Shahane zurückgelassen hatte. Zulhamin war gewachsen, wenn auch nicht viel – einen Schritt und drei Spann mochte sie jetzt messen, eher weniger. Ihr Körper war an Brüsten und Hüften fülliger geworden – üppiger als ihr eigener, wie Thalionmel überrascht bemerkte –, aber die schlanke Taille, die kleinen Füße und Hände und das zierliche Köpfchen, das an der Schulter der Freundin ruhte, ließen sie immer noch zart und zerbrechlich erscheinen. So wie die Freundin war auch Zulhamin in einen langen leuchtendroten Mantel aus wärmendem Wolltuch gehüllt, der den Formen des Körpers folgte. Vorn klaffte der Mantel ein wenig auseinander und enthüllte einen schimmernden bräunlichen Schenkel, und Thalionmel war sich plötzlich gewiß, daß die Schwester unter dem Gewande nackt war, aber es verwunderte sie kaum. Das lange schwarze Haar trug Zulhamin zum Pferdeschweif gebunden, und er war über und über mit goldenen Schleifchen geschmückt. Sie wirkte ein wenig erhitzt und zerzaust – eine Strähne ihres Haares hatte sich gelöst und klebte feucht an Stirn und Wange –, ihre lieblichen Züge aber strahlten Frieden und tiefe Beseligung aus.

Wie schön du bist, kleine Schwester, dachte Thalionmel, und wie glücklich. Sie konnte sich kaum sattsehen an Zulhamins Anblick, aber es drängte sie nicht, die Schwester zu wecken. Nein, schlaf nur weiter, sagte sie stumm, bald wirst du ohnehin erwachen, denn die Nachtluft wird beständig kühler. Heute müssen wir nicht miteinander reden – du hast Fenia schon alles anvertraut, was dich bewegt, und ich selbst werde niemals die Worte wiederholen, die ich gestern nacht zur Finsternis gesprochen habe. Ich sehe, daß du wohlauf bist, und daß ich mir keine Sorgen machen muß. Und nun, da ich dich wiedergefunden habe, werde ich dich auch ein zweites Mal finden.

Thalionmel wußte, daß sie nun gehen mußte, aber sie mochte sich nicht von der Schwester trennen, ohne ihr ein Zeichen zu hinterlassen. Doch was hätte sie ihr geben können? Sie besaß ja nichts außer dem Medaillon, und von dem wollte sie sich nicht trennen. Als sie mit nachdenklich gerunzelten Brauen zum Himmel blickte, bemerkte sie, daß Mitternacht eben vorüber war. Ich bin vierzehn, ging es ihr durch den Kopf, und plötzlich wußte sie, was sie der Schwester schenken konnte. Entschlossen schob sie die Hand unter Umhang und Hemd und löste die Nadel. »Nimm meine Nadel, Zulhamin«, flüsterte sie, während sie das glitzernde Schmuckstück behutsam am Mantel der Schwester befestigte. »Ich brauche sie nicht mehr. Ich bin erwachsen, und es wird am Tempeleingang keine Schwierigkeiten geben.« Dann wandte sie sich um und verließ den Garten mit etwas unsicheren, aber entschlossenen Schritten.

Als Thalionmel wieder auf der Straße stand und keine Bäume und Sträucher ihr die Sicht versperrten, sah sie die ferne Kuppel sogleich. Sie war von innen erleuchtet – eine Girlande von Fenstern schmückte sie wie ein goldener Reif. Dorthin wollte sie nun gehen, zum Tempel des Sieges.

Das Mädchen erreichte den Tempel schneller, als sie vermutet hatte. Zwar waren Kopf und Beine schwer von den im Übermaß genossenen berauschenden Getränken, ihr Herz aber war leicht. Sie dachte an gar nichts, weder an Zulhamin noch an den verwunschenen Garten, noch an den bevorstehenden Tempelbesuch. Sie genoß die seltsame Leere im Kopf und überließ es ihren schwankenden Beinen, sie den vertrauten

Weg durch die dunklen Gassen zu führen. Kein Schatten verfolgte sie, und kein Räuber mit gezücktem Messer vertrat ihr den Weg.

Als Thalionmel die Stufen zum Eingang erklomm, schlug ihr Herz nicht schneller als zuvor, oder nur so viel, wie jedermanns Herz beim Steigen schneller schlägt. Einmal streifte sie der Gedanke, ob es nicht unziemlich sei, in trunkenem Zustand vor die Göttin zu treten, doch war er verweht, bevor sie ihn fassen konnte. Sie öffnete die Tür, ohne anzuklopfen, denn so ist es Brauch in Rondras Haus. Geblendet von dem goldenen Glanz und den unzähligen Lichtern, verharrte sie einen Moment lang reglos; nie war ihr das Haus der Herrin strahlender und prächtiger erschienen als in dieser Nacht.

»Rondra zum Gruße, Thalionmel von Brelak«, riß eine Stimme das Mädchen aus seiner Erstarrung. Erst jetzt bemerkte sie den jungen blonden Geweihten, der neben dem Eingang stand. Er war genauso groß wie sie und nicht viel älter, siebzehn vielleicht, und sie glaubte, ihn schon einmal gesehen zu haben. Während sie sich verneigte und seinen Gruß erwiderte, fiel ihr ein, woher sie den Jüngling kannte: Er war Novize gewesen, damals in den alten Zeiten, stets ernst und das goldene Weiheband mit Würde tragend. Nun zierte statt des Bandes ein Helm mit rotem Federbusch sein Haupt, und auch das Kettenhemd, die goldenen Schienen, das lange Schwert an seiner Seite und die Schwertfibel am Waffenrock wiesen ihn als Geweihten der Herrin aus.

Ein seltsamer Schauder hatte Thalionmel erfaßt, als der Priester sie bei ihrem Namen nannte – ein Kribbeln und Vibrieren von Haut und Körperhaaren, wie es ihr mitunter bei Gewitter widerfuhr. Niemand außer Pagol hatte sie in den vergangenen sechzehn Monden so angeredet, und der Gefährte hatte sie einfach Thalionmel genannt, und das auch nur, wenn keine Zeugen zugegen waren. Wie sonderbar, dachte sie. Woher kennt er meinen Namen? Dann fiel ihr Blick auf die Opferschale, und die Frage war vergessen. Was sollte sie der Göttin opfern, da sie keinen Kreuzer mehr besaß? Der Dolch wäre die falsche Gabe, entschied sie, da Rondra gewiß nicht wollte, daß man sich Ihretwegen seiner Wehr und Waffen beraubte. Nachdenklich betrachtete das Mädchen die goldene Schale, in der etliche Kupfer-, Silber- und auch ein paar Goldstücke lagen, dann glitten ihre Hände zum Hals, um das Lederband zu lösen, an dem das Bildnis der Schwester hing. Während sie herumnestelte, suchte sie am Blick des jungen Priesters zu ergründen, ob die Gabe wohl das rechte Opfer sei, doch als dieser ihre Absicht erkannte, schüttelte er kaum merklich den Kopf und wies mit der Linken zum Standbild, das zu betrachten Thalionmel bisher vermieden hatte. Dort stand die Göttin auf Ihrem hohen Sockel – mächtig, steinern und unnahbar.

Zu dieser nächtlichen Stunde hielten sich nur wenige Gläubige im Tempel auf, wie Thalionmel bemerkte, als ihre Augen sich an die Helligkeit gewöhnt hatten, und sie umherschauen konnte, ohne blinzeln zu müssen: Zwei reisende Kriegerinnen und ein Söldner knieten, in stille Zwiesprache mit der Göttin versunken, vor Ihrem Standbild, und weiter hinten war ein wie ein Händler gekleideter Mann damit beschäftigt, Kerzen vor einem Waffengebinde zu entzünden. Diese vier, der Geweihte und sie selbst waren die einzigen Menschen in der gewaltigen Halle.

Langsam, vorsichtig einen Fuß vor den anderen setzend, näherte sich das Mädchen dem marmornen Standbild. Sie suchte den Blick der Göttin, doch diese schaute über sie hinweg zu einem fernen Punkt weit hinter der Tempelwand, so wie Sie es immer getan hatte.

Die drei Betenden knieten im Halbkreis vor der Statue, etwa sechs Schritt von dieser entfernt – die Frauen links, der Söldner rechts. Den Platz in der Mitte hatten sie freigelassen, und so ließ sich Thalionmel dort nieder, auf das rechte Knie, wie sie es gelernt hatte. Sie senkte den Kopf, kreuzte die Hände vor der Brust und versuchte sich zu versenken. Sie wünschte und erwartete nichts, weder Trost, dessen sie hier und jetzt nicht bedurfte, noch Rat oder einen Fingerzeig.

Wie oft in der Vergangenheit hatte Thalionmel ersehnt, die Göttin möge zu ihr sprechen oder ihr zum mindesten ein Zeichen geben, daß ihr Gebet gehört und sie selbst bemerkt worden sei. Ja, mitunter hatte sie so inbrünstig und fordernd gebetet, als wolle sie das Zeichen erzwingen. In dieser Nacht jedoch war das Mädchen ganz ruhig – Frieden war in ihrem Herzen und wohlige Leere in ihrem Kopf. Sie betete nicht und wußte kaum, was sie sich hätte wünschen sollen. Und nur um Brauch und Sitte Genüge zu tun, murmelte sie die Worte, die sie schon so lange kannte: »Herrin Rondra, durchdringe mich und fülle mich mit Deinem Geist …«

Gänzlich leer aber war Thalionmels Kopf nicht – es waren sehr wohl Gedanken darin, nur waren sie ungeordnet und trieben ziellos dahin, während ihr Mund die Worte des Gebetes formte: Heute bin ich vierzehn, und in zwei Jahren werde ich volljährig sein … Zulhamin ist sehr schön geworden, und sie war nackt unter dem roten Mantel … Morgen früh werde ich zur Armenküche gehen und mir einen Teller Suppe holen … Ich hätte Pagol auftragen sollen, nach dem Namen des halbverlassenen Fischerdorfes zu fragen, nun ist es zu spät, und ich werde ihn nie erfahren … Alrik war ein gutes Pferdchen, aber so groß, wie ich inzwischen geworden bin, gäbe ich wohl jetzt auf seinem Rücken eine etwas seltsame Erscheinung ab … Zu Beginn meiner Schulzeit war Quendan mir der verhaßteste von allen Zöglingen, und als ich die Schule verließ, war er mir der liebste… Jetzt weiß ich wieder, wie der Geweihte heißt, Stipen, ein unschöner Name, so würde ich nicht heißen mögen, wenn ich ein Mann wäre… Was wohl aus meinen Ritterpüppchen geworden sein mag? Ob Zulhamin sie damals mit nach Neetha genommen hat? Ich hatte sie ihr doch geschenkt… Mit dem Zweihänder haben sie gewiß gute Fortschritte gemacht… Die Härchen auf meinem Körper sind immer noch aufgerichtet, da wird sich wohl ein Gewitter nahen, aber ich habe es gar nicht bemerkt…

»Rotes Blut, heiliges Blut – Blut, wasche rein – so sei es…«, sagten ihre Lippen und ihre Zunge, ohne daß Thalionmel davon wußte. Sie hatte das Gebet schon zum dritten Mal hergeplappert, aber auch das war ihr nicht bewußt. Mit halbgeschlossenen Augen betrachtete sie die Marmorfliesen, deren dunkle Adern immer mehr verschwammen, je länger sie darauf starrte. Sie regten sich auch, und der Boden gab nach. Ja, ich bin betrunken, wußte das Mädchen mit plötzlicher Klarheit. Ich bin trunken und berauscht vor die Göttin getreten – wie würdelos und ungebührlich! Seine Gnaden Stipen – so muß ich ihn in Zukunft anreden, wie seltsam – hat es nicht gemerkt, aber die Göttin kann man nicht hinters Licht führen. Wenn Sie nun ausgerechnet heute Ihren Blick auf mich richten sollte… o nein, wie peinlich, wie über alle Maßen peinlich!

Thalionmel spürte, daß sich vor Scham und Zerknirschung nun auch die Haare auf ihrem Kopfe aufzurichten begannen. Sie mußte sich vergewissern, ob Rondra, die Herrin, weiterhin über sie hinwegblickte und nicht just in diesem Augenblick Ihre Göttinnenaugen auf sie lenkte. Vorsichtig und langsam hob sie den Kopf. Sie blinzelte in die Helligkeit, die in den Augen schmerzte, und doch zog es ihren Blick immer weiter empor ins Licht hinein. Er glitt über das Bildwerk auf dem Sockel, die Löwin, die eben ihr Maul aufriß und die Krallen ihrer Pranken spreizte, verharrte nicht bei den Ornamenten, die am oberen Rand des Sockels tanzten, sondern glitt weiter über den Fuß in der lässig geschnürten Sandale, folgte dem Bein zwischen den wehenden Gewandfalten bis hinauf zum pulsierenden Schenkel und wurde weiter nach oben gezogen zu dem wogenden Busen, unter dem das Herz so heftig schlug, daß es die Schuppen des Kragenpanzers zum Schwingen und Vibrieren brachte, glitt über den Hals mit den gestrafften Muskeln zum vorgereckten Kinn, den bebenden Lippen, der Nase mit den sich blähenden Nüstern und weiter empor ...

Lodernd waren Rondras Augen auf Thalionmel gerichtet – unbändiger göttlicher Zorn leuchtete in ihnen. Wie eine glühende Klinge drang Rondras Blick ihr in Hirn und Herz, durchbohrte sie mit tausend Schwertern, ließ ihr Blut kochen und zu Eis gefrieren und kehrte ihr Inneres nach außen. Nie zuvor hatte Thalionmel eine solche Qual und einen solchen Schmerz verspürt und niemals solches Glück und solche Wonne.

Sie wußte, als ihr die Sinne schwanden: Nicht mir gilt dein Zorn, Herrin, aber ich soll ihn kennen und wissen und seiner teilhaftig sein.

Als Thalionmel erwachte, war es hoher Nachmittag. Sie lag auf einem schmalen Diwan in einem Zimmer, das sie nie zuvor gesehen hatte. Sie ließ den Blick umherschweifen: Durch ein schmales hohes Fenster drang ein Balken rotgoldenen Sonnenlichtes und malte ein verzerrtes Viereck auf den weißgetünchten Teil der Wand. Darunter war die Mauer bis auf zwei Schritt Höhe mit dunklem Holz getäfelt. Das Mädchen sah es hier und dort aufblitzen wie von Gold oder Stahl, als ihre Augen zu wandern begannen, und hin und wieder tauchten Farben und Lichter aus dem Dunkel auf. Es schienen Waffen und goldener Zierat zu sein, dazu

Bilder oder Bildnisse, Wandteppiche und wie in Stein gemeißelte Figuren. Auf einer der Figuren kam Thalionmels Blick zur Ruhe. Es war eine hochgewachsene Frauengestalt, die aufrecht am Fußende ihres Lagers saß. Sie mochte um die fünfzig Götterläufe zählen, aber das ließ sich schwer entscheiden, da sie den silbernen Helm mit den vergoldeten Wangenschützern tief in die Stirn gezogen hatte. Sie trug Rüstung und Ornat der Hochgeweihten und stützte die Linke auf den Knauf eines Langschwertes, während die Rechte lässig auf dem Schenkel ruhte. Aus hellen grauen Augen blickte sie das Mädchen unverwandt und ernst, aber nicht unfreundlich an.

»Rondra zum Gruße, Thalionmel von Brelak«, sagte Ehrwürden Gunelde ter Bersker. »So bist du endlich erwacht, der Herrin sei Dank. Wir haben dich schon erwartet und heißen dich willkommen.«

Und als Thalionmel sich nun abermals umschaute, gewahrte sie in dem gelben Dämmerlicht des Zimmers, daß rings um ihr Lager, zum halben Kreise angeordnet, die Novizen, Knappen und Ritter des Tempels wie zur Begrüßung versammelt standen.

4. Kapitel

Die Praiosscheibe näherte sich dem Horizont, malte gelbrote Glut auf die Kämme der Dünenwellen in dem unendlichen Meer aus Sand und ließ den nahenden Abend ihre östlichen Seiten mit blauen und violetten Schatten schmücken. Nur noch wenige Meilen trennten die kleine Karawane von der Oase, die mit ihrem schimmernden See, den weißgetünchten Häuschen und den gewaltigen Palmen im rotgoldenen Abendlicht wie ein Kleinod wirkte inmitten der trostlosen, immergleichen Weite.

Als die erschöpften, durstigen Tiere, Mherwatis und Bidenhocker, das Wasser rochen, wurden sie unruhig und beschwingter und schritten rascher aus.

Die schnellere Gangart seines Reittieres weckte Hahmud Dhach'gamin, der die letzten Stunden der vier Tage währenden beschwerlichen und ihm ungewohnten Reise im Dämmerschlaf verbracht hatte. Das also ist Keft, dachte er, als er die ferne Oase erblickte. Er beschattete die Augen mit der Linken, um besser sehen zu können, denn obwohl die fünfte Stunde nach Mittag schon halb vorüber war, blendete das Licht der glutfarbenen Scheibe fast ebenso unbarmherzig wie zur Mittagszeit. Hahmud hielt es nicht der Mühe wert, sich von einem der Begleiter die Richtigkeit seiner Vermutung bestätigen zu lassen; es konnte keinen Zweifel geben. Der Führer hatte am Morgen gesagt, daß man Keft, so Praios wolle, vor Einbruch der Nacht erreichen werde, und Hahmud schätzte, daß die Karawane für die restliche Strecke nicht mehr als eine Stunde benötigen werde.

Der junge Mann war froh, die nächste Nacht nicht wieder unter freiem Himmel verbringen zu müssen, denn die vergangenen drei Nächte waren bitterkalt gewesen; vom Anblick des Ortes aber war er enttäuscht – ein wenig größer, bedeutender und prächtiger hatte er sich Keft, das Ziel seiner Reise, denn doch vorgestellt. Die Oase war ein Dorf, ein winziges Nest mit kaum vierzig Häusern, und es wurden auch nicht mehr, als die Reisenden nun langsam näher kamen. Auf welches Abenteuer habe ich mich nur eingelassen, dachte Hahmud wie so oft in den vergangenen vier Tagen. Er mochte Mitte der Zwanzig sein, hatte ernste tiefblaue Augen unter strengen schwarzen Brauen und trug die Wangen üblicherweise glattgeschabt. Jetzt, am Ende der viertägigen Reise, bedeckten bläuliche Schatten die untere Hälte seines Gesichtes und ließen es noch hagerer als sonst erscheinen. Viel mehr als das von weißem Linnen begrenzte Oval war von Hahmud nicht zu sehen, denn zum Schutz gegen die sengende Sonnenglut hatte er sich, genau wie seine Begleiter, ganz und gar in lockere Gewänder gehüllt. Obwohl er die Lippen fest geschlossen hielt, waren sie – voll und schön geschwungen – das einzige, das seinen Zügen etwas jugendlich Weiches verlieh.

Hahmud blinzelte, während er das Ziel seiner Reise betrachtete. Der See spiegelte rot und gleißend das Sonnenlicht wider, so daß es in den Augen schmerzte, ihn zu betrachten. Und dicht daneben, mitten im Ort, wie es schien, funkelte noch etwas anderes. Der junge Mann wollte sich gerade an den Führer wenden, um zu fragen, was dort leuchte, als er selbst darauf kam: Es mußte das vergoldete Greifenstandbild auf dem Tempelgiebel sein, von dem ihm der hochwerte Mhukkadin, Hairan von Keft und sein zukünftiger Brotherr, so viel und so wortreich erzählt hatte (der gute Mann hatte es unlängst gestiftet, wie sich herausgestellt hatte).

Der Praiostempel, dachte Hahmud, und ihm fiel ein, daß ihn auch im Halbschlaf hoch oben auf seinem schwankenden Sitz die Frage nicht losgelassen hatte, die ihn nun schon seit drei Tagen beschäftigte. Als Fechtlehrer und in den rondrianischen Künsten gebildetem Mann war ihm stets Rondra als die höchste und verehrungswürdigste Gottheit erschienen, aber er hatte auch gelernt, Praios zu gehorchen, dem Licht, dem Fürsten der Götter und höchsten Richter. Doch seit Beginn der Reise, seit er zum ersten Mal im Leben die Wüste wirklich sah und erlebte, hatten sich Zweifel in seinen Praiosglauben geschlichen.

Hahmud Dhach'gamin stammte aus Unau, einer großen, wehrhaften und lebensvollen Stadt am südlichen Rand des gewaltigen Salzsees. Das Salz hatte Unau reich gemacht, hatte Händler aus aller Welt in die Stadt gelockt, und stets herrschte auf den Straßen und Basaren, in Schenken und Karawansereien ein buntes Treiben. Wie trostlos das Land rings um Unau war, konnte man innerhalb der Stadtmauern fast vergessen, denn sieben niemals versiegende Brunnen spendeten mehr Wasser, als die Einheimischen und Fremden zum Trinken brauchten, und so fanden sich zwischen den niedrigen, eng aneinandergerückten Häusern immer wieder grüne und blühende Gärten, von denen der Palastgarten des Sultans der prächtigste war.

Hahmud hatte die Wüste nicht vergessen – er hatte sie niemals kennengelernt. Fast sein ganzes Leben hatte er in Unau verbracht, in der Fechtschule des Rondratempels, erst als Schüler und später als Lehrer, so wie es Brauch war in seiner Familie. Nur wenige Reisen hatten ihn in die Welt geführt: Dreimal war er, dem Lauf des salzigen Chaneb folgend, in Chanebmund gewesen, und einmal hatte ihn ein Schiff von dort bis nach Thalusa geführt. Grün war es an der Mündung des Thalusim, feucht, warm und fruchtbar.

Daß Praios' Licht nicht nur Leben spendete, sondern es auch erbarmungslos vernichtete, war Hahmud erst in den letzten Tagen wirklich bewußt geworden. Wie sehr mußte der Götterfürst diesen Landstrich hassen, daß Er ihn in eine tote Wüstenei verwandelt hatte. Woher dieser Haß rührte, ob er aus den finsteren Zeiten der Echsenherrscher und Echsengötzen stammte, wußte Hahmud nicht, aber er fand es ungerecht, daß die genügsamen, wackeren Wüstenkinder unter ihm zu leiden hatten. Und ausgerechnet sie verehrten Herrn Praios von allen Göttern am meisten. Das war es, was er nicht verstand.

Ich werde dem Bürschchen von Frau Rondra erzählen und von Herrn Efferd, zu dem er tüchtig beten soll, nahm Hahmud sich vor. Mit dem Bürschchen war Jassuf gemeint, der zehnjährige Hairanssohn, zu dessen Unterweisung im Fechten, im Schreiben und in Götterkunde der hochwerte Mhukkadin den Lehrer angeworben hatte. Warum er auf das Angebot eingegangen war, wußte Hahmud kaum noch zu sagen. Um das Geld war es ihm nicht gegangen, denn als Fechtlehrer an der Rondraschule ließ es sich wohl leben. Aber natürlich war nach langem Feilschen ein höheres Gehalt vereinbart worden, als er in Unau erhielt, und zwar genau ein Goldstück und drei Silbertaler mehr im Mond – das war der junge Mann sich schuldig gewesen. Vielleicht hatte ihn ein Anflug von Abenteuerlust zu dieser Reise getrieben oder der tief in seinem Innern verborgene kindliche Wunsch, derjenige zu sein, der das verschollene, verheißene und über die Maßen fruchtbare Land im Herzen der Wüste entdecken sollte, von dem so viele Märchen und Sagen berichteten. Peraines Perle, Alverans Anger, Göttergarten und ähnlich blumige Namen hatten die alten Barden und Poeten dem Land verliehen, aber so viele Abenteurer, Glücksritter oder Wissenschaftler sich auch auf die Suche gemacht hatten, keiner von denen, die zurückkehrten – und das waren wenig genug –, hatte das Sagenland gefunden.

Hahmud glaubte nicht ernsthaft, daß er den Garten finden werde, er war nicht einmal von dessen Vorhandensein überzeugt, aber immer wieder hatte er sich in den letzten Tagen dabei ertappt, daß er den Blick forschend zum Horizont gelenkt und sich gefragt hatte, was dort hinter den Dünen wohl verborgen lag. Doch außer Sand hatte er nichts gesehen, nur Sand war ringsumher – Sand, Sand, Sand, so weit das Auge reichte –, gelber, weißer, grauer und ockerfarbener Sand.

Seit man sich Keft näherte, war Leben in die schläfrige Schar gekommen. Die Männer hatten ihre Gespräche wieder aufgenommen, sie lachten und scherzten. Nur Hahmud beteiligte sich nicht an der Unterhaltung. Er hatte die anderen Reisenden erst am Tag des Aufbruchs kennengelernt, und da sie ihm wenig gefielen, hatte er ihre Nähe und Bekanntschaft nicht gesucht. Zwei feiste Tee- und Spezereienhändler waren darunter, die ständig prahlten und Praios' Namen ein wenig zu oft und zu leichtfertig im Munde führten, ein blasses, sehr junges Mädchen mit furchtsamen Augen, das von Vater und Bruder dem unbekannten Bräutigam zugeführt wurde, einem Neffen des Hairans, ein Baron und eine Edle aus dem Lieblichen Felde, die, wie Hahmud ihren Gesprächen entnommen hatte, im Auftrag ihres Lehnsherren zum Hairan reisten, samt ihrem Gefolge von nicht weniger als fünf Bediensteten.

Gerade die beiden letzten waren Hahmud äußerst unangenehm – überheblich gegen Führer und Mitreisende, herrisch gegen Diener und Zofen, laffenhaft und putzsüchtig, aber bei der kleinsten Unannehmlichkeit wehleidig, weinerlich oder gar kopflos. Was dem jungen Fechtlehrer am meisten mißfiel, war die gezierte, unwahrhaftige Rede der beiden Adligen, die sich so sehr von der poetischen tulamidischen Schmeichelkunst unterschied: »Lieblichste Brinna« – »Allerliebster Zordan«, flöteten sie unaufhörlich (den ersten halben Tag lang zumindest, danach waren sie merklich einsilbiger geworden), aber jeder, der Augen hatte, sah nur zu deutlich, daß sie einander weder schätzten noch liebten und Konkurrenten, wenn nicht gar erbitterte Gegner waren im Kampf um die Gunst ihres Lehnsherrn.

Vierzehn Menschen zählte die Karawane, Führer und Dienerschaft eingeschlossen, und sie alle würden am heutigen Abend Gäste von Hairan Mhukkadin sein, dem Oberhaupt der Beni Novad.

Der Abglanz der letzten Sonnenstrahlen färbte eine Herde dunstiger Lämmerwolken am westlichen Horizont, als die Karawane Keft erreichte. Nun würde bald finstere Nacht hereinbrechen, denn die Dämmerung war kurz in der Wüste, im Sommer genauso wie jetzt im Winter.

Man hatte die Karawane schon erwartet, und lautstark wurden die Ankömmlinge nun begrüßt: Dick vermummte rundliche Frauen halfen den Reisenden lachend von ihren Reittieren, andere, an der schlichteren Tracht und den unverhüllten Häuptern als Dienerinnen kenntlich, trugen das Gepäck ins Haus des Hairans, die schweren Bündel anmutig auf dem Kopfe balancierend. Junge Mädchen standen mit dampfenden, duftenden Tüchern bereit, mit denen die Gäste sich vom Staub der Reise befreien konnten, und Knaben mit hellen Stimmen nahmen sich der Tiere an.

Hahmud sah sich im Ort um, um so viel zu erfassen, wie es bei dem schwächer werdenden Licht eben möglich war: Die Oase in ihrer Gesamtheit mochte von Norden nach Süden zehn und von Westen nach Osten fünf Meilen messen. Den Mittelpunkt bildete ein länglicher See, dessen Ufer Zypressen und Dattelpalmen säumten. Auf der einen Seite zogen sich winterlich brachliegende Gärten und Pflanzungen bis zum Rand des fruchtbaren Landes, dessen fast jähes Ende der junge Mann jedoch nicht erkennen konnte. Aber er machte die schemenhaften Umrisse von Schöpfrädern aus und sah die glitzernden Linien von Wassergräben. Auf der hiesigen Seite des Sees befand sich die eigentliche Ansiedlung, Keft.

Den Praiostempel hatte Hahmud schon von weitem erkannt, nun, aus der Nähe gesehen, erwies er sich als recht bescheidenes Gebäude, zu klein und schmächtig für den pompösen goldenen Giebelschmuck. Daß er ein Satteldach trug und aus Stein erbaut war, statt aus Lehm oder Kamelmist, unterschied ihn am meisten von den übrigen Häusern, die ohne die ordnende Struktur von Straßen, fast planlos, wie es Hahmud schien, auf dem dürren Gras verteilt waren, so als hätten ein paar Riesen hier Würfel gespielt und ihr Spielzeug dann zurückgelassen. Zwischen den Häusern fanden sich Schaf- und Ziegenpferche und die Zelte durchreisender Nomaden.

Auch das Haus des Hairans, größer, aber nicht viel prächtiger als die anderen, war aus Lehm errichtet und in dem südländischen Stil erbaut, den Hahmud aus Unau kannte: quaderförmig, weißgetüncht und mit wenigen winzigen Fenstern. Es stand auf der anderen Seite des Tempelplatzes, etwa fünfzig Schritt vom Tempel entfernt, und sofern es einen Garten hatte, mußte dieser im Innenhof verborgen liegen.

Bevor Hahmud das Haus betrat, blickte er noch einmal zum rasch dunkler werdenden Himmel, an dem blaß die Sterne zu schimmern begannen. Als er den Umriß des Eisbären erkannte, schüttelte er in Gedanken den Kopf. Wie sollte man Firun, den göttlichen Eisbären, den Herrn über Schnee und Frost, nach dem der jetzige Mond benannt war, wohl hier in der Wüste verehren, wohin Seine Macht offenbar nicht reichte, da niemals seit Menschengedenken eine seiner weißen Flocken den Sand berührt hatte? Nein, entschied der junge Fechtlehrer unwillkürlich, Firun konnte kein Gott sein, ein Halbgott allenfalls, und die matte Verehrung, die Er im Süden genoß, wurde Ihm gewiß nur deshalb zuteil, weil Er sich eine Wüstentochter zur Gemahlin erwählt hatte.

Zeit für weitere theologische Betrachtungen blieb Hahmud nicht, denn nun kehrten die jungen Dienerinnen zurück und führten die Reisenden und deren Gefolge zu den Unterkünften. Dem Fechtlehrer wurde eine geräumige Kammer mit stoffverhängten Wänden, einem weichen Ruhelager und einem zierlichen Waschtisch zugewiesen, wie sie wohl jemandem gebührte, der zwar im Lohn stand, aber dennoch hohes Ansehen genoß. Hier also werde ich die nächsten beiden Jahre verbringen, dachte er, während er seine Kleider, Waffen und Gerätschaften ordnete. Kaum hatte er sich gereinigt und festliche Kleidung angelegt, als ein Gong die Gäste zur Tafel rief.

Am Kopf der langen Tafel, von Polstern und seidenen Kissen gestützt, thronte der hochwerte Mhukkadin und musterte seine Gäste erwartungsvoll lächelnd. Er war ein Mann Mitte der Vierzig, ein wenig beleibt und mit vom guten Leben gerötetem Antlitz. Das Haupthaar war unter einem ausladenden Turban verborgen, der schwarze Bart geölt und zu zwei langen Spitzen gedreht. Während nun die Gäste in der Reihenfolge ihres Ranges einzeln vortraten und den Hairan mit wohlgesetzten Worten begrüßten und artig auf seine Fragen nach dem Woher und Wohin und dem Verlauf der Reise antworteten, zwirbelte er die Bartenden unablässig zwischen seinen kurzen, rundlichen, von zahlreichen Ringen geschmückten Fingern.

Nach Beendigung der Begrüßungszeremonie wurden den Gästen von hübsch herausgeputzten Mägden ihre Plätze an der Tafel zugewiesen. Hahmud erhielt einen Platz zwischen den Teehändlern und der Dienerschaft, recht weit unten also, was ihn verdroß, und es tröstete ihn wenig, daß die schöne sanfte Aisha, die zweitälteste Hairanstochter, ihm direkt gegenüber, und die niedliche Sefira, eine Zofe der liebfeldschen Edlen, zu seiner Rechten saß. Seinen zukünftigen Zögling sah er nur aus der Ferne, denn die Söhne des Hairans hatten an der Seite ihres Vaters Platz genommen.

Viel zu reden gab es nicht für Hahmud – die Geheimnisse des Teeanbaus und -handels hatten ihn nie wirklich von Herzen bewegt, und so plauderte er mit seinen Nachbarn zur Linken nur eben so viel, wie es die Höflichkeit gebot. Mit Aisha hätte er sich gern ein wenig unterhalten, aber die Schöne senkte stets schamhaft die Lider, wenn er das Wort an sie richtete oder sobald sie seinen Blick auf sich fühlte, und antwortete nur knapp und leise, so daß er bald abließ von diesem Unterfangen. Auch die zu Beginn der Reise so muntere Sefira war recht scheu und still – die fremden Menschen mit ihren absonderlichen Gewändern, der Prunk, die unbekannten Sitten und Gebräuche und nicht zuletzt die nie gesehenen noch gekosteten, sehr feurig und fremdartig gewürzten Speisen schüchterten sie ein –, und sie schaute Hahmud, wenn er sich an sie wandte, nur aus großen blauen Augen fragend an oder kicherte verlegen, statt seine Rede zu erwidern.

Nun, Hahmud war es zufrieden. Nicht ganz natürlich, denn der leichte Groll über die in seinen Augen ungerechte und seine Ehre beschneidende Sitzordnung verließ ihn während des gesamten Mahles nicht. Aber da er selbst ein eher schweigsamer Mensch war, überließ er sich bald völlig den Eindrücken und Genüssen, die für seine Augen und Ohren, für Nase und Zunge bereitet waren. Viel gab es zu sehen, zu hören und zu erlauschen, zu riechen und zu schmecken, doch so mannigfaltig die Sinneseindrücke auch waren, Hahmud nahm sich vor, am Ende des

Festmahles – das würde nicht vor Mitternacht sein, wie er wußte – alles zu wissen, was ihm für den Augenblick wichtig und für die nächsten beiden Jahre bedeutsam erschien. Er wollte erkennen, wer die Menschen in dem prächtigen Speisesaal waren, in welchen Beziehungen sie zueinander standen und was sie umtrieb. Er wollte sich ihre Namen einprägen und sich alles merken, was die Sitten der Wüstenkinder von den Unauer Bräuchen unterschied. Doch auch dem Spiel der Musikanten wollte er lauschen und den hellen und dunklen Stimmen der vielen Männer und wenigen Frauen, dabei den Gaumenschmaus nicht vernachlässigen, denn das wäre eine Schande und eine Beleidigung der emsigen Köchinnen gewesen.

Viel hatte Hahmud sich vorgenommen, doch unterschätzte er die Wirkung der beschwerlichen Reise und des erwärmten Dattelweines. Bald schon spürte er, daß wohlige Mattigkeit seine Glieder umfing und es ihm immer schwerer fiel, den Gesprächen an der Tafel zu folgen. Er ließ die Augen über die Versammlung schweifen, während er maßvoll und mit Bedacht die Speisen wählte, die die Mägde den Gästen vorlegten.

Dreißig Menschen waren um den Tisch versammelt, aber nur sieben Frauen waren darunter, und eine von diesen war die Edelgeborene Brinna von Efferdas, zu der Hahmuds Blick immer wieder zurückkehrte. Dabei fand er sie alles andere als anziehend, im Gegenteil, sie schien ihm häßlich wie eine Grottenassel, auch wenn ihr Begleiter, der Freiherr von Brelak, sie beständig holde, liebreizende oder lieblichste Brinna nannte. Ihr Gesicht unter dem unvorteilhaft frisierten rötlichblonden Haar wurde beherrscht von der hakenförmigen großen Nase, die in seltsamem Gegensatz zu den lustigen, vom Wein geröteten Pausbäckchen stand. Doch war es weniger ihre Häßlichkeit, die den Fechtlehrer fesselte, als ihre Kleidung und ihr Betragen, und so mußte er seine Augen fast gegen seinen Willen immer wieder in ihre Richtung wenden, statt sich am Anblick der beiden hübschen Mädchen in seiner Nähe zu weiden.

Brinna von Efferdas trug, entgegen der winterlichen Jahreszeit, ein luftiges fliederfarbenes Seidenkleid mit hochgeschnürter Brust und tiefem Ausschnitt. Eine solche Tracht erregte Anstoß in der Wüste, das hätte die Edle wissen müssen, fand Hahmud, und falls sie es vorher nicht gewußt hatte, so hätte sie es inzwischen merken und die Zofe nach einem Schultertuch schicken sollen. Aber Brinna übersah die seltsamen Blicke der Männer und Frauen und plauderte kokett mit ihren beiden Tischherren, dem ältesten Hairanssohn zu ihrer Rechten und einem würdigen Greis mit langem grauen Bart auf ihrer linken Seite. Sie mochte auf die Vierzig zugehen, aber sie benahm sich wie ein dummes junges Ding, errötete unablässig, schlug die Augen auf und nieder, kicherte in ihr Schnupftüchlein und zupfte an ihrem Ausschnitt herum, das die zweigeteilte wogende Üppigkeit nur notdürftig zusammenhielt. Und bei allem, was sie tat, das merkte Hahmud nur zu deutlich, hatte sie allein den Hairan im Sinn – *seine* Aufmerksamkeit wollte sie erregen, nicht die ihrer Tischnachbarn.

Wie Brinnas Vorführung auf Hairan Mhukkadin wirkte, ließ sich schwer entscheiden. Er musterte die Edle lächelnd und das Bartende zwirbelnd, richtete hin und wieder das Wort an sie und lauschte ihren Ausführungen mit verbindlicher Aufmerksamkeit. Ja, mein neuer Brotherr ist ein Fuchs, der läßt sich nicht so leicht durchschauen, dachte der Fechtlehrer. Vermutlich ist er auch ein Meister im Kamelspiel, das sich bei den Wüstenkindern so großer Beliebtheit erfreut. Bei diesem Gedanken fiel ihm ein, daß er selbst ein eher mäßiger Spieler war, und er bereute, in den letzten Wochen vor der Abreise nicht emsiger geübt zu haben. Nun, ich bin als Fechtlehrer für das Söhnchen eingestellt worden und nicht als Spielpartner für den Vater, besänftigte er die aufkommende Unruhe, aber er nahm sich doch vor, noch in dieser Nacht sein Reisespielbrett aufzubauen und ein paar überraschende Eröffnungen einzustudieren.

Zordan von Brelak, der andere liebfeldsche Adlige, machte keinen Hehl daraus, daß Brinnas Benehmen ihm nicht gefiel. Er betrachtete seine Begleiterin mit finster gerunzelten Brauen, und wenn sie es gar zu arg trieb, richtete er die Augen flehend zur Decke, als erhoffe er von dort Hilfe und Erleuchtung. Hahmud hatte die von gezierter Freundlichkeit übertünchte Feindschaft zwischen den beiden Edelleuten schon während der Reise bemerkt und gemeint, es könne dem Freiherrn nur recht sein, wenn seine Begleiterin die Regeln der tulamidischen Etikette verletzte, da das seine eigenen Aussichten vergrößerte, das Geschäft mit dem Hairan zum Abschluß zu bringen. Nun aber sah der Fechtlehrer, daß es hier offenbar um eine gemeinsame Sache ging, der Brinna mit ihrem sittenlosen Betragen schadete.

Die Edle hatte den Speisen und Getränken reichlich zugesprochen – ihre säulengleichen, kaum verhüllten Arme und die bleiche Fülle oberhalb der Schnürbrust ließen erkennen, daß sie auch sonst keine Kostverächterin war –, doch plötzlich wurde sie blaß und still, Schweiß trat ihr auf die Stirn, und sie preßte das Tüchlein vor den Mund, um ein Aufstoßen zu verbergen. Dann erhob sie sich leicht schwankend und teilte dem Hairan mit, daß sie sich auf ihre Gemächer zurückziehen werde. Ohne für das Gastmahl zu danken, ohne sich für den vorzeitigen Aufbruch zu entschuldigen und ohne Gastgeber und Gästen auf gebührliche Weise eine gute Nacht und Borons Segen zu wünschen, verließ sie den Saal mit rauschendem Gewand. Ein Bewaffneter, Sefira und die zweite Zofe folgten ihr.

Nun, das ist stark, dachte Hahmud, etliche Fehltritte auf einen Streich! Denn das Verlassen des Festmahles vor der Tanzdarbietung konnte allein schon als Beleidigung gelten, und eine leichte selbstverschuldete Unpäßlichkeit war keine ausreichende Entschuldigung für den vorzeitigen Aufbruch. Er schaute vom Hairan zum Freiherrn, um zu sehen, welche Wirkung Brinnas Abgang auf die beiden ausgeübt hatte: Hairan Mhukkadin schien nichts Ungewöhnliches bemerkt zu haben; er scherzte mit seinem Söhnchen Jassuf, und nichts deutete darauf hin, daß seine gute Laune auch nur im mindesten getrübt war. Der Freiherr aber saß wie versteinert. Offensichtlich war er überzeugt, daß er seine oder vielmehr seines Lehnsherrn Sache nun endgültig verloren geben müsse.

Hahmud schmunzelte schadenfroh – was konnte ein liebfeldscher Fürst oder Herzog schon Gutes im Schilde führen, um dessentwillen er seine Lehnsleute in die Wüste schickte? Was auch immer Ziel und Zweck ihrer Reise sein mochte, es wäre sicher besser für Keft, wenn der Handel mit dem Hairan nicht zustande käme. Und dem hochnäsigen Stutzer geschähe es nur recht, wenn er die Gunst seines Lehnsherrn verlöre.

Doch nun wollte Hahmud sich nicht weiter mit den unangenehmen Edelleuten abgeben, denn eben wurden die Vorbereitungen für die Tanzdarbietung getroffen, die das Fest krönen und beschließen sollte. Die Musiker, ein Bandurria- und zwei Dablaspieler, die das ganze Mahl über leise im Hintergrund gezupft und getrommelt hatten, ließen ihre Instrumente verstummen, als zwei Dienerinnen den Tanzteppich brachten und am Fuß der Tafel ausrollten. Es mochte auf Mitternacht zugehen, und die meisten Gäste waren schon ein wenig schläfrig geworden, doch nun rückten sie erwartungsvoll ihre Sitzpolster zurecht, tranken einen letzten Schluck Wein und blickten mit glänzenden Augen zu der samtverhüllten Tür, durch die die Tänzerin eintreten sollte.

Auch Hahmud rieb sich erwartungsfroh die Hände; zum ersten Mal an diesem Tag lächelte er in aufrichtiger Freude. Lange war es her, daß er Gelegenheit gehabt hatte, sich vom Tanz einer Sharisad verzaubern zu lassen, und nun würde er gleich eine der tanzenden Wüstentöchter sehen, die als die besten galten in diesem Metier. Er starrte wie die anderen gebannt auf den roten Samt, dessen schwere Falten sich im Lufthauch regten.

Wieviel Zeit verging, bis der Vorhang sich teilte, wußte Hahmud später nicht mehr zu sagen, ob es Stunden oder Wimpernschläge waren, aber auch über die Dauer der folgenden Ereignisse konnte er niemals Klarheit erlangen.

Plötzlich wurde der Vorhang zur Seite gerissen, die Tür schwang auf, und ein Schwall gleißenden Lichtes ergoß sich ins Zimmer. Auch in dem Raum dahinter war es hell wie am Tag, und durch das geöffnete Eingangstor des Hauses sah man, daß der Tempelvorplatz von blendendem Sonnenlicht beschienen war. Bevor die Gäste sich fragen konnten, welch unbekannte Magie die Nacht zum Tag gemacht habe, bevor die ersten in Panik davonstürmen konnten, begann es zu rauschen und zu brausen, als fege ein Sandsturm über die Wüste dahin, und dann sprach die Stimme, die Hahmud bis ans Ende seiner Tage nicht vergessen sollte. »Beni Novad, ich rufe euch«, dröhnte es. »Kommt her und höret, was ich euch sagen werde!«

Hairan Mhukkadin war der erste, der sich erhob, aber er war nicht der erste, der den Tempelvorplatz erreichte, denn kaum hatte er sich aufgerichtet, als alle anderen seinem Beispiel folgten und dann, wie von einer unsichtbaren Kraft gezogen, dem Ausgang zustrebten.

Hahmud Dhach'gamin, sechsundzwanzig Jahre alt,

Fechtlehrer aus Unau und ungeweihter Diener der Herrin Rondra, war einer der ersten, die den Platz erreichten. Doch es dauerte nur wenige Augenblicke, bis alle Beni Novad sich dort versammelt hatten. Alle ohne Ausnahme strömten sie herbei, alle Männer und Frauen, alle Söhne und Töchter, alle Herren und Diener, und auch das allerjüngste Wickelkind wurde zum Platz getragen. Hahmud bemerkte die herbeiströmenden Menschen nicht, er sah nichts von dem, was um ihn her geschah, denn seine ganze Aufmerksamkeit war dorthin gerichtet, wo noch vor wenigen Stunden der Praiostempel gestanden hatte.

Eine gewaltige helleuchtende Wolke schwebte über dem Platz, weißer als Salz und gleißender als das Sonnenlicht zur zwölften Stunde, und sie hatte die Form eines Zeltes. Aus dem Zelt trat eine Gestalt, ganz aus Licht gebildet, mit wallendem goldenen Lockenhaar und von so unfaßbarer Schönheit, daß Hahmud sogleich spürte, wie Liebe sein Herz ergriff. Eine solche Liebe hatte er noch niemals empfunden, und Tränen traten ihm in die Augen. Ihm war so warm und wohl, und er fühlte sich so glücklich und lebendig wie nie zuvor in seinem Leben. Liebe Lichtgestalt, laß mich dich lieben und verehren, dir dienen und mich dir unterwerfen jetzt und hinfort bis ans Ende meiner Tage! wollte er rufen und sich der Gestalt zu Füßen werfen, aber er konnte es nicht. Ein alles menschliche Maß übersteigender beseligender Zauber bannte ihn an seinen Platz, und tiefste Dankbarkeit und überströmende Liebe formten sich zu heißen Tränen, die ihm nun ungehemmt und unaufhaltsam über die Wangen rannen.

Und dann sprach die Gestalt, mit einer Stimme, brausend wie der Sturm, säuselnd wie der Wind, sehnsuchtsvoll wie der Schrei des Wüstenfalken, süß wie der Klang der Kabasflöte und klar wie lebendiges Wasser: »Ich bin Rastullah, euer Gott, der Einzige und

All-Eine. Euch, Beni Novad, habe ich erwählt unter allen Völkern, meine Botschaft zu vernehmen.«

Rastullah, wiederholte Hahmud in Gedanken. Wenn man höchstes Glück und innigste Liebe steigern kann, so war er nun, da er den Namen kannte, noch mehr von Liebe und Glück durchdrungen als zuvor, und er fühlte, daß auch er, nicht zum Stamme der Beni Novad gehörig, ein Gefäß war, erwählt, die göttliche Botschaft zu empfangen. Gänzlich leer war seine Seele und offen für die Worte, die nun aus dem göttlichen Mund drangen.

»Ich bin, der war, der ist und der immer sein wird«, begann Rastullahs Offenbarung. Er sprach zu den Beni Novad vom Anbeginn der Zeiten und der Welt, die Er erschaffen hatte in sieben Tagen. Er erzählte ihnen von dem göttlichen Wirken, der Schöpferkraft, dem Erfindungsreichtum und der Mühsal, deren es bedurft hatte, das Werk zu vollbringen. Er berichtete von der göttlichen Müdigkeit am Ende des siebten Tages, von den Geistern, die Er erschaffen hatte aus Licht, Feuer, Fels, Sturm und Wasser, das Werk zu hüten, während Er einen Tag lang ruhen wollte. Er offenbarte den Frevel der Geister, die den Schlaf ihres Schöpfers genutzt und diesen verraten hatten, um selbst als Götter zu herrschen über die Welt und ihre Bewohner …

Wie Feuer brannten die Worte in Hahmuds Herzen, und nun waren es Kummer über die Freveltat der Geister und Reue darüber, daß er selbst die verräterischen Wesen und falschen Götzen als Götter verehrt hatte, die ihn bittere Tränen vergießen ließen. Doch nicht lange währte sein Gram, denn weiter und immer weiter sprach Rastullah. Er berichtete, wie Er erwacht war am achten Tage, wie Seine Augen sich mit Tränen gefüllt hatten und Sein Herz mit Grimm, als Er Sein Werk geschändet und verdorben fand, wie Er Seinen Blick hatte schweifen lassen über das ganze Dererund, ob Er etwas finde, das unverdorben sei und Seinen

Augen ein Trost, wie Er nach langer Suche inmitten der Wüste die Beni Novad gesehen hatte, die Sein Herz erfreuten, so daß Er sie erwählt hatte zu Seinem Volk.

Einen Vertrag wollte Rastullah mit Seinem auserwählten Volk schließen, und großes Glück und große Macht verhieß Er den Menschen, wenn sie Seine Gebote befolgten, den falschen Götzen abschworen und nur Ihn als Gott verehrten. Gewiß gab es keinen unter den Versammelten, der der Lichtgestalt nicht bedingungslos gehorchen wollte, auch ohne Glücksverheißung, und so lauschten die Beni Novad und der Fechtlehrer Hahmud andachtsvoll, um alle Gebote zu erfassen und in Geist und Seele einzusaugen.

Neunundneunzig Gesetze waren es, die zu befolgen Rastullah den Seinen aufgab. Vom Großen und Allgemeinen handelten die ersten, von der Teilung der Zeit in neun Tage, der Anzahl der Schriftzeichen Seines Namens entsprechend – sieben Tage der Arbeit, ein Tag der Trauer und ein Tag der Freude. Sanftmütig und gerecht zu sein, gebot Rastullah den Beni Novad, aber Er befahl ihnen auch, keine Kränkung ihrer Ehre zu dulden. Er unterwies sie, wie sie Geist und Körper stärken sollten, erklärte ihnen, welche Speisen ihnen bekömmlich und welche zu meiden seien, lehrte sie den strengen, unnachsichtigen Umgang mit Ungläubigen und fürsorgliches Verhalten Nutztieren und Frauen gegenüber, und als Er Seine Rede beendet hatte, graute der Morgen.

Auch Zordan von Brelak, alias Fuxfell war, gezogen von der Kraft des Lichtes, mit den anderen Gästen des Hairans auf den Tempelvorplatz getreten. Niemand wies die Menschen an, wie sie sich zu stellen hätten, und doch fand jeder in dem Halbrund einen Platz, von dem aus er, unbeeinträchtigt durch einen höher gewachsenen Nachbarn, das Ereignis sehen und erleben konnte. Wie unter der Anleitung eines unsichtbaren Spielleiters gruppierten sich die Beni Novad und ihre Gäste ihrem Wuchs entsprechend – die Kinder und gebückten Greise innen, die größten Männer hinten, und die Säuglinge wurden von ihren Müttern dem Licht entgegengehalten. Doch wo die Menschen auch standen, alle sahen die göttliche Erscheinung in ihrer Gesamtheit und von vorn.

Zordan hielt sich die Hand vor die Augen, als er aus dem Hause trat, und blinzelte durch die Finger, sosehr blendete ihn das Licht. Undeutlich erkannte er die Umrisse des Tempels, und er sah auch, was sie zum Verschwimmen brachte – eine durchscheinende, aus Licht gebildete, zeltähnliche Wolke, in deren Zentrum Funken sprühten, Flammen loderten und Blitze zuckten wie im Rhythmus eines gewaltigen nichtmenschlichen Herzens. Er hatte vor wenigen Wochen einer Vorführung des herzöglichen Hofmagus beigewohnt, in der dieser seine Künste in der Illusionszauberei gezeigt hatte, und die Darbietung war so eindrucksvoll gewesen, daß sie Zordan etliche Tage und ein paar halbe Nächte lang beschäftigt hatte. Aber was er hier sah, war keine menschliche Magie. Es war etwas, das jede menschliche Vorstellungskraft überstieg, ein Ereignis jenseits des Faßbaren.

Schmuck sah er aus, der schlanke Edelmann, mit seinem schwarzen, von nur wenigen weißen Fäden durchzogenen, geölten und gekräuselten Haar, dem kecken Federhut, den weißseidenen Strümpfen, dem knapp auf den Leib geschneiderten weinroten Sammetanzug mit dem üppigen Spitzenkragen und den gestärkten Manschetten. Doch plötzlich krümmte er sich wie im Schmerz, verzog das Gesicht zur Grimasse und preßte die Hände vor die Ohren; die nun ungeschützten Augen kniff er fest zusammen. Er zitterte, die Farbe wich ihm aus dem Gesicht, und feine Rinnsale von Schweiß bildeten sich auf Stirn und Schläfen.

Er öffnete den Mund wie zum Schrei, aber kein Laut entrang sich seiner Kehle. Und dann begann er – unbemerkt von den anderen Menschen, obwohl er sich mitten unter ihnen befand – zu zucken und sich zu winden wie unter furchtbaren Hieben. Während der Dauer des Anfalls, der ihm selbst Äonen zu währen schien und doch vor dem Morgengrauen vorüber war, schien es, als hätte sich ihm ein unsichtbarer Kammerdiener mit einer unsichtbaren Puderspritze genaht, aus der fein, aber unablässig silbriger Puder sprühte.

Am Morgen war Zordan von Brelaks Haar versilbert, nicht gänzlich, aber das Weiße überwog, und nur einzelne dünne schwarze Strähnen fanden sich dazwischen. Niemand konnte sich dieses Phänomen erklären, aber es bemerkte auch kaum einer wirklich oder schenkte ihm sonderliche Beachtung, außer Brinna von Efferdas samt ihrem Gefolge.

Folgendes war Zordan widerfahren: Als die Flammen im Herzen des Zeltes zu lodern und die Blitze zu zucken begannen, war ihr Licht bei jedem pulsierenden Aufflackern heller und gleißender geworden. Zordan hatte zum Schutz gegen die Helligkeit die Hand vor die Augen gehalten, aber zugleich mit dem Licht hatte sich im Innern des Zeltes ein mächtiges Dröhnen und Brausen erhoben, das beständig anschwoll, bis es die Trommelfelle schmerzhaft zum Vibrieren brachte. Da preßte Zordan die Hände unwillkürlich gegen die Ohren. Doch es half ihm nichts – durch die Hände und die Ohren drang der Schall bis in sein Inneres und zerrte und rüttelte dort an jedem Knochen, jedem noch so kleinen Muskel, jeder Sehne, jedem Äderchen und jedem einzelnen Blutstropfen. Kein Erdbeben hätte das Land mehr erschüttern können, als das unfaßliche Dröhnen Zordans Körper beutelte, und doch war diese Pein eine Wohltat gegen das, was das unirdische Licht ihm antat. Dieses schien die Macht zu haben, alles Stoffliche aufzulösen, und so drang es durch die geschlossenen Augen, durch Samt, Seide, Haar, Haut, Fleisch und Hirn bis in seine Seele.

Hell erleuchtet und säuberlich ausgebreitet wie die Auslage eines Krämers sah Zordan von Brelak, was sich in seiner Seele befand, und das war so abgrundtief schlecht und verdorben, daß ihm ein halbverwester Pferdekopf voll wimmelnder Maden dagegen wie ein Augenschmaus erschienen wäre. Er sah das schwärzliche Gekröse der Eitelkeit und Selbstüberhebung, die schimmlig wuchernden Flecken der Lüge, den faulig schillernden Auswurf der Grausamkeit mit den kotigen Brocken von Feigheit und falscher Wollust darin, die eitrigen Lachen von Untreue und Verrat – und über alles kroch der zähe, blasenwerfende Schleim der Habgier.

Das bin ich, so sehe ich aus, dachte Zordan, und trotz der sengenden Helligkeit war ihm so kalt, wie es nur in der unendlichen Leere sein kann. Ich bin gestorben und tot, und Praios hat mich gerichtet und der ewigen Verdammnis anheimgegeben. Zordan wußte, dies war der Lohn für seine Sünden: Von nun an und bis zum Ende aller Tage würde er allein sein in der Ewigkeit der brennendkalten Nacht, und nichts und niemand würden ihn begleiten außer der graueneinflößenden Abscheulichkeit seiner eigenen Seele. Und er wußte: Gerechten Lohn hatte er erhalten.

Als Zordan Fuxfell auftauchte aus dem Abgrund dessen, was er gesehen und erlebt hatte, hinauf in die faßbare Wirklichkeit, war der Morgen eben angebrochen. Noch waren die Strahlen der Sonne nicht über den Horizont gedrungen, aber sie kündigten sich an mit rosig-goldenem Schimmer. Der Tempelvorplatz von Keft war angefüllt mit Menschen, die sich weinend in den Armen lagen. Der Praiostempel stand dort, wo er seit vielen Götterläufen gestanden hatte, aber das Greifenstandbild war vom Giebel gestürzt und lag zerbrochen am Boden, und das Haus selbst wies so tiefe Risse in seinem Gemäuer auf, daß es dem nächsten Sandsturm nicht würde trotzen können.

Inmitten der Wüstenkinder stand ein gebeugter alter Mann, am Schnitt und am stutzerhaften Prunk seiner Kleider als Adliger aus dem Neuen Reich kenntlich, und schaute sich mit trüben, halbblinden Augen um. Er verstand nicht, was um ihn her geschah, und wankte und taumelte wie ein geistig Verwirrter. »Rastullah, Rastullah!« erscholl ein Ruf von irgendwoher, und bald folgten ihm weitere, bis alle Beni Novad, sofern sie des Sprechens mächtig waren, das seltsame Wort riefen. Etliche ließen sich auf die Knie sinken und reckten die tränenfeuchten Gesichter und die Hände dem Himmel entgegen, andere warfen sich zu Boden, rauften sich das Haar und bedeckten das Haupt mit Staub. Und immer klang und sang es: »Rastullah!«

Ein junger Mann mit strengen Zügen und lodernden blauen Augen erklomm ohne die Hilfe einer Leiter, sich an Spalten und Fugen hinaufhangelnd, das Dach des früheren Praiostempels und begann es mit den bloßen Händen einzureißen. »Nieder mit den falschen Götzen!« rief er, während er Schindeln und Balken zu Boden schleuderte. »Nieder mit den frevlerischen Geistern, die Rastullah, unseren Herrn, verraten haben!« Er rüttelte mit aller Kraft an der Giebelwand, und es gelang ihm, einen mächtigen Stein aus dem Mauerwerk zu brechen. Bebend vor Anstrengung oder Zorn hob er ihn hoch über den Kopf. »Nieder mit denen, die sich Praios, Ingerimm, Firun oder Efferd nennen, denn sie sind nichts als verräterische Würmer, aus Staub und Schlamm erschaffen! Nieder mit der, die sich Rondra nennen läßt und behauptet, die Herrin über Krieg und Sturm zu sein – ein Weib erfrecht sich, Göttin heißen zu wollen!« Voller Erbitterung schleuderte Hahmud den Brocken auf den Platz, wo er in zwölf Scherben zerbrach. »Rastullah wollen wir dienen, dem

All-Einen, ihm wollen wir gehorchen und abschwören dem irrigen, sündhaften Glauben. Wir geloben es!«

Hahmud Dhach'gamin rief so lange, bis alle Beni Novad einstimmten: »Wir geloben es!«

Der Lärm vor Hairan Mhukkadins Haus weckte Brinna von Efferdas, die, betäubt vom Wein und geplagt von einer Verstimmung des Magens, die Nacht in unruhigem Schlummer voll schwerer Träume verbracht hatte. Aus dem Fenster schauen konnte sie nicht, da es hoch oben in die Wand eingelassen war, und so schickte sie die Zofen und den Bewaffneten, der zu ihrem Schutze vor ihrer Tür genächtigt hatte, zu schauen, was es gebe. Aber was die drei ihr berichteten, war so wirr und unglaublich, daß sie sich seufzend in ihre Gewänder helfen ließ, um selbst nach dem Rechten zu sehen. Als sie in ihrem blaßgelben Vormittagskleid auf den Platz rauschte, fand sie ganz Keft und alle Beni Novad von der heiligen Noiona verlassen. Die Leute mußten von einer schweren Krankheit der Seele befallen oder von Dämonen besessen sein, so wie sie sich gebärdeten. Und am schlimmsten trieb es dieser einfältige Fechtlehrer, in dessen strengem, wildem Blick sie nun, im nachhinein, schon während der Reise den Keim des Wahnsinns erkannt zu haben glaubte, und sie beschloß, noch am heutigen Tag abzureisen. An Fuxfell den Bastard, wie sie ihn früher genannt hatte, dachte sie nicht und hätte ihn wohl vergessen, wenn sie nicht plötzlich, inmitten der wallenden hellen Gewänder der Wüstenkinder den karmesinroten Samt seines Anzugs entdeckt hätte. Ihn selbst hätte sie schwerlich erkannt, denn was hatte die wankende Gestalt mit dem strähnigen grauen Haar und den blutunterlaufenen Augen mit Zordan von Brelak gemein, ihrem Begleiter und alten Feind? Als sie ihn sah, fuhr ihr ein nie gekannter Schrecken in die Glieder. Etwas unfaßbar Schreckliches mußte sich in der vergangenen Nacht in Keft zugetragen haben, doch wollte sie nicht wissen, was es war, zusehr graute ihr davor. Sie wollte nur fort von hier, sofort und auf der Stelle, doch ohne Zordan Fuxfell. Nein, diesen von den Foltern der Dämonenhöllen Gezeichneten konnte sie in ihrer Nähe nicht ertragen.

Nun ist es mit dem Reisen in der Wüste nicht so einfach bestellt wie im Lieblichen Königreich – sich ohne Führer auf den Weg zu machen, bedeutet den sicheren Tod. Einen Führer zu finden, war nicht leicht, und als endlich einer gefunden war, bedurfte es etlicher Goldstücke, ihn für das Vorhaben zu gewinnen. Und als Geld und schöne Worte ihn schließlich überzeugt hatten, konnte es immer noch nicht losgehen, denn ausgeruhte Tiere mußten gefunden, Ausrüstung, Proviant, Wasser, Brennholz und dergleichen mußten beschafft und bereitgestellt werden. Und so verbrachte Brinna von Efferdas mit ihrem Gefolge zwei bange Tage und zwei Nächte in einer unbequemen dunklen Kammer der Karawanserei, bevor sie zurück in ihre Heimat reisen konnte. Der vorzeitige Aufbruch kostete sie dreiundvierzig Dukaten und sieben Silbertaler.

Was sich in dieser Nacht in Keft zugetragen hatte, sollte sie erst viel später erfahren.

»Nun, Tochter, hast du dich entschieden?« fragte Ehrwürden Gunelde ter Bersker. Thalionmel verstand den Sinn der Frage sofort, aber dennoch konnte sie nicht antworten. Tochter hatte die Hochgeweihte sie genannt, eine Anrede, die das Mädchen seit über sechzehn Monden nicht mehr gehört hatte. Vor ihrem inneren Auge erschien das Bild der Mutter, hochgewachsen und hell, mit den klugen Augen und dem spöttischen Zug um den Mund. Sie sah Kusmine vor sich, so wie sie sie bei ihrem letzten Besuch in Brelak angetroffen hatte, lässig an den Kamin gelehnt und angetan mit der kleidsamen weißen Tunika. Sie hörte ihre Worte ›Rondra zum Gruße, Tochter‹ und das verschwörerische Raunen: ›Gut siehst du aus, mein Kind, wir sprechen uns später.‹ Sie sah die Mutter mit den vom Wein geröteten Wangen und hörte ihr übermütiges Lachen. Und sie sah alles, was nach jenem Abend geschehen war …

Hell loderten die Flammen, die ihr Lebensglück zerstört hatten, hell loderten die Flammen, die aus den Augen der Göttin direkt in ihr Herz gedrungen waren … Es war zuviel, es ließ sich nicht aufhalten, und niemand versuchte es.

Lange weinte Thalionmel, so lange, bis das rotgoldene Nachmittagslicht der bläulichen Dämmerung gewichen war, so lange, bis es keine Träne mehr gab, die sie hätte vergießen können. Dann straffte sie sich, wischte die salzige Feuchtigkeit von den Wangen, strich das Haar aus der Stirn und blickte die Hochgeweihte entschlossen an. »Es ist nicht an mir, eine Entscheidung zu treffen, Euer Ehrwürden«, sagte sie mit fester Stimme. »Die Herrin hat mich gerufen, und wer könnte sich Ihrem Ruf widersetzen?«

Freudig leuchteten da die Augen der Schwertschwester. »Recht hast du gesprochen, Tochter. So sei es!«

5. Kapitel

Einen Mond lang – so hatte es Schwertschwester Gunelde beschlossen – verbrachte Thalionmel in der Abgeschiedenheit des Tempels. Kein Einfluß von außen sollte sie stören oder beeinflussen bei der Prüfung ihrer Seele und ihres Entschlusses, dem Bund des Schwertes beizutreten. Denn Ehrwürden Gunelde war eine kluge und erfahrene Frau, die wußte, daß der Ruf der Göttin auch einen Menschen erreichen kann, der sich nicht zum Leben unter den strengen Regeln der Rondra-Kirche eignet. Das Mädchen lebte wie eine Novizin, nahm teil an den gemeinsamen Schwertfeiern, den Übungen und Mahlzeiten, versah alle Aufgaben, die einer Novizin oblagen, verließ das Tempelgelände jedoch kein einziges Mal. Die anderen drei Novizen, zwei Mädchen und ein Jüngling, waren freundlich gegen sie und behandelten sie wie ihresgleichen, und auch die Geweihten, zwei Knappinnen, ein Knappe, zwei Ritterinnen und zwei Ritter des Schwertbundes und als jüngster der Geweihtenschaft Knappe Stipen Yaquirbrück, beantworteten alle ihre Fragen, die Kirche der Löwin und den Glauben betreffend, gewissenhaft und voller Ernst. Doch keiner fragte sie je, was sie in jener Nacht vor dem Standbild erlebt hatte.

Natürlich hatte sich Thalionmel noch am Abend ihrer Aufnahme in den Tempel der Hochgeweihten eröffnet und deren Hilfe bei der Deutung des Erlebten erbeten, doch Ehrwürden Gunelde hatte nur den Kopf geschüttelt. »Ich kann dir nicht helfen, Tochter«, hatte sie gemeint, »denn auch ich verstehe das Zeichen nicht gänzlich. Wir werden beide die kommenden dreißig Tage nutzen, um den Willen der Göttin zu ergründen.«

Denn dreißig Praiosläufe der Einkehr hatte die Schwertschwester dem Mädchen zugemessen, bevor sie ihr das goldene Weiheband der Novizen ums Haupt winden würde (oder auch nicht). Und dreißig Praiosläufe brauchte die Kunde von den seltsamen, verwirrenden und bestürzenden Ereignissen in der Oase Keft, bis sie Neetha erreichte.

Es war kein Bote, der die Nachricht brachte – sie drang durch beide Stadttore zugleich, eilte der Karawane voraus, die, von Achan kommend, die Wüste zwischen Goldfelsen und Eternen verlassen hatte, und wurde über Pfade, Wege und Straßen von Norden her nach Neetha getragen; sie wurde von Keft über Unau und von dort, der Straße über Selem, Port Corrad, und Drôl folgend, in allen kleinen und großen Orten längs des Weges verbreitet und erreichte Neetha von Süden her.

Plötzlich raunte die ganze Stadt, daß ein neuer Gott mit Namen Rastullah in der Wüste erschienen sei, und zugleich mit den Stimmen, die solches flüsterten, erhoben sich andere, die die Erscheinung als Untat des Namenlosen geißelten. Ob man die Kunde zuerst in Praios' Haus oder im Tempel der Löwin vernahm, läßt sich schwer entscheiden, ebenso wie sich kaum feststellen läßt, wer aus der Geweihtenschaft des Schwertbundes sie Ehrwürden Gunelde überbrachte. Gewiß ist nur, daß Thalionmel die letzte war, die von den geheimnisvollen Vorgängen erfuhr.

Es war um die elfte Vormittagsstunde, als das Mädchen ins Audienz- und Konferenzzimmer der Hochgeweihten gerufen wurde, in denselben Raum, in den sie vor dreißig Tagen gebracht worden war, nachdem Knappe Stipen die Besinnungslose zur Tempelvorsteherin getragen hatte. Heute schien die

Sonne nicht ins Zimmer, denn die Fenster gingen nach Westen und ließen Praios' Strahlen jetzt im Tsa nur von der dritten bis zur sechsten Stunde nach Mittag hinein.

Ehrwürden Gunelde musterte das Mädchen, das nach der ehrerbietigen Begrüßung in Habt-acht-Stellung im Zimmer stehengeblieben war, mit besorgter Miene. Schließlich wies sie zerstreut auf einen Stuhl. »Setz dich, Thalionmel von Brelak«, sagte sie. »Du weißt, warum ich dich habe rufen lassen?«

Thalionmel nickte. »Die dreißig Tage sind vorüber, Euer Ehrwürden«, erwiderte sie ein wenig zu hastig, »und nun wollt Ihr mich befragen, ob mein Entschluß, dem Bund des Schwertes beizutreten, noch immer so aufrichtig, fest und unverrückbar ist wie zu Beginn der Probezeit. Ja, das ist er.«

»Du hast also noch nicht gehört …«, begann die Geweihte, dann hielt sie inne. Der offene, fragende und völlig ahnungslose Blick des Mädchens sagte ihr, daß Thalionmel die Kunde von dem dräuenden Unheil noch nicht vernommen hatte. Nein, entschied sie, es wäre nicht recht, das Gespräch mit dieser Nachricht zu beginnen, denn dann wäre nur noch sie das Thema, und alle anderen Fragen würden unbeantwortet bleiben. Seufzend nahm Gunelde ter Bersker den Helm ab, den sie eigens für die Unterredung aufgesetzt hatte, und fuhr sich gedankenverloren durch das kurzgeschnittene, von grauen Strähnen durchzogene Haar. »Nun, dann berichte mir, auf welche Weise du den letzten Mond verbracht hast, wie du deinen Körper gestärkt, deinen Geist und deine Seele geprüft und erkundet hast.«

Thalionmel hielt dem Blick der Hochgeweihten stand, als sie nun von den Fechtübungen berichtete, die sie gemeinsam mit den anderen Novizen durchgeführt hatte. Sie erzählte vom Ringen, Laufen und Springen und daß sie glaube, ihre Muskeln seien schon ein wenig gewachsen, wobei ihr eine zarte Röte in die Wangen stieg. Sie zählte die Bücher auf, die sie studiert hatte – das Buch Rondra, das Brevier der Zwölfgöttlichen Unterweisungen, die Geschichte des Theaterordens und Legenden aus dem Leben der Heiligen Ardare. Weiterhin erzählte sie, daß sie oft und lange über ihre Sünden und Verfehlungen nachgedacht habe.

An dieser Stelle unterbrach Ehrwürden Gunelde den Vortrag des Mädchens. »Deine Sünden will ich nicht kennen, Tochter; die Göttin kennt sie, und das ist genug. An Ihr ist es zu vergeben und nicht an mir. Auch weißt du selbst am besten, ob es läßliche Verfehlungen oder schwere Sünden waren, die du begangen hast … Doch genug hiervon. Erzähl mir, welche Fragen außer den Verfehlungen dich am meisten bedrängt haben, welche Queste es ist, die du der Göttin weihen willst, und ob es dir in den vergangenen dreißig Praiosläufen gelungen ist, das Zeichen der Himmelsleuin zu deuten.« Sie blickte ihren Schützling aufmunternd an, und fast hätte sich ein Lächeln in ihre Züge geschlichen, so gut gefiel ihr das Mädchen.

Auch im Sitzen bot Thalionmel von Brelak einen ausgesprochen rondragefälligen Anblick: Sie war gewachsen in den vergangenen anderthalb Jahren; bis zu einem Schritt und vier Spann fehlte gewiß nicht mehr als ein Finger, schätzte die Geweihte. Und die Lebensweise einer Novizin in den letzten dreißig Tagen hatte ein übriges getan; das Mädchen hielt sich aufrechter als zuvor, trug den Kopf hoch, und der Blick ihrer hellen blauen Augen war offen und klar. Daß sie schon ein wenig muskulöser und kräftiger geworden war, mochte stimmen, doch ließ es sich schlecht beurteilen, denn unter Kettenwams und Waffenrock zeichneten sich die Formen des Körpers nur wenig ab. Eine solche Tochter hatte Gunelde sich immer gewünscht, doch waren die Freuden der Liebe ihr nur selten zuteil geworden und die Freuden der Mutterschaft gänzlich versagt geblieben. Ich muß achtgeben, daß sie mir nicht zu gut gefällt, dachte die Geweihte, denn dann könnte ich sie nicht gehen lassen, auch wenn die Welt der rechte Platz für sie ist... Nein, sie gehört in den Tempel, man sieht es doch, und die Göttin hat mir gewiß keine solche Novizin geschickt, um sie mir sogleich wieder zu entreißen. Welche Freude wird es sein, das Kind zu unterweisen, denn das steht fest: So viel ihrer Erziehung wie eben möglich und schicklich, werde ich selbst übernehmen...

»Am meisten bedrängt von allen Fragen hat mich...«, begann das Mädchen in diesem Augenblick, doch dann hielt es inne. Was ihr auf der Seele lag, war gewiß nicht rondragefällig, und auch die Schwertschwester könnte die Frage nicht beantworten. Doch bevor sie ihre Rede auf die Queste und den verabscheuenswürdigen Oheim lenken konnte, hörte sie Ehrwürden Guneldes Stimme: »Sprich nur aus, was dich bedrückt, Tochter. Ich sehe doch, daß du Sorgen hast. Falls du fürchtest, dein Vormund könne dir verbieten, Novizin des Schwertbundes zu werden, so laß dich beruhigen: Wenn du in die Kirche eintrittst, wirst du bis zu deiner Volljährigkeit in zwei Jahren zum Mündel des Schwertbundes, und die geistliche Vormundschaft steht über der weltlichen.«

»Nein, Euer Ehrwürden, daran habe ich kaum gedacht«, erwiderte Thalionmel, »es ist... es geht... es geht um meine verstorbenen Eltern. Denn seht, mein Vater hat die Frauen Peraine und Travia immer am meisten geliebt und verehrt und meine Mutter die Herrin Rondra.« Das Mädchen sprach mit kaum merklich bebender Stimme, aber die weiß hervortretenden Knöchel der geballten Hände verrieten, wie bewegt es war. »Und nun frage ich mich, ob sie im

Tode wohl getrennt sind und einander niemals wiedersehen, was mich sehr bekümmern würde. In den heiligen Schriften habe ich keine Antwort gefunden.«

Ehrwürden Gunelde blickte nachdenklich erst das Mädchen an und dann zur Fensteröffnung hinauf. »Ein klares Nein, das dich trösten würde, kann ich dir auf deine Frage nicht sagen, denn uns Sterblichen ist es hienieden nicht vergönnt, Gewißheit über das jenseitige Leben zu erlangen. Aber es gab zu allen Zeiten Erleuchtete, denen erlaubt wurde, einen kurzen Blick zu erhaschen, und alle diese berichten gleichermaßen, daß dort als Lohn für ein gerechtes und göttergefälliges Leben die Seele des Verblichenen das höchste Glück erwartet. Nun sind Sehnsucht und Trennungsschmerz aber kein Glück, und darum glaube ich – fast möchte ich sagen, es ist mir eine Gewißheit –, daß die guten Götter deinen Eltern nicht verwehren werden, beisammen zu sein. Vielleicht gibt es keine Grenzen und Mauern zwischen den Paradiesen der Zwölf, und die erwählten Seelen können lustwandeln, wo immer es ihnen beliebt. Vielleicht aber auch besteht ihre Seligkeit gerade darin, daß sie, wie die Götter selbst, hier und dort zugleich sein können.«

Thalionmel hob den Blick, den sie bei den Ausführungen der Geweihten unverwandt auf die Schnitzerei des Schreibtisches gerichtet hatte. »Ihr habt mich sehr getröstet, Euer Ehrwürden«, sagte sie mit weniger fester Stimme als zuvor. Doch bevor der Gram sie überwältigen konnte, wie stets, wenn sie an den Tod der Eltern dachte, sprach sie rasch weiter. »Und nun möchte ich Euch, wenn Ihr erlaubt, von meiner Queste berichten.« Ehrwürden Gunelde nickte, und das Mädchen fuhr fort: »Ich werde, wenn es an der Zeit ist – und daß diese Zeit bald kommen möge, dafür werde ich beten, üben und fasten und wiederum beten –, meinen nichtswürdigen, abscheulichen Oheim, der meine Eltern ermordet und meine

Schwester und mich um Glück und Gut gebracht hat, suchen und finden, zum Zweikampf fordern und töten ...«

Ehrwürden Gunelde war bei des Mädchens Worten blaß geworden und erstarrt. »Was sagst du? Bist du von Sinnen? Was hat er getan?« fragte sie fassungslos.

Und da begann Thalionmel zu erzählen, was sich in jener fernen Rondranacht zugetragen hatte. Klar und soldatisch knapp war ihr Bericht, und die Geweihte lauschte mit grimmiger Miene. Nicht ein einziges Mal fragte sie sich, ob das Mädchen die Wahrheit sprach oder Mutmaßungen und Tatsachen auf unzulässige Weise miteinander vermengte, und so gab es auch keinen Grund, die Erzählung zu unterbrechen. Aber die Zornesfalte auf Ehrwürden Guneldes Stirn vertiefte sich immer mehr, und hin und wieder hörte man sie schnauben oder ein »Unfaßbar!« murmeln.

»... Und so glaube ich, daß der göttliche Zorn unserer Herrin Rondra, den Sie mir gezeigt und mit dem Sie mich gerufen hat, daher rührt, daß ein so ganz und gar verdorbener und abscheulicher Mensch wie mein Onkel noch immer auf Sumus Leib wandelt und der Götter Augen durch seine Anwesenheit beleidigt«, sagte Thalionmel abschließend und wollte gerade zum rondragefälligen Zweikampf überleiten, als die Geweihte sich mit einem Ruck erhob und ihr mit einer ungeduldigen Geste zu schweigen gebot.

Die Arme vor der Brust verschränkt, die Brauen zornig zusammengeschoben und die Kiefer fest aufeinandergepreßt, so begann Ehrwürden Gunelde nun, das Zimmer mit schweren, bedächtigen Schritten zu durchmessen. Schließlich ergriff sie das Wort, doch ohne ihren Marsch zu unterbrechen: »Von dem Brand in Brelak, bei dem deine Eltern umkamen, wußte ich natürlich, und auch, daß du seitdem als verschollen galtest und dein Oheim eine Weile nach dir suchen ließ, hat man mir zugetragen. Daß du tot seist, habe ich nie geglaubt, deshalb habe ich zur Göttin gebetet, daß Sie Ihre schützende Hand über dich halten möge, und, wie es scheint, sind meine Gebete erhört worden.« Sie schwieg eine Weile, und als sie von neuem zu sprechen begann, war ihre Stimme so leise, daß es eher schien, als spräche sie mit sich selbst als zu ihrem Schützling.

»Dann war es also kein diebischer Diener, der das Feuer legte, sondern Kusmines Halbbruder«, murmelte sie halblaut. Sie hatte die Freifrau vor mehr als zwanzig Götterläufen kennen- und schätzengelernt – sie selbst hatte damals gerade die Weihen zur Ritterin des Schwertbundes empfangen und jene eben ihren Dienst in der markgräflichen Garnison aufgenommen – und es immer bedauert, daß Kusmine ein ländliches Familienleben dem weltlichen Rondradienst vorgezogen hatte. »Der Stahl des Kriegers ist zu schade für einen solchen Abschaum«, fuhr sie fort und schnaubte angewidert. »Ihm gebührt der Strick des Henkers oder der Scheiterhaufen …«

»Ihr meint … Ihr wollt mir verbieten …« Thalionmel war aufgesprungen und starrte die Hochgeweihte fassungslos an. »Schweig«, donnerte Ehrwürden Gunelde, ihren Marsch unterbrechend, »und setz dich wieder! Was wegen Fuxfell zu tun ist, weiß ich noch nicht, aber es wird sich finden. Zunächst einmal werde ich dem Markgrafen schreiben, daß du weder tot noch verschollen bist, sondern lebendig und wohlauf und dich entschieden hast, dem Bund des Schwertes beizutreten – das hast du doch?« Thalionmel nickte, und die Geweihte nahm ihre Wanderung wieder auf. »Dann werde ich ihn bitten, die Verwaltung des Lehens Brelak bis zu deiner Volljährigkeit in die Hände des Schwertbundes zu legen, da es berechtigte Zweifel an der Lauterkeit deines Oheims und der Echtheit seiner Dokumente gibt. Ich denke, der Markgraf wird meiner Bitte entsprechen, spätestens dann, wenn ich selbst bei ihm vorstellig geworden bin und ihm den Fall aus Sicht der Kirche dargelegt habe. Damit wären auch die Ausbildung und Versorgung deiner Ziehschwester gesichert – deine Eltern hatten ihr doch eine Rente zugedacht, wenn ich deinen Bericht recht verstanden habe.«

Wieder nickte das Mädchen. »Jawohl, Euer Ehrwürden, meine Eltern wollten, daß Zulhamin ...«, begann sie, aber die Geweihte schnitt ihr das Wort ab. »Wir werden uns in den nächsten Tagen zusammensetzen und versuchen, den Brief deiner Mutter zu rekonstruieren, in dem sie dir ihren und deines Vaters letzten Willen kundgetan hat. Jetzt ist nicht der rechte Augenblick dafür.« Die Schwertschwester war wieder bei ihrem Schreibtisch angelangt, auf dessen polierter Platte der blinkende Helm lag. Nachdenklich wog sie ihn in den Händen, dann setzte sie ihn entschlossen auf. »Merke auf, Tochter«, sagte sie und blickte dem Mädchen fest in die Augen. »Wir beide haben die vergangenen dreißig Tage damit verbracht, das Zeichen der Göttin zu deuten, und du hast mir eben deine Deutung mitgeteilt. Ich selbst habe Rondras Willen bis zum heutigen Morgen nicht ergründen können, nur daß Sie dich gerufen hat ...«

Die Geweihte hielt inne. Sollte sie dem Kind sagen, daß sie es für eine Erwählte hielt? Schon vor einem Mond, als Knappe Stipen ihr die Bewußtlose gebracht und berichtet hatte, was im Tempel geschehen war, hatte ein seltsames Gefühl sie beschlichen. Die Ohnmacht des Mädchens war nicht die Folge übermäßigen Trinkens, mangelnder Nahrung oder völliger Erschöpfung, das hatte sie sogleich gespürt. Und Thalionmel von Brelak, die Verschollene und endlich Heimgekehrte, war auch nicht aus dem Holz geschnitzt, wie es jene sind, die so inbrünstig ein göttliches Zeichen ersehnen, daß sie sich bis zur Verzückung oder Besinnungslosigkeit in ihre Gebete versenken. Nein, die Göttin selbst hatte das Mädchen gerufen; Schwertschwester Gunelde hatte es geahnt, und als das Kind ihr am Abend des nächsten Tages das Erlebnis anvertraut hatte, da war die Ahnung zur Gewißheit geworden.

Wie anders war doch ihre eigene Berufung erfolgt! Es war nicht mehr gewesen als eine plötzlich auflodernde Hitze im Sonnenpunkt und das helle Gefühl von Gewißheit – ein kurzer Augenblick von Glück und Schmerz, der ihr Leben so entscheidend verändern sollte. Aber sie selbst war auch kein Liebling der Göttin, gestand die Hochgeweihte sich ein, sie selbst war nicht auserwählt, Rondras Willen zu vollstrecken.

Als Ehrwürden Gunelde am heutigen Morgen von den namenlosen Ereignissen jenseits der Eternen erfahren hatte, da hatte sie zu rechnen begonnen und hatte nochmals gerechnet, bis sie endlich ganz sicher war: Die Nacht, in der das Mädchen Thalionmel ein göttliches Zeichen empfangen hatte, war dieselbe gewesen, in der die schändliche, götterlästerliche, schwarzmagische Lichterscheinung die Wüstenkinder verblendete. Das konnte kein Zufall sein. »Du irrst dich, Tochter«, sagte sie schließlich. »Nicht dein Oheim ist der Grund für Rondras göttlichen Zorn – eine abscheuliche Freveltat ist in der Wüste begangen worden, in Keft, einer winzigen unbedeutenden Oase.« Und dann erzählte sie Thalionmel alles, was sie wußte.

Das Mädchen lauschte den Worten der Hochgeweihten, fast ohne zu atmen und starr vor Schrekken und Fassungslosigkeit. Kerzengerade saß sie auf ihrem Stuhl, und als Ehrwürden Gunelde den Bericht beendet hatte, war alle Farbe aus ihrem Antlitz gewichen. »Welch Frevel! Welch lästerliche Schandtat!« sagte sie kaum hörbar. »Wie können sie solches wagen?!«

Es dauerte eine Weile, bis Thalionmel begriff, was die Ereignisse in der fernen Wüste mit ihr selbst zu tun hatten, doch als sie es schließlich begriffen hatte, erhob sie sich leicht schwankend und begann zu sprechen. »Euer Ehrwürden«, sagte sie, leise aber gefaßt, »glaubt Ihr, die Göttin hat mir Ihren Zorn kundgetan, damit ich die frevlerische Beleidigung räche? Glaubt Ihr, daß dieses meine Queste ist?«

»Was Wille der Götter ist, können wir Sterblichen niemals mit letzter Gewißheit sagen«, erwiderte die Geweihte, »aber ich denke, es ist, wie du vermutest. Doch wissen wir bisher nur wenig, weder ob ein Mensch, ein Dämon oder der Namenlose selbst den Frevel begangen hat, noch welche Auswirkungen die Schandtat haben wird. Auch bist du noch sehr jung, im Kämpfen wenig erfahren und nicht einmal in der Lage, ein Fähnlein anzuführen. Deine Queste hat heute begonnen, das ist meine Überzeugung, doch um sie vollenden zu können, mußt du erst eine Kriegerin werden, und bis dahin ist es noch ein weiter Weg. Ich glaube auch, daß du der Göttin gefällst.« Mehr als ich selbst, mehr als jeder hier im Tempel, mehr vielleicht als das Schwert der Schwerter, fügte sie in Gedanken hinzu. »Doch so, wie du jetzt bist, so jung, schwach und unerfahren, kannst du Ihr wenig nützen. So will Sie dich nicht! Übe also fleißig, damit du Ihren Willen vollstrecken kannst, wenn deine Zeit gekommen ist.«

Thalionmel verneigte sich, wandte sich um und wollte schon den Raum verlassen, als sie hinter sich die Stimme der Geweihten vernahm: »Aber nicht doch, Kind, nicht jetzt sollst du üben, so habe ich es nicht gemeint. Das Mittagsmahl haben wir nun verpaßt, und dir wird es genausowenig leid darum sein wie mir. Bis zum Abendmahl, das wir nicht auch noch übergehen wollen, magst du tun, was dir beliebt – nachdenken, beten, spazierengehen ...«

»Spazierengehen?«

»Ja, warum denn nicht? Denkst du, die Göttin verbietet alles, was Freude macht? Du hast diesen Ort seit dreißig Tagen nicht verlassen, und vielleicht gelüstet dich danach, durch Neethas Straßen zu wandeln, aufs Meer zu schauen oder deine Ziehschwester zu besuchen. Sie war zweimal hier, und beim zweiten Mal hat sie einen Brief für dich abgegeben. Und noch ein weiterer ist gekommen, von einem gewissen…« Ehrwürden Gunelde hielt den zu einem kaum handtellergroßen Umschlag gefalteten Bogen auf Armeslänge von sich und betrachtete ihn blinzelnd. »Von einem oder einer gewissen ›P.‹, wer immer das sein mag«, sagte sie achselzuckend und reichte Thalionmel die beiden Schreiben.

Die schlichten wächsernen Siegel waren nicht erbrochen, wie das Mädchen zu seiner Überraschung feststellte, und die Geweihte erläuterte: »Von nun an wirst nur du allein die Briefe lesen, die du schreibst oder erhältst. Wenn etwas darin steht, das ich wissen sollte, so werde ich es erfahren, denke ich.« Sie blickte Thalionmel fest an, und diese nickte. »Hast du dich schon entschieden, wie du die Zeit bis zur achten Stunde verbringen wirst?« fragte Gunelde ter Bersker.

»Zulhamin«, murmelte Thalionmel und betrachtete mit versonnenem Lächeln die zierliche Handschrift der Schwester. »Ich werde Zulhamin besuchen.«

»Gut«, erwiderte die Geweihte und nahm ein goldenes Band aus einer Schatulle, die auf dem Schreibtisch stand. »Die feierliche Zeremonie, mit der du als Novizin in den Bund des Schwertes aufgenommen wirst, werden wir heute nach dem Abendmahl feiern. Doch damit die Leute von Neetha wissen, wer und wes Standes du bist, will ich dir schon jetzt und vor der Zeit das Weiheband ums Haupt winden. Knie nieder!«

Thalionmel tat, wie ihr geheißen, und kreuzte die

Hände vor der Brust. Erwartungsvoll beobachtete sie die Hochgeweihte, die eben ein langes Schwert aus der Scheide an ihrer Seite zog. Mit diesem berührte sie erst die Schultern und dann den Scheitel des Mädchens. Dazu sprach sie ein Gebet, das Thalionmel nicht kannte, und dem sie nicht zu folgen vermochte. Auch wollte es ihr nicht gelingen, sich auf die vorgezogene Zeremonie einzustimmen – zu überraschend war sie ihr angetragen worden, und zu wirr waren die Gedanken in ihrem Kopf. Doch bevor sie sich eingestehen konnte, daß sie nicht bereit war für das Ritual und nicht in der rechten Gemütsverfassung, hatte Ehrwürden Gunelde das Schwert wieder in der Scheide versenkt und begann nun mit ihren großen, nicht eben geschickten Händen, das goldene Band in Thalionmels widerspenstige Locken zu flechten. Mit leicht schräggeneigtem Kopf begutachtete sie ihr Werk, dann nickte sie. »Du kannst dich wieder erheben, Novizin Thalionmel. Und nun nimm dieses Schwert und gürte es um.« Sie reichte dem Mädchen ein Schwert samt Gehänge, das die ganze Zeit an ihrem Schreibtisch gelehnt hatte, wie Thalionmel erst jetzt bemerkte. Es war eine richtige, scharfe Waffe, eine solide Arbeit ohne viel Zierat – nur der Knauf war mit dem Kopf einer Löwin geschmückt.

Noch nie zuvor hatte Thalionmel ein echtes Schwert getragen, und so legte sie das Gehänge so behutsam an, als bestände es aus Seidengespinst und nicht aus Leder, und fuhr so zärtlich über die Scheide, als enthielte sie eine zierliche Beinflöte und kein Ding zum Töten, aus Eisen geschmiedet. Es paßt, es paßt mir, es paßt zu mir, dachte sie, und eine Woge von Freude und Stolz ergriff sie und brachte ihre Wangen zum Glühen.

Doch bevor sie über zukünftige ruhmreiche Taten ins Träumen geraten konnte, vernahm sie Ehrwürden Guneldes dunkle, die Phantasie nur wenig beflügelnde Stimme: »Wenn du in wenigen Augenblicken den Tempel verläßt und die Straßen und Plätze von Neetha betrittst, so betrage dich gebührlich und deinem Stande gemäß, aber das muß ich dir wohl nicht eigens sagen. Gib acht auf Pferde und Fuhrwerke, auf daß du nicht überrannt oder überrollt wirst. Beginne keine Händel, und erschlage nicht gleich jeden, der den Namen Rastullah im Munde führt. Schau mich an, Novizin, es ist mir ernst damit! Was in Hinblick auf… auf… auf das Grauen von Keft – ja, so wollen wir es vorläufig nennen – zu geschehen hat, wird das Schwert der Schwerter entscheiden. Ich habe heute morgen die Ritter Yasinde und Cassim nach Perricum geschickt, und bis sie mit Weisungen von dort zurückgekehrt sind, wird sich unser Haus dem Grauen gegenüber abwartend verhalten – es sei denn, ein Frevler lästere die Herrin Rondra. Und nun wünsche ich dir ein erfreuliches Wiedersehen mit deiner jungen Ziehschwester – ein allerliebstes Püppchen soll sie sein, hat man mir berichtet. Du magst jetzt gehen, und Rondra sei mit dir. Nein, halt, weißt du überhaupt, wo deine Ziehschwester wohnt?«

Thalionmel schüttelte den Kopf. Nach Zulhamins Wohnung zu fragen, hätte sie tatsächlich versäumt, und dann wäre sie womöglich ziellos durch die Straßen geirrt, und der freie Nachmittag wäre nutzlos verstrichen.

»Sie wohnt in der kleinen Tanz- und Musizierschule beim Rahjatempel. Paß auf, ich beschreibe dir den Weg«, sagte die Geweihte, und dann begann sie, Straßen und Gassen in die Luft zu zeichnen, nannte die Namen von Schenken oder anderen Gebäuden, die den Weg markierten, bis das Mädchen ihn begriffen hatte. Doch bevor sie Thalionmel endgültig entließ, faßte sie sie bei den Schultern und blickte ihr ernst in die Augen. »Noch eines möchte ich dir mit auf den Weg geben, Tochter, und es ist keine Ermahnung diesmal. Wenn die Herrin dich gerufen hat, damit du Ihr dein Leben weihst und Rache nimmst für das Grauen von Keft, so wird Sie dir vielleicht auch vergönnen, deine eigene Rache zum Ende zu bringen. Dein Oheim muß sterben, das steht fest, und ich will dafür beten, daß du es sein darfst, die ihn im Zweikampf niederstreckt.« Sie hauchte dem Mädchen einen Kuß auf die Stirn, dann schob sie es sanft in Richtung Tür. »Und nun geh«, sagte sie.

Der, von dem Schwertschwester Gunelde gesprochen hatte, Zordan Fuxfell, weilte zu diesem Zeitpunkt nicht mehr in Keft, aber er befand sich auch nicht auf dem Weg nach Neetha, Methumis oder einer anderen Stadt im Lieblichen Feld. Er hatte die Oase neun Tage nach der nächtlichen Erscheinung verlassen, eine Woche später als Brinna von Efferdas. Aber während die Edle ihrem Führer den Karawanenweg über Birscha, Shebah und Terekh gefolgt war und Methumis zweiundzwanzig Tage später erreichte, hatte ihn ein Händlerzug mit nach Unau genommen, wo sich seine Spur verlor.

Die neun Tage in Keft waren die seltsamste Zeit in Zordan Fuxfells Leben. Wie im Traume wandelte er zwischen den verzückten Wüstenkindern umher, die am Morgen nach der Offenbarung ihres neuen Gottes sogleich damit begannen, den Praiostempel niederzureißen und statt seiner aus den Steinen des früheren Gotteshauses ein schlichtes Bethaus zu errichten, das sie Rastullah weihten, ihrem neuen und einzigen Herrn.

Hahmud Dhach'gamin leitete den Abriß des alten und den Aufbau des neuen Hauses, der in weniger als vier Tagen vollendet war. Dann ließ er sich Tisch, Stuhl, Schreibzeug und einen Strohsack in das Bethaus bringen und begann den Bericht zu schreiben, der später unter dem Titel ›Rastullah in Keft‹ in ganz

Aventurien Beachtung finden und es zu Teilen verwandeln sollte.

Dies alles bemerkte Zordan Fuxfell nicht. Er sah wohl die rastlose Betriebsamkeit der Menschen ringsumher, sah, wie sie Mauern einrissen und Steine aufschichteten, aber er begriff nicht, was sie taten, ebensowenig wie er verstand, warum am Morgen die Praiosscheibe über den Horizont stieg oder warum am Abend die Pferde und Kamele zur Tränke geführt wurden. Er war sich nicht einmal jederzeit sicher, ob er lebte, denn die Bedürfnisse seines Körpers waren fast gänzlich erloschen und auf das Aufnehmen und Ausscheiden von Wasser reduziert. Manchmal fühlte er etwas wie Erleichterung, daß er der ewigen Verdammnis entronnen oder ihm ein Aufschub gewährt worden sei, doch dann wiederum beschlich ihn die Furcht, alles, was er sah, könnte eine Augentäuschung sein, ein Trugbild, ihm vorgegaukelt, um ihn zu foppen oder zu foltern, da der schöne Schein sich jeden Augenblick in die wüste Wirklichkeit zurückverwandeln könnte, die er verbarg.

Er ging umher, ohne zu rasten, ohne zu essen und ohne zu schlafen. Hunger verspürte er nicht, wohl aber Müdigkeit, unendliche, bedrückende Müdigkeit, die mit jedem Tag und jeder Nacht wuchs, die er schlaflos verbrachte. Doch wagte er nicht zu schlafen, denn sobald er die Augen schloß, sah er die grauenhaften Bilder vor sich, die ihn von Mitternacht bis zum Morgengrauen des schicksalhaften Tages gepeinigt hatten, und diese schienen ihm weit schwerer erträglich zu sein als eine Marter auf den Tod. Immer wieder, wenn er spürte, daß die schweren Lider sich schließen wollten, riß er die Augen weit auf, was höchst merkwürdig aussah und sich dennoch gut fügte zu dem Bild, das er bot.

Zordan Fuxfells Erscheinung hatte am Morgen nach den nächtlichen Ereignissen der eines geistig

Verwirrten geglichen. Doch war sein fast gänzlich ergrautes Haar an jenem Tage noch recht gut frisiert und gekräuselt gewesen und sein karmesinroter Sammetanzug noch schmuck und reinlich. Doch da er in der folgenden Zeit der Hülle seines Körpers keinerlei Beachtung schenkte, sich weder wusch noch kämmte, seine Kleider nicht wechselte und nicht einmal wahrnahm, wenn der drängende Harn seine Blase zur Entleerung zwang, so verwahrloste er immer mehr: Sein Haar verfilzte, sein prächtiges Gewand war bald von einer Schicht hellen Staubs bedeckt, der dort, wo Schweiß und Urin ihn wieder und wieder befeuchteten, zu einer scheußlichen Kruste erstarrte.

Und Zordan Fuxfell stank. In den ersten Tagen nach Rastullahs Offenbarung hatten die Beni Novad ihren seltsamen Gast wenig beachtet, zusehr waren sie damit beschäftigt gewesen, die nächtliche Erscheinung wieder und immer wieder zu besprechen und das neue Bethaus zu errichten. Doch als allmählich das Leben seinen gewohnten Gang nahm, wie es immer geschieht, mag ein Ereignis auch noch so aufwühlend gewesen sein, da erkannten sie plötzlich, welch ekliger, stinkender Wahnsinniger unter ihnen weilte und ihre Gastfreundschaft mißbrauchte. Und als einen Gottesnamen später – so hatte Hahmud Dhach'gamin die Wüstenkinder gelehrt, die neue, neun Tage währende Woche zu nennen – eine Karawane von Keft nach Unau aufbrach, da band man Zordan Fuxfell auf ein Kamel, da es nicht so schien, als könne er sich aus eigener Kraft im Sattel halten, packte seine Habe zusammen, lud sie auf ein Mherwati und war froh, ihn los zu sein.

Was in Zordan Fuxfells Seele vor sich ging, läßt sich schwer sagen. Bereute er sein schändliches Leben, bereute er die Untaten, die er begangen hatte? Nun, die Zeit der Reue schien noch nicht gekommen, denn für sie war kein Platz in seinem Herzen. Es war ganz angefüllt mit Angst und Ekel, Angst vor Praios' Strafgericht, das offensichtlich schon begonnen hatte und vor dem es kein Entrinnen gab, und Ekel vor sich selbst. Ja, so wenig er den Ekel wahrnahm, den seine verwilderte Erscheinung und sein stinkender Körper bei anderen erregte, sosehr ekelte er sich vor dem, was er war, vor seinem Ich. Und wäre nicht die namenlose Angst vor den Foltern der ewigen Verdammnis gewesen, er hätte sich wohl entleibt.

Doch wollen wir Zordan Fuxfell hier verlassen und uns zurück nach Neetha begeben, wo die Ziehschwestern Zulhamin und Thalionmel sich zum ersten Mal wiedersahen, nach einer Trennung von achtzehn Monden.

Der Beginn des Treffens war tränenreich verlaufen – sie flossen vor allem auf Zulhamins Seite, aber auch Thalionmel mußte ein paarmal heftig zwinkern, denn das Weinen wirkt genauso ansteckend wie das Gähnen.

Auf dem Weg zur Rahjaschule befolgte Thalionmel keineswegs alle Ratschläge und Ermahnungen der Hochgeweihten: Zwar benahm sie sich gebührlich, ging aufrecht und gemessenen Schrittes, suchte keine Händel (es wurden ihr auch keine angetragen), und da sie das gräßliche Wort Rastullah kein einziges Mal hörte, mußte sie auch niemanden belehren oder zur Rede stellen, auf Pferde, Kutschen oder Fuhrwerke jedoch achtete sie nicht. Denn das kann man nicht, wenn man sich beim Gehen ein Pergament und danach ein zweites dicht vor die Nase hält.

Zulhamins Brief war wirr und wortreich, und wenn Thalionmel den Ausführungen der Schwester auch nicht völlig folgen konnte, so erkannte sie doch an der Art des Schreibens und an den drei kleinen runden Flecken, wo Tränen die Tinte aufgelöst und die Schrift unkenntlich gemacht hatten, daß die

Schwester noch immer der Zulhamin glich, die sie in ihrem Gedächtnis bewahrt hatte. Pagols Brief (daß der zweite von dem Gefährten der letzten Monde kam, hatte sie sofort gewußt, als Ehrwürden Gunelde das ›P‹ auf dem Umschlag verlas) enthielt nach innigen Grüßen und Segenswünschen die knappe Mitteilung, daß der Junge eine Anstellung als dritter Schreiber bei einem Getreidehändler am Hafen gefunden habe, die ihm zwar nicht viel mehr einbringe als ein Dach über dem Kopf und drei Mahlzeiten am Tag, aber daß er es wohl zufrieden sei, da er am Praiostag nicht arbeiten müsse und auch am Abend nach der siebten Stunde tun und lassen könne, was ihm beliebe.

Ja, der gute Pagol, dachte Thalionmel, faltete den Brief und schob ihn zu dem anderen in ihren Ärmel. Ich werde ihm bei Gelegenheit schreiben. Dann hatte sie den Freund vergessen, denn eben erspähte sie den Laden des Zuckerbäckers, hinter dem nach zwanzig Schritt die Gasse zum Rahjatempel abbog, und sie entsann sich des Silbertalers, den Ehrwürden Gunelde ihr beim Abschied in die Hand gedrückt hatte. Als ihr Blick auf den unbeholfenen Schriftzug ›Ganz neu im Sortiment: Naschwerk nach Art der Thorwaler Piraten‹ fiel, beschloß sie, der Schwester solch ein Thorwaler Naschwerk zu erstehen. Es war ein himmelblau gefärbtes Gebilde, entfernt einer dicken Ente ähnelnd und, wie der Zuckerbäcker versicherte, nur aus den allerbesten Zutaten bereitet: frischen, geschlagenen Eiern, Zimt, zwei Tropfen Hesindigo und gebleichtem, staubfein gemahlenem Zucker. Doch nach der stürmischen und, wie schon gesagt, sehr feuchten Begrüßung durch Zulhamin hatte es viel von seiner Pracht eingebüßt.

Thalionmel erkannte den Garten, sobald sie das schmiedeeiserne Tor geöffnet hatte. Sie sah den gewundenen Kiesweg, die Brunnen, Grotten und Lauben. Aber heute hatte der Park nicht viel Wunderbares an sich. Er sah aus, wie ein gepflegter Prachtgarten Ende Tsa auszusehen pflegt: Das erste zarte Grün bohrte sich durch das blaßbräunliche, abgestorbene Gras, gelbe Tsasternchen, blaue Krokusse und weiße Khablasröschen sprenkelten die erwachenden Wiesen, an Büschen und Bäumen schwollen die Knospen, und die Mandel- und Kirschbäumchen öffneten die weißen und rosigen Blüten. Das Mädchen erblickte den aus rosenfarbigem Marmor erbauten Tempel, den sie schon in jener Nacht von Ferne bewundert hatte, doch so absonderlich schön sie das Bauwerk auch fand, hielt sie sich doch nicht mit dessen Bewunderung auf, denn kaum wollte sie es umrunden, als sie auch schon das schmucke weiße Häuschen mit dem roten Ziegeldach entdeckte, das sich am hinteren Ende des Gartens an die Parkmauer schmiegte.

Das also ist die Tanz- und Musizierschule, dachte Thalionmel. Da hat es die kleine Zulhamin aber hübsch angetroffen. Auf ihr Klopfen öffnete eine junge Frau mit langen hellbraunen Flechten, ganz in durchscheinende rote Seide gewandet. Das Mädchen glaubte, die Fremde schon einmal gesehen zu haben, und als diese sie nun nach ihrem Begehr fragte, erkannte sie auch die warme, dunkle Stimme wieder. Ja, das mußte Fenia sein, Zulhamins Freundin und Gefährtin in jener für beide Schwestern so schicksalhaften Nacht.

Fenia stellte sich als Lehrerin der Rahjaschule vor und führte Thalionmel in einen kleinen Vorraum, an dessen mit bunten Tüchern verhängten Wänden zerbrechlich wirkende Stühlchen standen. Einer Silberschale, die auf einem Lacktischchen stand und mit Wasser gefüllt war, auf dessen Oberfläche getrocknete Rosenblätter schwammen, entströmte ein süßer Duft, und an der fensterlosen Rückwand hing ein erstaunlich großer, fast glatter Spiegel. Durch ein mit gelblichem Pergament bespanntes rundes Fenster in der Decke fiel gedämpftes Licht und mischte sich mit dem Schein der Kerzen, die in Wandhaltern steckten.

Ein schmeichlerisches warmes Licht war es, einer Rahjaschule wohl angemessen, doch konnte es auch den Anblick einer Rondra-Novizin erhöhen, und als Thalionmel nun ihr verkleinertes und kaum verzerrtes Abbild in dem Spiegel erblickte, erstrahlte sie zum zweiten Mal an diesem Tag vor Glück und Stolz. Der weiße Waffenrock mit der roten Löwin über dem kurzen Kettenwams, das weißwollene Untergewand und die bis zu den Knien hochgeschnürten Sandalen und nicht zuletzt das neue Schwertgehänge – all das fügte sich wohl zusammen und machte die hochgewachsene, helle, schlanke Novizin fast zu einer Kriegerin.

Doch hatte das Mädchen nicht lange Gelegenheit, sich am eigenen Spiegelbild zu weiden, denn plötzlich erklang hinter ihr das Geräusch eiliger, kleiner, nackter Füße, und als sie sich umwandte, flog Zulhamin auch schon an ihren Hals. Und nun ergoß sich über Thalionmel ein Schwall von Worten, Küssen und Tränen, den sie mit klopfendem Herzen, gerunzelten Brauen und blinzelnden Augen ertrug.

Ach, die arme Zulhamin, alles wollte sie zugleich – wissen, was der Schwester in den verflossenen Monden widerfahren war, erzählen, was sie selbst in dieser Zeit erlebt hatte, die Schwester anschauen, lachen und weinen. Und wie süß sie aussah in ihrer verzweifelten Freude: Die Ströme von Tränen hatten glänzende Spuren auf die rosig gepuderten Wangen gezeichnet, und feucht waren auch die langen schwarzen Wimpern. Das schniefende Näschen war gerötet, die bebenden Lippen leicht geöffnet, und die schräg nach oben geschobenen Brauen verliehen ihrem lieblichen kleinen Antlitz etwas unsagbar Rührendes. »Wie groß du geworden bist«, stammelte sie, »und wie schön. Du wirst der Muhme immer ähnlicher.« Und dann, beim Gedanken an die Pflegemutter, begann das Kinn von neuem zu zucken, füllten sich die Augen wiederum mit Wasser, und aufschluchzend barg Zulhamin das Gesicht am Busen der Schwester.

Diese stand starr und hilflos, und da ihre Zähne sich fest in die untere Lippe gruben, konnte sie auch kein Wort des Trostes sprechen.

Es war Fenia, die der Szene ein Ende setzte. Ein Tablett mit zwei dampfenden, duftenden Teeschalen auf den Fingerspitzen der Linken balancierend, betrat sie den Raum. Nachdem sie sich ihrer Last entledigt hatte, wandte sie sich den Mädchen zu und schloß sie behutsam in die Arme. Wie viele Augenblicke die drei so standen, läßt sich schwer entscheiden, aber lange genug war es, um Thalionmels starre Muskeln zu lockern, ihre Züge zu glätten, ihren Körper mit wohliger Wärme zu füllen und ihre Härte für einen winzigen Moment in Weichheit zu verwandeln. »Ich lasse euch nun allein«, sagte Fenia schließlich und entließ die Schwestern aus der Umarmung, »denn ihr habt euch gewiß viel zu erzählen.« Dann schob sie zwei Stühlchen an den Tisch und verließ lächelnd das Zimmer.

Zulhamin freute sich unbändig über die arg zerdrückte Zuckerente, die Thalionmel verlegen lächelnd unter dem Waffenrock hervorklaubte und der Schwester achselzuckend überreichte, und die nun, da sie den Schnabel eingebüßt hatte, eher einem liegenden Schwein ähnelte. Verzückt betrachtete Zulhamin das absonderliche Gebilde und fuhr zärtlich mit dem Finger über den schnabellosen Kopf. »Eine blaue Ente, wie hübsch«, murmelte sie. »So etwas habe ich ja noch nie gesehen. Viel zu schade zum Essen! Hab Dank, Thalionmel. Da überreichst du mir schon die zweite Gabe, und ich habe gar kein Geschenk für dich.«

»Du hast mir einen wunderschönen langen Brief geschrieben«, erwiderte die Angesprochene, »den ich auf dem Weg hierher gelesen habe und den ich heute abend noch einmal lesen werde.«

»Oh, heute hast du ihn erst bekommen!« Zulhamin legte den Kopf auf die Seite und schaute die Schwester nachdenklich an. »Ich habe ihn schon vor acht, nein, neun Tagen im Tempel abgegeben. Aber wenn du ihn gelesen hast, dann weißt du auch, daß ich den Ruf vernommen habe, ich glaube es jedenfalls und will es glauben.«

Ja, Thalionmel entsann sich der Passage, aber just diese Stelle war es gewesen, der sie so wenig hatte folgen können. Und da zwei der drei Tränen auf eben jene Zeilen gefallen waren und die Lektüre erschwerten, hatte sie sich nicht die Mühe gemacht, ihren Sinn zu ergründen. Doch als sie nun die Schwester betrachtete – zum ersten Mal wirklich und aufmerksam –, da begriff sie ganz allmählich, was Zulhamin ihr mitteilen wollte.

So wie Fenia trug auch Zulhamin ein Gewand aus roter Seide, und es war genauso durchscheinend wie das der Lehrerin. Üppig gerafft war es an den Brüsten, doch schimmerten durch das reiche Gekräusel des zarten Gewebes die bräunlichen Höfe der kleinen Busenknospen, eng schmiegte es sich um die Leibesmitte, so daß sich der Nabel erahnen ließ, und weiter unten, wo weiche Falten Hüften und Schenkel umspielten, erkannte man unscharf ein dunkles Dreieck. Ein unschickliches Kleid, hätte Thalionmel gedacht, wäre ihr die Schwester in diesem Aufzug in einer Hafenschenke begegnet. Hier jedoch, im Vorraum der Rahjaschule, haftete der Kleidung nichts Liederliches an. Es war ein schönes Gewand, betörend schön, so schön wie seine Trägerin.

»Du auch?!« rief Thalionmel plötzlich und faßte Zulhamin bei den Schultern. »Welch seltsame Fügung, ich kann es kaum fassen! Erzähl mir davon, erzähl mir von deiner Göttin, erzähl mir alles, was dir widerfahren ist, seitdem wir uns aus den Augen verloren.«

»Aber du auch, Kriegerin, Knappin oder wie immer man dich jetzt nennen muß!« rief Zulhamin, klatschte in die Hände, hüpfte in die Höhe und begann plötzlich, ein überaus anmutiges Tänzchen zu improvisieren.

»Novizin«, korrigierte Thalionmel, »man nennt mich ab heute Novizin. Du tanzt sehr schön, und wenn du mir eine Freude machen willst, dann zeigst du mir später mehr von deiner Kunst. Doch zuerst mußt du erzählen, und zwar der Reihe nach, wenn's möglich ist, und ich werde dich auch nicht unterbrechen und deine Rede nicht durch Zwischenfragen stören.«

Der Reihe nach ging es nicht, und ohne Zwischenfragen hätte kein Mensch (oder Zwerg oder Elf) Zulhamins sprudelndem, bilderreichem und immer wieder vom Hauptweg der Erzählung abirrendem Redefluß folgen können. Und doch ergab sich schließlich eine Geschichte, die hier in knapper Form wiedergegeben werden soll:

Auch Fenia, Zulhamins Lehrerin und Freundin, war einst Schülerin der Sharisad Shahane gewesen. Als Zulhamin ihre Lehre begann, hatte Fenia die ihre eben beendet, und gelegentlich, wenn die Meisterin anderweitige Verpflichtungen hatte, übernahm die ehemalige Lieblingsschülerin den Unterricht der jungen Tänzerinnen. So hatte Zulhamin sie kennengelernt. Fenia ihrerseits verehrte und liebte die Göttin Rahja, von der sie den kleinen Mädchen bisweilen erzählte. Zulhamin war damals noch zu jung gewesen, um Kult und Wesen der Gottheit zu begreifen, aber sie hatte aufmerksam gelauscht und das Gehörte in ihrem Herzen bewegt.

Vor zwei Jahren hatte Fenia sich ihrer Göttin ganz geweiht, und als die Leiterin der Rahjaschule, in der die Geweihten das Tanzen und Musizieren studierten, nach Belhanka gerufen wurde, hatte sie deren Stelle übernommen. Sie hatte auch von Zulhamins Unglück erfahren, und noch bevor das Lehr- und Kostgeld aufgebraucht war, hatte sie das Mädchen an ihre kleine Schule geholt, nicht nur um sie vor einem ungewissen Schicksal zu bewahren, sondern auch und vor allem deshalb, weil sie erkannt zu haben glaubte, zu welch rahjagefälliger Blume die liebreizende Knospe einst erblühen würde. Und Zulhamins tänzerisches Talent war ohnedies offenkundig.

Um das Gute, das man ihr tat, ein wenig zu vergelten, hatte Zulhamin der kleinen Geweihtenschaft geholfen, so gut sie es vermochte: Sie hatte Botendienste übernommen, Schreibarbeiten erledigt und Gewänder ausgebessert und war so, fast ohne es zu merken, immer mehr mit dem Kult in Berührung gekommen. Und im vergangenen Firun nun hatte sie endlich, nach gründlicher Vorbereitung durch Fenia und von dieser geleitet, dem Ritual der göttlichen Rahja beigewohnt und die heilige Ekstase erfahren. Oh, wie glänzten Zulhamins Augen, als sie der Schwester davon erzählte oder besser gesagt, zu erzählen versuchte! Denn nicht alles läßt sich durch Worte erklären, und manches muß man erleben, um es begreifen zu können.

»Göttliche Lust… heilige Ekstase…«, sagte Thalionmel kopfschüttelnd. »Ich fürchte, ich kann dir nicht folgen. Auch ich bin nicht ganz unerfahren in diesen Dingen, wahrhaftig nicht, aber wieso man solch schweißtreibende Lästigkeit unter den Segen einer Gottheit stellen sollte, will mir nicht in den Kopf.«

Zulhamin schaute die Schwester ernst, fast traurig an. »Du hast Rahjas Gnade eben noch nie erfahren.

Du liebst die wilde Himmelslöwin am meisten, ich aber die holde göttliche Stute. Als ich zum ersten und einzigen Mal in Ihrem Hause war, da habe ich gespürt, wie über alle Maßen ich Sie liebe. Ihr Haus ist ganz angefüllt mit Lust und Freude, dort war ich zum ersten Mal seit unserem Unglück all meiner Sorgen und meines Kummers ledig. Die göttliche Rahja hat mich so glücklich gemacht, wie kein Sterblicher es je vermögen wird, und deshalb will ich mich Ihr weihen – meinen Körper, meine Seele und meine Tanzkunst. Du solltest Ihren Tempel auch einmal besuchen, dann würdest du aufhören, solch schlimme, lästerliche Dinge zu sagen.«

»Rahja, vergib mir«, murmelte Thalionmel, »und du auch, Schwester. Ich wollte dich nicht kränken oder deine Göttin beleidigen ... Du willst Ihr also folgen? Sie hat dich gerufen?«

Zulhamin hob lächelnd Brauen und Schulter. »Ich liebe Sie«, erwiderte sie schlicht. »Doch nun erzähl du! Was hat dich dazu gebracht, Rondra-Novizin zu werden?«

Thalionmel wählte ihre Worte mit Bedacht. Sie spürte, hier war nicht der rechte Ort, von Krieg, Blut und heiliger Vergeltung zu reden, und was sie vor dem Standbild erlebt hatte, konnte und durfte sie der Schwester nicht anvertrauen. »Als Mitglied des Schwertbundes kann ich der göttlichen Rondra am besten dienen«, sagte sie schließlich. »Und Ihr zu dienen, ist meine Bestimmung.«

Zulhamin nickte verstehend, dann erhob sie sich. »Du wolltest, daß ich für dich tanze. Nun, dann schau zu und sag mir, ob ich gut gelernt habe.«

Was Thalionmel nun sah, sollte sie niemals vergessen, und es pflanzte einen Samen in ihr Herz, der dort lange ruhte, bevor er schließlich keimte. Obwohl kein Ton erklang, glaubte sie die Weisen zu erahnen, die den Tanz der Schwester hätten begleiten sollen.

Und so verzaubert war sie von der wilden Anmut der Darbietung, daß sie nicht merkte, wie die Zeit verging, wohl aber den nie gekannten Wunsch verspürte, das fremde, vertraute, liebliche Mädchen an sich zu pressen, um den weichen warmen Körper ganz dicht am eigenen zu fühlen.

Als der Tanz vorüber war, hatte die siebte Stunde eben begonnen, und es hieß Abschied nehmen. Seltsam bewegt von unklaren Gefühlen und widersprüchlichen Gedanken, legte Thalionmel den Weg zum Siegestempel zurück.

6. Kapitel

In der folgenden Zeit blieb es ruhig in Neetha. Zwar dauerte es nur wenige Monde, bis man auch im Neuen Reich, im Tulamidenlande am östlichen Rand des Kontinentes, in Al'Anfa und sogar im fernen Thorwal und in Festum erfuhr, daß die Wüstenkinder einem neuen Gotte huldigten, doch drang der frevlerische Irrglaube nicht über die Berge hinaus, die die Khom auf allen Seiten umgeben.

»Es brodelt in der Wüste«, berichteten Reisende und Händler und baten die Zwölf mit Worten und Gesten um Vergebung, während sie erzählten, wie die Beni Novad (und inzwischen auch die Beni Dhal'Dshebbah, die in Birscha und Shebah zu Hause sind) ihren Gott Rastullah verehrten, wie sie den neuen Glauben in den ferneren Oasen verbreiteten, wie die strengen und seltsamen Gebote lauteten, die sie befolgten, und daß dieser Wüstendämon den Seinen für ihren Gehorsam ein Reich von Küste zu Küste und im Süden bis zum Al'Anfaner Land reichend versprochen habe. Doch von den Wüstensöhnen – die Töchter sollte man in der Zukunft immer seltener sehen –, die mit den Handelskarawanen ins Neue Reich reisten, wagte es keiner, den neuen Gott zu verkünden. Zwar beantworteten sie ein ›Praios zum Gruße‹ oder ›Phex zum Gruße‹ nur noch mit einem strengen Runzeln der Brauen, Stimme oder Khunchomer aber erhoben sie nicht. Es waren eben Händler und keine kriegerischen Missionare.

Auch Thalionmels Leben verlief ruhig, ruhiger, als sie erwartet hatte, doch war sie es wohl zufrieden. Die Gleichförmigkeit des Tempellebens tat ihr gut nach der schmerzlichen Wirrnis der vorangegangenen Zeit. Um die sechste Stunde nach Mitternacht weckte ein Gong Novizen und Geweihte, und nur eine Viertelstunde später standen alle gewaschen, gekleidet und gerüstet im Halbkreis um das Standbild, um der morgendlichen Schwertfeier beizuwohnen.

Diese Stunde der Lobpreisung, der heroischen Gebete und Gesänge, der ritterlichen Schwüre, der Selbsterkundung und Besinnung war für Thalionmel die schwierigste des Tages. Jeden Morgen aufs neue bemühte sie sich zu ergründen, wie wohl die Queste beschaffen sei, mit der sie der Herrin dienen und Ihren Willen vollstrecken könne, suchte im eigenen Herzen und in den Augen des Standbildes nach einer Antwort. Aber die göttliche Rondra schwieg, und Ihr Abbild im Tempel blickte wie stets mit steinernen Augen über den Kopf des Mädchens hinweg.

Manchmal, in Augenblicken der Schwäche, wenn so früh am Morgen der Schlaf noch wie ein zartes unsichtbares Gespinst Geist und Körper gefangenhielt, stahl sich die Frage in Thalionmels Herz, ob das mitternächtliche Erlebnis nicht vielleicht ein Traum oder die Ausgeburt trunkener Sehnsucht gewesen sei. Doch kaum hatte die Frage sich erhoben, folgte ihr bittere Zerknirschung. Und dann, als selbstauferlegte Strafe, beschwor das Mädchen die göttliche Erscheinung herauf, versuchte, Rondras Zorn und Rondras Ruf noch einmal zu erleben, den eisigen, eisernen Griff nach dem Herzen und das Kochen des Blutes und aller anderen Säfte. Natürlich gelang es ihr nicht wirklich, und das war gut so, denn auch der schwache Abglanz und die bloße Ahnung vom Zorn der Himmelslöwin sind Prüfung genug.

Und doch, sosehr Thalionmel sich mühte, nichts zu vergessen oder verblassen zu lassen, es sollte der Tag kommen, an dem aus dem Abglanz der Abglanz vom Abglanz wurde, ein Bild, wie mit dem Pinsel gemalt, gefirnißt und in einen goldenen Rahmen gefaßt, bereit, an die Wand gehängt und mit wehmütigem Stolz betrachtet zu werden. Doch bis es soweit war, vergingen Jahre.

Eine andere Erinnerung erstarrte früher zum Bild, ungewollt und ebenso unmerklich – die Erinnerung an die Eltern. Thalionmel vergaß Mutter und Vater keineswegs – täglich gedachte sie ihrer, betete für das Heil ihrer Seelen, und wenn unvermittelt Durenalds gutmütig lachendes Gesicht oder Kusmines schlanke helle Gestalt aus dem Dunkel der Vergangenheit hervorblitzten, dann preßte sie wohl, wenn keiner sie sah, die Stirn gegen das rauhe kalte Mauerwerk und die Fäuste vor den Sonnenpunkt, bis die Wogen des Kummers verebbt waren. Doch mit der Zeit wurden Wellen aus den Wogen, und allmählich wich der wilde Schmerz einer stillen Traurigkeit.

Und wie es dem Schmerz erging, so erging es auch dem Haß. Heiß lodernd und grenzenlos war er nach des Oheims Untat gewesen. Heiß lodernd war er ein Jahr später und auch nach dem zweiten Götterlauf. Im dritten Jahr jedoch geschah es, daß eines Tages etwas fehlte bei der morgendlichen Schwertfeier, und als Thalionmel sich fragte, was es sei, bemerkte sie, daß sie vergessen hatte, ihren Haß mit in den Tempel zu bringen. Zornig auf sich selbst war sie, als ihr dieses widerfuhr, sehr zornig sogar, und so begann mit jenem Morgen die Zeit, in der sie es sich zur Gewohnheit machte, gleich nach dem Wecken, beim Waschen und Ankleiden, die grausamen Untaten des Oheims aufzuzählen und im Geist heraufzubeschwören, um ihren Haß lodernd und lebendig zu erhalten.

Nach der Schwertfeier folgten zwei Stunden des Tempeldienstes und zwei Stunden der Leibesertüchtigung, die dem Exerzieren, wie Thalionmel es von der Schule kannte, nicht unähnlich war. Und danach, bis zur

Stunde des gemeinsamen Mittagsmahles, wurde studiert: das Buch Rondra, Götter und Kulte, Kirchenrecht und -geschichte, Waffenkunde, Kriegskunst, Anatomie und Wundheilkunde – an jedem Tag der Woche ein anderes Fach. Am Nachmittag fochten die Novizen und diejenigen der Knappen und Ritter, die weder den Gläubigen im Tempel mit Rat zur Seite stehen mußten, noch in Belangen der Kirche fern des Tempels weilten – zwei Stunden mit dem Schwert und eine mit dem Zweihänder. Diesen Unterricht übernahm bei Thalionmel Schwertschwester Gunelde selbst, sofern sie sich von ihren anderen Pflichten entbinden konnte, und jedesmal freute sie sich über die rasche Auffassungsgabe, die Gewandtheit und das Talent des Mädchens, auch wenn sie dieser Freude nur selten Ausdruck verlieh.

Zwischen Mittagsmahl und Fechtstunde hatten die Novizen zwei Stunden Zeit zur freien Verfügung, die Thalionmel gelegentlich dazu nutzte, der Schwester zu schreiben oder ihr einen kurzen Besuch abzustatten. In der Regel jedoch verbrachte sie die beiden Stunden betend im Tempel oder allein in ihrer Zelle bei Übungen zur Stärkung der Selbstbeherrschung. Anregungen hierzu entnahm sie den Schriften der Waffenheiligen Rondragabund von Riedemer, in denen nicht nur Anleitungen zur Selbstkasteiung zu finden waren, sondern auch sehr genaue Beschreibungen der Foltermethoden der priesterkaiserlichen Inquisitoren.

Thalionmel hatte ihre Absicht, Geist und Seele dadurch zu stärken, daß sie ihren Körper lehrte, Schmerzen zu ertragen, mit der Hochgeweihten besprochen, und diese hatte keine Einwände erhoben. »Befolge nur Rondragabunds Ratschläge, Tochter«, hatte sie gemeint, »aber verstümmele und schwäche deinen Körper nicht. Das ist der Herrin nicht wohlgefällig.« Nun, eine solche Ermahnung wäre nicht nötig gewesen, denn Thalionmel wußte sehr wohl, daß die Himmelsleuin schöne, starke und gesunde Körper am meisten liebte. Aber kleine Wundmale, Ihr geweiht und klaglos erworben, würden Ihr Mißfallen gewiß nicht erregen.

Doch es erwies sich, daß das ehrenhafte Vorhaben weniger leicht in die Tat umzusetzen war, als das Mädchen sich bei der Lektüre des heiligen Buches ausgemalt hatte. Eine halbe Stunde lang auf getrockneten Erbsen knien – eine der minderen Exerzitien aus Rondragabunds Liste –, fiel ihr so schwer, daß sie um ein Haar vorzeitig aufgegeben hätte. Aber da sie die Zeit zwischen Übung und nachmittäglicher Fechtstunde damit verbringen wollte, ihr Abschneiden bei der selbstauferlegten Pein zu prüfen und in einem geheimen Büchlein, das außer ihr selbst nur die Göttin und Ehrwürden Gunelde kennen sollten, Rechenschaft darüber abzulegen, starrte sie, hin und wieder schwankend unter den Angriffen glühender Blitze, die den dumpfen Schmerz in regelmäßigen Abständen unterbrachen, so lange auf den Lichtfleck an der Wand, bis sie sicher sein konnte, weder sich selbst noch die Göttin betrogen zu haben.

Als Thalionmel zum ersten Mal den Dolch in die helle Haut ihres Schenkels stieß, um mit zwei entschlossenen Schnitten das Bild des Schwertes zu zeichnen, rot auf weiß und für immer sichtbar, machte sie die Erfahrung, daß eine Waffe, die sonst durch Holz und Leder wie durch Wasser gleitet, bei der Berührung mit dem eigenen Fleisch stumpf wie ein Falzbein werden kann. Und als sie, Wochen später, ihre Löwinnenpetschaft, die sie mit Hilfe einer Zange in einem Kohlenbecken zum Glühen gebracht hatte, zwischen Rippenbogen und Nabel auf ihren Leib preßte, da erklang von den Wänden ihrer Zelle das Echo eines seltsam kehligen Lautes, den sie keinem ihr bekannten Lebewesen zuordnen konnte. O Herrin, betete sie, als sie die Prüfung überstanden hatte, erspar mir einen langsamen Feuertod, wie ihn so viele Märtyrer in den dunklen Zeiten der Priesterherrschaft erdulden mußten! Laß es nicht dein Wille sein, daß ich auf dem Scheiterhaufen der ketzerischen Beni Novad dein Wort verkünde, um sie zur Umkehr zu zwingen! Und dann griff sie zähneknirschend zur Feder, um den unwürdigen Schrei und das kleinliche Gebet im Büchlein zu notieren.

Schwertschwester Gunelde schaute ihrem Gegenüber ernst in die Augen, als sie das Buch zurückgab. »Nun, Novizin, was macht dir Sorgen? Was läßt dich zweifeln, daß du berufen seist?« fragte sie. Thalionmel errötete, wie stets, wenn sie ihre geheimsten Gedanken erraten fühlte. »Ich... ich bin nicht tapfer genug«, stammelte sie, »ich bin Rondras Rufes nicht würdig. Vielleicht hat Sie mich verwechselt...«

»Was maßt du dir an?« Zornig hieb die Hochgeweihte mit der Hand auf den Tisch. »Hüte dich, Willen und Wahl der Herrin in Frage zu stellen!« Und dann, nachdem sie ihre Worte eine gute Weile hatte wirken lassen, fuhr sie versöhnlicher fort: »Was gibt es auszusetzen an den neun Prüfungen, denen du dich bisher, Rondragabunds Empfehlungen folgend, unterzogen hast. Ich habe nichts weiter gelesen als ›leichtes Schwanken‹, ›Zögern bei der Ausführung‹, ›gestöhnt‹ und so fort. Was sagt uns das?« – ›Daß ich nicht tapfer genug bin‹, wollte Thalionmel erwidern, aber Gunelde ließ sie nicht zu Wort kommen, sondern beantwortete selbst ihre Frage. »Daß dein Körper nicht unempfindlich gegen Schmerzen ist, sagt es uns, und daß du ehrlich bist... und auch, daß du tapfer bist, denn hast du nicht in sieben Wochen neun Prüfungen auf dich genommen, obwohl du wußtest, daß jede folgende härter sein würde als die vorangegangene? Nein, sag nichts, Kind, und laß mich ausreden. Tapferkeit und Selbstbeherrschung sind nicht dasselbe. Denk darüber nach und erklär mir bei Gelegenheit, wie sie sich deiner

Meinung nach unterscheiden... Du willst nicht auf dem Scheiterhaufen enden, habe ich gelesen. Nun, ich glaube, niemand will das, und mein eigener Wunsch ist es auch nicht. Aber du und ich, wir werden das Ende finden, das die Göttin uns zugedacht hat, ob wir es uns wünschen oder nicht. Und der Tod wird uns, nach Ihrem Ratschluß, im Zweikampf ereilen oder auf dem Schlachtfeld, auf dem Scheiterhaufen oder, wenn Sie uns strafen will für unseren Übermut und Ungehorsam, im Bett.«

Die Geweihte machte eine nachdenkliche Pause, bevor sie weitersprach. »Du glaubst, daß deine Queste mit deinem Tod endet, daß du es nicht überleben wirst, die ketzerische Beleidigung zu rächen und Rondras Willen zu vollstrecken«, sagte sie, und als Thalionmel nickte, fuhr sie fort: »Du magst recht haben, aber es ist nicht gewiß. Vielleicht braucht die Herrin dich achtzig Jahre lang. Auch darüber denk nach und sag mir, wie die Vorstellung dir gefällt, achtzig Jahre alt und im sechzigsten zum Schwert der Schwerter gekürt zu werden.«

Thalionmel hob Schultern und Hände in der von Kusmine ererbten Geste, doch plötzlich wurde ihr bewußt, was sie tat, und rasch verschränkte sie die Arme vor der Brust. »Ich weiß es nicht, Euer Ehrwürden«, erwiderte sie, bemüht, ihrer Stimme einen soldatischen Tonfall zu verleihen, »aber ich denke, sie gefällt mir nicht.«

»Das habe ich mir gedacht, Tochter«, sagte die Hochgeweihte, kaum merklich lächelnd. »Du kokettierst mit dem Tod, du wünschst dir ein frühes strahlendes Ende. Du willst, daß die Herrin dich in deiner Blüte und während einer heroischen Tat zu sich ruft. Das wünschen sich alle Novizen. Aber lebe ein paar weitere Jahre, und du wirst das Leben schätzen lernen. Das mußt du auch, da du es der Göttin geweiht hast – ja, dein Leben, nicht deinen Tod, und wenn du es gering achtest, versündigst du dich an Ihr. Denn was ist das für ein Opfer, etwas zu geben, das man wenig schätzt oder dessen man überdrüssig ist? Also, lebe nützlich und gern!«

Dieses Gespräch fand im Sommer statt, kurz vor dem ›Tag des Schwures‹, an dem die Novizin Josmine von Chetoba-Brüggen die Knappenweihe erhalten sollte, vier und einen halben Mond nach Thalionmels Eintritt in die Rondra-Kirche.

Zu Josmine fühlte sich Thalionmel am meisten hingezogen, vielleicht weil die junge Frau mit ihrem schwarzen Haar und den sanften schwarzen Augen, die so wenig zum Bild einer Rondra-Priesterin passen wollten, Zulhamin ein wenig glich. Mit Josmine besuchte sie gelegentlich den *Löwenkrug,* eine Schenke am Tempelplatz, in der die Geweihten des Schwertbundes verkehrten, reisende Krieger, die Offiziere der Garnison und in letzter Zeit auch die drei grüngolden gewandeten Priester der Klugen Göttin, die den Bau ihres Göttinnenhauses überwachten und bis zu dessen Fertigstellung in der nahegelegenen Herberge *Zur grünen Schlange* abgestiegen waren. So hieß das Gasthaus übrigens erst, seitdem mit dem Bau des Hesindetempels begonnen worden war. Davor hatte es den Namen *Zur Seeschlange* getragen und war die bevorzugte Unterkunft von Kapitänen und anderen Seeoffizieren gewesen.

Mit Josmine besprach Thalionmel Themen, die nicht den Glauben und den Kult betrafen und die in der gemeinsamen abendlichen Gesprächsrunde der Geweihtenschaft, die der letzten Schwertfeier des Tages voranging, fehl am Platze gewesen wären. In dieser Runde wurden auch Nachrichten aus aller Welt vermeldet und disputiert und die Briefe verlesen, von deren Inhalt Ehrwürden Gunelde meinte, die Geweihtenschaft in Kenntnis setzen zu sollen. Doch unter den Nachrichten, die aus der Nähe oder Ferne mündlich oder schriftlich den Tempel erreichten, war niemals eine, die Zordan von Brelak oder Zordan Fuxfell betraf.

Seltsam war, daß Thalionmel, während sie sich fast scheute, mit der Schwester (die doch wie sie selbst die Weihen der Priesterschaft anstrebte) über das Wesen und den Kult der Schönen Göttin zu reden, dies mit Josmine ganz offen tun konnte. Josmine war vier Jahre älter, belesen und weitgereist, und es störte sie nicht im mindesten, daß sie erst mit fast neunzehn Jahren die Knappenweihe erhalten sollte (Thalionmel hatte sich insgeheim den Tag ihrer Volljährigkeit als Zeitpunkt der Weihe erwählt, und es wäre ihr sehr peinlich und verdrießlich gewesen, über das siebzehnte Jahr hinaus Novizin bleiben zu müssen). »Was ist schon dabei?« hatte Josmine unbekümmert gemeint, als Thalionmel sie einmal danach fragte. »Ich habe den Ruf der Herrin eben erst spät vernommen, und daß ich nun Knappe Stipen gehorchen muß – theoretisch jedenfalls –, gehört zur Schule der Rondra. Dir fällt es schwer, dich im Gehorsam zu üben, nicht wahr? Du willst mehr tun, als von dir verlangt wird, besser sein, als es deinem Alter und Stand entspricht, schon jetzt die Taten vollbringen, durch die ein Knappe zum Ritter wird?« Und dann hatte sie die Freundin gegen die Schulter geknufft und dem Gespräch eine andere Wendung gegeben, zu Stipen, mit dem sie einen Götterlauf nach der Weihe den Ehebund einzugehen gedachte. Und über Stipen, dessen Mut, Klugheit, Gewandtheit und Eleganz beim Fechten Josmine nicht genug loben konnte – was die Körperkraft betraf, war die Novizin ihrem Verlobten überlegen –, war die Rede auf die Liebe gekommen und über die Liebe zum Kult der Rahja. Josmine war schon einmal in Rahjas Haus gewesen, und sie hatte Stipen, der dem Rahjakult ebenso skeptisch gegenüberstand wie Thalionmel, dazu überredet, Ihren Tempel am Tage der Vermählung zu besuchen.

Thalionmel lauschte Josmines Ausführungen über die Lust, empfindliche und empfängliche Körperstellen, das Glück der Erfüllung und die Kraft, die auch einem Krieger aus der Befriedigung erwachse, aber selbst in Rahjas Haus zu gehen, dazu konnte sie sich nicht überwinden, so sehr Josmine sie ermunterte, so herzlich Zulhamin sie einlud und so wenig Bedenken Schwertschwester Gunelde hatte.

Im *Löwenkrug* traf Thalionmel auch Lehrer und Mitzöglinge aus ihrer Schulzeit. Doch es war merkwürdig: Zwar grüßte man sich höflich, wechselte das eine oder andere Wort, tauschte Komplimente, Nachrichten und Neuigkeiten, aber nie kam man auf die gemeinsame Schulzeit zu sprechen, den Brand und die dunkle Zeit danach. Bei einer dieser Begegnungen erfuhr das Mädchen, daß Quendan, der reiche Gutsherrensproß aus Wobran, ihr treuer Ritter und Verehrer, Schule und Stadt schon Monde vor ihrer Ankunft verlassen hatte und in sein Elternhaus zurückgekehrt war. Um so überraschter war sie, als sie eines Tages – es war in ihrem zweiten Jahr als Novizin – seinen kastanienbraunen Schopf am Tisch der Hesinde-Geweihten zu sehen glaubte. Seine Züge konnte sie nicht erkennen, aber als der Jüngling einmal den Kopf wandte, blieb sein Blick an ihr hängen, und dann, alle Regeln der Etikette mißachtend, rief er ihren Namen laut und schrill vor Freude durch die Gaststube, fuchtelte mit den Armen und bahnte sich, lachend und fluchend, seinen Weg zwischen Tischen und Bänken hindurch.

Hübsch sah er aus, ihr alter Feind, das mußte Thalionmel sich eingestehen, als er, die Wangen gerötet, die Lippen in ungläubigem Staunen geöffnet und verlegen am Gewande zupfend, so vor ihr stand. »Rondra zum Gruße, Quendan, treuer Freund«, sagte sie, während sie sich erhob, um ihn mit einem Nicken des Kopfes zu begrüßen. Und als Quendan, der sich viel tiefer verneigt hatte, ihr nun die Rechte entgegenstreckte, schlug sie herzlich ein. Für einen winzigen Augenblick war ihr ganz seltsam zumute, aber bevor sie diesem Gefühl nachspüren konnte, bestürmte Quendan sie schon mit Fragen.

»Wenn deine Gefährten deine Gesellschaft für ein Weilchen missen können, dann setz dich zu mir und laß dir bei einem Krug Bier erzählen, was mir widerfahren ist, so wie ich deiner Lebensbeichte lauschen will«, sagte Thalionmel lachend und wies auf einen leeren Stuhl. Dann winkte sie dem Schankburschen, zwei weitere Krüge zu bringen.

Eine Stunde später, als Thalionmel den *Löwenkrug* verlassen hatte, fragte Quendan sich, was die frühere Gefährtin ihm eigentlich von sich und ihrem Leben erzählt hatte. Fast nichts, dachte er bekümmert, und nun reute es ihn bitter, daß er selbst sich so leicht zum Reden hatte ermuntern lassen. Wie ein Zögling im ersten Schuljahr, der in seine Lehrerin vernarrt ist, hatte er sich benommen, hatte sich am Anblick der strahlenden Novizin geweidet, hatte ihr goldenes Haar mit dem goldenen Band bewundert und die hellen Augen mit den goldenen Einsprengseln darin, hatte ihre klugen und interessierten, mit dunkler Stimme vorgebrachten Fragen ausführlich beantwortet und hatte geplappert, geplappert und geplappert, ohne viel zu denken. Er war so glücklich gewesen, die Freundin wiederzusehen, gesund und wohlauf und schöner denn je, daß er sich mit den spärlichen Mitteilungen, die sie ihm zukommen ließ, vollends zufriedengab. Und nun war es zu spät, mehr zu erfragen, denn morgen würde er zurück nach Wobran reisen, und bis sein Weg ihn wieder nach Neetha führte, mochten Monde oder Jahre vergehen.

Thalionmel hatte mehr erfahren. Sie war in seltsam angeregter Stimmung, als sie den *Löwenkrug* verließ, und beschloß, nicht geradewegs zum Tempel zurückzukehren, sondern ein Weilchen durch die Hafengassen zu schlendern und zu schauen, ob sie Pagol in einer der billigen Schenken oder Garküchen anträfe. Ja, sie wünschte es sich, sie freute sich darauf, den Gefährten wiederzusehen, so wie sie sich über die Begegnung mit Quendan gefreut hatte.

Während sie den Weg zum Hafen einschlug, dachte sie über ihre beiden Freunde nach, verglich sie miteinander und überlegte, mit welchen Worten sie Pagol, wenn sie ihn träfe, von Quendan berichten wolle. Quendan ist der schönere von beiden, dachte sie, und es mutete sie seltsam an, daß sie ihn einst, vor langer, langer Zeit, so über die Maßen abstoßend gefunden hatte. Er war hochgewachsen, ein oder zwei Finger größer als sie selbst, und trug das glatte dichte Haar offen auf die Schultern fallend. Seine Kleidung war von schlichter Eleganz gewesen, ohne unnützen Zierat – das hatte Thalionmel gefallen, und auch, wie offen er über seine Neigungen gesprochen hatte. »Das Kriegerhandwerk ist nicht die rechte Profession für mich«, hatte er gemeint. »Ich habe die Schule lange genug besucht, um das zu erkennen. Ich habe gelernt, Schwert und Säbel zu führen, so wie es meinem Stande geziemt, aber ich hoffe, daß ich diese Kenntnisse nur selten – am besten nie – werde anwenden müssen. Für dich jedoch würde ich Kettenhemd und Waffenrock jederzeit überstreifen.« – »Als mein Ritter und Retter?« hatte sie da lachend gefragt, und Quendan hatte in gespielter Zerknirschung den Kopf gesenkt und »als dein Knappe allenfalls«, gemurmelt. Und als er wieder aufblickte, ein schalkhaftes Lächeln in den dunklen braunen Augen, hatte er sie unvermittelt an den Vater erinnert, so sehr, daß es fast geschmerzt hatte.

Quendan hatte Thalionmel vom Gut in Wobran erzählt, von der Landwirtschaft, der sein Interesse galt, und von den schönen Künsten, die er von ganzem Herzen liebte. Das Mädchen entsann sich, daß er schon auf der Schule viel Talent fürs Zeichnen bewiesen hatte. Doch nun sprach er von der Malerei, von Pigmenten, Ölen und Firnissen, vom Anrühren und Mischen der Farben, von Perspektive, Verkürzung, illusionistischen Effekten – Begriffe, die sie noch nie gehört hatte. Wegen der Bildermalerei war Quendan nach Neetha gereist, denn er hatte von der Anwesenheit der Hesinde-Priester in der Stadt erfahren. Er hatte Proben seiner Kunst in eine lederne Mappe gepackt, um sie den Geweihten zu zeigen und deren Urteil einzuholen. Man hatte ihn gelobt, erfuhr das Mädchen, ihn auf die Fehler aufmerksam gemacht und ihm angeboten, an der Tempelschule zu studieren, wenn der Bau erst vollendet sei. Plötzlich hatten seine Augen geleuchtet. »Willst du sehen, was ich gemalt habe?« hatte er gefragt. »Es ist nichts Besonderes, nur Studien, aber wenn es dich interessiert, hole ich rasch meine Mappe. Sie liegt noch drüben auf dem Tisch der Geweihten.«

Seltsame Bilder waren es gewesen, dachte Thalionmel. Eines der Pergamente hatte nichts weiter gezeigt als eine Vielzahl abgeschnittener Hände – junge Hände und alte Hände, geballte und gefaltete, deutende und greifende, Hände von oben und Hände von unten. Schön hatte sie das Bild nicht gefunden, obwohl sie Quendans Kunstfertigkeit aufrichtig bewunderte, aber der Freund hatte ihr erklärt, daß es kein Bild sei, sondern eine Studie, einer Fechtetüde vergleichbar, bei der man Hiebe, Stiche, Wehren und Finten samt ihren Varianten immer wieder einübe, um sie im echten Kampf jederzeit zur Verfügung zu haben. Der Ernst, mit dem Quendan seiner Malkunst nachging, hatte Thalionmel beeindruckt, und so hatte sie ihm beim Abschied Hesindes Segen für sein Schaffen gewünscht. Und er hatte gesagt, daß er nur darum ein guter Maler werden wolle, damit er einmal ihr Abbild, mit Helm und blinkender Brünne und zum Hieb erhobenem Rondrakamm, auf eine hölzerne Tafel bannen könne.

Während Thalionmel durch die Hafengassen schlenderte, hier und dort die Tür einer Schenke öffnete, um den Blick durch den Gastraum schweifen zu lassen, wurde sie von etlichen Augenpaaren aufmerksam gemustert; Rondra-Geweihte oder -Novizen sah man nur selten in dieser Gegend. Auch verschlagenen und begehrlichen Blicken war sie ausgesetzt, was sie stets von neuem wunderte, da sie doch das Bild der Löwin auf der Brust und das Weiheband im Haar trug. Aber sie bemühte sich, die Blicke nicht zu beachten und ihre Ohren gegen geraunte Anträge zu verschließen: »Nun, schöne Kriegerin, wie wär's mit uns beiden? Mein Alrik ist ein strammer, ausdauernder Bursche – er wird dich glücklich machen.« Nein, solcherlei Herausforderungen durfte sie nicht hören, damit der Zorn sie nicht dazu verleitete, dem Beleidiger mit der Faust ins Gesicht zu schlagen. Einmal, im zweiten oder dritten Mond ihres Noviziats, hatte sie das getan, aber der Seemann hatte plötzlich ein Messer in der Hand gehalten, und während sie noch dachte: Wie unehrenhaft! Wie kann man nur bei einer Rauferei die blanke Waffe ziehen?, hatte die Klinge schon ihren Hals geritzt, und dann war der Kerl in der Dunkelheit verschwunden gewesen.

Es war mehr gewesen als ein Kratzer, und Ehrwürden Gunelde hatte sich veranlaßt gesehen, das Mädchen ernsthaft zu ermahnen. »Wenn du solche Orte nicht meiden magst, dann laß dich nicht provozieren!« hatte sie gesagt. »Dein Leben gehört der Herrin, das darfst du niemals vergessen!«

Ja, dachte Thalionmel, während sie freche Blicke und Anzüglichkeiten mit unbewegter Miene ertrug, manchmal war es wahrhaftig nicht leicht, eine Rondra-Novizin zu sein. Am härtesten traf sie das Verbot, ihr Schwert zu ziehen; einzig zur Verteidigung ihres eigenen Lebens und zur Rettung eines unschuldig Bedrängten aus Todesnot durfte sie die Waffe benutzen. Solange sie Novizin war, durfte sie keine Forderung aussprechen oder annehmen, und selbst eine Beleidigung der Göttin durfte sie nicht sühnen. »Auch wenn einer sagen sollte: ›Deine Rondra ist ein Haufen Dämonendung‹, darfst du ihn nicht erschlagen. Du mußt sagen: ›Ihr werdet von mir hören, Herr (oder Dame). Ich werde Eure Lästerung der Tempelvorsteherin melden, und sie wird entscheiden, wie Ihr zu strafen seid‹, hatte Schwertschwester Gunelde dem Mädchen erklärt, das bei den grauenhaften Worten totenbleich geworden war.

Thalionmel traf Pagol im *Zyklopenauge,* wo er bei einem Krug Bier an einem leeren Tisch saß und unsichtbare Schriftzeichen auf die Platte zeichnete. Er versuchte nicht, die Freude über den Besuch der Freundin zu verbergen. »Wie schön, dich zu sehen, stolze Novizin!« rief er. »Gilt mir dein Besuch, oder hattest du nur Lust auf ein Bier in rauher, rauchiger Umgebung?«

»Rondra zum Gruße, Pagol«, erwiderte das Mädchen. »Rauhe, rauchige Umgebung – das hast du hübsch gesagt. Mir scheint, Frau Hesinde ist dir endlich gewogen, daß sie dir Poesie ins Hirn pflanzt. Aber du bist nicht der einzige, den Sie mit ihren Gaben beschenkt. Erinnerst du dich an Quendan von Gravenanger, meinen früheren Mitzögling?«

»Gewiß, wie sollte ich ihn je vergessen?« erwiderte Pagol, und das Strahlen schwand aus seinen Zügen. »Deinen Kundschafter und Spion, den guten Menschen mit den Eiterpickeln.«

»Ach, Unfug, Pickel hat er schon lange nicht mehr. Ich habe ihn heute getroffen, und rat einmal, in welcher Kunst er sich übt!«

»Singt er vielleicht? Tanzt er auf den Zehenspitzen?« Pagol hob fragend die Brauen, um sie gleich darauf finster zu runzeln. Aber Thalionmel schien die Verstimmung des Freundes nicht zu bemerken, denn unverdrossen erzählte sie nun ausführlich von der Begegnung mit Quendan, lobte sein Talent und seine Ernsthaftigkeit und schloß ihren Bericht mit den Worten: »Und beim Abschied hat er meine Hand ergriffen, sich hinabgebeugt und sie geküßt.«

»Nun«, meinte Pagol, »da er aus Wobran kommt, wie du sagst, der Hochburg der Etikettekundigen und Benimmbewahrer, wird es mit dem Hände-Abschlecken schon seine Richtigkeit haben.« Dann starrte er schweigend auf die Tischplatte, auf der Bierkrüge und Gläser im Laufe der Zeit eine Vielzahl sich überschneidender Kreise hinterlassen hatten.

»Warum so bitter, Pagol?« fragte Thalionmel. »Quendan hat weder dich noch mich beleidigt. Ich habe mich gefreut, ihn zu sehen, aber nun ist er wieder aus meinem Leben entschwunden, und ob ich ihm noch einmal begegnen werde, ist ungewiß. Doch jetzt erzähl du! Wie ist es dir ergangen in den letzten Wochen? Hat dein Brotherr endlich eingesehen, daß du mehr Lohn erhalten mußt, da du sauberer und schneller schreibst als der zweite Schreiber?«

»Ich habe ihn vor siebzehn Praiosläufen verlassen.« Pagols Stimme klang versöhnlicher, als er nun erzählte, daß er mit ein paar ersparten Silberstücken den Marktvogt bestochen habe, ihm einen kleinen Stand zwischen den Tuchhändlern und den Korbflechtern zu überlassen, daß das Geschäft bisher recht glücklich laufe, daß er außer dem alten Schreiber Roderick am anderen Ende des Marktes keine Konkurrenz habe, daß er ein winziges Kämmerlein unterm Dach des *Zyklopenauges* bewohne und daß der Koffer mit den Schreibutensilien mittlerweile wohlgefüllt sei, wobei er den hölzernen Kasten, der neben ihm auf der Bank stand, zärtlich tätschelte. »Doch ist mir heute etwas Seltsames widerfahren«, fuhr er fort, »und wenn der

Zufall oder die Vorsehung dich nicht ins *Zyklopenauge* geführt hätte, wäre ich wohl noch zum Tempel gewandert, in der Hoffnung, dich dort sprechen zu können.« Plötzlich hielt er inne. »Jetzt ist es bald soweit«, sagte er. »In wenigen Monden wirst du volljährig und zur Knappin geweiht. Werde ich dann noch du zu dir sagen oder überhaupt noch mit dir reden dürfen – ich, ein einfacher Marktschreiber?«

»Natürlich«, erwiderte das Mädchen überrascht. »Du hast seltsame Sorgen. Außerdem ist es nicht gewiß, daß ich am Tag meiner Volljährigkeit auch zur Knappin geweiht werde, denn das habe nicht ich zu entscheiden. Doch hast du mich neugierig gemacht, und nun möchte ich erfahren, was dir Merkwürdiges widerfahren ist.«

Pagol bestellte, Thalionmels Protest nicht achtend, zwei Krüge Bier und begann erst zu sprechen, nachdem beide einen tiefen Schluck genommen hatten. »Also«, begann er, »heute war es das sechste Mal. Nein, ich muß früher beginnen. Weißt du, was ich in diesem Beutel verwahre?« Der Junge klaubte einen ledernen Beutel unter dem Hemd hervor und hielt ihn Thalionmel mit bedeutungsvoller Miene unter die Nase.

»Nun, deine Dukaten vermutlich«, erwiderte sie achselzuckend.

»Verspotte mich nicht – den letzten Dukaten habe ich gesehen, als ich Praiosschüler war. Damals lagen an manchen Tagen mehr Gold- als Silberstücke im Opferstock. Nein, in dem Beutel ist die Drachenschuppe, die wir damals auf dem Weg nach Valavet gefunden haben. Du erinnerst dich?«

Thalionmel runzelte kurz die Stirn, dann lächelte sie und nickte. »Ja, und ich glaube, ich habe damals zu dir gesagt, daß sie dir Glück bringen werde, was sie offensichtlich getan hat, da du es in weit weniger als zwei Jahren zu einem eigenen Marktstand gebracht hast.«

»Ob der Besitz ein Glück für mich ist, weiß ich nicht.« Pagol betrachtete nachdenklich den Beutel, bevor er ihn in den Ausschnitt seines Hemdes zurückgleiten ließ. »Aber ich glaube, daß die Schuppe Zauberkräfte besitzt – manchmal, mit dem heutigen sechsmal bisher, versucht sie mir etwas zu sagen. Natürlich spricht sie nicht in Worten zu mir – sie erwärmt sich und pocht wie ein Herz, wenn etwas Gutes, Schlechtes oder Seltsames geschehen wird. Nun schau nicht so mißtrauisch – auch ich habe beim ersten und auch noch beim zweiten Mal geglaubt, es müsse wohl mein eigenes Herz gewesen sein, das geschlagen, und mein eigener Sonnenpunkt gewesen sein, der sich erwärmt habe. Denn schließlich weiß sogar ich, daß ein Herz schneller schlägt, wenn man sich freut oder fürchtet, und daß man zum Beispiel beim Erschrecken unvermittelt eine Hitze im Sonnenpunkt fühlt. Nun gut, das erste Mal geschah es, als ich mich nach unserer Ankunft in Neetha auf die Suche nach einer Anstellung machte und mein Blick auf das Kontor des Getreidehändlers fiel. Da wußte ich plötzlich: Hier wirst du Arbeit und Unterkunft finden, und das fand ich ja auch. So ähnlich erging es mir neulich wieder, als ich darüber nachdachte, mich selbständig zu machen. Die Schuppe wurde warm und pochte, und ich war mir plötzlich sicher, daß ich den Marktvogt gewinnen und alles zu einem guten Ende bringen könnte, was mir ja auch gelungen ist. Bei den anderen Anlässen war nicht ich selbst es, dem etwas widerfuhr, sondern Menschen, an die ich dachte. Die Tochter des Getreidehändlers zum Beispiel, als ich an sie dachte ... Du brauchst gar nicht so spöttisch zu lächeln – ich habe kein Auge auf sie geworfen. Sie ist häßlich und zänkisch und mindestens dreißig Jahre alt ... Jedenfalls, als ich darüber nachsann, ob sie wohl weniger garstig wäre, wenn die Götter ihr einen schöneren Körper und ein schöneres Antlitz geschenkt hätten, da regte sich die Schuppe in meinem Beutel, und später erfuhr ich, daß Zelda – so heißt die Person – zum gleichen Zeitpunkt auf der Kellerstiege ausgeglitten sei und sich dabei den Arm gebrochen habe.«

»Das ist wirklich seltsam, was du da erzählst«, unterbrach Thalionmel Pagols Bericht. »Vielleicht solltest du die Schuppe einmal den Hesinde-Priestern zeigen, die in der *Grünen Schlange* abgestiegen sind. Sie können, soviel ich weiß, die magische Aura von Artefakten und anderen Dingen erkennen und ergründen.«

Pagol wiegte nachdenklich den Kopf. »Ich weiß nicht«, meinte er dann. »Denn es heißt, daß die Geweihten der Klugen Göttin jedes magische Artefakt, dessen sie ansichtig werden, sofort ihrem Tempelschatz einverleiben wollen und den Besitzer so lange überreden und bedrängen, bis er es ihnen schließlich überläßt. Ich mag die Schuppe aber nicht hergeben – weder verkaufe noch verschenke ich sie. Einzig dir würde ich sie verehren.«

»Nein, sie gehört dir! Doch erzähl weiter – bei welchen Gelegenheiten hat sie noch zu dir gesprochen?«

»Beim vierten Mal, da habe ich an den Bauern Goswin gedacht. Ich glaube, du kennst ihn nicht, aber er liefert einmal in der Woche Obst und Gemüse für die Küche des Getreidehändlers, und irgendwann hatte er mir erzählt, daß seine Kuh bald kalben werde. Um es kurz zu machen: Ich denke an Goswin und seine Kuh – warum, das mögen die Zwölfe wissen –, die Schuppe wird warm, und zwei Tage später erfahre ich, daß seine Kuh ein Kalb mit zwei Köpfen zur Welt gebracht hat. Vielleicht hast du davon gehört – es war ja in aller Munde und hat mehr Aufsehen erregt als seinerzeit das Erscheinen von diesem Wüstendämon.« Thalionmel nickte, und Pagol fuhr fort: »Das fünfte Mal kann ich nicht deuten, genausowenig wie das heutige sechste Mal. Denn einmal, das mag vor einem Jahr gewesen sein, hat die Schuppe gesprochen, als ich an deinen grausamen Oheim dachte. Damals fürchtete ich, er sei mit finsteren Absichten in Brelak oder Neetha eingetroffen, aber da du in all den vielen Monden nichts von ihm gehört hast, wird er sich wohl auf einer ausgedehnten Reise befinden, und ich kann nur hoffen, daß er vom flinken Difar heimgesucht wurde und das Leiden bis heute nicht losgeworden ist.«

Thalionmel runzelte die Brauen. »Ein Zwicken und Rumoren in den Gedärmen ist wohl kaum eine angemessene Strafe für Betrug, Raub und Mordbrennerei«, sagte sie streng, »aber fahr fort. Was ist heute geschehen?«

»Nichts. Ich habe an dich gedacht – das tue ich oft –, aber heute hat sich die Schuppe geregt, just als ich dein Bild vor meinem geistigen Auge erschuf, und das hat mir zu denken gegeben. Ich mache mir Sorgen um dich.«

»Vielleicht wollte die Schuppe dir nur meinen Besuch ankündigen«, erwiderte Thalionmel unbekümmert. »Denn sieh einmal: Alle Ereignisse, die ihrer Erwärmung folgten, waren wenig aufregend, bis auf das Kalb mit den zwei Köpfen. Lebt es noch?«

»Was? Nein. Bauer Goswin hat die Praios-Priester um Rat gefragt, und die meinten, daß ein Hexen-, Kobold- oder schwarzer Zauber hinter der Sache stecken müsse, und rieten ihm dringend – fast könnte man sagen, sie befahlen es ihm –, das Tier samt seiner Mutter zu töten, zu verbrennen und die Asche eine Meile von jeder menschlichen Behausung entfernt in einem drei Schritt tiefen Loch zu vergraben. Das war ein harter Schlag für den armen Goswin, aber er hat gehorcht... Darf ich dich begleiten, wenn du zum Tempel zurückkehrst?«

Thalionmel lachte. »Weißt du, daß mit einem Antrag zur Begleitung, den meine Mutter sich selbstverständlich verbat, die Liebesgeschichte meiner Eltern begann? Habe ich dir das jemals erzählt? Nein, das glaube ich nicht«, fuhr sie fort, und auch Pagol schüttelte den Kopf. »Nun, bei uns wird kein Traviabund dem Antrag folgen, dafür gestatte ich dir die Begleitung. Denn wenn ich es nicht tue, wirst du mir entweder heimlich in zehn Schritt Entfernung folgen oder die ganze Nacht wachliegen und morgen vor Übermüdung krumme Buchstaben schreiben. Das kann ich nicht verantworten.«

Eine halbe Stunde später machten die Gefährten sich auf den Weg. Die Travianacht war lau und sternklar, recht dazu angetan, Arm in Arm und Söldnerlieder schmetternd durch die dunklen Straßen zu ziehen. Selbstverständlich lehnte Thalionmel den dargebotenen Arm ab, aber zum Singen ließ sie sich durchaus überreden, und Pagol war überrascht, wie gut sie sich darauf verstand.

Der Junge hatte vorgeschlagen, die melancholische Ballade über Liebe und Tod des Barden Brin Olin zu singen, ein Lied, das sie beide kannten (natürlich nicht alle sechsundzwanzig Strophen). Als sie die Stelle erreichten, wo der bübische Page in des Meisters Kleidern zu der schönen Gräfin schleicht, löste sich ein Schatten aus einem Torweg. Pagol stieß die Gefährtin sacht mit dem Ellbogen an, ohne seinen Gesang zu unterbrechen, aber Thalionmel hatte die Hand schon fest um das Heft ihres Schwertes geschlossen.

Der Fremde machte nicht den Versuch, sich zu verbergen oder sich den jungen Leuten unbemerkt zu nähern. Breitbeinig und die Arme in die Seiten gestemmt stand er da; fast schien es, als erwarte er die beiden. Er war hochgewachsen und offensichtlich hochbetagt, denn sein langes Haar schimmerte silbern im Licht des Madamales. Kein Schwert, kein Säbel oder Dolch hingen an seiner Seite, aber das besagte nicht viel, wie Pagol und Thalionmel wußten.

Die Gefährten gingen weiter, zügig ausschreitend wie zuvor und den noch wachenden Bürgern davon singend, wie grob der betrügerische Page die Liebe der schönen Gräfin genoß. Als nur noch wenige Schritt sie von dem Fremden trennten, trat dieser vor und verneigte sich ehrerbietig. »Rondra zum Gruße, Baroneß«, sagte er mit einer Stimme, die Thalionmel für einen winzigen Augenblick an ferne, längst vergessene Kindertage gemahnte.

Thalionmel hatte beim Gruß des Fremden ihren Gesang unterbrochen, und auch Pagol war verstummt. »Ihr kennt mich?« stieß sie überrascht hervor. »Woher?«

»Ich kenne Euch schon lange, Baroneß«, erwiderte der Alte und starrte das Mädchen mit schwarzen Augen finster an. »Länger, als Ihr denkt, und länger, als Ihr Euch selber kennt. Doch nun entschuldigt mich – ich muß weiter.« Wieder verneigte er sich, dann wandte er sich zum Gehen. Als die ungebeugte Gestalt des Greises eben in den Schatten einer Seitenstraße tauchte, erkannte Thalionmel, wer der Fremde war. »Halt, Alter!« rief sie. »Bleibt stehen! Nun weiß ich, wer Ihr seid, und ich glaube, wir haben noch eine Rechnung offen.« Sie folgte dem Mann ein paar Schritte, wobei sie, fast ohne es zu merken, ihr Schwert halb aus der Scheide zog.

Der Fremde blieb stehen, und als er sich wiederum umwandte, schien es Thalionmel, als lächle er. »Erschlagt oder ersticht mich nur, Baroneß, wenn es Euch Genugtuung verschafft«, sagte er ruhig und breitete die Arme aus. Aber das Mädchen stieß das Schwert zornig in die Scheide zurück. »Als Novizin darf ich niemanden fordern«, erwiderte sie, mühsam das Beben ihrer Stimme unterdrückend, »auch den Freund und Beschützer meines Oheims nicht. Aber ich werde den Vorfall der Tempelvorsteherin melden, und sie wird entscheiden, wie Ihr zu strafen seid. Ihr hört von mir.« Ohne den Fremden oder Pagol eines weiteren Blickes zu würdigen, setzte sie mit großen Schritten ihren Weg zum Tempel fort.

Es dauerte nicht lange, bis Pagol sie eingeholt hatte. »War das der Mann aus Methumis?« fragte er atemlos, aber fast hundert Schritt mußte er zurücklegen, bevor er eine Antwort erhielt. »Ja, er war es, und nun bitte ich dich, mich allein zu lassen. Die Götter mögen dich auf dem Heimweg beschützen.« Der Junge blieb stehen, folgte zögernd ein paar Schritte, doch bevor er entschied, dem Wunsch der Freundin zu entsprechen, hörte er, wie sie murmelte: »Ich will nach Brelak reisen, und ich muß Fuxfell finden – ich muß ihn endlich finden!«

Noch in derselben Nacht klopfte Thalionmel an die Tür von Ehrwürden Guneldes Studierzimmer. Der Lichtschein unter der Türritze und ihr aufgewühltes Inneres verliehen ihr diese Kühnheit.

»So spät willst du mich sprechen, Kind, dann wirst du gute Gründe haben«, sagte die Hochgeweihte und bedeutete dem Mädchen, Platz zu nehmen. Sie legte das geschliffene Glas zur Seite, mit dessen Hilfe sie die klein und dicht beschriebenen Pergamente auf ihrem Schreibtisch studiert hatte, und blickte das Mädchen aufmerksam an. »Nun, nenn mir dein Begehr oder sag mir, was dich bedrückt.«

»Ich möchte nach Brelak reisen, Euer Ehrwürden, bitte erlaubt es mir«, sagte Thalionmel hastig. »Ich sehne mich nach meiner Heimat; ich möchte die Stätten meiner Kindheit endlich einmal wiedersehen. Bitte, schlagt mir diesen Wunsch nicht ab.«

Die Schwertschwester musterte das Mädchen eine Weile mit gerunzelten Brauen, bevor sie antwortete: »Ich kann nicht glauben, daß du meine nächtlichen Studien störst, um mich mit einer Bitte zu behelligen, die ich dir in den vergangenen Monden immer wieder abschlagen mußte, so wie ich es auch heute tue. Du wirst

Brelak besuchen, wenn du volljährig bist, also Ende Firun, spätestens aber Anfang Tsa. Dort geht alles seinen Gang, und bald kannst du dich selbst davon überzeugen. Doch jetzt sprich! Was ist wirklich geschehen?«

Und nun erzählte Thalionmel von der seltsamen nächtlichen Begegnung und berichtete, daß sie dem Greis schon einmal begegnet sei, und zwar in Methumis, und daß er sie damals heimtückisch daran gehindert habe, dem Oheim die verdiente Strafe zukommen zu lassen. »Er muß wohl das Werkzeug finsterer Kräfte sein«, schloß sie ihren Bericht, »da er einen Mörder und Brandstifter beschützt.«

»Soso«, meinte Gunelde ter Bersker, nachdem sie Thalionmel eine Zeitlang fixiert hatte, »du hältst ihn also für ein Werkzeug finsterer Kräfte.« Plötzlich hob sie die Stimme. »In vier Monden willst du zur Knappin geweiht werden, nicht wahr, Novizin Thalionmel von Brelak?« Das Mädchen nickte. »Das ist mein Wunsch, Euer Ehrwürden«, murmelte sie.

»Wunsch hin, Wunsch her, es wird sich finden!« Die Geweihte griff nach ihrer Sehhilfe, beugte sich über das Blatt, das ihr zunächst lag, und begann, es aufmerksam zu lesen. Gerade als Thalionmel fragen wollte, ob sie sich zurückziehen solle, hob Gunelde den Kopf. »Mir scheint, du bist nicht reif genug für die Weihe«, meinte sie dann.

Thalionmel öffnete erschrocken den Mund. »Euer Ehrwürden«, erwiderte sie fast tonlos, »welche Verfehlung habe ich mir zuschulden kommen lassen? Ich bitte Euch, sagt es mir, damit ich Buße tun und mich bessern kann.«

»Verfehlung, papperlapapp, wer redet von Verfehlung? Ich habe von der Reife gesprochen, die dir zu fehlen scheint.« Die Geweihte lehnte sich in ihrem Sessel zurück und verschränkte die Arme vor der Brust, bevor sie weitersprach. »Wozu, glaubst du, dient das Noviziat?«

Thalionmel war befremdet – warum stellte die Tempelvorsteherin ihr eine so einfache Frage? »Die Zeit des Noviziates hat den Sinn ...«, begann sie, kam jedoch nicht dazu, den Satz zu vollenden.

»Ich weiß, daß du gut gelernt hast und alles hersagen kannst. Du brauchst es nicht unter Beweis zu stellen. Aber was tust du, wenn du ein heiliges Buch liest, wenn du betest, wenn du über deine und der Herrin Queste nachsinnst? Denkst du dabei? Benutzt du hin und wieder deinen blonden Lockenkopf, um Gedanken darin zu bewegen, oder reicht es dir, kräftige Muskeln und ein reines Herz zu haben. Ja, ja, ich weiß, du grübelst viel und bist eine der ernsthaftesten Novizinnen, die ich je betreute. Warum also nistet schon so lange Jahre ein so dummer Gedanke in deinem Hirn? Wie kann eine so kluge Novizin wie du ein Werkzeug der Göttin verkennen und für ein Werkzeug finsterer Kräfte halten? Der unbekannte Greis, den du schon zweimal töten wolltest, wie du sagst, hat nicht deinen Oheim beschützt, sondern *dich*! Nun schau nicht so verständnislos – es ist doch offenkundig. Hättest du mir früher von dem Vorfall in Methumis erzählt, hättest du heute nacht einem alten Mann einen großen Schrecken ersparen können.« – »Er schien nicht im mindesten erschrocken«, wollte Thalionmel gerade einwenden, aber die Hochgeweihte ließ sie nicht zu Wort kommen. »Hast du jemals darüber nachgedacht, was geschehen wäre, wenn keiner dich gehindert hätte, mit dem Dolch auf deinen Onkel loszustürmen? Offensichtlich nicht, denn sonst müßte ich jetzt nicht meine Zeit damit verbringen, es dir zu erklären: Die Begleiter des Mordbuben hätten dich erstochen – das wäre geschehen! Sie hätten gar nicht anders handeln können. Vielleicht wäre es dir tatsächlich gelungen, den Verbrecher zu töten, obwohl auch das keineswegs gewiß ist, du jedoch hättest das Attentat wohl schwerlich überlebt. Nun, ich denke mir, daß du dir damals einen solchen Ausgang des Unternehmens insgeheim gewünscht hast. Inzwischen aber solltest du die Reife haben, einen längst vergangenen vermeintlichen Tort als das zu sehen, was er wirklich war – als deine Rettung. Denn was nützt der Göttin ein kleines totes Mädchen? Nichts, rein gar nichts!« Ehrwürden Gunelde blickte ein Weilchen nachdenklich auf die Papiere und Pergamente, dann sprach sie weiter. »Du kennst ihn nicht, sagst du, aber er kennt dich, und zwar länger, als du dich selber kennst, nicht wahr, das waren seine Worte? Dann muß er dich schon gekannt haben, als du noch ein kleines Kind warst. Und da die Begegnung mit ihm den starken Wunsch in dir erweckt hat, nach Brelak zu reisen, denke ich, daß es jemand ist, der früher dort gelebt hat. Streng dein Köpfchen an! Siehst du etwas? Erinnerst du dich?« Doch da Thalionmel den Kopf schüttelte, fuhr sie fort: »Nun, lassen wir das. Vielleicht sollte man gar nicht alle Geheimnisse zu ergründen trachten. Was nun Brelak betrifft, so gehen die Arbeiten am Gutshaus so zügig voran, daß in vier Monden die Reste des Gebäudes, die zu retten waren, instand gesetzt sein werden, und du den Anblick hoffentlich ertragen kannst. Über Einkünfte und Ausgaben der letzten vierzehn Monde hat Frau Sandström, die von uns eingesetzte Verwalterin, sehr genau Buch geführt, und wenn du Freude hast an Listen, Zahlenkolonnen und dergleichen, magst du in ihre Bücher Einblick nehmen, wann immer es dir beliebt. Sie hat auch in diesem Mond, genauso wie in den vergangenen, einen Bericht geschickt über erwähnenswerte und belanglose Ereignisse in und um Brelak. Er ist gestern angekommen. Tote gibt es nicht zu beklagen, von Umtrieben ist nichts bekannt, und Schergen deines Oheims sind auch nicht gesichtet worden. Er liest sich ähnlich wie die früheren Rapporte, doch überzeuge dich nur selbst.« Damit reichte sie Thalionmel ein gefaltetes

Pergament, das diese, ohne auch nur einen Blick darauf zu werfen, unter ihren Waffenrock schob.

»Zwei weitere Briefe haben mich erreicht, die mehr Beachtung zu verdienen scheinen«, fuhr Ehrwürden Gunelde fort. »Der eine – ein Bote brachte ihn heute nachmittag – stammt aus der Feder von Sekretarius Harnischmacher, dem ersten Schreiber des Herzogs von Methumis. Wieso man mir so wichtige Informationen erst jetzt zukommen läßt, weiß ich nicht – vermutlich ist man in Methumis ein wenig langsam, was das Denken und Schreiben betrifft. Wie dem auch sei: Harnischmacher teilt mir mit, daß eine gewisse Brinna, Edle von Efferdas, just zu dem Zeitpunkt in Keft weilte, als das Unsägliche geschah. Über die Erscheinung selbst kann sie keine Aussagen machen, da sie in besagter Nacht mit Fieber und Schüttelfrost darniederlag. Insofern ist die Dame für uns von minderem Interesse. Hochinteressant jedoch ist etwas anderes, und es empört mich, daß ich erst heute davon in Kenntnis gesetzt werde: Weißt du, wer die Edle nach Keft begleitete?«

Thalionmel schaute die Priesterin ratlos an. »Nein, Euer Ehrwürden, ich weiß es nicht.«

»Woher auch, Kind? Doch hätte ich dich morgen rufen lassen, um es dir mitzuteilen. Du bist mir zuvorgekommen, und nun stähle dich. Fuxfell, dein Oheim, war es, und vermutlich hat er das Grauen mit eigenen Augen gesehen.«

Fast wäre Thalionmel bei der Erwähnung des verhaßten Namens aufgesprungen, aber sie bezwang sich. »So, Fuxfell war in Keft«, sagte sie nur, leise und fast beiläufig. »Und ist er auch zu dem frevlerischen Irrglauben übergetreten, um seinen Sünden eine weitere hinzuzufügen?«

»Das wissen wir nicht, Tochter, aber es scheint, daß er den Verstand verloren hat. Höre, was Harnischmacher schreibt: ›Die Edle von Efferdas berichtete, daß

Zordan von Brelak ihr am Morgen nach den nächtlichen Ereignissen wie ein Wahnsinniger oder kindisch Gewordener erschien; sein Haar war ergraut, die Augen waren gerötet wie von starkem Zechen, und er antwortete weder auf ihre Ansprache, noch schien er irgend etwas zu begreifen.‹ Ja, und da hat diese Edle deinen Oheim in der Wüste zurückgelassen, und seitdem hat niemand mehr etwas von ihm gehört ... Eine feine Dame scheint mir das zu sein«, murmelte sie, wie zu sich selbst, und dann, wieder an Thalionmel gewandt, fuhr sie fort: »Ja, Kind, es ist mehr als wahrscheinlich, daß Fuxfell nicht mehr lebt. Vielleicht bleichen seine von Geiern abgenagten Knochen längst irgendwo in den sandigen Weiten der Khom. Aber es besteht auch die geringe Möglichkeit, daß er noch lebt und die Herrin dir deine Rache nicht verwehren wird. Und nun kommen wir zu dem zweiten Brief. Erinnerst du dich noch, wie dein Oheim aussah? Kannst du sein Bild heraufbeschwören, auch wenn es dir widerwärtig ist?«

Kerzengerade, noch blasser als sonst und die Hände im Schoß mehr ineinandergekrallt als gefaltet, saß Thalionmel auf ihrem Stuhl. »Selbstverständlich kann ich das«, erwiderte sie. »Wie sollte ich seine abscheuliche Dämonenfratze je vergessen!«

Plötzlich lachte die Priesterin laut auf. »Kind, du machst mir Spaß! Abscheuliche Dämonenfratze! Hast du mir nicht einmal von einem Brief erzählt, in dem deine Mutter dich vor dem Onkel warnte, da er angenehme Züge und ein einnehmendes Wesen habe? Also, noch einmal von vorn: Stell dir das Gesicht deines Oheims vor und sag mir, ob das Bild mit der Beschreibung eines der drei Männer übereinstimmt, die in dem Schreiben erwähnt werden.« Und dann verlas sie Thalionmel den Brief.

Er war von Ritter Odil verfaßt worden, einem Geweihten des Siegestempels, den Schwertschwester Gunelde nach Unau geschickt hatte, um sich ein Bild von der Lage zu machen. Bis nach Unau sei der verruchte Rastullahwahn noch nicht vorgedrungen, schrieb der Geweihte, denn die Wüstenlegion stehe fest zu den Zwölfen und ihrem Kaiser. Doch seien inzwischen alle Oasen in der Khom zu dem neuen Irrglauben übergetreten, den die Novadis (so nannten die Verblendeten sich jetzt, und es bedeutete: die erwählten (oder erleuchteten) Beni Novad) keineswegs nur mit der Gewalt des Wortes, sondern vor allem mit der des Khunchomers verbreitet hätten. Vor wenigen Wochen, hieß es weiter, seien Botschafter der Sultane, die samt und sonders dem wahren Glauben abgeschworen hätten, nach Gareth entsandt worden, um von Kaiser Eslam die Unabhängigkeit des Protektorates Khom zu fordern.

Ritter Odil hatte den Brief in Machsiz geschrieben beziehungsweise diktiert, einer kleinen Siedlung im Herzen des Shadif, mehr als achtzig Meilen südlich des Wüstenrandes und von rechtgläubigen Tulamiden bewohnt. Vor einer Woche nun, teilte er mit, habe eine wohl hundertköpfige Schar irrgläubiger Wüstenkrieger versucht, Machsiz zu unterwerfen. Drei Tage habe die Belagerung gedauert, dann, nach schweren Verlusten auf beiden Seiten, seien die Bedränger abgezogen: unverrichteter Dinge und ihre Rückkehr ankündigend. Die Anführer der Novadis hätten sich Nazir, Hahmud und Mhukkadin genannt. Und nun folgte eine Beschreibung der drei Männer.

Thalionmel lauschte aufmerksam und mit unbewegter Miene. »Dieser Hahmud kann nicht mein Onkel sein; er ist zu jung, und Fuxfell hat schwarze Augen, keine blauen«, sagte sie, als Ehrwürden Gunelde die Lektüre beendet hatte. »Mhukkadin hingegen ist zu alt und auch zu hochgewachsen; mein Oheim ist eher von mittlerem Wuchs. Was den dritten betrifft, den Nazir genannten, so bin ich mir nicht sicher. Zwar würde ich

Fuxfells Nase nicht als scharfgeschnittene Adlernase bezeichnen…« Sie schloß für einen Moment die Augen, »Nein, sie ist eher ein wenig fleischig.«

Schweigend saßen die Frauen eine Weile. Schließlich ergriff die Priesterin das Wort. »Odil hat in dem Kampf schwere Wunden von den Speeren und Säbeln der Irrgläubigen davongetragen. Das teilt nicht er selbst mir mit, sondern der Schreiber. Wir wollen beten, daß Boron ihn verschont und er bald vollständig wiederhergestellt sein wird… Ob nun dein Oheim ein Novadiführer geworden ist oder nicht«, fuhr sie nach einer nachdenklichen Pause fort, »sie werden frech, die Wüstenkinder. Sehr dreist, dieser Angriff auf Machsiz! Ich denke, in nicht allzuferner Zukunft werden sie versuchen, im Norden ins Neue Reich oder durch die Pforte von Kabash in unser schönes Land einzudringen. Ja, Tochter, ich fürchte, du wirst früher Gelegenheit haben, die ersten Heldentaten deiner Knappenzeit zu vollbringen, als wir beide gedacht hätten.«

Mit diesen Worten entließ Gunelde ter Bersker die verwirrte und bewegte Novizin.

7. Kapitel

Khorim al'Tulaicham war ein frommer und götterfürchtiger Mann. Einmal im Mond trug er den Zwanzigsten seiner Einkünfte, die ihm der florierende Seidenhandel bescherte, in Phexens Haus und den Zehnten in das des Boron, denn er hatte große Angst vor dem Tod und wollte sich den gestrengen Seelenwäger gewogen machen. Doch stets, wenn er Dukaten und Taler in die Opferschale legte, beschlich ihn das Gefühl, daß Gold und Silber nicht ausreichten, den Herrn über Leben und Tod milde zu stimmen. Als er eines Tages auf dem Markt von Unau den verwahrlosten Wahnsinnigen entdeckte, der mit schreckgeweiteten Augen die bunten Vögel in den kleinen schmucken Käfigen eines Vogelfängers beobachtete und urplötzlich und in wirren Worten den unschuldigen Tieren von Praios' Strafgericht zu predigen begann, wußte Khorim, was er zu tun hatte. Ich werde diese arme, verwirrte Seele nach Selem bringen, dachte er. Ins Kloster der heiligen Noiona. Das wird Herrn Boron wohlgefällig sein.

Als er so dachte, wußte Khorim noch nicht, daß das geringe Opfer, das er zu bringen gedachte, indem er den Fremden fütterte, tränkte und ein Reittier für ihn bereitstellte, zu einem großen Opfer werden würde. Denn die Karawane, mit der der Seidenhändler tags darauf nach Port Corrad reiste, brauchte von Unau bis Selem zwölf Tage, da sie weniger zügig vorankam, als man gehofft hatte, und so lange mußte Khorim die Gesellschaft des Verwirrten ertragen.

»Ich weiß nicht, wer er ist, wie er heißt, woher er

stammt, noch weiß ich, welches Erlebnis ihm den Verstand raubte«, erklärte er dem ernsten Bruder, der ihm die Klosterpforte öffnete. »Aber wenn er spricht, so sind es unverständliche Reden über Praios' Strafgericht und die ewige Verdammnis. Er ißt fast nichts, scheint nie zu schlafen, und«, fügte er leise hinzu, »gelegentlich benäßt er sich.« Dann holte er ein paar Goldstücke aus seinem Brustbeutel und drückte sie dem schweigsamen Noioniten in die Hand.

Als die Klostertür sich hinter Fuxfell schloß, konnte Khorim al'Tulaicham einen Seufzer der Erleichterung nicht unterdrücken.

Viele Monde vergingen, bis Fuxfell genesen war. Die frommen Brüder und Schwestern pflegten ihn mit Fürsorge und Geduld. Sie wuschen seinen ausgemergelten Körper, kämmten und kürzten ihm das Haar, schabten ihm die Wangen und kleideten ihn in eine schwarze Kutte, ähnlich der Tracht, die sie selber trugen.

In den ersten vier Wochen seines Klosteraufenthaltes war Fuxfell niemals allein. Stets wachte eine der schweigsamen Gestalten an seinem Lager, um ihm behutsam die Hand auf Stirn und Augen zu legen, sobald er aus grauenhaften Träumen schreiend auffuhr. Denn das hatten sie ihn als erstes gelehrt: die Augen zu schließen und zu schlafen.

Schwester Alara, eine kräftig gebaute Mittdreißigerin, war es, die ihn betreute, nachdem sein Körper ein wenig zu Kräften gekommen war. Sie ging an seiner Seite, wenn er im Klosterhof wandelte, stützte ihn, wenn er zu straucheln drohte, hinderte ihn, sanft, aber unerbittlich daran, sich das Haar auszuraufen, die Kutte vom Leib zu reißen oder sich den Schädel an Säulen und Mauern einzuschlagen, und sie lauschte aufmerksam seinen Selbstgesprächen. Nach vierzig Praiosläufen sprach Fuxfell den ersten verständlichen Satz. »Ich bin ein Sünder, gute Frau«, sagte er zu Schwester Alara, und diese nickte. »Wir alle sind Sünder«, erwiderte sie.

Im siebten Mond seines Klosteraufenthalts geschah es: Nach der abendlichen Andacht in der schwarzverhängten, von mild einschläferndem Rauch erfüllten Kapelle, der Fuxfell viele Wochen lang regelmäßig, aber teilnahmslos beigewohnt hatte, erhob er sich von seinem Platz und trat vor den Altar. »Herr Boron«, sagte er, »ich habe deine Gnade nicht verdient, und auch ihr, gütige Schwestern und Brüder, wißt nicht, welch Ungeheuer ihr in euren Mauern beherbergt. Doch nun sollt ihr es erfahren. Mein Name ist Zordan Fuxfell, und ich bin der abscheulichste Mensch, der je auf Sumus Leib wandelte. Durch Leichtsinn und Habgier habe ich meine arme Mutter in den frühen Tod getrieben, doch diese Sünde ist das geringste meiner Vergehen.«

So begann Fuxfells Beichte, die er vortrug, ohne zu schwanken oder mit der Wimper zu zucken, und nach deren Ende er weinend zusammenbrach.

Er weinte die ganze Nacht lang, und so lange saß Alara still auf einem Schemel, beobachtete ihn und betete für ihn. Im Morgengrauen, von dem man jedoch in dem fensterlosen Raum nichts bemerkte, erhob Fuxfell sich, trocknete die Tränen und verließ die Kapelle. Alara folgte ihm, sie folgte ihm bis zur Klosterpforte, und erst als er die Tür öffnete, sprach sie ihn an. »Was hast du vor, Zordan?« fragte sie.

»Ich werde barfuß nach Methumis gehen und den Herzog bitten, mich zu richten«, erwiderte Fuxfell, denn obwohl er sich nicht weniger vor dem Sterben fürchtete als in jener Nacht, da Praios selbst seine Seele gesehen und vor ihm ausgebreitet hatte, sah er ein, daß er den Tod verdiente.

Alara legte ihrem Pflegling beide Hände auf die Schultern und sah ihn lange an. »Ich rate dir zu leben«, sagte sie schließlich, »denn durch deinen Tod werden die, deren Leben du genommen hast, nicht wieder lebendig. Du bist ein kranker und gebrochener Mann, und du wirst nie wieder gesund und glücklich werden, aber ich sehe, daß du dem Tod nicht nahe bist. Zehn oder mehr Jahre mögen dir noch vergönnt sein. Zehn Jahre der Buße kannst du daraus machen, zehn Jahre voll harter Arbeit ohne Freude, und wenn du sie auf dich nimmst, wirst du unseren Herrn Boron milder stimmen als durch deinen schnellen Tod auf dem Rad oder dem Scheiterhaufen.«

»Schnell?« murmelte Fuxfell, und Alara nickte. »Schnell, verglichen mit zehn Jahren«, sagte sie. »Du weißt nicht, welches Leiden vor dir liegt, wenn du dich für das Leben entscheidest. Komm mit, ich werde dir zeigen, was du tun kannst.« Und dann geleitete sie Zordan Fuxfell nach Selem und führte ihn durch die morastigen Straßen der Stadt.

Soviel Schmutz, Elend, Wahnsinn und Bresthaftigkeit wie in Selem hatte Zordan niemals zuvor gesehen, obwohl er die halbe Welt bereist hatte. Durch Schlamm und Unrat führte der Weg, den Alara ihm wies. Ausgemergelte Arme, bedeckt mit eitrigen Schwären, reckten sich den Wanderern entgegen, augenlose Gesichter wandten sich ihnen zu, und die, die den Verstand verloren hatten, hörte man immer wieder dieselbe Klage singen, oder sie kicherten irr, schrill und grauenerweckend.

Gerade von den letzten gab es nicht wenige in Selem, denn die giftigen Dämpfe der nahen Sümpfe, das schleimige Wurmgetier und das garstige Schlangengezücht, das der Elenden Speise ist, verfinstern mit der Zeit das Gemüt und verwirren den Geist.

Natürlich gab es auch bessere Viertel in Selem, in denen die Reichen in steinernen Häusern wohnten, aber dort sollte Zordan nicht wirken. Nein, in der Unterstadt, wo schiefe Hüttchen, halb eingesunken im Schlamm, sich aneinanderdrängten, würde er in Zukunft leben, wenn er die Buße auf sich nehmen wollte.

Alara ließ sich Zeit bei der Führung. Langsam schritt sie voran, damit Zordan nichts entging – nicht die Kinder mit den vom Hunger aufgeblähten Bäuchen, nicht die zahnlosen Greise, die sich sabbernd im Schlamm suhlten, nicht das zottelhaarige Weib, das sich vor aller Augen in schamloser Buhlschaft einem Ziegenbock hingab. Als Alara ihrem Begleiter alles gezeigt hatte, wandte sie sich um und sah ihn fragend an. Zordan erschauderte, fuhr sich durch das kurze graue Haar und blickte gen Himmel. Dann nickte er. »Ja, hier werde ich hinfort leben und wirken.«

»Gut«, erwiderte Alara, »und nun werde ich dir sagen, wie du leben und wirken wirst. Leben wirst du unter ihnen und von der Speise, die sie dir überlassen, sei es schimmliges Brot oder gesottene Otter. Schlafen wirst du in ihren Hütten, sofern sie dir ein Lager bereiten, oder in den Ästen der Bäume, mit einer Schilfmatte als Bett und Blättern als Dach. Deine Arbeit wird folgende sein: Du wirst die Verbitterten und Gramgebeugten trösten, du wirst die Irrsinnigen besänftigen, die Kranken waschen, füttern und betten und ihre nässenden Wunden verbinden. Am Rande der Ansiedlung lebt ein Waldmensch, ein zum wahren Glauben bekehrter Schamane, der sich auf Kräuter und Heilkunde versteht; ihn kannst du um Rat fragen, welche Pflanzen du sammeln mußt, wie du Tees, Tinkturen und Salben aus ihnen bereiten kannst, um die inneren und äußeren Leiden deiner Schutzbefohlenen zu lindern. In der Stadt gibt es einen Brunnen, der recht reines Wasser führt, und der Weg dorthin ist nicht allzu weit. Wenn du aber wirklich klares Wasser brauchen solltest, dann komm zum

Kloster. Zweimal drei Meilen sind nicht zuviel, um ein Menschenleben zu retten. In unserer Gemeinschaft kannst du nun nicht mehr leben, denn deine Seele ist geheilt und der Verstand in deinen Kopf zurückgekehrt. Und dein Körper ist so weit gesundet, daß er die Entbehrungen deines zukünftigen Lebens wird ertragen können. Damit die Hoffnung auf Borons Gnade nicht der einzige Trost sei in der Qual und Finsternis, die hinfort dein täglich Brot sein werden, sei dir folgendes gewährt: Zweimal im Jahr magst du mich im Kloster aufsuchen. Wir werden gemeinsam beten und deine Seele erkunden, und vielleicht wirst du irgendwann sehen, daß eine Schuld von den vielen, die du auf dich geladen hast, gesühnt und vergeben ist.«

Alara machte ein Pause und kramte in den Taschen ihrer Kutte. Schließlich fand sie, wonach sie gesucht hatte – einen schweren ledernen Beutel, den sie Fuxfell überreichte. »Du bist als reicher Adliger nach Keft gereist, doch Khorim al'Tulaicham, der dich in Unau auflas und nach Selem brachte, hat nichts von Wert bei oder an dir gefunden, wie er sagte, und er sprach die Wahrheit. Vermutlich hat man dich bestohlen, ohne daß du es gemerkt hast. Wir jedoch entdeckten, eingenäht ins Futter deines Wamses, ein Kusliker Rad. Eine so wertvolle Münze nützt dir nicht viel in Selem, darum findest du ihren Gegenwert in Silber- und Kupferstücken in diesem Beutel.«

»Nein, nein«, wehrte Fuxfell ab, »ich brauche kein Geld, denn ich werde in den Bäumen schlafen und mich von verschimmeltem Brot ernähren. Die Taler und Heller sollen dem Kloster gehören, als Entgelt für Kost und mondelange Pflege.«

Doch Alara nahm Zordans Hände und legte den Beutel hinein. »Selbstverständlich brauchst du Geld – wenn nicht für dich, dann für andere. Du willst sicher wissen, was aus deiner Tochter und deiner Nichte geworden ist – ich glaube nicht, daß sie tot sind. Doch wie willst du es in Erfahrung bringen, wenn nicht mit Hilfe klingender Münzen? Und nun werde ich dich alleinlassen. Ich wünsche dir Kraft und Mut. Boron sei mit dir.« Mit diesen Worten wandte die Schwester sich um und ging davon.

Und so begann Zordan Fuxfells zweites Leben. Kürzer als das erste war es, entbehrungsreich und angefüllt mit harter Arbeit. Manchmal trieb die Verzweiflung ihm die Tränen in die Augen, manchmal brach er vor Erschöpfung zusammen, aber immer wieder raffte er sich auf und tat, was Schwester Alara ihm aufgetragen hatte. Gern hätte er seine geringe Gabe dafür verwandt, die Leiden der Kranken zu heilen, ihre Schwermut zu erhellen oder ihre Speise von Gift und Unrat zu befreien, aber er kannte keine heilenden, stärkenden oder reinigenden Formeln, und in Selem gab es niemanden, der sie ihm beigebracht hätte. So lag seine Gabe ungenutzt, wuchs nicht und schrumpfte nicht.

Doch so schwer Zordans Leben auch war – völlig ohne Freude, wie Alara vorausgesagt hatte, war es nicht. Sehr langsam und zögernd schlich sie sich ein, aber am Ende wurde sie zu einer größeren Quelle der Kraft, als es die Buße war und die Hoffnung, der ewigen Verdammnis zu entrinnen. Denn die Elenden und von allen Göttern Verlassenen, denen er Gutes tat, brachten ihm erst Dankbarkeit, dann Achtung und schließlich Liebe entgegen, und je mehr er selbst den Ekel vor ihnen und ihren Gebrechen überwand, um so mehr konnte er sich an ihrer Liebe erfreuen, so daß mit der Zeit aus dem Ekel Mitleid wurde und aus dem Mitleid Liebe. Und die Liebe, die er gab und die er empfing, war die zweite Quelle, aus der er Kraft schöpfte.

Sechs Jahre lang lebte Zordan Fuxfell unter den Geringsten der Geringen, und immer, wenn er nach

Sechsmondesfrist zum Kloster der heiligen Noiona wanderte, um mit Alara zu beten und seine Seele zu ergründen, war der Berg seiner Schuld ein wenig kleiner geworden und eine seiner Sünden vergeben. Man nannte ihn ›die gute Seele von Selem‹, doch hat sein Name in keine Chronik Einlaß gefunden.

In Neetha wußte man nichts von Fuxfells Läuterung und seinem segensreichen Wirken. Dort feierte man dreiundzwanzig Monde nach Beginn ihres Noviziates und (so wie sie es sich gewünscht hatte) am Tag ihrer Volljährigkeit Thalionmels Knappenweihe. Alle Geweihten hatten sich im Tempel versammelt – sogar Ritter Odil war rechtzeitig aus Machsiz eingetroffen, und obwohl seine schweren Wunden keineswegs vollständig verheilt waren, stand er während der ganzen Zeremonie gerade und aufrecht wie ein Ilmenbaum. Und um den Ring der Geweihten drängten sich die Offiziere, Soldaten und die älteren Zöglinge der Garnison, hinter diesen die rondragläubigen Bürger der Stadt, und selbst Pagol und Zulhamin hatten ihre Scheu überwunden und den Weg zu Rondras Haus gefunden. Ganz verschüchtert, mit hochgerecktem Köpfchen und auf den Zehenspitzen balancierend stand die junge Tänzerin im Schatten einer Säule, doch erst als ein Krieger sie auf seine breite Schulter hob, konnte sie die Schwester in ihrer Pracht und stolzen Freude bewundern.

Natürlich beantwortete Thalionmel die zwölf heiligen Fragen fehlerfrei, ohne zu stammeln und mit klarer Stimme; Schwertschwester Gunelde hatte nichts anderes erwartet, und auch sonst keiner der Geweihtenschaft. Die zwölf Stiche und Hiebe und die zwölf Wehren führte sie kraftvoll und genau aus, den hochgewachsenen schlanken Körper elegant und sicher in den Bewegungen.

Die Hochgeweihte hatte das Ritual, sehr zur

Freude ihrer liebsten Novizin und mit dieser abgesprochen und eingeübt, um insgesamt zwölf Attacken und Paraden mit dem Zweihänder erweitert, und als die blinkenden Rondrakämme der beiden Kriegerinnen zwölfmal funkensprühend aufeinanderschlugen, ging ein Raunen durch die Reihen der Gläubigen. Nachdem Thalionmel den Knappenschlag erhalten hatte und die Schwertschwester die heiligen, seit uralten Zeiten immer gleichen Worte gesprochen hatte, mit denen die Novizin zur Priesterin erhoben wird, nachdem sie ihr den Helm aufs Haupt gesetzt und die Schwertfibel an den Waffenrock geheftet hatte, stimmten alle Versammelten die Hymne ›Heil dir, Himmelsleuin kühn‹ an, dann zerstreuten sie sich nach und nach, doch kaum einer verließ den Tempel, ohne eine großzügige Spende in die Opferschale zu legen. Denn eine Knappenweihe ist ein seltenes, feierliches und ergreifendes Ereignis, für das man sich, sofern man dazu in der Lage ist, bei der Göttin und ihren Dienern gern mit einem beträchtlichen Opfer bedankt.

Auch Zulhamin legte ein Goldstück in die Schale und wollte sich eben davonstehlen, als Thalionmel sie erspähte. Denn das rahjagefällige Mädchen in dem roten Gewand fiel auf unter den in Metall und Leder, in weiße Waffenröcke oder blaue Uniformen gekleideten Tempelbesuchern. »Zulhamin, liebe Schwester, du hier!« rief die frischgeweihte Knappin durch die heilige Halle. »Und nun willst du dich davonschleichen, ohne mir zu gratulieren!« Da wandte Zulhamin sich um, lächelte und eilte auf die Schwester zu. Im letzten Augenblick bezwang sie ihren Drang, Thalionmel um den Hals zu fallen, sondern verneigte sich tief und sagte mit leicht bebender Stimme: »Ich gratuliere dir aufs herzlichste zur Priesterinnenweihe, Knappin Thalionmel, geliebte Schwester. Ich bin sehr glücklich und sehr stolz auf dich, und wenn deine guten Eltern, die auch mir stets wie Eltern waren, dich heute sehen könnten, so schön, stolz und kühn, würden ihre Augen gewiß vor Freude strahlen. Aber vielleicht schauen ihre Seelen ja in diesem Augenblick aus der paradiesischen Herrlichkeit auf dich herab und freuen sich deiner.«

Als Zulhamin ihre Rede beendet hatte, schimmerte es feucht in den Augen beider Schwestern, und auch der eine oder andere der umstehenden Geweihten zwinkerte verstohlen eine Träne fort.

Thalionmel umarmte die Schwester innig. »Ich werde nun mit jedem der Knappen und Ritter, außer dem verwundeten Ritter Odil, die Waffen kreuzen«, flüsterte sie Zulhamin ins Ohr. »So ist es Brauch, und das bin ich mir und ihnen schuldig. Danach, um die zwölfte Stunde, versammeln wir uns im *Löwenkrug* zu einem festlichen Mahl. Willst du dich nicht zu uns gesellen? Ich würde mich aufrichtig freuen.« Aber Zulhamin schüttelte den Kopf. »Ich passe nicht zu euch, es schickt sich nicht«, erwiderte sie. »Doch wenn du mich auch einmal bewundern willst, so komm in einer Woche in Rahjas Haus. Ich darf dann zum erstenmal vor den Gläubigen tanzen.«

Doch so mutig Thalionmel sonst auch war, in Rahjas Haus zu gehen, getraute sie sich nicht.

Acht Wochen nach ihrer Knappenweihe sollte Thalionmel die Gelegenheit erhalten, ihre erste Heldentat zu vollbringen. Eines Abends Ende Tsa ließ die Schwertschwester sie ins Audienzzimmer rufen, und als sie dort eintrat, glaubte sie im ersten Augenblick, ihren Augen nicht zu trauen. Denn rechts und links neben dem reichgeschnitzten Stuhl der Hochgeweihten standen zwei Frauen, die einem Bild im Buch über die heiligen Rondra-Orden entsprungen schienen.

Hochgewachsen waren beide – die Ältere mochte in

etwa Thalionmels Größe haben, also gut einen Schritt und vier Spann, während der jüngeren an zwei Schritt gewiß nicht mehr als ein Viertel Spann fehlte. Seltsame Helme zierten und schützten die Köpfe der fremden Kriegerinnen: Der von hinten nach vorn eingerollte Zipfel verlieh dem Kopfschutz etwas Drollig-Mützenhaftes, aber die eiserne Zackenzier, vom Scheitel bis fast in den Nacken reichend, war so wehrhaft und kriegerisch, daß einem das Schmunzeln vergehen konnte. Und auch der Ausdruck der Gesichter darunter war nicht dazu angetan, den Wunsch zu erwecken, ein Gespräch mit den Worten ›Rahja zum Gruße, holde Damen‹ zu beginnen.

Trotz des kühlen Tsatages trugen die Frauen unter eiserner Brünne und vergoldetem Schulterschutz nichts weiter als die bloße Haut, und auch die Beine waren nur durch goldene Schienen und ein kurzes, in Streifen geschlitztes ledernes Röckchen geschützt. Arme und Beine der beiden wiesen etliche braunschorfige Striemen und Schrammen auf, und um den Schenkel der älteren war ein Verband gewickelt. Der rote Fleck auf dem schmutzigen Weiß kündete davon, daß die Wunde sich noch nicht geschlossen hatte. Beide Frauen waren mit Reitersäbeln bewaffnet; ihre Halbschilde mit dem Bild der springenden Löwin lehnten an der Wand. Leibhaftige Amazonen! dachte Thalionmel beeindruckt und begrüßte die Schwertschwester und ihre Gäste mit einer knappen Verbeugung.

Kurz nach Thalionmel betraten Ritterin Yasinde und Knappin Josmine den Raum, und erst jetzt sprach Gunelde. »Rondra zum Gruß, liebe Schwestern. Es ist Besuch aus dem fernen Rashtulswall eingetroffen, von der Burg Keshal-Rondra, um genau zu sein, und zwar die Kriegerinnen Hitta«, – mit diesen Worten wies sie nach rechts, wo die Ältere stand, die sich beim Nennen ihres Namens knapp verneigte –

»und Rondirai.« Nun senkte auch die andere den Kopf zum Gruß. »Doch werden die beiden euch nun selbst erzählen, was sie so weit von ihrer heimatlichen Burg fortgeführt hat.« Gunelde lehnte sich mit finsterer Miene im Sessel zurück, und Hitta ergriff das Wort. Sie mochte Mitte der Dreißig sein, und wäre nicht ihr stattlicher Wuchs gewesen, man hätte sie getrost als typische Almadanerin bezeichnen können: Dunkles Haar quoll unter Helm und Achseln hervor, dunkel waren die Brauen, die sich fast berührten, dunkel die Augen darunter, und über den vollen Lippen erkannte man ein zartes Bärtchen. Auch wirkte ihre Gestalt, trotz der Größe, gedrungen und stämmig, denn der Hals war kurz, die Schultern waren breit, und Arme, Beine und Brüste üppig.

»Knappinnen und Ritterinnen«, begann Hitta, »nehmt unseren Gruß und den unserer Königin Sophrina entgegen. Vor zwei Monden hat sie uns ausgeschickt mit zweierlei Aufträgen. Zum einen sollten wir erkunden, wie stark an Zahl und Kampfkraft die götzendienerischen Wüstensöhne sind, die sich in den Amhalassih-Kuppen zusammenrotten. Denn immer wieder erreichten uns Berichte von Überfällen auf Dörfer und Weiler am Mittellauf des Yaquir. Ja, sie sind frech geworden, die Rastullahknechte! Zum anderen wurden wir ausgeschickt, einen Brief unserer Königin an Schwertschwester Gunelde zu überbringen und ihr von unseren Beobachtungen während der Reise zu berichten, nicht nur deshalb, weil Neetha südlichste Bastion des Rondra-Kultes ist, sondern auch aus dem Grund, daß unser Haus und der Siegestempel seit langem freundschaftliche Beziehungen unterhalten...«

Thalionmel war überrascht; seit fünfundzwanzig Monden lebte sie nun im Tempel, aber von freundschaftlichen Beziehungen zu Burg Keshal-Rondra oder der Königin, deren Namen sie gerade zum erstenmal gehört hatte, hatte sie nichts gewußt. Sie vermutete, daß es sich weniger um eine Freundschaft der Häuser handelte als vielmehr um eine persönliche, aus alten Zeiten herrührende Beziehung zwischen Gunelde und Sophrina. Seltsam, dachte sie, wenn ich eine so wichtige Tatsache erst heute erfahre, dann hat Ehrwürden gewiß noch andere und ebenso wichtige Geheimnisse. Doch kam sie nicht dazu, den Gedanken weiterzuspinnen, denn Hitta fuhr fort: »Unsere Reise verlief recht ruhig; wir hielten uns meist abseits der Straßen und ritten durch die lichten Wälder südlich des Yaquir. Zwischen Brig-Lo und Amhallah wurden wir in ein Geplänkel mit einer zehnköpfigen Schar Novadis verwickelt – so nennen die Götzenanbeter sich inzwischen. Doch die feigen Wüstensöhne flohen, als wir einen von ihnen erschlagen, einen zweiten schwer verwundet hatten und sie unsere Überlegenheit erkannten. Von uns trug keine ernste Verletzungen davon …«

Bei Rondra! dachte Thalionmel. Zu zweit haben sie zehn Krieger in die Flucht geschlagen! Dann ist es also wahr, was in den Büchern über die Körperkraft und den wilden Kampfesmut der Amazonen geschrieben steht!

»Wir«, sagte Hitta in diesem Augenblick, »das waren Rondirai, Esmalda, Gwynna, Mirtha und ich. Gwynna und Esmalda weilen nicht mehr unter uns – Rondra, belohne sie! Rondra, erhebe sie! Doch es war nicht vor Amhallah, daß sie ihr Leben ließen, um die Ehre unserer Herrin zu schützen und Ihren Ruhm zu verbreiten. Es geschah auf der alten Handelsstraße, die von Thegun durch die Pforte von Kabash in die Wüste führt. Bis dahin war nicht viel Bemerkenswertes geschehen. Es scheint, daß die Goldfelsen ein sicherer Wall sind gegen die Horden der Ungläubigen. Denn zwischen Oberfels, von wo aus wir uns nach Süden wandten, wiederum abseits vielbenutzter

Wege reitend, und Tashbar, wo die Straße von Thegun endet und der Karawanenweg nach Achan beginnt, trafen wir keine Wüstenkrieger. Hin und wieder gerieten wir mit Räuberpack, Schwarzpelzen und ähnlichem waldbewohnenden Gesindel aneinander, und da wir ihnen erst Benimm beibringen mußten, bevor wir weiterziehen konnten, verzögerte sich unsere Reise ein wenig. Einmal baten uns Waldbauern um Hilfe, da in einer nahegelegenen Höhle ein feuerspeiendes Untier hausen sollte, das sie quälte und bedrängte. Nun, das Untier erwies sich als altersschwacher Baumdrache, der sich zum Sterben in die Höhle zurückgezogen hatte und dem wir den Gnadenstoß gaben, ihm selbst und den verängstigten Bauersleuten zum Gefallen. Wie gesagt, wenig bemerkenswerte Vorfälle. In Tashbar jedoch kam es zur ersten und einzigen ernstzunehmenden Auseinandersetzung mit den frevlerischen Götzenanbetern. Ich hoffe, es langweilt Euch nicht, den ausführlichen Bericht nach unserer Ankunft nun ein zweites Mal in knapper Form zu hören«, wandte sie sich an Ehrwürden Gunelde, doch diese schüttelte fast unwillig den Kopf.

»In Tashbar gibt es eine Karawanserei«, fuhr die Amazone fort, »und diese überfielen die feigen Wüstensöhne bei Nacht. Esmalda und Gwynna hatten Wache gehalten. Es war eine windige Nacht, und die Blätter der Palmen und Ilmen rauschten. Wegen des Brausens hörten sie wohl nicht, wie die tückischen Novadis heranschlichen. Fragen konnten wir sie nicht mehr, denn als wir vom Kriegsgeschrei der Angreifer geweckt wurden, lagen sie schon, von deren Speeren tödlich getroffen, in ihrem Blut. Mit Hilfe der tapferen Händler und der Bewaffneten, die wie wir zur Nacht den Schutz des Hauses gesucht hatten, gelang es uns, die Wüstenkrieger zurückzuschlagen, aber drei der Unsrigen fielen, zwei wurden verwundet, und die Brandfackeln, die die Elenden in den Innenhof geschossen hatten, entzündeten die Ställe, so daß etliche Kamele und Pferde elendiglich in den Flammen umkamen. Mirtha wurde bei dem Gefecht so schwer verletzt, daß wir sie bei einer rondragläubigen Schmiedin in Kabash zurücklassen mußten.«

Offenbar war der Bericht hier zu Ende, denn Hitta schwieg mit finsterer Miene, und auch sonst sagte niemand ein Wort. In den folgenden Augenblicken des Gedenkens an die Gefallenen und der stummen Fürbitte für ihre Seelen wurde Thalionmels Blick, den sie zuvor starr auf Hittas Antlitz geheftet hatte, von Rondirais Gestalt angezogen, und ihr ging durch den Kopf, wie gut es sei, daß die schöne stolze Frau so glimpflich davongekommen war. Aufrichtig und mit Anteilnahme für die Gefallenen zu beten, wie alle anderen es offensichtlich taten, wollte ihr nicht gelingen, zum einen, weil sie durch Rondirai abgelenkt war, zum anderen, weil sie plötzlich spürte, daß der Tod völlig fremder Menschen sie nicht wirklich berührte.

Hätte Rondirai ein Stirnband getragen, eine Kette von Seetigerzähnen um den Hals und unter dem Gürtel ein Wurfbeil, hätte wohl jeder ihre Heimat in Prem oder Olport vermutet. Ihr langes Haar war von gelblichem Rot, und die Augen waren blaugrün wie das Meer im Norden. Auf ihre Haut, ursprünglich wohl so weiß wie die Thalionmels, hatte die Sonne so viele bräunliche Punkte gemalt, daß sie hier und dort miteinander verschmolzen und der Gesamteindruck weniger ein heller oder ein gesprenkelter war als vielmehr ein wind- und wettererprobter. Rondirai – Thalionmel schätzte ihr Alter auf Mitte oder Ende Zwanzig – war schlanker als ihre Gefährtin, aber nicht schmal, wie es bei sehr hochgewachsenen Menschen bisweilen der Fall ist. Prächtige Muskeln zierten Schultern, Arme und Beine, und man sah an Haltung und Ausdruck der Frau, daß sie sich ihrer Kraft bewußt war und Freude daran hatte.

Bisher hatte Rondirai nicht gesprochen, und als sie nun, nach einer angemessenen Frist des Schweigens, das Wort ergriff, war Thalionmel von der rauhen, dunklen Färbung der Stimme angenehm berührt. »Kriegerinnen«, sagte sie, »unser Auftrag ist erfüllt, und morgen werden wir in die Heimat zurückkehren. Es ist der Wunsch eurer Schwertschwester, daß zwei oder drei von euch uns begleiten und uns beim Transport der verletzten Mirtha behilflich sind. Ist es auch euer Wunsch?«

»Ja, es ist unser Wunsch«, erklang es wie aus einem Mund.

»Dann nennt uns eure Namen, wenn ihr so freundlich sein wollt.« Ein Lächeln, schwer zu deuten, umspielte Rondirais Mundwinkel.

Yasinde, die älteste und schon seit sechs Jahren Ritterin, trat als erste vor. »Mein Name ist Yasinde von Feyhacht; ich habe vor sechs Jahren die Weihe zur Ritterin des Schwertbundes erhalten«, sagte sie mit einer knappen Verbeugung. Josmine war die nächste. Als sie vortrat, bemerkte Thalionmel, daß die Freundin, genauso wie sie selbst, von einer seltsamen Erregung, halb Freude, halb Scheu, ergriffen war. Auch klang ihre Stimme ein wenig belegt, als sie nun sprach. »Ich heiße Josmine von Chetoba-Brüggen und bin Knappin des Schwertbundes. Erlaubt Ihr, daß mein Verlobter Stipen Yaquirbrück mit uns reist? Er ist ein erfahrener und gewandter Kämpfer und könnte uns von großem Nutzen sein.«

Wie kann sie nur aus lauter Verliebtheit eine so dumme Bitte vorbringen? ging es Thalionmel durch den Kopf. Jedes Kind weiß doch, daß Amazonen nicht viel von Männern halten. Und wie um ihre Gedanken zu bestätigen, schüttelten Hitta und Rondirai in diesem Augenblick die Köpfe. »Wir schätzen die

Gesellschaft von Männern nicht sonderlich«, sagte die Jüngere, »und auf der Reise wird sich keine der seltenen Gelegenheiten ergeben, wo wir uns mit ihnen abgeben.«

Betroffen über die Abfuhr und verlegen, weil sie einen offensichtlich unpassenden Wunsch geäußert hatte, trat Josmine zurück.

Nun kam die Reihe an Thalionmel. Sie hatte genug Zeit gehabt, ihre Worte zu wählen und entschieden, daß eine weniger umständliche Vorstellung als die ihrer Vorgängerinnen gewiß einen günstigeren Eindruck machen würde. »Thalionmel von Brelak, Knappin«, sagte sie, wobei sie Rondirai fest in die Augen blickte.

»Nun, dann wäre die kleine Truppe ja vollzählig«, sagte Rondirai. »Schön, daß ihr alle ›von‹ heißt.« Wieder trat das seltsame, unergründliche, ein wenig spöttische Lächeln auf ihre Züge. »Aber in unserer Gemeinschaft spielen Adelstitel und kirchliche Ränge keine Rolle. Deshalb schlage ich vor, daß wir uns beim ersten Namen nennen und du zueinander sagen, damit es auf dem langen Weg bis zum Rashtulswall nicht allzuviel Verwirrung und kein zu großes Durcheinander gibt.«

Die drei Geweihten nickten. »So soll es sein«, sagte Yasinde.

Am nächsten Morgen, nach der Schwertfeier und einem einfachen, schweigend eingenommenen Frühmahl ritten die fünf Frauen davon. Thalionmel hatte in der vorangegangenen Nacht nicht viel geschlafen – vielerlei und widersprüchliche Gedanken hatten sie heimgesucht und am Schlummern gehindert. Auch hatte sie zwei Briefe schreiben müssen, einen an Zulhamin und einen an Pagol. Am gestrigen Abend war keine Zeit mehr geblieben, die Schwester und den Freund zu besuchen und persönlich Abschied von ihnen zu nehmen. Doch ohne Segenswünsche, tröstende und aufmunternde Worte wollte sie nicht von den beiden scheiden. Denn eine lange, weite Reise lag vor ihr, von der sie, wenn es Rondras Wille war, nicht zurückkehren würde. Das wußte sie, doch wünschte sie es nicht. Wenn ich sterbe, werde ich Dere verlassen, ohne ein einziges Mal Zulhamins Tanzkunst genossen zu haben, dachte sie, und plötzlich wurde ihr klar, wie sehr sie an der Schwester und an den anderen Menschen hing, die sie in den vergangenen Monden und Jahren kennen- und schätzen gelernt hatte.

»Nehmt die Straße, wenn ihr zurückreist, liebe Töchter«, hatte Ehrwürden Gunelde beim Abschied gesagt. »Das ist schneller und sicherer. Und macht mir und unserem Hause auf Keshal-Rondra keine Schande!« Dann hatte sie die Frauen gesegnet und war so lange im Tempeleingang stehengeblieben, bis die fünf Reiterinnen ihrem Blick entschwunden waren.

Es war ein herrlicher Tag zum Reisen. In der Nacht war ein warmer Südwind über das Land gezogen und hatte die Knospen der wilden Kirschbäume so lange umschmeichelt, bis sie sich zaghaft geöffnet hatten. Nun schimmerte es hier und dort weiß zwischen den schwarzen Stämmen der noch unbelaubten Bäume und den immergrünen Gewändern von Zypressen und Föhren. Die Sonne wärmte am Morgen nur wenig, denn der Südwind war weitergezogen und hatte einem frischen Westwind das Feld überlassen, doch um die Mittagsstunde hatte sie so viel an Kraft gewonnen, daß es keinen Zweifel mehr gab: Der Frühling hatte Einzug gehalten.

Die fünf Kriegerinnen ritten in zwei Gruppen – Hitta und Rondirai voraus, Yasinde, Josmine und Thalionmel dahinter. So hatte es sich wie selbstverständlich ergeben. Doch während die drei Geweihten stumm ihren Gedanken nachhingen, hörte man es vorn zuweilen schallend lachen. Die beiden Amazonen waren offensichtlich bester Dinge und erzählten einander Schwänke aus ihrem Leben.

Thalionmel verspürte hin und wieder den starken Drang, sich zu den stolzen Frauen zu gesellen, aber etwas hielt sie davon ab. Sie hätte nicht behaupten können, daß Hitta und Rondirai überheblich oder abweisend gewesen wären, doch merkte man an jeder ihrer Äußerungen, an ihren Blicken und der Sprache ihrer Körper, daß sie die drei Geweihten für fromme Schwestern, nicht jedoch für zünftige Kriegerinnen hielten. Das Verhältnis der beiden zueinander aber war herzlich und vertrauensvoll, wenn auch recht rauh.

Die seltsame Fremdheit blieb den ganzen Tag über bestehen, und auch beim Rasten kam das Gespräch nicht über eine höfliche Konversation hinaus. Man hatte beschlossen, bis Kabash die Straße und von dort den Weg durch die Wälder zu nehmen. Genächtigt werden sollte jedoch abseits belebter Orte und menschlicher Siedlungen, um das Aufsehen, das die fünf kriegerischen Gestalten erregten, möglichst gering zu halten.

Es zeigte sich, daß Hitta und Rondirai sich auf das Wildnisleben weit besser verstanden als Thalionmel und ihre Gefährtinnen. Die Amazonen wählten den Lagerplatz mit solcher Sicherheit, schlugen so geschwind ein paar junge Bäumchen und banden sie dermaßen flink und geschickt zu einem Zeltgestänge zusammen, über das sie die mitgeführten Planen breiteten, daß die drei Geweihten sich in ihrem Bemühen, den beiden zur Hand zu gehen und sich nützlich zu machen, recht unbeholfen, wenn nicht gar hinderlich fühlten. Und bei allen Handreichungen, allen gut aufeinander abgestimmten und mit gelassener Selbstverständlichkeit ausgeführten Arbeiten scherzten die beiden und neckten sich mit Worten und Anspielungen, deren Sinn sich Uneingeweihten nicht erschloß.

Außer unserer Liebe zur Herrin und einigen Gebeten haben wir nicht viel gemeinsam, dachte Thalionmel. Sie ließ den Blick zu Rondirai schweifen, wie sie es im Verlauf des Tages recht oft getan hatte. Die Amazone war eben dabei, sich ihrer Panzerung zu entledigen. Auch Hitta entkleidete sich; offensichtlich hatten die beiden vor, ein Bad im nahen seichten Weiher zu nehmen. Wie ungeniert sie voreinander und in unserem Beisein ihre Körper entblößen, dachte die Knappin, doch fand sie nichts Unschickliches am Verhalten der beiden, eher schon an ihrem eigenen Blick, den sie kaum von den schönen starken Frauenkörpern lösen konnte und der immer wieder zu diesen zurückkehrte.

Die Sonne schickte sich an, in den schwarzen Zackenrand des Föhrenwäldchens am westlichen Horizont zu tauchen. Rotgoldene Strahlen hüllten Landschaft und Menschen in ein schmeichlerisches warmes Licht, in dem die Amazonen ihre vom Reiten steifen Glieder wohlig streckten und dehnten. Schön anzuschauen waren beide, doch wirkte Hittas robuster Körperbau mit den kräftigen Hinterbacken, den schweren Brüsten, dem kleinen Speckpolster unterhalb des Nabels und dem üppigen dunklen Schambusch weniger anziehend auf Thalionmel als Rondirais fast jünglingshafter Wuchs. Zwar waren die Frauen, wie alles ringsumher, vom rötlichen Schein der Abendsonne übergossen, doch sah man am Körper der jüngeren deutlich einen farblichen Unterschied zwischen den Teilen, die ständig Luft und Licht ausgesetzt waren, und den anderen, die Praios Strahlen niemals liebkosten. Rosig hell schimmerte Rondirais Torso, zart und verletzlich wirkte hier die Haut, aber der breite Brustkorb mit den festen Halbkugeln, der sich unter den tiefen Atemzügen hob, und die deutlich sichtbaren Muskeln an Bauch und Flanken kündeten von großer Kraft und Zähigkeit. Wie sie so dastand, der Sonne zugewandt, als einzigen Schmuck und einziges Kleid ihr langes rotes Haar tragend, die Beine gespreizt, den Kopf leicht in den Nacken gelegt, um mit geschlossenen Augen die letzten warmen Strahlen zu genießen, und die Arme mit den zu Fäusten geballten Händen in den Himmel gereckt, bot sie ein Bild vollendeter rondragefälliger Schönheit.

Das müßte Quendan malen! dachte Thalionmel. Diese ist wahrlich groß und schön – größer und stärker als ich. Wie mag es sein, mit ihr zu ringen ... so wie sie jetzt ist ... nackt ... und eingeölt wir beide ... Da erklang als Hittas Stimme: »Was ist, edle Damen, wollt ihr kein Bad nehmen? Schätzt man in Geweihtenkreisen den würzigen Duft eingetrockneten Schweißes?«

So seltsam und befremdlich es Thalionmel auch erschien, sich in Gegenwart der fremden Amazonen und der vertrauten Gefährtinnen zu entkleiden, sie tat es mit unbewegter Miene. Und auch beim anschließenden Bad im Weiher gab sie sich so, als gehörte gemeinschaftliches nacktes Baden in eiskaltem Wasser zu ihren täglichen Gewohnheiten.

Zum Ringen kam es nicht mehr an diesem Abend, und auch geplaudert wurde nur wenig. Man bereitete ein einfaches Mahl aus den mitgeführten Speisen, teilte Wachen ein und legte sich zur Ruhe.

Am Morgen des dritten Tages erreichte die kleine Schar Kabash. Die Frauen hatten im nahen Wald genächtigt und trafen schon um die achte Stunde bei der Schmiedin Girte ein, wo die verwundete Mirtha zur Pflege untergebracht worden war. Zu aller Freude empfing Mirtha ihre Gefährtinnen wohlauf und fast völlig wiederhergestellt. Denn Girte hatte vor zwei Tagen von einem reisenden Alchimisten ein

Fläschchen hochwirksamen Heiltrankes erworben, der die Blutung zum Stillstand gebracht und die Wunden geschlossen hatte. So war die Amazone – sie hatte viel Blut verloren – zwar noch ein wenig blaß und nicht gänzlich im Besitz ihrer Kräfte, aber willens und durchaus in der Lage, sich im Sattel zu halten und die weite Reise anzutreten.

Mirtha war die jüngste der Amazonen, sechzehn Jahre alt wie Thalionmel und nicht größer als Josmine – einen Schritt und achtunddreißig Finger. An der fast zärtlichen Sorge, die Hitta und Rondirai der jungen Gefährtin entgegenbrachten, sah Thalionmel, daß die Umgangsformen auf Burg Keshal-Rondra keineswegs immer rauh und ruppig waren, und diese Beobachtung freute sie.

Mirtha mit den braunen Locken, der Stupsnase und den treuherzigen braunen Augen war es zu verdanken, daß Geweihte und Amazonen sich mit der Zeit etwas näherkamen. Man ritt zu zweit, wenn der Weg es erlaubte, und Mirtha gesellte sich bald Yasinde, bald Josmine, am häufigsten aber Thalionmel zu. Sie fragte unbekümmert nach dem Leben im Siegestempel, nach heiligen Bräuchen und Ritualen und erzählte mit der gleichen Offenheit von den Sitten und Gesetzen, die das Leben einer Amazone bestimmen.

»Trauert ihr gar nicht um eure toten Gefährtinnen?« fragte Thalionmel, als wieder einmal Hittas dröhnendes Lachen durch den Wald klang.

»Natürlich trauern wir um sie«, erwiderte Mirtha überrascht. »Siehst du nicht den Schmerz in Rondirais Augen, auch wenn sie spöttisch den Mund verzieht? Gwynna war ihre beste Freundin, ihre Halbschwester. Aber warum sollen wir den Gram nach außen tragen? Er betrifft ja nur uns selbst, ist selbstisch gar, wenn man es genau nimmt. Wir trauern um uns, weil wir liebe Freundinnen verloren haben und in diesem

Leben niemals wiedersehen werden. Um Gwynna und Esmalda müssen wir nicht trauern – sie sind längst in die Herrlichkeit von Rondras Hallen eingegangen. Doch nun erzähl mir von den zwölf Heldentaten, die eine Knappin vollbringen muß, um zur Ritterin geschlagen zu werden. Wie viele sind es, die dir noch fehlen?«

»Alle«, erwiderte Thalionmel seufzend. »Ich bin ja erst vor vier Wochen geweiht worden.« Denn das war ihr einziger Verdruß auf der Reise: daß sich bisher keine Räuberbande, keine Horde Schwarzpelze und erst recht keine Schar mordlüsterner Wüstensöhne hatte blicken lassen, bei deren Bezwingung sie sich den ersten Ruhm ihres Knappendaseins hätte erwerben können. Aber auch der fünfte Tag verlief so ruhig wie die vorangegangenen, und die wilden Tiere zogen es vor zu fliehen, statt die kriegerischen Frauen anzugreifen.

Rondirai hatte während des Rittes ein junges Reh erlegt; Mirtha und sie verstanden sich ausgezeichnet auf den Umgang mit Pfeil und Bogen. An den Sätteln ihrer Pferde waren breite, mit Gold und bunten Ornamenten geschmückte Köcher befestigt, die nicht nur die Pfeile bargen, sondern in einem abgetrennten Fach auch die seltsam zierlichen Bögen. Und Hitta jagte mit dem Speer. Immer wenn eine der drei sich davonmachte, ihr Jagdglück zu erproben, spürte Thalionmel einen Anflug von Neid; sie selbst hatte den Umgang mit Schuß- und Wurfwaffen niemals wirklich gelernt und im Lauf ihrer Ausbildung nur ein paarmal zum Spaß auf eine Strohscheibe geschossen. Aber mit der blanken Waffe bin ich ihnen ebenbürtig, dachte sie, nahezu jedenfalls.

Seit dem zweiten Tage war es in der kleinen Schar Brauch geworden, abends, wenn das Nachtlager gerichtet und das Licht noch nicht gänzlich erloschen war, die Klingen zu kreuzen. Sie taten es sich selbst zur Freude, Rondra zu Gefallen und um nicht aus der Übung zu kommen, aber – und das wußte jede – auch zum Kräftemessen. Thalionmel gab stets ihr Bestes, focht konzentriert und verbissen, und deshalb nagte es an ihr, daß Rondirai sie heute, nach einer mißlungenen Finte, leicht und lächelnd entwaffnet hatte. Doch am demütigendsten hatte sie die Trostworte der Amazone empfunden. »Mach dir nichts draus – ich bin zehn Jahre älter als du und zehn Jahre erfahrener. Außerdem studierst du gewiß viel, so blaß, wie du bist, und mit Bücherwissen kann ich nun gar nicht aufwarten.«

Sie nehmen uns nicht ernst, dachte die junge Frau, wie oft in den vergangenen Tagen, und beobachtete grimmig den duftenden Braten, den Mirtha an einem Spieß über dem Feuer drehte. Sie glauben nicht, daß wir wirklich zu Kriegern erzogen werden. Sie halten, was wir tun, für ein Spiel, für rondragefällige Leibesübungen, wie Hitta einmal gesagt hat. Sie haben Ritter Odils Wunden nicht gesehen! Sie wissen nichts von Ritterin Sybia, die im ehrenhaften Zweikampf gefallen ist... Wenigstens hat Yasinde sich wacker geschlagen, obwohl diese Hitta mindestens zwölf Stein schwerer ist und mehr Wucht in ihre Hiebe legen kann...

»Was ist?« erklang in diesem Augenblick Rondirais rauh-klangvolle Stimme. »Immer noch verdrießlich wegen der Niederlage?« Die Amazone ließ sich neben Thalionmel im dürren Gras nieder und schaute sie eindringlich an.

»Verdrießlich bin ich, weil ich nun für Wochen oder Monde keine Gelegenheit haben werde, mit dem Zweihänder zu fechten«, log die Knappin. »Und wenn ich zurück in Neetha bin, kann ich wieder von vorn anfangen.«

Rondirai hob die Braue. »Man ficht mit dem Zweihänder? Respekt, Respekt.« Wieder ließ sich der

Ausdruck ihres Gesichtes schwer deuten. »Aber du mußt auf die liebe Waffe nicht so lange verzichten, wie du fürchtest. Zwar beherrscht keine von uns dreien den Umgang damit, und auch die meisten anderen Schwestern nicht – wir sind Reiterinnen, und vom Pferderücken aus kämpft es sich nun einmal mit dem Säbel am besten –, aber einige gibt es doch auf Keshal-Rondra, die mit dem Söldnerding umgehen können. Unsere Königin Sophrina zum Beispiel weiß es vorzüglich zu schwingen, auch Girte, unsere Waffenmeisterin, und die graue Rondriane, Hittas frühere Amme... Wie wär's mit einem kleinen Ringkampf?« fragte sie unvermittelt und sprang auf. »Hast du Lust?«

Natürlich hatte Thalionmel Lust, auch wenn sie ahnte, wie der Kampf enden würde. Während sie Waffenrock und Kettenhemd über den Kopf zog, befreite Rondirai sich flink von Brünne und Röckchen und stand schon bereit, nackt und mit blitzenden Augen, als die Knappin noch an ihrem wollenen Untergewand nestelte.

Plötzlich spürte Thalionmel, wie ihr das Blut in die Wangen stieg. Sie faßte den Saum des Hemdes, zog es ein wenig nach oben, ließ es wieder fallen und konnte sich nicht entschließen, es abzulegen.

»Willst du im Hemdchen ringen?« Rondirai lachte. »Du brauchst keine Angst zu haben, daß ich dir in die Knospen kneife oder an den blonden Kräuselhärchen ziehe. Nun mach, wir haben nicht den ganzen Abend Zeit!« Da streifte die junge Geweihte rasch das Hemd ab.

Der Kampf war ungleich, wie Thalionmel es vorausgesehen hatte. Sie selbst war keine sonderlich gute Ringerin, denn seit Beginn ihres Noviziates hatte sie sich in den waffenlosen Kampftechniken nicht ernsthaft geübt, da diese im Siegestempel kein allzu hohes Ansehen genossen. Bei den Amazonen hingegen schien Ringen zu den täglichen Pflichten und Freuden zu gehören – Rondirai und Hitta rangen fast jeden Abend, und selbst Mirtha mochte trotz ihres immer noch angegriffenen Gesundheitszustandes nicht gänzlich darauf verzichten. Kaum hatte der Kampf begonnen, als Thalionmel schon am Boden lag und Rondirai über ihr war. Und nach einem kurzen verzweifelten Gerangel bot sich der Amazone die erste Gelegenheit, die jüngere Gegnerin auf die Schultern zu zwingen. Aber sie tat es nicht – sie ließ Thalionmel entkommen, ließ sogar zu, daß diese sich erhob und für den zweiten Angriff vorbereitete. Doch auch diesem Durchgang wäre keine längere Dauer beschieden gewesen, hätte die Amazone nicht darauf verzichtet, einen offenkundigen Schrittfehler der Knappin zum eigenen Vorteil zu nutzen. Thalionmel bemerkte es, so wie ihr nicht entging, daß Rondirai nicht mit voller Kraft kämpfte. Offensichtlich wollte sie die Gegnerin erst ein wenig zappeln lassen, bevor sie ihr zeigen würde, wer die Stärkere war. Was geht hier vor? dachte Thalionmel. Will sie mich vorführen, mit mir spielen wie die Katze mit der Maus? Zornig hakte sie den Fuß um Rondirais Bein und setzte zugleich einen Kreuzgriff an, mit dem sie die Amazone zu Fall bringen wollte. Als sie aufschaute, traf ihr Blick den der Gegnerin. Rondirai lächelte, aber es lag keine Überheblichkeit in diesem Lächeln. Und ihre Augen blitzten, doch nicht aus Spottlust, sondern vor Freude und etwas anderem, das Thalionmel nicht verstand oder verstehen wollte.

»Du bist nicht schlecht«, raunte Rondirai in diesem Augenblick, »nur zu wütend und zu zappelig.« Es hatte sie wenig Anstrengung gekostet, sich aus Thalionmels Griff zu entwinden. Nun drehte sie der Gegnerin die Rechte auf den Rücken, fest und schmerzhaft, so daß es nicht mehr lange dauern konnte, bis diese zu Boden ging. Als Rondirai weitersprach, ging ihr Atem kaum schneller als zuvor, während Thalionmel sich selbst kurz und stoßweise atmen hörte. »Du wirst mich nicht bezwingen«, flüsterte Rondirai, und das folgende Kichern klang fast zärtlich. »Niemals, auch wenn du noch so verbissen kämpfst, denn im Ringen bin ich die Beste auf Keshal-Rondra. Aber ich kann es dir beibringen und eine gute Ringerin aus dir machen, wenn du magst.« Sie lockerte den Griff ein wenig, faßte derb in Thalionmels Schopf und zwang diese, sie anzusehen. »Nun, magst du?«

Wie es geschehen war, hätte Thalionmel nicht zu sagen gewußt, aber plötzlich stand sie aufrecht, den feuchten Leib fest gegen den der Amazone gepreßt und unfähig, die auf dem Rücken gefesselten Arme zu bewegen. Wie stark sie ist, ging es ihr durch den Kopf. Und wie geschmeidig sie sich bewegt! Wie eine Leopardin aus den Rashtulsbergen. – »Ja, ich will«, sagte sie, »sei meine Lehrmeisterin!«

Die folgende Lektion währte kaum eine halbe Stunde, aber am Ende hatte die völlig erschöpfte und schweratmende Thalionmel das Gefühl, in der kurzen Zeit mehr gelernt zu haben als in den gut zwei Jahren auf der Schule. Das Ringen hatte ihr Spaß gemacht wie nie zuvor, und auch Rondirai hatte es genossen, daran gab es keinen Zweifel.

Nach Rondirai und Thalionmel rangen Yasinde und Hitta, und nun zeigte sich, daß Thalionmels Lehrerin aus alten Zeiten, mit der sie, seit man du zueinander sagte, nur noch wenig sprach, eine ausgezeichnete Ringerin war. Es gelang der Geweihten tatsächlich, die weit schwerere Hitta auf den Rücken zu werfen und so lange am Boden zu halten, bis das kleine Publikum bis zwölf gezählt hatte und der Sieg der ihre war. »In Kuslik, wo ich zur Schule gegangen bin, stand Ringen auf dem Lehrplan«, meinte sie mit kaum verhohlenem Stolz, »und ich war stets die Jahrgangsbeste.«

Ein purpurner Schein färbte den westlichen Horizont, als die sechs Kriegerinnen sich zum Mahl niederließen. Mirtha hatte einen vorzüglichen Braten bereitet, und alle langten kräftig zu. Diesmal gab es mehr zu erzählen: Yasinde und die Amazonen plauderten über das Ringen, über erlaubte und verbotene Griffe im besonderen und den waffenlosen Kampf im allgemeinen. Doch als die ersten Sterne aufgingen, verstummte das Gespräch nach und nach, und Hitta und Josmine, denen die letzten Wachen zugefallen waren, begaben sich zur Ruhe.

Seit die Gruppe aus sechs Frauen bestand, wurden abends zwei Zelte gebaut; in dem einen schliefen die Amazonen und in dem anderen Ritterin Yasinde und die beiden Knappinnen – so hatte es sich am ersten Abend ergeben, und dabei war es bis jetzt geblieben. Das Wachen wurde weniger streng gehandhabt – man loste oder würfelte die Reihenfolge aus, wie Rondirai vorgeschlagen hatte. Nur Mirtha wurde in den ersten zehn Nächten kein einziges Mal geweckt, sosehr sie auch beteuerte, kerngesund und völlig wiederhergestellt zu sein.

»Schau, Thalionmel, die Stute«, sagte Rondirai und wies zum Himmel, »die süße Rahja.« Thalionmel tat, als folge sie Rondirais Finger, und blinzelte zum nächtlichen Firmament hinauf. Sie sah die verschwommenen, helleren oder blassen Lichtpunkte so wie in jeder sternklaren Nacht, aber da sie aus Erfahrung wußte, daß es ihr nicht gelingen würde, diese Punkte durch imaginäre Linien zu Bildern zu verbinden, wie man sie in sternkundlichen Büchern fand, und die der Vater, Pagol, Quendan, Josmine und offensichtlich auch Rondirai ganz deutlich am Himmel sahen, machte sie sich nicht die Mühe, das Sternbild zu suchen. »Ich verstehe nicht viel von Sternkunde«, murmelte sie, ließ sich ins Gras sinken und schloß die Augen.

»Das Schwert und die Stute sollte jeder kennen«, mischte Mirtha sich ein, und nun entspann sich zwischen ihr und Yasinde eine angeregte Unterhaltung über Sterne, Sternbilder und andere nächtliche Lichterscheinungen.

»Ich kann sie mir alle nackt vorstellen«, sagte Rondirai unvermittelt. Sie hatte sich nicht an dem Gespräch beteiligt und stumm, wie schlafend neben Thalionmel im Gras gelegen.

»Wen? Die Sterne? Die Irrlichter?« fragten Yasinde und Mirtha gleichzeitig.

»Unfug, die himmlischen Frauen. Ich habe es versucht, während ihr über Wandelsterne, Nord-, Süd- und Irrlichter geplappert habt, und ich kann es. Bei Rahja war es leicht, aber auch bei Rondra ist es mir nicht schwergefallen. Tsa und Hesinde waren nicht ganz einfach, aber es ist möglich, es paßt zu Ihnen, und selbst der mütterlichen Peraine und der sittsamen Travia raubt die Nacktheit nichts von Ihrer göttlichen Erhabenheit.«

Thalionmel wußte nicht, was sie von Rondirais seltsamem Zeitvertreib halten sollte. War es nicht ketzerisch, solchen Phantasien nachzuhängen? Doch sie kam nicht dazu, weiter über diese Frage nachzusinnen, denn eben erklang Mirthas helles Lachen. »Hast du es auch bei der anderen Hälfte versucht, der männlichen?« Wieder lachte die junge Frau, und Rondirai stimmte schallend ein.

»O nein, das habe ich nicht versucht, und ich werde es auch nicht versuchen, denn ich fürchte ...« Rondirai brach ab, preßte die Hände vor den Bauch und rollte sich prustend im Gras. »Wollen wir Herrn Praios, Herrn Firun und den anderen lieber die Gewänder lassen!« stieß sie hervor. »Ich kann und mag Sie mir nicht nackt vorstellen.«

Thalionmel war so fasziniert von Rondirais Treiben, daß sie völlig versäumte, was ihre Pflicht gewesen wäre: die Amazone zur Ordnung zu rufen. Doch Yasinde vergaß es nicht. Mit einem Satz war sie bei Rondirai und schüttelte sie heftig. »Bist du von Sinnen?« rief sie empört. »Laß ab von diesen lästerlichen Reden! Wie kannst du es wagen, die Zwölf zu verspotten – auf so liederliche und unschickliche Weise?«

Rondirai richtete sich auf. Das Lachen war so vollständig von ihren Zügen verschwunden, als sei es niemals dort gewesen, und ihre Augen funkelten böse. »Die Ehre unserer Herrin ist nicht befleckt worden! Alles andere ist nicht deine Sache und geht dich nichts an! Verschone mich also jetzt und in Zukunft mit deinem frömmlerischen Gewäsch!«

Thalionmel spürte förmlich, was in Yasinde vor sich ging; sie las die Gedanken der Ritterin, als wären es ihre eigenen: Hat sie die Herrin beleidigt? Hat sie mich beleidigt? Muß ich sie fordern? Soll und darf ich sie fordern? Ist es im Sinn der himmlischen Rondra und im Sinn unserer Schwertschwester, wenn eine von uns beiden das Leben verliert? Sie selbst hätte keine Antwort auf die Fragen gewußt, und eine schneidende Erwiderung, an der Rondirai zu knacken gehabt hätte, wäre ihr nicht eingefallen. Genauso erging es wohl Yasinde. Denn nachdem sie ein paarmal geschluckt und den Atem schnaubend durch die Nüstern entlassen hatte, wandte sie sich abrupt um und zog sich ins Zelt zurück, ohne den Gefährtinnen eine gute Nacht und Borons Segen gewünscht zu haben.

»Dumme Gans«, murmelte Rondirai, mehr zu sich selbst als an Mirtha oder Thalionmel gewandt. »Wenn sie Travia dienen würde, könnte ich zur Not verstehen, daß meine Reden sie empören, aber so krause und verquaste Gedanken bei einer Rondra-Geweihten ... Der männliche Körper hat doch wirklich etwas Lächerliches – das weiche baumelnde

Würstchen und der runzlige Beutel dahinter! Und wie stolz sie sind, wenn das Würstchen schwillt und sich aufrichtet und einen ebenso roten Kopf bekommt wie sie selbst in ihrer täppischen Geilheit! Ich jedenfalls bin froh, daß ich kein Mann bin, und danke der Herrin jeden Tag, daß Sie es so gefügt hat, und daß mein Körper dem Ihren ein wenig gleichen darf ...«

Rondirai schwieg, und da auch die anderen nichts zu sagen wußten, begaben Mirtha und Thalionmel sich bald zur Ruhe, und die Amazone trat die erste Wache an.

Tief in der Nacht, als Thalionmel Josmine weckte, ihre Ablösung beim Wachen, und sich müde aufs Lager fallen ließ, fand sie dasselbe warm und besetzt. »Du hast schlecht gewacht, kleine Kriegerin«, flüsterte Rondirai ihr ins Ohr, »denn du hast nicht bemerkt, daß ich in dein Zelt geschlichen bin. Nun muß ich dich strafen für deine Unaufmerksamkeit.«

Es war eine süße Strafe, ein hitziger Kampf wie beim Ringen. Gefesselt und liebkost von Rondirais kräftigen kundigen Händen, wurde Thalionmel allmählich weich und nachgiebig. Erst hatte sie gezappelt und sich gewunden wie ein Fisch auf dem trockenen, als die Amazone ihre Knospen gestreichelt, geknetet und zärtlich hineingebissen hatte, dann hatte sie ihren Widerstand fahren lassen und sich ergeben, und schließlich genoß sie es. Sie hörte sich selbst seufzen und stöhnen, rauh und kehlig und immer lauter, und konnte doch nicht verhindern, daß diese fremden Laute aus ihrer Kehle drangen. Und als Rondirai mit forderndem Griff ihre Schenkel auseinanderzwang, öffnete sie dieselben noch weiter und drängte ihre feuchte, erwartungsvolle Scham den suchenden Fingern entgegen.

Blitze zuckten, feuerspeiende Berge ergossen Ströme von Lava, heiße Wogen erschütterten Glieder und Geist, und eine warme Hand legte sich auf Thalionmels Mund, um den Schrei zu ersticken.

Plötzlich verstand die junge Frau, was es bedeutet, Rahja zu opfern, plötzlich verstand sie, was Zulhamin ihr immer hatte erklären wollen, und sie spürte tiefe Dankbarkeit und glückselige Befriedigung.

So wurde Thalionmel Rondirais Geliebte. Sie nannte die Freundin in den wenigen wild-zärtlichen Augenblicken, die ihnen vergönnt waren, »meine Bergleopardin«, und Rondirai wisperte ihr »kleine Kriegerin« ins Ohr. Es mutete Thalionmel seltsam an, daß die Amazone auf denselben Kosenamen verfallen war, bei dem sie einst der Vater in Momenten ganz anderer Zärtlichkeit gerufen hatte. Aber es schmerzte sie nicht.

8. Kapitel

Zweiundzwanzig Tage lang verlief die Reise der sechs Frauen so ruhig, wie ein Händler oder eine reisende Edelfrau es sich wohl gewünscht hätte. Für die Kriegerinnen jedoch war es nicht das Rechte. Ihnen fehlte die Herausforderung, und so waren sie fast dankbar für die drei dreisten Bären, die am neunten, zwölften und siebzehnten Tag ins Lager drangen und die friedliche Eintönigkeit ihres Lebens kurzfristig unterbrachen. Aber die ersten beiden hatten ein Einsehen gehabt und sich getrollt, als Hitta ihnen mit dem Säbel entgegengetreten war und sie sahen, daß die Amazone es ernst meinte. Hitta hatte keinen Beistand geduldet. »Eine Frau mit Säbel gegen einen Bären, das ist rondra- und firungefällig. Alles andere ist Barbarei!« hatte sie gesagt. Und den dritten hatte Rondirai in einem merkwürdigen, aber durchaus eleganten Kampf bezwungen. »Mit den Bären ist es seltsam bestellt«, hatte sie Thalionmel erklärt, während sie eine große Scheibe von dem Schinken schnitt, der über dem Feuer brutzelte. »Fast hat man das Gefühl, es mit einem Gegner zu tun zu haben, und nicht mit einem Tier. Sie finten, hast du das bemerkt? Und manchmal scheint es, als durchschauten sie deine Taktik und wüßten im voraus, wohin du attackierst und wann du parierst. Nun, jedenfalls hat es Spaß gemacht. Den nächsten überlasse ich dir, und jetzt wollen wir uns den Schinken schmecken lassen.« So lehrreich die Lektion in Bärenkunde gewesen war, für Thalionmel hatte sich auch an diesem siebzehnten Reisetag keine Gelegenheit ergeben, eine Heldentat zu vollbringen, und allmählich beschlich sie das Gefühl, das Schwierigste an den Heldentaten sei, sie zu entdecken.

Einmal – die kleine Gruppe hatte Oberfels schon weit hinter sich gelassen und die Ausläufer der Amhallassih-Kuppen erreicht – hatte ein Rudel Sandwölfe sie heimgesucht. Es waren sieben magere Wölfe gewesen, und Thalionmel, unerfahren im Kampf gegen Tiere, hatte die Angriffswut der Bestien unterschätzt. Große Hunde, hatte sie gedacht und nach einem der Tiere getreten, statt das Schwert zu benutzen. Dieser Leichtsinn hatte ihr einen tiefen Riß im rechten Schenkel beschert. Zwar war die Verletzung nicht wirklich gefährlich, aber doch so schwer, daß sie der Behandlung bedurfte. Während Rondirai die Wunde reinigte, blutstillende Kräuterkompressen auflegte und mit Binden befestigte, schalt sie die Freundin wegen ihrer Unachtsamkeit. »Wie kann man nur so leichtsinnig sein? Hast du gedacht, das Schwert sei zu schade für die Biester? Hungrige Wölfe sind gefährlich, und sie attackieren und parieren anders, als du es auf der Schule und im Tempel gelernt hast. Die Schramme ist eine angemessene Strafe für deine kleinverständige Überheblichkeit, finde ich, aber daß wir nun drei Tage lang aufs Ringen verzichten müssen und der süßen Rahja nicht opfern können, bricht mir schier das Herz.«

Auch Thalionmel bedauerte das sehr, mehr, als sie die Einsicht verdroß, daß der Kampf gegen die Wölfe wahrlich nicht dazu angetan war, als erste Heldentat gelten zu können, und mehr, als es sie hätte beunruhigen sollen, daß sie sich im Fall eines Angriffs der götzendienerischen Wüstensöhne nicht im Vollbesitz ihrer Kampfkraft befunden hätte. Aber seit sie die Liebe kennengelernt hatte, war sie ihr das Zweitliebste geworden, so berauschend, daß sie in den Augenblicken der Ekstase vergaß, wem ihr Leben, ihr Leib und ihre Seele gehörten. Und gelegentlich, wenn ihr Blick auf die neben ihr reitende Rondirai fiel und diese, als habe sie den Blick gespürt, den Kopf wandte und der Geliebten ein spöttisch-zärtliches Lächeln schenkte, vergaß sie es auch. Welch herrliche Zeit liegt vor mir! dachte sie dann. Einen Mond an der Seite der prächtigen, wilden Rondirai verbringen, die mich erwählt hat und der ich gefalle, einen Mond auf der geheimen Amazonenburg leben, umgeben von schönen, starken Frauen, mit ihnen ringen und fechten – wie über alle Maßen schön wird das ...

Doch die Götter hatten es anders entschieden. Am dreiundzwanzigsten Tag der Reise – man hatte das Quellgebiet des Yrosa erreicht und sich Keshal-Rondra auf etwa hundertzwanzig Meilen genähert – geriet die kleine Schar in einen Hinterhalt, und es waren keine Novadis, die sie überfielen, sondern die abscheulichsten aller Kreaturen, die sich Menschen nennen dürfen: Ferkinas!

Rondirai hatte Thalionmel in den vergangenen Tagen ein paarmal von dem grausamen Bergvolk erzählt. »Sie gehen auf zwei Beinen, und da es weder Goblins noch Orks, noch Trolle sind, müssen es wohl Menschen sein«, hatte sie gesagt. »Ihre Sprache klingt mehr wie ein Grunzen als menschliches Reden, aber das sollte uns nicht weiter bekümmern, wenn ihr Lebenswandel nicht so götterlästerlich verkommen wäre. Weißt du, was ihre größte Freude ist? Karawanen zu überfallen. Nein, es sind keine gewöhnlichen Räuber, wie du jetzt denken magst, oder tulamidische Wüstenpiraten – sie tun es nicht, um sich zu bereichern, sondern aus Spaß oder Langeweile und um ihren Göttern zu gefallen. Es scheint wahrhaftig, daß Rauben und Töten Sinn und Zweck ihres Lebens sind. Sie kämpfen auch nicht wie Räuber – wie Krieger erst recht nicht –, sondern tückisch und im Schutz des großen Rudels wie die Khoramsbestien, von denen ich dir gleich erzählen werde. Und da sie stets aus dem Hinterhalt kommen und die Zahl der widerlichen Feiglinge immer ein Mehrfaches der ihrer Opfer beträgt, erringen sie in neun von zehn Fällen den Sieg. Alle jene, die sie bis dahin nicht erschlagen haben, schleppen sie in ihre Höhlen oder Zelte, oder worin immer sie hausen mögen, um sie dann langsam überaus langsam, und grausam zu Tode zu foltern. Mit diesem Ritual erfreuen sie ihre Götter und schöpfen selber Lebenskraft daraus, und stets wird der Tage währende Martertod ihrer Gefangenen von einem wilden, blutrünstigen und brünstigen Fest begleitet. Sie lassen sich übrigens auch selbst gern zu Tode foltern und bitten ihre siegreichen Feinde, ihnen diese letzte Gunst zu gewähren. Nun, was hältst du davon? Ist das nicht krank und ekelhaft? Ich bin wahrhaftig nicht zimperlich, aber ein solches Denken und Handeln ist mir widerlich. Am besten macht man gar keine Gefangenen, oder was meinst du?«

Thalionmel hatte überrascht aufgeblickt, als Rondirai ihre Rede so unvermittelt unterbrochen und sich an sie gewandt hatte. »Selbstverständlich«, hatte sie gemurmelt, ohne recht zu wissen, was Rondirai gefragt hatte. »Alles andere ist unehrenhaft.«

»Eben! Das ist es, was ich sagen will. Sie haben keine Ehre, diese Ferkinas – der Name allein klingt schon widerwärtig, finde ich. Bei dem Wort muß ich immer an gewaltige, haarlose, schlammbesudelte Wildsauen denken, warum, weiß ich auch nicht. Doch zurück zur Ehre: Ich glaube wahrhaftig, daß mein guter Rhayad« – sie hatte den Hals ihres Hengstes getätschelt – »mehr Ehre im Leib hat als hundert von ihnen. Und deshalb frage ich dich: Kann man Wesen, denen jegliche Ehre fehlt, noch Menschen nennen?«

Doch diese Frage hatte Thalionmel nicht beantworten können, zumal ihr während Rondirais Ausführungen über das seltsame Bergvolk, von dem sie nie zuvor gehört hatte, der flüchtige Gedanke gekommen war, eine auch noch so kranke und verkehrte Ehre könne doch eine Ehre sein. Aber sie hatte der Freundin nicht widersprechen wollen – auch fand sie, daß man so schwerwiegende, die Ehre betreffende Fragen erst gründlich durchdenken sollte, bevor man sie zur Sprache brachte –, und deshalb hatte sie nur lächelnd Brauen, Achseln und Hände gehoben. »Woher weißt du das alles?« hatte sie statt einer Antwort gefragt. »Du sagtest doch, daß es keiner überlebt, in ihre Gefangenschaft zu geraten.«

»So wird es uns gelehrt und überliefert. Vor fast fünfzig Jahren ist eine von uns den Ferkinas entkommen – Girtes Mutter Idra. Sie war damals sechsundzwanzig, und Girte, ihre Erstgeborene, sieben. Idra lebte noch lange genug, um den Schwestern alles zu erzählen, was sie bei den Ferkinas gesehen und erlebt hatte, dann erlag sie ihren schweren Wunden. Idra war im siebten Monat schwanger, als sie den Feiglingen in die Hände fiel, und weißt du, was sie taten? Du wirst es nicht glauben: Sie schnitten ihr mit einem steinernen Messer den Bauch auf, rissen das Kind heraus und warfen es in den Kessel voll ranzigen, siedenden Schmalzes, in den sie alles werfen, was sie fressen. Es war ein schönes Mädchen, das konnte Idra noch sehen, bevor eine kurze gnädige Ohnmacht sie umfing. Die Abscheulichen gaben sich nicht weiter mit ihr ab, hielten sie wohl für tot, und so konnte sie in der Nacht davonschleichen. Wie es die tapfere Idra schaffte, auf einem störrischen Ferkina-Pony die fast siebzig Meilen bis zu unserer Burg zu reiten, wird wohl für immer Rondras Geheimnis bleiben ...«

Rondirai hatte innegehalten und den Blick über die mit knorrigen Nadelbäumen spärlich bewachsenen Hügel schweifen lassen. »Ich selbst bin noch nie einem Ferkina begegnet, mußt du wissen«, war sie dann fortgefahren, »denn seit vierzig Jahren leben keine mehr auf der nördlichen Seite des Rashtulswalls. Nach Idras

Tod schickte unsere damalige Königin die Schwestern so lange in die Berge, bis alle Ferkinas erschlagen oder über die höchsten Pässe nach Mhanadistan und ins Fasarer Bergland getrieben waren... Wenn ich es recht bedenke, habe ich fast mehr Lust, Ferkinas zu züchtigen als verblendete Wüstensöhne.«

Rondirais Wunsch wurde fünf Tage später entsprochen, doch verlief die Begegnung nicht so, wie sie selbst und alle anderen erwartet hatten.

Die letzten Tage waren von märchenhafter Schönheit gewesen, denn in dem hügeligen Steppenland zwischen Amhallassih und Yaquirtal ist der Frühling die prächtigste Jahreszeit. Und diesen schienen die sechs Kriegerinnen mit sich zu bringen. Wohin sie auch kamen, wurde der öden Steppe von Tsas Odem neues Leben eingehaucht, so daß sie sich, von heute auf morgen, in einen gewaltigen, vielfarbig blühenden Garten verwandelte. Und zwischen den Tausenden von Blumen, großen und kleinen, prächtigen und unscheinbaren, taumelten, trunken vor Frühlingslust, die ersten bunten Schmetterlinge im warmen Sonnenschein.

Auch Thalionmel und Rondirai spürten den Frühling in ihren Gliedern. Sie neckten sich mit übermütigen Wetten und Herausforderungen, ritten gewagte Rennen, und manchmal spielten sie Haschen, statt während der mittäglichen Rast zu ruhen. Dieses Spiel endete stets mit einer hitzigen Rauferei, aus der über kurz oder lang ein rahjagefälligeres Treiben wurde. Oh, wie genoß es Thalionmel, wenn Rondirais Finger und Zunge ihren Körper erkundeten und Stellen entdeckten, die vor ihr kein Mensch gesehen oder berührt hatte! Und sie selbst war, wie beim Ringen so auch bei der Liebe, eine gelehrige Schülerin, und es bereitete ihr ebensoviel Freude, Lust zu schenken wie Lust zu empfangen.

Es war später Nachmittag, fast schon Abend, und

man hielt Ausschau nach einem geeigneten Lagerplatz. Die kleine Schar bog eben in das Tal, durch das sich das schmale glitzernde Band des Yrosa windet, als eine Horde abenteuerlich gewandeter Gestalten schreiend aus den Bäumen sprang, in denen sie sich versteckt gehalten hatte.

Wieso haben wir nicht besser aufgepaßt? sollte sich Thalionmel später immer wieder fragen. Wieso haben die Amazonen nichts bemerkt? Denn sie hatte den Eindruck gewonnen, daß die wildniserprobten Frauen Gefahren förmlich rochen. Doch diesmal hatten sie nichts gerochen, und es war müßig, darüber nachzusinnen, ob der Frühling oder die Vorfreude auf das Wiedersehen mit den Schwestern sie leichtsinnig und unvorsichtig gemacht hatte.

Es mochten an die zwanzig Ferkinas sein, die sich mit lautem, kaum menschlich klingendem Geheul auf Tiere und Reiterinnen stürzten. Gekleidet waren sie in Felle und bunte Lumpen – vermutlich die Überreste erbeuteter Gewänder – und hatten die Köpfe fast vollständig mit roten Tüchern verhüllt, so daß von den Gesichtern nicht viel mehr zu sehen war als die grausam funkelnden schwarzen Augen. Ihre Waffen waren steinerne Beile, Speere mit steinernen Spitzen und schartige Säbel und Dolche, die wohl ebenfalls aus früheren Raubzügen stammten. Und sie hatten die unbedeckten Teile ihrer Körper mit wüsten Zeichen bemalt, rot und weiß.

Die folgende Schlacht war Thalionmels erstes echtes Gefecht auf Leben und Tod. Doch wie anders hatte sie es sich in ihren Träumen ausgemalt! Da hatte sie blitzenden Stahl gesehen, Helme, Kettenhemden und bunte Gewänder, gesichtslose Gegner, die, vom Schwert durchbohrt, mit vor die Brust gepreßten Händen aus dem Sattel glitten – und sich selbst mitten unter ihnen: hoch zu Roß und von Wunden bedeckt die Ehre der Herrin verteidigend. Manchmal hatte sie versucht, Fuxfells Bild heraufzubeschwören, wie er unter den Wüstensöhnen ritt und sie im nämlichen Augenblick erkannte, da sie ihm den Todesstoß versetzte, doch es war ihr niemals gelungen und das Bild stets zerronnen.

»Ferkinas!« erklang Mirthas Schrei, dann Rondirais Ruf: »Für Rondra, für die Königin, für die Amazonen!«

Doch Thalionmel sollte keine Gelegenheit erhalten, Rondirais Kampfstil zu bewundern oder zu beobachten, wie die anderen Gefährtinnen sich schlugen, denn kaum war der Ruf in ihre Ohren gedrungen, als ihr Pferd, von einem Speer getroffen, sich in wilder Panik aufbäumte. Und dann mußte sie ihre gesamte Aufmerksamkeit darauf verwenden, sich im Sattel zu halten und sich zugleich der anstürmenden Barbaren zu erwehren. Doch war es ihr immerhin gelungen, das Schwert zu ziehen, bevor das Tier zu Boden ging, und sich rechtzeitig zur Seite zu rollen. Und dann waren sie überall.

Schlacht oder Gefecht konnte man kaum nennen, was sich entspann, Wimpernschläge nachdem die ersten Ferkinas von den Bäumen gesprungen waren. Es war ein Gemetzel, dämonische Unordnung, Geschrei, Blut und stürzende Leiber. Und es war schneller vorüber, als Thalionmel erwartet hatte. Zwar zählte sie nicht die Augenblicke, denn sie dachte an gar nichts, und ihr Kopf schien völlig leer, während ihr Körper die Bewegungen vollführte, die er durch langjähriges Üben auswendig gelernt hatte, doch als sie nach der Schlacht zum Himmel blickte, wunderte sie sich, um wie wenig die Praiosscheibe dem Horizont näher gerückt war. Wie viele Ferkinas sie getötet hatte, hätte sie nicht sagen können, noch wann das Steinbeil ihr in die Schulter gedrungen war und den linken Arm in ein taubes Anhängsel verwandelt hatte, das nun, da alles vorüber war, allmählich erwachte und schmerzte. Ihre Rechte hatte Hiebe und Stiche ausgeteilt, ihre

Beine waren vor-, rück- und seitwärts gesprungen, sie hatte Männer straucheln und fallen sehen, hatte Schreie und Röcheln gehört, und einmal hatte sie den grausigen Anblick eines Speeres vor Augen gehabt, der in hohem Bogen über das Schlachtfeld flog, mit der Hand daran, die ihn noch fest umklammert hielt.

»Keine Gefangenen!« Rondirais Stimme klang fremd und kam aus einer Richtung, aus der sie nicht hätte kommen sollen. Als Thalionmel sich nach der Freundin umwandte, nur langsam aus dem Rausch des Kampfes in die Wirklichkeit zurückkehrend, entdeckte sie diese zwischen toten und sterbenden Ferkinas am Boden liegend. Und in diesem Augenblick sah sie alles zugleich: Sie sah Hitta und Mirtha die Leiber der Liegenden mit Füßen und Säbeln auf den Rücken drehen und den noch Lebenden den Todesstoß versetzen, sie sah das Blut auf ihrem Schwert, ihrem Waffenrock, ihren Armen und Beinen, sie sah die gefallene Yasinde und sah Josmine, die weinend bei ihr kauerte, und sie sah, daß Rondirai sterben würde.

Halb aufgerichtet, auf den rechten Ellbogen gestützt, lag Rondirai im Gras. Ein seltsam angestrengter Ausdruck lag auf ihren Zügen, und ein steinerner Speer steckte ihr in der Brust, in dem schmalen Streifen unbedeckten Fleisches zwischen Brünne und Schulterschutz. Als sie Thalionmels Blick spürte, wandte sie den Kopf ein wenig und versuchte zu lächeln. Mit zwei Sätzen war Thalionmel bei ihr. ›Stirb nicht, meine Bergleopardin! Du darfst mich nicht verlassen!‹ wollte sie rufen, aber etwas schnürte ihr die Kehle zu, so daß sie keinen Laut hervorbrachte. Und lästige Tränen stiegen ihr in die Augen und brachten das Bild der Geliebten zum Verschwimmen, obwohl nur noch wenig Zeit blieb, es sich für immer einzuprägen. Sie wollte nach dem Speer greifen, um ihn herauszuziehen, aber Rondirai schüttelte fast unmerklich den Kopf.

»Es lohnt sich nicht, kleine Kriegerin«, sagte sie leise

und versuchte abermals, das vertraute, halb spöttische Lächeln zu erzeugen. »Ich war leichtsinnig und überheblich, und das ist der Lohn. Aber du hast dich wacker geschlagen. Wie eine Berserkerin hast du gekämpft. Wahrhaftig, das hätte ich dir nicht zugetraut! Ich bin stolz, eine so tapfere Freundin zu haben… gehabt zu haben…« Sie schwieg, als suche sie nach den rechten Worten oder als sei das Sprechen zu anstrengend für sie. Schließlich ergriff sie noch einmal das Wort, und ihre Stimme war nur noch ein mit jedem Worte matter werdendes Flüstern. »Hitta und Mirtha werden deine Heldentat bezeugen, sei unbesorgt. Und weine nicht um mich, bitte, weine nicht, denn Rondra erwartet mich schon.«

Das waren Rondirais letzte Worte. Ein Zittern lief durch ihren Körper, ein kurzes Aufbäumen, dann lag sie still im Gras, die Arme ausgebreitet und das Gesicht mit den weitgeöffneten Augen dem Himmel zugewandt, wo Frau Rondra auf sie wartete.

Thalionmel saß wie versteinert. Sie sah, daß die Geliebte tot war, und konnte es doch nicht glauben. Eben noch, vor kaum einer Viertelstunde, war sie der lebendigste Mensch der Welt gewesen, und nun sollte es sie nicht mehr geben, sollte das, was dort im goldenen Abendlicht lag, nur noch eine leere Hülle sein, ein Ding ohne Seele, ein Kadaver? Nein, das konnte nicht angehen! Gewiß war Rondirai nur ohnmächtig geworden wegen des großen Blutverlustes… Und jemand sollte ihr den Speer aus der Brust ziehen, damit man die Wunde reinigen und verbinden könnte… Warum tat es keiner? Warum tat sie selbst es nicht?

Plötzlich sprang Thalionmel auf, reckte die Fäuste gen Himmel, warf den Kopf in den Nacken, schüttelte ihn und schrie. Es waren Worte, auch wenn sie kaum wie solche klangen. »Warum?« schrie Thalionmel. »Warum? Sie war doch eine deiner besten!« Dann ließ sie sich wieder zu Boden sinken und nahm die vorherige Haltung ein – auf den Füßen sitzend, mit geradem Rücken und starr wie ein steinerner Wächter.

Es waren Hitta und Mirtha, die sich um die Tote kümmerten, ihr die Augen schlossen, den Speer aus der Brust zogen, die Arme kreuzten und den Säbel dazwischenlegten. Hitta hatte auf die Speerspitze gespien, bevor sie die Waffe, Verwünschungen brüllend, weit von sich schleuderte. Und Mirtha weinte. Ihre Tränen tropften auf Rondirais toten Körper, und sie murmelte unablässig: »Rondra, belohne sie! Rondra, erhebe sie!«

Thalionmels Tränen hingegen waren versiegt, nachdem Rondirai ihr Leben ausgehaucht hatte. Als Mirtha und Hitta den Leichnam der Gefährtin auf eine Bahre legten – die Knappin hatte kaum bemerkt, wie die Amazonen ein paar dünne Bäumchen und Zweige geschlagen und zu der Trage geflochten hatten –, erhob sie sich. »Wo bringt ihr sie hin?« fragte sie.

»Zu dem Ort, an dem wir sie begraben werden«, erwiderte Hitta schroff. »Willst du nicht Josmine beim Transport eurer toten Gefährtin helfen?«

Erst in diesem Augenblick wurde Thalionmel klar, daß es eine zweite Tote zu beklagen gab, obwohl sie doch eben erst mit eigenen Augen gesehen hatte, daß Yasinde gefallen war. Zwar konnte sie sich kaum von Rondirais Anblick trennen, deren Mund, jetzt im Tod, wieder das seltsame, schwer zu deutende Lächeln zeigte. Aber sie wußte auch, daß die Zeit des Trauerns noch nicht gekommen war: Es gab Pflichten, drängender als die Totenklage, und sie wollte alle, die ihr oblagen, so gewissenhaft erfüllen, wie sie es immer getan hatte.

Josmine hatte Yasinde die Augen geschlossen und das Kinn mit einem Tuchstreifen festgebunden, so daß die Tote nun aussah, als litte sie an Zahnweh. Dieser Gedanke kam Thalionmel als erster, und sie schämte sich dafür. Sie murmelte ein Gebet, umarmte Josmine, deren Tränen bei der Berührung erneut rannen, dann half sie der Gefährtin, Yasindes Leichnam auf das Tragegestell zu heben, das schon neben der Toten bereitlag. Als sie Yasindes Füße ergriff, spürte sie einen plötzlichen, heftigen Schmerz in der Schulter, und sie erinnerte sich, daß ein Beil sie dort getroffen hatte. Aber sie konnte sich nicht darauf besinnen, wann sie es herausgezogen hatte.

Es gelang den Frauen unter großen Mühen – auch Josmine war verletzt –, die Tote auf die Bahre zu legen, zweihundert Schritt weit oder mehr würden sie sie jedoch nicht tragen können. Thalionmel schaute sich auf dem Schlachtfeld um, ob sie nicht etwas entdeckte, das ihnen beim Transport von Nutzen sein könnte – mit Streifen aus den Kleidern der Ferkina-Krieger hätte sie Yasindes Leichnam nicht festbinden wollen –, und ihr Blick fiel auf Rhayad, Rondirais Hengst, der mit durchtrennter Kehle unweit ihres eigenen Tieres lag. Und etwa zehn Schritt weiter entdeckte sie Mirthas Falben, erschlagen und tot wie die beiden anderen Pferde. Von den drei übrigen Tieren fehlte jede Spur.

Mit Hilfe von Seilen, die sich in den Satteltaschen der toten Reittiere fanden, wurde die Last auf der Bahre befestigt, und diese schleiften die Frauen hinter sich her, den Amazonen nach, die weit vor ihnen nach Norden gingen und unter dem Gewicht von Rondirais Körper schwankten. In einem schmalen Seitental, kaum fünfhundert Schritt vom Schlachtfeld entfernt, erreichten sie die Gefährtinnen, und da der Abend sich aufs Land senkte, beschloß man, hier zu nächtigen. Mirtha und Thalionmel kehrten noch einmal zum Ort des schrecklichen Geschehens zurück, um Sättel, Decken und andere zurückgebliebene Habe zu holen, Hitta und Josmine blieben bei den Toten, bereiteten ein notdürftiges Nachtlager und wachten. Über die Gesichter der Gefallenen waren die beiden Hälften von Thalionmels blutgetränktem Waffenrock gebreitet worden – die Seite mit dem Bild der Löwin über Rondirai und die andere über Yasinde –, so hatte die Knappin es sich gewünscht, und die anderen waren es zufrieden gewesen.

Nachdem genug Brennholz gesammelt war, um ein Feuer die ganze Nacht lang am Leben zu erhalten, kamen die Frauen endlich dazu, sich um die eigenen Wunden zu kümmern. Verletzt waren alle, aber keine so schwer wie Thalionmel. Die Knappin hatte den linken Arm in den letzten beiden Stunden nur mit größter Mühe bewegen können, und es hatte sie ihre ganze Selbstbeherrschung gekostet, die grausamen Schmerzen, die sie litt, vor den Gefährtinnen zu verbergen. Mit Josmines Hilfe und unter Aufbietung der allerletzten Kräfte gelang es ihr, das Kettenhemd abzustreifen, doch danach konnte sie den Arm gar nicht mehr heben, und auch die Finger wollten ihr nicht mehr gehorchen. »Warum hast du nicht eher gesagt, wie schwer verwundet du bist?« fragte Hitta grimmig, als sie die Verletzung sah. »Willst du Rondirai und Yasinde folgen? Nun, das wird dir vielleicht gelingen, unvernünftig, wie du bist. Oder wolltest du nur deinen Arm loswerden? Denn ich weiß nicht, ob wir ihn retten können.«

Die Wunde sah wirklich übel aus, entzündet und brandig, und der Arm war rot, heiß und geschwollen. Doch Thalionmel bemerkte es kaum, genausowenig wie sie Hittas letzte Worte verstanden hatte, denn das Fieber überfiel sie so plötzlich und heftig wie vor wenigen Stunden die Ferkinas.

Es lag eine Gnade in diesem Fieber, obwohl es Thalionmel fast das Leben kostete. Denn es ersparte ihr den Anblick der toten Freundin, deren Züge sich über Nacht in eine wächserne Maske verwandelt hatten. Es ersparte ihr, die Kälte von Rondirais Körper zu spüren, ihn in eine Grube zu legen und Erde daraufzuhäufen.

Aber das Fieber war auch eine Qual, denn es bescherte Thalionmel Träume, in denen sie die Geliebte lebendig vor sich sah. Doch wenn sie dann ihren Namen rief oder die Hand nach ihr ausstreckte, um sie zu berühren, war es, als schöbe sich eine Wand aus Nebel vor die Gestalt, das Bild löste sich auf, und die Finger griffen ins Leere. Dann hörten die Gefährtinnen sie stöhnen und murmeln: »Wo bist du, Rondirai?« Manchmal hingegen träumte sie, die Geliebte habe niemals wirklich existiert und sei nur die Ausgeburt einer Fieberphantasie gewesen, aber auch diese Träume quälten sie und schenkten ihr weder Trost noch Frieden. Ganz selten träumte ihr von Yasinde. Dann war sie selbst ein Kind und Ritterin Yasinde von Feyhacht die verehrte Lehrerin. Diese Träume waren die einzigen, die ihr keine Schmerzen bereiteten.

Für einen Tag und zwei Nächte verweilten die Kriegerinnen in dem friedlichen Tal. Da sie kein anderes Werkzeug hatten als Hände, Stecken und Waffen, dauerte es bis weit über die Mittagsstunde des nächsten Tages hinaus, bis die Gruben für Yasindes und Rondirais sterbliche Hüllen ausgehoben waren. Nachdem man die Toten mitsamt ihren Waffen begraben und für sie gebetet hatte, machten Josmine und Hitta sich auf den Weg, die entlaufenen Pferde zu suchen. Mirtha wachte bei Thalionmel, flocht zusätzliche Zweige in eine der Tragen und polsterte sie mit einer Pferdedecke, um sie fester und bequemer zu machen. Sie sprach mit der Gefährtin, obwohl es nicht den Anschein hatte, als höre oder verstehe diese ihre Worte, aber da sie nicht sicher war, versuchte sie, ihr Trost und Hoffnung zu geben. »Rondirai ist glücklich gestorben«, erklärte sie, »denn sie starb als große Heldin. So hatte sie es sich immer gewünscht. Sechs Ferkinas hat sie erschlagen, bevor sie selbst getroffen wurde – sechs, sie ganz allein! Getroffen wurde sie bei dem vergeblichen Versuch, Yasindes Leben zu retten. Rondra wollte sich wohl mit einer

Kämpin nicht zufriedengeben, und ich finde, Sie hat eine gute Wahl getroffen. Ich selbst habe nicht gesehen, wie ihr anderen euch geschlagen habt, wohl aber Hitta, der nichts entgeht. Hitta hat mir alles erzählt, auch deine Tapferkeit hat sie sehr gelobt. Sie sagt, du seist eine gute Kriegerin. Das ist auch meine Meinung. Und du bist kräftig genug, das Fieber rasch zu überstehen. Und dein Arm wird gewiß auch bald wieder gesund.«

Danach sah es allerdings wenig aus an jenem Nachmittag – und vier Tage später noch weniger.

Hitta und Josmine hatten tatsächlich zwei der drei Pferde gefunden, und es war ihnen gelungen, zwei Ferkina-Ponys einzufangen. Den Ponys wurden Sättel umgeschnallt, dann schoben die Frauen die langen Streben der Trage durch die Steigbügel, befestigten sie dort und hatten ein zwar schwankendes, aber sicheres und bequemes Lager für ihre verletzte, besinnungslose Gefährtin.

Es ging langsam voran und zumeist schweigend, denn die Sorge um Thalionmel bedrückte die Kriegerinnen ebenso schwer wie der Tod der Gefährtinnen. Mit jedem Tag schien das Fieber zu steigen, und an jedem Abend, wenn die Wunde neu verbunden wurde, sah der Arm schlimmer aus als am Abend zuvor. Eitrige Geschwüre bedeckten die Haut, und wenn sie sich öffneten, ergoß sich übelriechendes Sekret. Am Abend des vierten Tages nach dem Aufbruch, als Hitta die Verbände löste, um den schlaffen Arm zu waschen und zu untersuchen, machte sie eine grausige Entdeckung: In einer der Schwären wimmelten Maden, und es schien der Amazone, als wäre Thalionmels Arm kein Teil mehr von ihr sondern ein Stück verwesendes Fleisch. »Wir müssen amputieren«, sagte sie, »sonst wird sie die Nacht nicht überleben.«

Aber Josmine widersprach. »Sie wird die Nacht ohnehin nicht überleben. Warum sie also erst verstümmeln? Nein, laßt uns für ihre Seele beten und ihren Leib morgen unversehrt der Erde übergeben.«

Aber Josmine sollte nicht recht behalten. Wenn sie die sterbende Freundin genauer betrachtet hätte, wäre ihr der schwache Abglanz dessen, was in anderen, fernen Sphären geschah, auf deren Zügen nicht entgangen. Aber vielleicht konnte sie es auch nicht sehen im flackernden Schein des Feuers, zumal Tränen ihr die Sicht verschleierten.

Im fernen Alveran rangen Herr Boron und Frau Rondra um Thalionmel – dieser wollte die Qual ihres Lebens beenden und ihr süßen immerwährenden Schlaf schenken, Jene beanspruchte die Knappin für sich selbst, aber nicht schon jetzt, nach ihrer allerersten Heldentat. Doch war es Frau Tsas Fürsprache zu verdanken, die sich auf die Seite der himmlischen Löwin stellte, daß diese am Ende obsiegte.

So mag es gewesen sein – was wissen wir Sterblichen schon vom Willen und Wirken der Götter? –, so mag es nicht gewesen sein. Am nächsten Morgen jedoch fanden die drei Frauen ihre Gefährtin lebend und ruhig schlafend. Das Fieber war gesunken, der Arm deutlich weniger geschwollen als am Vortag, und hier und dort verschorften die Wunden bereits. Allen schien es wie ein Wunder, für das sie Rondra priesen. Am Mittag des übernächsten Tages erreichten die Kriegerinnen die Burg Keshal-Rondra. Thalionmel war noch immer sehr krank, aber nun war es gewiß: Sie würde überleben, und sie würde ihren Arm behalten.

Es dauerte einen Mond, bis Thalionmel völlig genesen war, und einen weiteren, bis ihre Kräfte den alten Stand erreicht hatten. So lange lebten Josmine und sie bei den Amazonen, und es war eine schöne und lehrreiche Zeit. Wie sie lebte, was sie sah und hörte, können wir nicht beschreiben, denn ein Ehrenwort bindet jeden Gast der Amazonen und verpflichtet ihn zum Stillschweigen. Nur eines sei gesagt: Sie selbst brachte nie das Gespräch auf Rondirai, lauschte aber aufmerksam, wenn die Amazonen ihrer im Gespräch gedachten. Dann wurden Schwänke erzählt, heitere und ernste Begebenheiten, und von ihren großen und kleinen Heldentaten berichtet. Die junge Knappin saß still dabei, mit schwer deutbarer Miene, drehte eine kleine Flöte zwischen den Fingern, die ihr an einem Lederbändchen um den Hals hing und mit der man den Ruf der Rohrdommel nachahmen konnte. Rondirai hatte die Flöte auf der Reise für sie geschnitzt.

Zwei körperliche Veränderungen behielt sie zurück, als stete Erinnerung an ihre erste Heldentat. Die erste war eine leichte Schwäche des linken Armes, der nie wieder die Kraft des rechten erreichen sollte. Das verdroß sie, weil sie ein Jahr vor ihrer Weihe begonnen hatte, mit zwei Schwertern zu fechten, und viel Talent für diese Kampfart zeigte. Nun würde sie es niemals zur Meisterschaft bringen. Und auch eine vorzügliche Ringerin, die Rondirai aus ihr hatte machen wollen, würde sie niemals werden. Es verdroß sie, wie gesagt, aber es bekümmerte sie nicht wirklich. Die andere Veränderung betrübte sie noch weniger, fast könnte man sagen, sie freute sich an ihr, obwohl es sich im strengen Sinne um eine Entstellung ihrer makellosen Schönheit handelte: Auf der Haut ihres Armes blieben Male zurück, dort, wo der Wundbrand die eitrigen Schwären ausgesät hatte. Es waren keine Narben, wie die erst rote und später silbrige Linie auf der Schulter, mit denen sie hätte prunken können, wäre sie eine Thorwalsche gewesen. Nein, es waren kleine und größere rosigbräunliche Flecken, deren Farbe an Sommersprossen gemahnte und deren Form und Anordnung entfernt der Fellzeichnug eines Leoparden glich.

Die inneren Narben, die sie davontrug, waren weniger deutlich sichtbar, und nur die Menschen, die ihr nahestanden, bemerkten sie. Das Übermütige, die Spottlust, Züge ihres Wesens, die nur selten hervortraten, verschwanden völlig, ihre nachdenkliche, grüblerische Seite jedoch erstarkte. Sie trug auch keine Trauer zur Schau, wurde nicht von Wogen wilden Schmerzes heimgesucht wie nach dem Tod der Eltern, und erst recht nicht verhärtete sie sich gegen jede Freude oder haderte mit den Göttern, wie es Kusmine einst nach dem Verlust des kleinen Tsafried getan hatte. Sie wußte, daß der Verlust der Geliebten eine Prüfung war, und Schwertschwester Gunelde hätte es ihr nicht zu erklären brauchen. »Es ist eine Prüfung, Tochter, keine Strafe«, sagte sie einmal, kurz nach der Rückkehr der beiden Knappinnen, und Thalionmel nickte zustimmend. »Eine Prüfung, gewiß.«

Zu dieser Einsicht war die junge Geweihte gelangt, als die Schwäche ihres Körpers und die Ruhe der Krankenstube auf Keshal-Rondra sie zum Sinnen und Nachdenken geradezu gezwungen hatten. Unserer Liebe wäre keine Dauer beschieden gewesen, das weiß ich wohl, war es ihr durch den Kopf gegangen. Sie hätte so lange gewährt wie mein Aufenthalt bei den Amazonen – einen Mond oder sechs Wochen vielleicht. Danach hätten wir für immer Abschied genommen, denn die Hoffnung, einander im diesseitigen Leben noch einmal zu begegnen, wäre so gering gewesen, daß man sie kaum Hoffnung hätte nennen können. Wenn die Herrin dieser kurzen Liebe ein noch früheres Ende bereitet, mir die Freundin vor der Zeit entreißt und eine so hoffnungsvolle Heldin wie Rondirai in der Blüte ihrer Kraft zu sich ruft, so hat Sie einen Grund. Und der Grund muß bei mir liegen, da ich Ihre Erwählte bin. Vielleicht will Sie prüfen, ob meine Liebe zu Ihr stärker ist als Kummer und Verbitterung, oder ob sie schwankt und Zweifel sich in meinen Glauben schleichen. Sie schwankt nicht, Herrin Rondra, denn Dein Ratschluß ist göttlich und über jeden Zweifel erhaben. Vielleicht will Sie mich mahnen, mein Herz nicht zu sehr an sterbliche Menschen zu hängen, denn sie sind vergänglich wie alles, was auf Dere wächst und wimmelt. Nun, das will ich beherzigen und hinfort niemanden mehr lieben außer Ihr.

So vernünftig die Worte klangen, zu denen Thalionmel ihre Gedanken ordnete, es lag doch ein Gran von Bitterkeit darin. Und später, wenn sie Rahjas Haus besuchte, tat sie es mit einem Anflug von Trotz.

Die Menschen, die Thalionmel liebten, bemerkten ihre Veränderung. Sie fanden die Freundin, Schwester, Knappin (oder in welchem Verhältnis immer sie zu der jungen Kriegerin standen) fremder, kälter und härter als zuvor, und das, obwohl ihre Rede und ihr Verhalten stets von ausgesuchter Höflichkeit waren und sie freundliche Worte mit einem freundlichen Lächeln beantwortete. Doch vielleicht war es eben darum, denn es lagen etwas Erzwungenes und Künstliches, aus einem erstorbenen Herzen Sprießendes in ihrer gleichmäßig freundlichen Zuvorkommenheit. Von der rahjagefälligen Liebe hielt sie sich hinfort fern, aber zweimal im Jahr besuchte sie den rosenfarbenen Tempel. Zulhamin freute sich sehr darüber, obwohl sie Thalionmels Beweggründe nicht kannte. Denn diese hatte ihrer Göttin erklärt, daß es nicht nur ihr Recht, sondern vielmehr ihre Pflicht sei, auch Rondras göttliche Geschwister zu lieben und Ihnen zu gehorchen. Dagegen konnte die Herrin nichts einwenden, und so konnte Sie einen Besuch im Rahjatempel genausowenig mißbilligen wie eine großzügige Spende für die Armenküche des Traviatempels oder das Studium gelehrsamer Bücher in der vierzehn Monde nach Thalionmels Knappenweihe fertiggestellten Hesindebibliothek. Aber es war in Rahjas Haus und nicht im Löwinnentempel, wo die Wunde, die Rondirais Tod gerissen hatte, sich schloß.

Eine andere Veränderung in Thalionmels Wesen bemerkten nur jene, die sie bei ihren folgenden Heldentaten erlebten, und was sie sahen, ließ sie erschaudern.

Denn die Schandtat der Ferkinas erweckte den alten Haß gegen Fuxfell zu neuem Leben und übertrug ihn auf alle zukünftigen Gegner.

Doch zunächst waren es tatsächlich Ferkinas, die Thalionmels Zorn zu spüren bekamen. Die Amazonenkönigin Sophrina hatte, gleich nachdem die Kunde von dem feigen Überfall sie erreicht hatte, eine Strafexpedition ins Yrosatal aussenden wollen. Aber auf Thalionmels und Josmines Drängen und deren Argument hin, es gelte auch eine der Ihren zu rächen, dem sie sich nicht verschließen konnte, entschied sie, den Rachefeldzug zu verschieben, bis Thalionmel wieder völlig gesundet sei. Und so wurde der Aufbruch der Amazonen mit dem Abschied der Geweihten von Keshal-Rondra verknüpft.

Tatsächlich gelang es den insgesamt sechzehn Kriegerinnen, das Ferkinalager aufzuspüren. Diesmal waren die grausamen Barbaren die Überraschten, und ihre gewaltige Überzahl nutzte ihnen nicht viel. Alles und jeder wurde niedergemäht, nur Frauen und Mädchen und männliche Kinder unter zehn (Alte gibt es bei diesem Volksstamm nicht) schonten die gnadenlosen Rächerinnen. So sollten die Ferkinas erfahren, daß die ›Blutlosen‹ – so nennen sie alle, die keine Ferkinas sind – durchaus blutig zu kämpfen verstehen.

Josmine hatte während des Gefechtes ein paarmal Gelegenheit, Thalionmel beim Kämpfen zu betrachten, und mit etwa folgenden Worten gab sie ihre Beobachtung später an Schwertschwester Gunelde weiter: »Man kann nicht sagen, daß sie unritterlich kämpfte, im Gegenteil, zu ritterlich fast, wenn man bedenkt, daß diese Ferkinas wohl mehr mit Tieren als mit Menschen gemein haben. Nur um eine von uns aus der Bedrängnis zu retten, stach sie von hinten zu, ansonsten kämpfte sie genauso, wie wir es im Tempel üben. Und doch, in ihren Bewegungen, vor allem aber im Ausdruck ihres Gesichtes lag etwas, das ich schwerlich ritterlich nennen mag, obwohl man es gewiß mit ›rondragefälligem Zorn‹ umschreiben könnte. Mir aber schien es, als haue und steche sie mit mehr Wucht, als ihrer Körperkraft entspreche. Einem der Widersacher spaltete sie den Schädel bis zum Brustbein, einem anderen trieb sie das Schwert bis zum Heft in den Leib. Ihre Züge aber waren von so eiskalter Grausamkeit, von solch gnadenlosem Haß entstellt, daß mich fröstelte. Zugleich aber lag ein Funkeln darin, wie Lust.«

Schwertschwester Gunelde dachte über das Gehörte nach, aber sie wußte nicht, wie sie etwas so schwer Faßbares hätte zur Sprache bringen sollen, zumal es an Thalionmels Verhalten nichts auszusetzen gab. Sie führte ein imaginäres Gespräch mit ihrer liebsten Knappin, aber es kam nichts dabei heraus. ›Macht es dir Freude zu kämpfen, Knappin?‹ fragte sie im Geist. ›Selbstverständlich, Schwertschwester. Es macht mir stets Freude, der Herrin zu dienen.‹ – ›Macht dir auch das Töten Spaß, ist es dir eine Lust?‹ – ›Deres Antlitz von Abschaum und Geschmeiß zu befreien, sollte jedem eine Lust sein, der die Herrin liebt.‹ Was sollte man dazu sagen? Nichts. Also schwieg Gunelde ter Bersker und schloß Thalionmel nur noch inniger in ihre Gebete ein.

Mit zwei vollbrachten Heldentaten kehrte Thalionmel nach Neetha zurück, aber die restlichen zehn zu vollbringen, stellte sich als so schwierig heraus, wie sie es zu Beginn der Reise vermutet hatte, und so sollte sie zwanzig werden, bevor sie den Ritterschlag erhielt. Denn in der Tat: Mögliche Heldentaten wachsen nicht am Wegesrand oder kommen mit dem Wind durch die Tempeltür geweht.

Auch muß man bedenken, daß Thalionmel – wenn auch nur dem Namen nach und der Form halber – Herrin von Brelak war. Und obwohl sie das Gut nach Erreichen der Volljährigkeit weiterhin von Frau Sandström verwalten ließ, einer klugen, weitsichtigen und gewissenhaften Frau, ließ sie es sich doch nicht nehmen, viermal im Götterlauf nach Brelak zu reisen, um selbst nach dem Rechten zu sehen. Gewiß, die Brelaker waren stolz, eine so schöne, große und kriegerische Herrin zu haben, die schon mit sechzehn die Weihen der Rondra-Kirche erhalten hatte, aber die Verehrung, die die schlichten Bauersleute der jungen Freifrau entgegenbrachten, war von seltsamer Scheu. Thalionmel sprach stets freundlich mit ihnen und merkte sich, was sie ihr erzählten, und dennoch hatte sie mitunter das Gefühl, die Menschen fürchteten sich vor ihr. Sie bemerkte es, aber es war ihr nicht wichtig.

Kurz nach ihrer Knappenweihe setzte Thalionmel mit Schwertschwester Guneldes Hilfe ein Testament auf, in dem festgelegt wurde, daß Brelak im Falle ihres Todes – sofern sie stürbe, ohne einen Erben zu hinterlassen, und dessen war sie gewiß – der Kirche zufallen solle. Zulhamin, der der Markgraf den Namen von Brelak verweigert hatte, was sie jedoch nicht weiter verdroß, da sie schon bald den Ehrennamen ›Rahjalieb‹ erwarb, sollte bis ans Ende ihres Lebens eine Leibrente in der seinerzeit von den Eltern festgelegten Höhe erhalten. Mit dem Kirchenlehen ist es dann doch nichts geworden, da der Markgraf nach Thalionmels Tod Brelak als seinen Besitz einforderte und einen neuen Lehensverweser einsetzte, aber solange Thalionmel lebte, zog die Kirche viel Nutzen aus ihrem Besitz. Denn die Knappin, deren Ansicht es stets war, daß man nicht zugleich der Göttin dienen und ein Lehen pflegen könne, ließ alle ihre Einnahmen dem Tempel zukommen und beanspruchte für sich selbst nur so viel, wie sie für Waffen, Rüstzeug und Reittiere brauchte. Und natürlich war ihr Beutel allzeit gut gefüllt, denn es macht einen schlechten Eindruck, wenn eine Geweihte der Himmelslöwin wie eine Bettlerin daherkommt. Nein, sie muß strahlen und blinken!

Nicht unerwähnt wollen wir lassen, daß Thalionmel noch wuchs, nachdem sie das sechzehnte Jahr erreicht hatte, und am Ende einen Schritt, vier Spann und drei Finger maß. Und stärker wurde sie auch mit jedem Mond und jedem Götterlauf. Da ihr im beidhändigen Fechten die Meisterschaft versagt bleiben würde, wandte sie sich völlig ab von dieser Kunst und focht hinfort nur noch mit Schwert und Zweihänder. Schwertschwester Gunelde sah es gern, denn der Rondrakamm war ihr immer, allein schon des Namens wegen, als Rondras eigentliche Waffe erschienen. Und Thalionmel entsann sich dunkel eines ahnungsvollen Traumes während ihrer ersten Fechtstunde mit dem langen Schwert und daran, welch tiefen Eindruck am Tag der Tempelprüfung das Bild der Göttin mit dem erhobenen Bidenhänder auf sie gemacht hatte, und sie wußte eines Tages, daß Rondra sie mit dieser Waffe in den Händen sehen wollte, wenn sie dereinst die Ihr angetane Schmach rächen würde. Also übte sie fleißig, um der Göttin keine Schande zu machen, und schon mit neunzehn war sie eine Meisterin.

Alle der folgenden zehn Heldentaten zu beschreiben, würde den Rahmen dieser Erzählung sprengen, und so wollen wir uns mit den wichtigsten und prächtigsten begnügen.

Als Thalionmel siebzehn war, drang ein Hilferuf aus Bahin nach Neetha: Ein grausamer Schlinger war aus seiner sumpfigen selemitischen Heimat in die Wälder gedrungen, die den Lauf des Chabab säumen, und trieb dort sein Unwesen. Er raubte den Bauern das Vieh, den Jägern das Wild und hatte, als die Nachricht den Tempel erreichte, bereits zwei Männer, eine Frau und drei Kinder gefressen. Thalionmel, Cassim und Josmine brachen auf, das grausame Untier zu stellen und zu vernichten. Doch es stellte sich heraus, daß es zwei der blutrünstigen Bestien gab: ein mordlüsternes grünschuppiges Räuberpärchen. Die zweite brach durchs Gehölz, junge und dürre Bäumchen mit dem wütenden Peitschen ihres Schwanzes wie Halme knickend, kurz nachdem ihr Gespons, von einem mächtigen Hieb Cassims schwer getroffen, einen grauenhaften Schrei ausgestoßen hatte. Doch Ritter Cassim zahlte für seinen Mut mit dem Leben. Der Schlinger packte ihn in seiner Todesnot mit den Klauen und schleuderte ihn weit fort, so daß es dem Geweihten das Genick brach. Aber die Bestie war durch Cassims Streich so geschwächt worden, daß die Kriegerinnen leichtes Spiel mit ihr gehabt hätten, wäre nicht die zweite hinzugekommen, wütender fast als die erste. Stürzte sie sich auf Thalionmel, oder war es womöglich umgekehrt? Denn wer die Knappin im Kampf beobachtet hätte, wer zugeschaut hätte, wie ihr Schwert erst blitzende und dann blutige Kreise beschrieb, wie sie wuchtig und unablässig hieb und stach, wie sie mit eleganten Sprüngen und gewandtem Abtauchen den Hieben von Pranken und Schwanz auswich, der hätte vielleicht die zweite Möglichkeit gewählt. Josmine hatte keine Gelegenheit, der Freundin beizustehen, denn das erste Untier hatte sie, tödlich getroffen, im Stürzen mit sich gerissen und hielt eines ihrer Beine mit dem Gewicht seines Leibes gefangen. Aber es hatte auch nicht den Anschein gehabt, als ob Thalionmel Hilfe brauchte, denn sie selbst blieb bei dem Gefecht fast unversehrt, der Schlinger aber büßte nach und nach seinen Schwanz und seine im Verhältnis zum massigen Körper kümmerlichen Ärmchen ein, bevor ihm der letzte Stich das Herz durchbohrte. So kehrte die Knappin als einzige der drei Geweihten lebendig und gesund und mit dem Ehrennamen ›Bezwingerin des Untieres von Bahin‹, den die dankbaren Bürger ihr verliehen hatten, nach Neetha zurück.

Bei der schönsten Heldentat aus Thalionmels achtzehntem Lebensjahr war – wenn auch nur mittelbar und ohne einzugreifen – ihr alter Freund Pagol beteiligt. Es traf sich nämlich, daß zu derselben Zeit, als die Knappin ihre Schritte über den Markt lenkte, um Pagols nagelneuen schmucken Stand, auf den er lange gespart hatte, zu bewundern und ein wenig mit dem Freund zu plaudern, es offensichtlich auch vier Thorwaler auf ihn und seinen Besitz abgesehen hatten. Als die Geweihte sah, wie die vier angetrunkenen Hünen, zwei Männer und zwei Frauen, sich grölend, pöbelnd und rempelnd ihren Weg zu dem Schreibstand bahnten, wußte sie gleich, daß es Ärger geben würde. Daß es zu einem ernsten Kampf auf Leben und Tod kommen sollte, ahnte sie jedoch nicht. Nun, allzuviel Schaden hatten die vier noch nicht angerichtet, als Thalionmel sie erreichte, und sie hatten auch dem völlig verängstigten Pagol noch kein Haar gekrümmt. Bis jetzt war es bei lärmendem Spott und kostspieligen Neckereien geblieben. Doch der Spott war nicht lustig, die Neckereien waren nicht komisch. Schon daß sie sich den schmächtigen Pagol als Opfer auserkoren hatten, zeigte, daß sie roher und grausamer waren, als man es den Nordländern gemeinhin nachsagt. Und der Zielstrebigkeit, mit der sie nun eine Schreibfeder nach der anderen zerbrachen, mit der sie Pergamente zerrissen, bespien oder mit Tinte besudelten, haftete etwas Widerwärtiges an. Dem armen Pagol stand der Angstschweiß im Gesicht, und er wußte nicht, wie er es anstellen sollte, seine Habe und auch seine Gesundheit zu bewahren, denn Büttel waren weit und breit nicht zu sehen, und die Händler in der Nähe rafften hastig ihre Waren zusammen. Da mischte Thalionmel sich ein und befahl den Barbaren, abzulassen von ihrem Treiben, sich bei dem Schreiber zu entschuldigen und ihm den Verlust zu ersetzen. Aber die Piraten lachten sie aus – es war ein häßliches Lachen, das bald erstarb. »Willst du Ärger?« fragte eine der Frauen, ein feistes Weib mit kahlgeschorenem Schädel. »Den kannst du haben!« Und schon hatte sie ihr Entermesser gezogen und stürzte sich auf die junge Geweihte. So kam es zum Kampf, zum bitterernsten Kampf auf Leben und Tod – vier gegen eine. Für Pagol war es schrecklich, die Freundin von vier muskelbepackten Hünen bedrängt zu sehen. Aber er brauchte den Anblick nicht lange zu ertragen. Am Ende des wilden, kurzen und grausamen Gefechtes lagen zwei der Piraten erschlagen in ihrem Blut, die anderen beiden wurden verletzt auf ihren Drachen zurückgebracht. Auch Thalionmel trug etliche Wunden davon, aber alle verheilten zu schmückenden Narben.

Mit neunzehn tat Thalionmel sich bei einem Scharmützel mit frechen und gut bewaffneten Wüstenkriegern so glänzend hervor, daß sie den Ehrennamen ›Rächerin der Rechtgläubigen‹ erhielt, einen Namen, der sich später auf so grauenhafte und heroische Weise bestätigen sollte. Es geschah zwischen Thegun und Kabash – so weit hatten die Irrgläubigen sich vorgewagt –, und eigentlich hätten die neun weißgoldenen Bannstrahl-Ritter sich mit Praios' Hilfe und ihren goldenen Streitkolben selbst helfen sollen, denn die Überzahl der Wüstenkrieger war nur gering. Aber es wollte ihnen nicht gelingen, und es ist müßig zu fragen, ob es an ihrem mangelnden Praiosvertrauen oder dem wilden Rastullahgrimm ihrer Widersacher lag. Fünf waren schon gefallen, als die Knappin, die ein Auftrag Schwertschwester Guneldes nach Kabash führte, zum Kampfplatz gesprengt kam, und die drei Überlebenden bezeugten später, daß sie ihr Leben nur Praios' Gnade und dem Mut der jungen Geweihten verdankten. Wie ein Racheblitz Rondras sei sie unter die Rastullahknechte gefahren, habe alles niedergemäht, was sich ihr in den Weg stellte, und mit der Kühnheit und der Wut einer Löwin gefochten. Und dabei habe sie unablässig Rondras Namen gepriesen.

Am Vortag ihres zwanzigsten Geburtstages vollbrachte Thalionmel ihre elfte Heldentat, aber es dauerte fast sechs Monde, bis sie die Gelegenheit zur zwölften erhielt. Man schrieb den vierten Rondra, und sie war sinnend am Ufer des Meeres gewandelt, hatte sich in ihrem Innern auf den kommenden ›Tag des Schwertes‹ vorbereitet, hatte sich gefragt, ob sich ihr Schicksal wohl morgen erfüllen werde, und dabei wohlig das Gewicht des Zweihänders auf der Schulter gespürt. Warum sie die unhandliche Waffe mitgenommen hatte, hätte sie nicht zu sagen gewußt; es war kaum mehr gewesen als eine dunkle Ahnung, daß sie sie vielleicht würde brauchen können. Doch ihre Ahnung sollte sich als richtig erweisen. Um die vierte Stunde nach Mittag – auf den Straßen herrschte reges Treiben – geschah es, daß eine Söldnerin sich ihr mit finsterer Miene näherte und sogleich pöbelnd ein Gespräch begann. »Dürfen Kinder neuerdings auch schon mit dem langen Eisen fechten?« Solches oder etwas ähnliches mag sie gesagt haben. Die Kämpin überragte Thalionmel um halbe Haupteslänge, und Züge und Wuchs verrieten, daß sie gewiß auf zwanzig Jahre Erfahrung zurückblicken konnte. Nun, es entspann sich ein Wortwechsel, der immer hitziger wurde und in dessen Verlauf Rondras Ehre angetastet wurde da die Söldnerin den herzlosen Kor über die eigene Mutter, die stolze Himmelsleuin, stellte und diese als sentimentale Glucke bezeichnete, und die Beleidigung endete mit den kaum wiederholbaren Worten: »Ich spucke auf deine Rondra!« oder gar »Ich pisse auf deine Rondra!« (Die Zeugen waren sich später nicht einig, und Thalionmel selbst weigerte sich hartnäckig, den lästerlichen Satz wiederzugeben.) So kam es um Rondras Ehre willen zum heiligen Zweikampf auf Leben und Tod zwischen der jungen Geweihten und der berüchtigten Söldnerführerin Rovena ter Wieseling. Die Hünin hatte erst dröhnend gelacht, als Thalionmel sie forderte, und sich dann vorgestellt. »Was? Du Göre wagst es, mich zu fordern? Mich, Rovena ter

Wieseling! Denkst du, ich schone dich, nur weil du ein vorlautes Küken bist? Dann denkst du falsch. Ich scherze nie, und ich schone nie. Und nun freu dich, denn bald schon wird deine Himmelsglucke dich unter ihre Fittiche nehmen.« Der Kampf wurde auf dem Vorplatz des Siegestempels ausgetragen. Es war Thalionmels erster ernster Zweikampf mit dem langen Schwert, und es sollte ihr einziger bleiben. Und welch prächtiger Kampf war das! Bald hatte sich ein Ring von Schaulustigen um die Kriegerinnen gebildet, und sie bekamen ein kostenloses Schauspiel geboten, erregender und ergreifender als jede Jahrmarktsgaukelei, für die sie hätten zahlen müssen. Wohl drei Stunden lang währte das Gefecht, und am Ende war das helle Pflaster des Platzes rot gesprenkelt. Die Frauen kämpften stumm und verbissen – zwei und eine halbe Stunde lang. Zu diesem Zeitpunkt sah es so aus, als sollte die Söldnerin siegen, denn Thalionmel schien am Ende ihrer Kraft. Nur noch mit größter Mühe gelang es ihr, das lange Eisen zu heben und im weiten Bogen zu schwingen, sie taumelte, und auf ihren Zügen spiegelte sich unendliche Qual. Da ergoß Rovena, ihres Sieges allzu sicher, unvermittelt einen Schwall unflätiger Beschimpfungen über die Knappin und ihre Göttin. Das hätte sie nicht tun sollen. Denn es war, als kehrten durch die abscheulichen Worte, die den Todesstoß vorbereiten sollten, neue Kräfte in Thalionmels Körper zurück, und nun wandte sich das Blatt, und es war die Söldnerin, die binnen Halbstundenfrist den Todesstoß erhielt. Thalionmel aber reckte den Rondrakamm empor und stimmte die Hymne ›Heil dir, Himmelsleuin kühn‹ an, in die bald alle, denen das Lied geläufig war, jubelnd einfielen. Am Ende der ersten Strophe brach sie ohnmächtig zusammen, und es dauerte drei Wochen, bis sie von ihren Wunden genesen war.

So kam es, daß Thalionmel nicht am Tag des

Schwertes zur Ritterin geweiht wurde, sondern erst am Ende des Rondramondes. Schwertschwester Gunelde war es nicht unrecht, denn ihr lag viel daran, die Ritterweihe ihrer liebsten Knappin mit gebührendem Prunk zu feiern, und ein solches Fest wollte gut vorbereitet sein. Und noch jemanden gab es, der erleichtert war, daß die Weihe erst Ende des Mondes vollzogen werden sollte: Quendan von Gravenanger. Ihn erreichte die Kunde vom siegreichen Zweikampf seiner alten Schulkameradin und der bevorstehenden Weihe erst am vierundzwanzigsten Rondra, und fast hätte er es nicht geschafft, rechtzeitig in Neetha einzutreffen. Doch es gelang ihm, den Tempel vor Beginn der Zeremonie zu betreten und sich einen guten Platz zu sichern. Während des gesamten Rituals klopfte ihm das Herz fast schmerzhaft wild, und die Augen brannten ihm, so starr hielt er sie auf Thalionmel gerichtet. Er saugte sich an ihrem Anblick fest, saugte ihn in sich ein.

Als sie den Schlag erhalten hatte und die Weihe vollzogen war, spürte die Kriegerin Quendans Blick, wandte den Kopf, erkannte ihn und sah ihn an. Und ihr war in diesem Augenblick, als sähe sie ihn zum erstenmal in ihrem Leben.

9. Kapitel

Zur Knappenweihe hatte Thalionmel ein persönliches Schwert erhalten, ein Langschwert, dessen Parierstange aus den Leibern zweier Löwinnen geformt war und das sie ›Farimbash-Rondrasham‹ nannte, ein Name güldenländischen Ursprungs, der in etwa das folgende bedeutet: Verteidiger der Ehre Rondras. Zur Ritterweihe erhielt sie einen Rondrakamm mit (bis auf die Schneiden) vergoldeter Klinge – eine kostbare Zyklopenwaffe aus dem Tempelschatz –, dessen Parierstange an jedem Ende mit dem Haupt einer brüllenden Löwin geziert war. Sie nannte die Waffe ›Ay'Halam al'Rhondrachai‹, ein aus Bosparano und Alt-Tulamydia gebildetes Wort, das wiederum nichts anderes heißt als ›Stahl, der Rondras Ehre schützt‹.

Thalionmel hatte lange über die Namen nachgedacht und viele alte Schriften studiert, denn was sie stets erhofft, ersehnt und erbeten hatte, war nicht eingetreten: daß eines Tages beim Gebet im Tempel die Worte in flammenden Glyphen geschrieben vor ihren Augen erschienen. Und auch im Traum, wie es so manchem Recken geschieht, hatte sie die Namen nicht erfahren. Darum wußte sie nicht, ob sie der Herrin gefielen. Hatte Rondra es denn nötig, Ihre Ehre vom Stahl einer Sterblichen schützen und verteidigen zu lassen? Nein, gewiß nicht, aber dennoch sagte man so, war es eine unter Kriegern geläufige Redewendung. Thalionmel hätte lieber die Worte ›Rache‹ und ›Strafe‹ in die Namen gewoben, aber die Silbenverbindungen, die sich damit bilden ließen, hatten häßlich geklungen, wenn sie sie im Geist sagte oder laut aussprach, und darum hatte sie alle verworfen. Weil sie zeit ihres Lebens unsicher blieb, ob Rondra ihre Wahl billigte, sprach sie die Namen ihrer Schwerter nur selten und mit einer gewissen Scheu aus.

Sie erhielt auch nie wieder ein so deutliches Zeichen der Göttin wie am Tag ihres vierzehnten Tsafestes. Doch wußte sie auch die weniger erschütternden mit Dankbarkeit zu deuten. Denn wie, wenn nicht mit Rondras Beistand, hätte sie ihre zwölf Heldentaten vollbringen können? Die Herrin selbst hatte ihr bei jedem Kampf Kraft eingeflößt und die Hand geführt! Das war Thalionmels feste Überzeugung, und deshalb wurde ihr Glaube niemals schwankend und ihre Liebe zur Herrin nicht geringer.

Thalionmels Liebe zur Herrin wurde gewiß nicht geringer, als sie Quendan im Tempel erkannte – sie war für einen kurzen Augenblick vergessen. Alles ringsum war in diesem Moment vergessen und unsichtbar. Sie sah nur ihn, wenn auch ein klein wenig verschwommen. Wer ist dieser schöne große Mann, der mich mit der Kraft seiner Augen zwingt, den Kopf zu wenden? ging es ihr durch den Sinn. Wer ist es, dessen Blick ich auf mir fühle wie warme liebkosende Hände? Er sieht meinem alten Schulfreund Quendan ähnlich, es ist Quendan, aber nicht der Quendan, den ich zu kennen glaubte, sondern ein fremder erwachsener Mann.

Das alles dachte Thalionmel viel schneller, als man es aufschreiben oder lesen kann, und sie wußte kaum selbst, daß sie es dachte. Es war eine seltsame Anwandlung und drei Herzschläge später vorüber. Doch als ihr nun, einer nach dem anderen, die Umstehenden zur Weihe gratulierten, schweiften ihre Augen gelegentlich von ihrem Gegenüber zu dem bescheiden im Hintergrund wartenden Quendan, und als die Reihe endlich an ihm war, entzog sie ihm nicht die Hand, die er ein wenig länger als gebührlich in der seinen hielt, sondern schaute ihm tief in die Augen, lächelte und sagte: »Wie schön, daß du zu meiner Weihe gekommen bist. Ich freue mich sehr, und wenn du mich noch mehr erfreuen willst, dann komm heute abend in den *Löwenkrug,* wo wir den Tag mit einem Festmahl beschließen werden.«

Quendan war von der Feierlichkeit der vorangegangenen Zeremonie, die ihn um so mehr ergriffen hatte, als es Thalionmel gewesen war, die die Weihe empfing, noch immer so gerührt, daß er nun, bei der unverhofften Einladung, im ersten Augenblick kein Wort herausbrachte. Er errötete wie ein zwölfjähriger Zögling, räusperte sich, murmelte »verbindlichsten Dank, ich werde kommen«, ergriff noch einmal die Hand der frischgeweihten Ritterin, hauchte einen Kuß darauf, wandte sich um und verließ mit großen Schritten den Tempel. Thalionmel sah ihm nach, bis das Tor sich hinter ihm geschlossen hatte.

Es war eine große Gesellschaft, die sich um die achte Stunde nach Mittag im *Löwenkrug* versammelte: Alle Novizen und Geweihten des Siegestempels, einige Offiziere und Soldaten der Garnison und ihre Befehlshaberin Obristin Birsel, Frau Sandström samt vierköpfiger Abordnung der Brelaker Bürgerschaft, die Waffenschmiedin und der Zeugmeister des Tempels, Vertreter der Handelshäuser, die mit der Kirche in guten Beziehungen standen, Xerane und Ugo aus der immer noch sehr kleinen Geweihtenschaft Hesindes, Mutter Sumudai vom Traviatempel, Quendan, Zulhamin und Pagol.

Thalionmels alter Gefährte und die Schwester hatten diesmal, so wie die meisten anderen, eine Woche im voraus eine schriftliche Einladung zu Feier und Festmahl erhalten, und beide kamen nicht nur in den Siegestempel sondern auch in den *Löwenkrug.* Es hatte den armen Pagol gewiß den Verdienst zweier Monde gekostet, sich zum Ehrentag der Freundin so schmuck herauszuputzen: Der weiße Spitzenkragen und die weißen Seidenstrümpfe fügten sich wohl zu dem dunkelgrünen Sammetanzug, eine Pfauenfeder schmückte das kecke Barett, und die schwarzen Spangenschuhe blinkten und knarrten, so neu waren sie. Doch die junge Ritterin bemerkte es kaum. Zwar wechselte sie mit Pagol wie mit jedem der Gäste bei der Begrüßung ein paar Worte, erkundigte sich höflich nach seinen Geschäften und Zukunftsplänen, aber sie tat es ohne echte Anteilnahme, wie Pagol betrübt bemerkte.

Während des Festmahles hatte er keine Gelegenheit mehr, mit der Freundin zu plaudern, denn diese hatte den Ehrenplatz inne, am Kopf der Tafel zwischen der fast völlig ergrauten Schwertschwester und Ritter Odil, in dessen wohlgestutztem schwarzen Bart sich nun auch die ersten weißen Fäden zeigten. Ihnen zunächst hatten Knappe Stipen, den nur noch drei Heldentaten vom ersehnten Ritterschlag trennten, und Ritterin Dythlind, die vor zwei Jahren vom Kusliker Tempel nach Neetha gekommen war, Platz genommen. Nur mit diesen vier konnte Thalionmel reden, ohne die Stimme zu erheben.

Wenn Pagol auch das Gespräch verwehrt war, so war es ihm doch möglich, die junge Ritterin zu betrachten und zu beobachten, und er tat es mit weit größerer Aufmerksamkeit, als er sich dem Genuß der köstlichen Speisen widmete. Ach, alle diese Wachteln, Hasen und Enten hatten umsonst ihr Leben gelassen, und die fleißigen Köchinnen und Köche hatten ihre Kunst an den Schreiber vergeudet, denn er aß, ohne recht zu wissen, was er auf die Gabel spießte und seinem Magen einverleibte. Aber immerhin aß er, was man von Thalionmel nicht sagen konnte. Zwar lagen eine Hasenkeule, ein paar geschmorte junge Rübchen und zwei goldgelbe Knödel aus Hirse und Praioskolbenmehl auf ihrem Teller, und sie blieben auch nicht unberührt, da die Ritterin sie hin und wieder anders verteilte oder ein wenig darin herumstocherte, aber essen konnte man nicht nennen, was sie da tat. Nur fünfmal während des ganzen Mahles sah Pagol sie einen Bissen zum Mund führen, kauen und schlucken. Dafür sprach sie kräftig dem süßen roten Weine zu und plauderte angeregt, am meisten mit Schwertschwester Gunelde, deren Wangen vom Trinken und auch von rondragefälligem und mütterlichem Stolz gerötet waren. Denn Thalionmel war die jüngste Knappin, die sie je zur Ritterin geschlagen hatte, und das Mädchen war ihr ans Herz gewachsen wie eine Tochter.

Das alles sah Pagol sehr wohl. Er sah auch, wie Thalionmel sich vorbeugte, um eine Bemerkung Josmines zu erwidern. Er sah, wie sie Zulhamin zu sich winkte, um etwas mit ihr zu besprechen, er sah, wie sie die Hand hinter die Ohrmuschel hielt und dann bedauernd Schultern und Hände hob, als die recht fern sitzende Händlerin Efferdane Polter ihr etwas zu erzählen versuchte. Aber er sah vor allen Dingen, daß, so aufmerksam sie auch schien, ihre Gedanken nicht bei dem Gehörten oder Gesagten waren. Er merkte es an der unvertrauten Heiterkeit, die nicht vom Wein herrührte, vor allem aber am unbeständigen Schweifen ihres Blickes, den sie üblicherweise mit großer Festigkeit auf ihr Gegenüber zu heften pflegte. Pagol suchte den Punkt, zu dem Thalionmels Augen immer wieder zurückkehrten, und fand ihn bald. Der hochgewachsene Unbekannte war ihm schon im Tempel unangenehm aufgefallen. Denn er sah laraanmäßig gut aus, an seiner Kleidung und seinem Betragen gab es nichts auszusetzen, und er hatte der Freundin die Hand geküßt.

Sollte ich den Burschen kennen? dachte Pagol, aber er war sich sicher, den Mann nie zuvor gesehen zu haben. Oder vielleicht doch, vor langer, langer Zeit, als sie beide noch Kinder waren und der blasse picklige Garnisonszögling mit den künstlich gekräuselten Haaren mit besorgter Miene Brief und Bericht des kleinen aufgeregten Praiosschülers entgegengenommen hatte. Ja, das mußte Quendan sein, der gute Freund, der begnadete Maler, der Handküsser. Pagol hatte es die ganze Zeit befürchtet, und nun wurde es ihm zur Gewißheit. Und auf diesen hatte Thalionmel im wahrsten Sinne des Wortes ein Auge geworfen! Pagol spürte, wie etwas schmerzhaft nach seinem Herzen griff und es zusammenpreßte. Der Geschmack der Speisen wurde bitter, der Wein brannte ihm sauer in der Kehle, und seine Stimmung verfinsterte sich augenblicklich. Aber dennoch brachte er es nicht über sich, die festliche Runde zu verlassen. Erst mußte er ergründen, was dieser Mensch an sich hatte, das er selbst nicht besaß und das in der Lage war, den unnahbaren Stolz und die verbindliche Höflichkeit der Freundin in echte Herzlichkeit zu verwandeln.

Quendan von Gravenanger war ein wenig älter als Thalionmel – zwei Götterläufe vielleicht –, und er hatte sich die zwei Finger an Größe, die er ihr schon zu Beginn der Schulzeit vorausgehabt hatte, erhalten können; Thalionmel hatte es mit Freude bemerkt, denn es gab nicht viele Männer, die sie überragten. Das dichte kastanienbraune Haar fiel ihm bis auf die Schultern, und er hatte es, Thalionmel zu Ehren oder weil er die Kluge Göttin liebte, mit einer grüngoldenen Kappe bedeckt. Der Kopfputz war der einzige Schmuck seiner Kleidung aus schwarzem Zwirn, und Pagol stellte mit Genugtuung fest, daß sein eigener Spitzenkragen üppiger war als der des fremden Edelmannes. Etwas anderes allerdings bemerkte er mit Grimm und kaum verhohlenem Neid.

Ende Rondra ist es sogar im Nivesenlande noch warm, in Neetha aber ist es so heiß, daß man zu schmelzen glaubt und für jeden Lufthauch dankbar ist. Selbst am Abend sperren die Menschen Laden und Fenster weit auf, um die frische Meeresbrise hereinzulassen. Nun liegt es aber in der Natur festlicher Kleider, daß sie warm sind, und so spürte Pagol bald, wie ihm der Schweiß in den Kragen rann und das Hemd unter dem Wams feucht am Körper klebte. So erging es den meisten Gästen – auch die Geweihten in ihren Kettenhemden mußten leiden –, und kaum ein Gesicht gab es ringsum, das nicht gerötet war und vom Schweiß glänzte. Zulhamin gehörte zu jenen, denen die Hitze wenig auszumachen schien, aber sie zählte nicht in ihrem Nichts von einem roten Kleidchen. Thalionmel war hell wie immer, kein Schweißtropfen stand auf ihrer Stirn, und nur die Wangen zierte ein zarter rosiger Hauch. Und Quendan war der dritte, der nicht unter der drückenden Wärme litt. Seine Haut schimmerte matt, und man sah ihn kein einziges Mal mit dem Tüchlein tupfen. Auch er schien angeregt mit seinen Nachbarn zu plaudern, aber wenn man ihn so genau beobachtete, wie Pagol es tat, dann hätte man bemerkt, daß sein Blick den Thalionmels ebenso häufig suchte wie ihrer den seinen. Und auch sein Teller leerte sich kaum.

Doch irgendwann war das Mahl vorüber, Mägde und Knechte räumten Teller und Platten fort und auch die Tische, aus denen die lange Tafel zusammengesetzt war. Die Menschen erhoben sich, mengten sich untereinander, um auch mit solchen reden zu können, die bei Tisch fern von ihnen gesessen hatten, und das gab den Dienstboten Gelegenheit, die Stühle anders zu gruppieren. Offensichtlich ist das Fest noch nicht vorüber, ging es Pagol durch den Sinn. Vielleicht würden Gaukler oder Musikanten nun ihre Künste zeigen beziehungsweise zu Gehör bringen. Während er noch sann, welche Überraschung die Gastgeberin für ihre Gäste bereithalten mochte, kam diese auf ihn zu und ergriff seinen Arm. »Komm, Pagol«, sagte sie, »ich möchte dir einen alten Freund vorstellen.«

Oh, heilige Hesinde! dachte Pagol. Warum tut sie das? Will sie mich quälen? Ich will den Laffen nicht kennenlernen! Aber er folgte doch gehorsam, zumal auf Thalionmels Zügen nicht der schwächste Hauch von Grausamkeit zu entdecken war. So unangenehm es dem Schreiber war, mit dem Edlen aus Wobran bekanntgemacht und zum Gespräch mit ihm gezwungen zu werden, so wenig schien es jenen zu verdrießen. Quendan verneigte sich und lächelte verbindlich, als er seinen Namen nannte, und er hätte Pagol gewiß die Hand gereicht, wenn dieser die seinen nicht im Rücken verschränkt gehalten hätte.

Thalionmel machte die Männer auf die Gemeinsamkeiten ihrer Neigungen und Berufe aufmerksam, bevor sie sich zu Mutter Sumudai gesellte, und so entspann sich eine Unterhaltung zwischen ihnen, wortkarg und mürrisch auf Pagols, interessiert und aufmerksam auf Quendans Seite. Der junge Edelmann sprach mit dem Schreiber wie mit seinesgleichen; kein Anflug von Spott oder Überheblichkeit war in seinen Worten und seinen dunklen Augen zu entdecken, die er hin und wieder suchend durch den Raum schweifen ließ, nur Gutmütigkeit und Ernst. Er fragte Pagol nach der Zusammensetzung seiner Tinten und Tuschen, berichtete von seinen eigenen Erfahrungen, und alles, was er sagte, war schlicht und aufrichtig. Und er prunkte auch nicht mit seinem guten Wuchs – er schien kaum zu wissen, welch prächtige Figur er abgab, wie gut sich die breiten Schultern zu den schmalen Hüften und den langen Beinen fügten, deren Muskeln sich unter den Beinkleidern abzeichneten, und so hielt und bewegte er sich mit der natürlichen Anmut eines schönen starken Tieres. All das bemerkte Pagol, und es machte ihm schwer zu schaffen. Hilfesuchend sah er sich nach Zulhamin um, die er kannte, wenn auch nur flüchtig, und die ihn von der quälenden Konversation erlösen sollte. Aber ›Rahjalieb‹ war verschwunden, und nun dämmerte ihm, welcher Art die Überraschung sein würde, die die Gäste erwartete.

Pagol sollte recht behalten. Zu ihrem Ehrentag hatte Thalionmel sich einen Tanz von der Schwester gewünscht. Das erste Gespräch hierüber hatte noch in der Krankenstube stattgefunden, wo die Kriegerin blaß und an Haupt und Gliedern verbunden gelegen hatte. »Ja, gefällt euch denn so etwas?« hatte Zulhamin überrascht gefragt. »Willst du nicht lieber Sängerinnen und Sänger verpflichten, die heldenhafte Lieder für euch singen?«

Aber Thalionmel hatte gelacht und dann die Hand gegen die Seite gepreßt, wo Rovenas Eisen eine tiefe Wunde gerissen hatte. »Heroisch wird der ganze Tag, und Hymnen werden wir genug anstimmen. Welch schöner Ausklang des Festes wäre ein Tanz von dir, der unsere Sinne erregen und uns verzaubern würde.« Da hatte Zulhamin vor Freude gestrahlt, genickt und der Schwester die Hand gedrückt. »Ich werde tanzen, als sei es in Rahjas Haus«, hatte sie erwidert.

Es dauerte nicht lange, bis Dienstboten die Hälfte der Kerzen gelöscht hatten, so daß der Raum nun von warmem Dämmerlicht erfüllt war. Als die Musiker das Zimmer betraten, besetzten die Gäste nach und nach die zu zwei hintereinanderliegenden Halbkreisen geordneten Stühle. Selbstverständlich war der mittlere Stuhl der ersten Reihe Thalionmel vorbehalten, aber die benachbarten Plätze sollten nicht, wie beim Mahl, Ritter Odil und Schwertschwester Gunelde zufallen. Aus den Augenwinkeln beobachtete Pagol, wie Quendan entschlossen den Platz links von Thalionmel ansteuerte und sich mit selbstverständlicher Unbefangenheit ebendort niederließ. Das verlieh Pagol die Kühnheit, die Absicht der Hochgeweihten zu ignorieren und sich, kurz bevor diese den Stuhl erreichte, rechts neben der Freundin niederzulassen. So genoß die Ritterin den Tanz der Schwester, eingerahmt von ihren beiden alten Freunden.

Kaum saßen alle, da erklangen die ersten Akkorde,

und Zulhamin-Rahjalieb wirbelte ins Zimmer. Oh, wie über alle Maßen liebreizend und bezaubernd sah sie aus – wie die süße Rahja selbst! Das Haar war teils offen, teils zu golddurchwirkten dünnen Zöpfchen geflochten, die dunkelglänzenden Augen waren von schwarzen Linien umrandet, das halbgeöffnete Mündchen war korallenrot geschminkt und der rahjagefällige blaß-bräunliche Körper in eine Vielzahl hauchfeiner Schleier gehüllt. In allen Abstufungen der Farbe Rot, vom zarten Rosenrot des Morgenhimmels über das gelbe Rot des Feuers bis hin zum tiefen Purpur, reichte die Vielfalt der Schattierungen, und nach und nach löste sie die durchscheinenden Gespinste und ließ sie wie rahjabeseelte Blüten und Schmetterlinge durchs Zimmer schweben.

Pagol sah es mit angehaltenem Atem. Er hatte Rahjas Haus niemals besucht und Zulhamin niemals tanzen sehen, aber bei ihrem Anblick, bei ihrer allerersten Drehung, bei dem süßen Lächeln, das sie ihm schenkte – wie ihm schien, als erstem und einzigem –, verstand er augenblicklich, was mit Rahjas Gnade gemeint ist. Wie ein wohliger, kühl-warmer Frühlingshauch fuhr es ihm in Herz und Glieder, vertrieb die klebrige Hitze, die seinen Körper peinigte, den bitteren Geschmack von der Zunge und den Gram, der sein Gemüt verdunkelte. Zulhamin sah ihn an, löste den Schleier, und die quälende Eifersucht wurde zu einer abgestorbenen Hülle, die er abstreifen konnte wie die Eidechse ihre alte Haut.

Und Pagol streifte die Hülle ab; nur zu gern befreite er sich von der drückenden Last, die seinem Leben die Freude raubte und ihm doch die Freundin nicht näherbrachte. Thalionmel würde nie die Seine sein – was er immer geahnt hatte, war ihm nun Gewißheit, aber die Erkenntnis hatte nicht den herben Beigeschmack von Neid und Mißgunst. Er haßte den Nebenbuhler nicht mehr, weil jener und nicht er selbst der Erwählte war, denn er sah: Quendan war der Rechte. Dieser Mann, schön, stark, gütig, gebildet, aufrichtig und von gutmütiger Wesensart, war der einzige Mensch, dem es nach vier Götterläufen gelungen war, das Gesicht der Freundin zum Strahlen zu bringen, ihren Panzer aus Kälte und widernatürlicher Beherrschtheit zu durchdringen und ein übermütiges Glitzern in ihre Augen und ein liebendes Lächeln auf ihre Lippen zu zaubern. Er war der Mensch, der sie glücklich machte, das wußte Pagol, und er freute sich für die Freundin, daß es so war.

Pagol ließ während der Dauer des Tanzes kein Auge von Zulhamin. Selbst wenn er gewollt hätte, wäre es ihm nicht möglich gewesen. Die junge Sharisad sah nicht nur aus wie die leibhaftige Rahja – sie tanzte auch wie eine Göttin, und das ist nicht die leere Redewendung des Chronisten, nein, Pagol erlebte es wirklich so. Er wußte, daß Zulhamin eine Sterbliche war, doch war sie so sehr von Rahjas Geist durchdrungen, daß sie ihn nicht nur von seiner Herzenspein befreite, sondern ihn mit der Sprache ihres Körpers lehrte, das Leben zu verstehen – eine seltsam beglückende Erfahrung, die er zwar später nicht hätte in Worte kleiden können und die doch, während er sie machte, eine Gewißheit seines Leibes und seiner Seele war. Er wußte um Beginn und Ende, Geburt und Tod, Sehnsucht und Erlösung und daß alles seinen Sinn und seinen rechten Platz im Weltengefüge hatte, ein unendliches Band und zugleich ein Kreis war, eine Spirale, die sich in göttlicher Schönheit und Vollendung durch Zeit und Raum wand. Und obwohl Zulhamins lieblicher Anblick und die rahjagefällige Grazie ihrer Bewegungen alle Fasern seines Körpers zum Vibrieren brachten und mit heißem Begehren erfüllten, war das Sehnen doch kein Schmerz, da seinem Geist Erfüllung zuteil wurde.

Während Pagol all das erlebte und erfuhr, spürte er zugleich die Verwandlung der Freundin an seiner

Seite. Zwar hatte er nicht gesehen, wie ihre Linke und Quendans Rechte zueinander fanden, aber er fühlte, wie sie weich wurde, sich öffnete, um durch den Tanz der Schwester Rahjas Odem in sich strömen zu lassen. Vorsichtig tasteten seine Finger nach ihrer Rechten, fanden sie und umfaßten sie in brüderlicher Zuneigung, und Thalionmel ließ den Freund gewähren. Nein, mehr noch, sie ließ ihn teilhaben, und diese Erfahrung versöhnte Pagol endgültig mit seinem Los.

Der letzte Schleier, wie eine blutrote Schlange um Zulhamins Körper gewunden, löste sich in einer schnellen Drehung, schwebte durch den Raum, und nun sah man die schöne Tänzerin in völliger Nacktheit: Ihre Haut schimmerte wie Seide, die Knospen ihrer Brüste waren mit roter Schminke gefärbt, die Vertiefung des Nabels auf der flachen Wölbung des Bauches mit einem glitzernden Kleinod versiegelt, und genauso wie sich die Höhlen unter den Achseln in verletzlicher Nacktheit zeigten, waren auch die geheimen Lippen zwischen ihren Schenkeln vom schwarzen Gekräusel befreit – haarlos wie die eines Kindes waren sie und schwellend wie die einer Frau. Aber nur wenige Wimpernschläge lang währte der erregende und ergreifende Anblick, dann bliesen, auf ein unsichtbares Zeichen Zulhamins hin, die Diener die Kerzen aus, und in die Dunkelheit hinein erklang der Schlußakkord.

Für einen kurzen Augenblick herrschte atemlose Stille, dann hörte man Ritter Odil »Bravo! Bravo!« rufen und laut in die Hände klatschen. Bald fielen die anderen Gäste ein, und während des folgenden tosenden Beifalls, der vereinzelten »Von vorn«-Rufe, die wohl eher als Ausdruck der Begeisterung denn als echte Aufforderung gemeint waren, wurden nach und nach die Kerzen wieder entzündet.

Allen war es, als erwachten sie aus einem wohligen Traum. Josmine und Stipen, seit zwei Jahren in Rondra und Travia verbunden, aber immer noch verliebt wie ein Gimpelpärchen, lösten sich errötend aus ihrer Umarmung, Mutter Sumudai und Schwertschwester Gunelde blinzelten und schüttelten lächelnd den Kopf, wie man es tut, wenn man sich längst vergangener süßer Torheiten erinnert, Zeugmeister Dapifer nahm seine Hand mit scheuem Seitenblick vom Schenkel der Waffenschmiedin Edwine, Efferdane Polter wischte sich verstohlen die Augen und schneuzte sich in ein seidenes Tüchlein. Die übrigen saßen mit geröteten Wangen und leuchtenden Augen auf ihren Stühlen, noch zu bewegt, um sich sogleich in der Wirklichkeit zurechtzufinden.

Es dauerte nicht lange, bis Zulhamin sich wieder den Versammelten zeigte, nun jedoch, wie vor dem Tanz, in das durchscheinende rote Gewand der Rahja-Geweihten gehüllt. Lächelnd und mit einer anmutigen Verbeugung dankte sie für den Applaus, dann wies sie auf die Musiker, die sich bei dieser Geste erhoben und, als der Beifall ihnen zu Ehren noch einmal anschwoll, ebenfalls tief verneigten. Wie es schien, war das Festmahl beendet. Die Gäste erhoben sich nach und nach, standen eine Weile unschlüssig im Zimmer, so als könnten sie sich nicht entschließen, nach Hause zu gehen, dann legten die ersten ihre Waffen um, die Dienstboten in Ständer rechts und links der Tür gesteckt hatten.

Auch Pagol schaute sich wie suchend in der Gaststube um. Er hatte keine Freunde unter den Gästen, niemanden, mit dem er einen gemeinsamen Heimweg hätte verabreden können, und obwohl Zulhamins Tanz ihn getröstet und von der Eifersucht geheilt hatte, fühlte er sich plötzlich unendlich einsam.

Thalionmel bemerkte es nicht, denn sie war in ein tiefes Gespräch mit Quendan vertieft; offensichtlich erörterten die beiden die vorangegangene Darbietung, machten sich auf Einzelheiten und Höhepunkte aufmerksam, wie man aus Gebärden und Wortfetzen entnehmen konnte. Pagol beobachtete sie ohne Bitterkeit, wohl aber mit Wehmut, denn er selbst hatte keinen Menschen auf der Welt, mit dem er so vertrauensvoll hätte reden können, der ihm so innig in die Augen geschaut hätte, wie Quendan und Thalionmel sich anblickten. Er wollte sich verabschieden und für das Gastmahl danken und konnte sich doch nicht entschließen, die beiden zu stören. Wie er so dastand, unschlüssig und verloren, fühlte er plötzlich, wie sich eine kleine warme Hand in die seine schob. Verwundert wandte er den Kopf und sah in Zulhamins dunkel schimmernde Augen. »Wärt Ihr so freundlich, mich zum Tempel zu begleiten, Schreiber Pagol?« fragte sie. »Ich fürchte mich allein in den dunklen Gassen.«

So kam es, daß Pagol am Tag von Thalionmels Ritterweihe zum erstenmal Rahjas Haus besuchte, und die Gnade der Schönen Göttin schenkte nicht nur seiner Seele, sondern auch seinem Körper vollkommene Erfüllung.

Aber dennoch: Die Sehnsucht nach seiner ersten und einzigen Liebe verließ Pagol nie, und er hätte den kleinen Zeh dafür gegeben, Thalionmel einmal wie der Bruder die Schwester im Arm zu halten, und er hätte die linke Hand dafür gegeben, sie einmal wie der Liebhaber die Geliebte zu umarmen.

In den folgenden sieben Tagen besuchte Quendan regelmäßig die abendlichen Schwertfeiern im Siegestempel, ohne auch nur einmal die Gelegenheit zu erhalten, mit der neuen alten Freundin zu reden. Thalionmel schritt stets mit so grimmig-entrückter Miene durch die Seitenpforte in den Andachtsraum, daß wohl niemand gewagt hätte, sie in ihrer Versenkung zu stören. Und nach dem Göttinnendienst nickte sie Quendan zwar freundlich grüßend zu, zog sich jedoch zurück, bevor er sie ansprechen konnte.

Quendan verstand Thalionmels Verhalten nicht. Hatte er sich denn so sehr getäuscht, als er beim Festmahl in ihrem Blick eine ebenso tiefe Zuneigung zu lesen glaubte, wie er selbst empfand? Hatte er ihren Händedruck bei Zulhamins Tanz mißdeutet? Waren ihre Abschiedsworte, daß sie hoffe, eine Darbietung der Schwester recht bald zusammen mit ihm im Tempel der Stute genießen zu können, nur ein übermütiger oder vom Wein inspirierter Scherz gewesen? Noch in der Nacht nach Ritterweihe und Gastmahl hatte er der Freundin einen langen Brief geschrieben, einen poetischen und leidenschaftlichen Liebesbrief, der einem Absolventen der Vinsalter Akademie zur Ehre gereicht hätte, doch ihre Antwort, auf die er zwei Tage warten mußte, war seltsam fremd und karg gewesen. Sie danke für sein Schreiben, hatte Thalionmel erwidert, und sobald ihre Pflichten ihr mehr Zeit ließen, werde sie ihm eine ausführlichere Antwort zukommen lassen. Kein Wort von Liebe, kein Wort von Freundschaft, nichts, was sich auf seinen Brief bezog!

Quendan mußte sich endlich Gewißheit verschaffen, deshalb wählte er am Abend des achten Tages einen anderen Platz, näher bei der Tür, durch die die Geweihtenschaft den Tempel betrat und verließ. Und als die Schwertfeier vorüber war, trat er an Thalionmels Seite, versperrte ihr fast den Weg und sagte mit fester Stimme: »Wenn ich Euch ungewollt erzürnt haben sollte, Euer Gnaden, so bitte ich um Vergebung. Doch nennt mir meine Verfehlung, verweigert mir nicht das Wort! Um Rondras und Travias willen, teure Freundin, gönnt mir eine halbe Stunde!« Dann blieb er stehen, schaute die junge Ritterin mit leicht seitlich geneigtem Kopf eindringlich an, und als er dann lächelte, glaubte sie, in seinen Augen den kleinen Schalk zu entdecken, der schon einmal die Erinnerung an den Vater in ihr wachgerufen hatte.

»Deine einzige Verfehlung ist, daß du ›Ihr‹ zu mir

sagst und mich ›Euer Gnaden‹ nennst«, erwiderte Thalionmel nach kurzem Zaudern; ihr Lächeln wirkte seltsam unsicher, und als sie weitersprach, fehlte auch ihrer Stimme die übliche Festigkeit. »Wenn du versprichst, zum altvertrauten ›du‹ zurückzukehren, will ich dir die halbe Stunde wohl gewähren. Es trifft sich gut heute, denn ich habe keinen Dienst im Tempel.« Und so schlenderten die Geweihte und der Gutsherrensohn aus Wobran kurz darauf durch Neethas Straßen, Richtung *Löwenkrug*.

Der junge Mann hätte gern sofort das Gespräch auf die ihn seit nunmehr einer Woche beschäftigenden Fragen gerichtet, ob er sich geirrt habe, als er am Abend der Weihe seine Gefühle von der Freundin erwidert glaubte, oder ob sich in der Zwischenzeit etwas ereignet habe, das ihre Gefühle habe abkühlen lassen, aber er sah an dem leicht gehetzten Ausdruck ihres Gesichtes, daß jetzt nicht der rechte Zeitpunkt für solcherlei Erörterung war. Um nicht stumm an der Seite der Freundin zu wandeln, deren Gedanken offenbar in weiten und beunruhigenden Fernen schweiften, sprach Quendan die ersten Worte, die ihm gerade in den Sinn kamen. »Ich habe gute Nachrichten von daheim; Peraine hat unsere Äcker auch in diesem Jahr gesegnet, die Scheuern sind übervoll, und auch die Rüben, Äpfel und Birnen lassen eine gute Ernte erwarten. Ich hoffe, daß auch in Brelak alles zum Besten steht.«

»Brelak? Ja, gewiß. Frau Sandström schreibt ähnliches«, erwiderte Thalionmel. Plötzlich blieb sie stehen und sah ihren Begleiter an. Als sie den Kopf wandte, trafen die letzten Sonnenstrahlen ihre Augen, und sie blinzelte. Aber die tiefe Traurigkeit in ihrem Blick war Quendan dennoch nicht entgangen. »Lieber Freund«, sagte sie schließlich, »du willst ebensowenig über die Landwirtschaft reden wie ich. Du willst über uns beide reden, und das schon seit Tagen. Ich bin kein solcher Klotz, daß ich es nicht bemerkt hätte. Aber ich kann dir auf deine Fragen nicht antworten – heute nicht und morgen auch nicht.« Sie hob bedauernd die Schultern und versuchte zu lächeln. »Doch um auf die Landwirtschaft zurückzukommen – ich werde in einer Woche nach Brelak reisen, und wenn du die Zeit erübrigen kannst und Gefallen daran findest, mich zu begleiten, so magst du es wohl tun, und es wäre mir eine Freude.«

Quendans Herz tat einen Sprung, und fast hätten es auch seine Füße getan. Statt dessen ergriff er die Hände der Freundin und drückte sie fest. Sie entzog sie ihm nicht, aber dennoch spürte er, daß er loslassen sollte, daß ihr die Berührung widerstrebte, und als er sie freigab, verschränkte sie die Arme rasch vor der Brust. Du lädst mich ein, dich zu begleiten, obwohl meine Nähe dir widerwärtig ist – was hat das zu bedeuten, liebste Freundin? schien der Blick zu fragen, mit dem er Thalionmels Seele zu ergründen suchte. Aber er drang nicht weiter vor, als bis zu ihren Augen, und in ihnen las er keine Antwort, da sie unter gerunzelten Brauen leicht zusammengekniffen waren, obwohl kein Sonnenstrahl sie mehr kitzelte.

»Selbstverständlich werde ich dich begleiten, wenn dir meine Gesellschaft zusagt«, erwiderte er. »Es ist mir eine Ehre, und die Freude ist ganz auf meiner Seite.«

Thalionmel nickte. »Danke, Quendan«, murmelte sie. Stumm setzte sie ihren Weg zur Schenke fort, Häuser und Vorübergehende mit zusammengezogenen Brauen musternd. »Weißt du, daß es mich nach all den Jahren immer noch mit seltsamer Unruhe und Beklommenheit erfüllt, nach Brelak zu reisen?« fragte sie unvermittelt, aber offenbar ohne eine Erwiderung zu erwarten, denn sie sprach gleich weiter: »Acht Jahre ist es nun her, aber immer noch schlägt mein Herz schneller, wenn ich die ersten Häuser des Dorfes erblicke, immer noch krampft es sich zusammen, wenn ich das entstellte Gutshaus sehe, und gelegentlich habe ich mich gar dabei ertappt, daß ich zum Fenster des Speisesaales geschaut habe, ob sich nicht dort der Schatten meiner Mutter zeigt... Doch genug von solchen Kindereien. Ich bin gespannt, wie Brelak dir gefällt, ob dein kundiger Blick an der Wirtschaft dort etwas auszusetzen findet.«

Quendan verstand nur zu gut, was die Freundin ihm mitteilen wollte – daß sie ihm gern von ihrem Leben, auch dem inneren, erzählen würde und doch nicht dazu in der Lage sei. Nun, der rechte Zeitpunkt wird kommen, sagte er sich, und für den Augenblick ist die Landwirtschaft ein angemessenes und unverfängliches Thema. Also erkundigte er sich nach den Feldfrüchten und Gemüsesorten, die in Brelak angebaut wurden, und berichtete seinerseits vom Anbau in Wobran, und diese Unterhaltung wurde auch im *Löwenkrug* bei einer Flasche Wein fortgesetzt. Quendan wunderte sich über die Sachkenntnis seiner Gesprächspartnerin, die er bei einer Kriegerin und Rondra-Geweihten nicht vermutet hätte, und freute sich daran, denn hin und wieder schien es ihm, als sei ihr Interesse aufrichtig und gehe über den Rahmen bloßer Konversation hinaus. Dann liebt sie also auch die gute Frau Peraine ein wenig, dachte er mit Genugtuung, denn er selbst war stets der Ansicht gewesen, daß jeder denkende und fühlende Mensch die große Mutter und Nährerin lieben und verehren müsse, da ohne Ihr segensreiches Wirken kein Leben möglich sei und selbst Frau Tsas Gaben vergeudet wären.

Bevor Thalionmel und Quendan sich trennten – die junge Ritterin wollte ungeleitet zum Tempel zurückkehren, und Quendan verstand ihren Wunsch –, verabredeten sie Ort und Zeitpunkt des Aufbruchs in sieben Tagen. »Und bis dahin werde ich dich weder durch meine Anwesenheit noch mit Briefen behelligen, damit du ungestört nachdenken und mir vielleicht gelegentlich das Ergebnis deiner Überlegungen mitteilen kannst«, sagte Quendan zum Abschied.

Eine Woche später machten die Freunde sich auf den Weg nach Brelak. Sie ritten ohne weitere Begleitung, Thalionmel in Kettenhemd und Waffenrock der Geweihten mit ›Farimbash-Rondrasham‹ an ihrer Seite, Quendan in leichter Lederrüstung und ebenfalls mit einem Schwert bewaffnet, denn das Reisen im ›wilden Süden‹ war in den vergangenen Jahren nicht minder gefährlich geworden.

Das Wetter hatte in den letzten Tagen umgeschlagen: So prächtig und sonnig der Travia sich eingestellt hatte, so düster und unfreundlich zeigte er sich nun, da er sich der Mitte näherte. Bleigraue Regenwolken hingen tief über dem Land, regten sich kaum, entluden nur gelegentlich ihre kühle feuchte Last auf Rösser und Reiter. Bald war Thalionmels Waffenrock völlig durchnäßt, und ihre rote Helmzier klebte naß und unansehnlich an Metall und Haaren, deren hellwallende Üppigkeit sich beim ersten Regenguß in eine Vielzahl von tropfenden Ringelsträhnen geteilt hatte. Und Quendan erging es kaum besser; zwar schützte ein lederner Hut Kopf und Haare, doch die Krempe hing traurig herab und lenkte das Wasser auf Schultern und Rücken. Aber die Reisenden ließen sich von Efferds Segen nicht verdrießen und plauderten angeregt.

»Dein Hut ist wenig kleidsam, lieber Freund, das muß einmal gesagt werden«, meinte Thalionmel unbekümmert. »Obwohl eine durchweichte Rondra-Geweihte sich vielleicht in Modefragen jeder Bemerkung enthalten sollte. Ich möchte nicht wissen, wie ich selbst aussehe, und bitte dich, mich mit deiner ehrlichen Meinung zu verschonen.«

»Bezaubernd und prächtig wie immer«, erwiderte Quendan mit leuchtenden Augen, »wie eine wunderbare, strahlend-schöne, mutig und trutzig dem Regen widerstehende Kriegerin, wie ein funken- und tropfensprühender Liebling der himmlischen Rondra.«

Thalionmel war bei Quendans Artigkeiten leicht errötet, doch als er sie Liebling der himmlischen Rondra nannte, verschwand für einen Wimpernschlag die Farbe aus ihrem Gesicht und das Lächeln von ihren Lippen. Aber sie fing sich, bevor der Gefährte etwas von ihrer Verwirrung bemerkte. »So, da schmeichelst du mir also, um mich zu verleiten oder, besser – zu zwingen, deine Komplimente zu erwidern«, sagte sie. »Nun gut: Kann dein Hut auch nur sehr mäßig mein Gefallen erregen, so weiß ich doch eine Kopfbedeckung, die weit besser putzt – die grüngoldene Kappe, die du bei meinem Festmahl getragen hast. Das Grün schmeichelt deinem kastanienfarbenen Haar und bringt in seiner Gegensätzlichkeit das Rote im Braun stärker zur Geltung. Ich hoffe, du wirst die Kappe heut abend beim Mahl wieder aufsetzen.«

Quendan war zu überrascht, um die Regeln der Konversation befolgen zu können. »So etwas siehst du, auf so etwas achtest du? Wie die Farben aufeinander wirken und sich wechselweise beeinflussen – das hätte ich nicht gedacht.«

»Ich habe Augen zu sehen, lieber Quendan, auch wenn sie nicht die schärfsten sein mögen. Und außerdem hast du mich einst selbst auf diese Dinge hingewiesen. Erinnerst du dich?«

»Aber ... ja gewiß«, stammelte Quendan, »ich erinnere mich dunkel. Es war im *Löwenkrug,* nicht wahr? Und ich Trottel hatte nichts Besseres zu tun, als dich mit meinen mageren Studien und erbärmlichen Versuchen zu langweilen. Unter diesem Fauxpas leide ich bis heute, und wenn ich daran denke, treibt es mir die Schamesröte in die Wangen. Doch sag, das ist lange her, vier Jahre gewiß oder gar fünf ... Daß du dir mein dummes Geplapper gemerkt hast!«

»Fünf Jahre«, sagte Thalionmel, »doch habe ich weder deine Worte als dummes Geplapper in Erinnerung noch deine Studien und Versuche als kümmerlich oder mager. Ich bewundere die Malkunst, das habe ich schon immer getan, und auch wenn die Maler sagen, daß beim Malen keine Magie im Spiele ist, so will es mir doch wie Zauberei erscheinen, daß man die Dinge auf einer flachen Tafel so malen kann, daß sie körperlich und greifbar erscheinen. Wie weit bist du inzwischen gelangt mit deiner Kunst.«

»Ich habe Fortschritte gemacht, und doch fühle ich mich von der Meisterschaft weiter entfernt denn je.« Quendan seufzte in gespielter Verzweiflung. Doch als er weitersprach, war seine Stimme ernst. »Vielleicht verweigert Hesinde sie mir, weil ich nicht Ihr allein diene, mich nicht ausschließlich der schönen Kunst widme. Doch genug hiervon, bevor ich mich wieder in mein zweitliebstes Thema verbeiße.«

»Verbeiß dich nur, und danach in dein liebstes«, erwiderte Thalionmel, doch kaum hatte sie den Satz gesprochen, bereute sie ihn schon, denn ihr wurde klar, daß sein liebstes Thema sie selbst oder die Gefühle waren, die er ihr entgegenbrachte. »Nein, nein«, hörte sie da Quendan sagen. »Nicht jetzt! Laß uns den Gegenstand wechseln. Was hältst du von den Nachrichten aus dem Norden? Glaubst du, es wird zum Krieg kommen?«

Und nun entspann sich eine Unterhaltung über die jüngsten politischen Ereignisse, in deren Verlauf Quendan überrascht feststellte, daß der Freundin patriotische Gefühle offenbar völlig fehlten. »Was geht es mich an, wenn der König und der Kaiser in Gareth sich über den Verlauf der Grenze nicht einigen können? Was hat es mit Rondra zu tun, mit Rondras Ehre?« meinte sie, und es klang aufrichtig.

Auch Quendan schenkte den Berichten über die Grenzstreitigkeiten und Scharmützel, die jüngst den

Süden erreicht hatten, wenig Beachtung. Ihm war, das mußte er sich eingestehen, das Wohlergehen seiner Bauern (und auch das eigene) wichtiger als die Macht seines Königs, und den stetig erstarkenden Rastullahkult empfand er als eine weit größere Bedrohung des Reiches und der rechtgläubigen Menschheit als die Gier des fernen Garethers. Aber viele Edle, mit denen er in persönlichen oder geschäftlichen Beziehungen stand, sahen es anders, dachten darüber nach, ihre Rüstungen und Waffen zu putzen und zu schärfen und persönlich nach Norden zu ziehen, um König und Reich im Fall eines Krieges beistehen zu können. Er glaubte, in Gesprächen und Korrespondenzen schon herausgehört zu haben, daß seine Weigerung, sich ihnen anzuschließen, als Feigheit gedeutet wurde, und so war er froh, daß auch die mutige Kriegerin an seiner Seite sich nicht im entferntesten mit der Absicht trug – auch wenn ihre Beweggründe völlig andere sein mochten als die seinen –, das Reich im Norden zu verteidigen.

In der ersten Stunde nach Mittag, die sich, grau und dunkel, in nichts von den vorangegangenen und folgenden unterschied, gingen die Schauer in einen sanften Dauerregen über, und als die Reisenden Brelak erreichten, gab es keine Faser an ihren Leibern und Kleidern, die nicht völlig durchweicht gewesen wäre. Doch die gute alte Titina, hoch in den Sechzigern und inzwischen Vorsteherin des kleinen Gesindes, hatte in weiser Voraussicht Wasser für zwei Zuber erwärmen lassen, so daß Thalionmel und Quendan gleich nach der Ankunft die klamme Feuchtigkeit des Regens gegen die wohlig-warme Nässe eines duftenden Bades tauschen konnten. Thalionmel lächelte über Titinas Listigkeit, während sie die Glieder vom dampfenden Wasser umschmeicheln ließ, denn sie selbst hätte ein warmes Bad als Verweichlichung und als unnütz abgelehnt, da der Regen das Waschen schon übernommen habe, aber im Beisein ihres Begleiters konnte sie das nicht, denn damit hätte sie Quendan gezwungen, auch auf das Bad zu verzichten. Lächelnd schloß sie die Augen und ließ sich so tief ins Wasser gleiten, wie die Enge des Zubers erlaubte. Wohligkeit umhüllte und erfüllte sie, und für den Bruchteil eines Herzschlages ging es ihr durch den Sinn, es könne nichts Schöneres auf der Welt geben, als immerzu in warmem Wasser zu liegen. Doch kaum dämmerte ihr, was sie soeben gedacht hatte, als sie sich schon erhob, aus dem Zuber stieg, sich abtrocknete und nach der Dienstmagd rief, damit diese Wasser und Wanne fortschaffe.

Wenn Thalionmel in Brelak weilte, bewohnte sie zwei Zimmer – ein Schlafgemach und ein ›Studierzimmer‹ –, die von den Gemächern Frau Sandströms durch die geräumige Schreibstube sowie das Bücher- und Kartenzimmer getrennt waren. In der Schreibstube empfingen die Verwalterin und – wenn sie in Brelak weilte – die Gutsherrin die bäuerlichen Bittsteller; Gäste hatte man seit dem großen Brand in Brelak nicht mehr gesehen. Diese sechs Räume waren die einzigen im Haus, von Titinas Kammer abgesehen, die ständig oder gelegentlich bewohnt und benutzt wurden. Alle anderen Zimmer waren verschlossen, Möbel und Bilder verhängt. Zu Ehren des ersten Gastes nach acht Jahren war auf Thalionmels genaue Anweisung hin auf der anderen Seite des Ganges eine Zweizimmersuite hergerichtet worden, weit behaglicher und eleganter als die Räume, die sie selbst bewohnte. Doch sie hatte veranlaßt, daß ein Teppich auf die sonst nackten Dielen ihres karg möblierten Studierzimmers gebreitet wurde und daß man ein Tischchen samt zwei Stühlen dort aufstelle, denn hier wollte sie Quendan zum Abendessen empfangen.

Thalionmel öffnete das Fenster ihres Schlafgemaches, wo sie das Bad genommen hatte, um den Dampf des Wassers hinauszulassen, und stellte überrascht fest, daß der Regen aufgehört hatte. Die schwere Wolkendecke hatte sich gelichtet, im Westen zeigte sich ein rotgoldener Streifen über dem Horizont, und von Nordosten, dort wo die Khom ist, wehte es warm herüber. Die Ritterin ließ den Umhang von den Schultern gleiten, doch anstatt das Gewand für den Abend anzulegen, lehnte sie sich aus dem Fenster, um nach dem Bad im Wasser ihren Körper in der milden Luft zu baden. Sie schloß die Augen, genoß den warmen Abendschein auf ihrem Gesicht und versuchte, an nichts zu denken. Doch kaum hatten die Lider sich gesenkt, als vor ihrem inneren Auge Bilder aufblitzten, die sie nicht sehen wollte, Gesichter von Menschen, die ihr einst teuer gewesen waren und die nicht mehr auf Deres Antlitz wandelten. Rasch riß sie die Augen auf und wandte sich ab. Dann legte sie, ohne über die Wahl des Kleides lange nachzugrübeln, eine schlichte Tunika aus ungebleichter feiner Wolle an, deren Saum mit roten Löwinnen bestickt war, gürtete sie mit einem roten Band, schnürte die Sandalen, kämmte das noch feuchte Haar und war bereit, ihren Gast zu empfangen.

Auch Quendan hatte sich wenig herausgeputzt, wie Thalionmel erfreut bemerkte. Zu den schwarzen Kniehosen trug er weiße Strümpfe und einen fast bäuerlich anmutenden Kittel aus weißem Linnen, der mit einer grünen Schärpe geschmückt war. Und auf dem Schopf saß ihm die grüne Kappe mit den goldenen Verzierungen.

Titina hatte einen Hasenpfeffer bereitet und so viel Sorgfalt und Liebe in ihr Werk gelegt, daß sie sehr überrascht (und auch ein wenig beleidigt) war, als der Appetit der beiden Reisenden nach dem langen harten Ritt nicht ausreichte, die Schüsseln zu leeren. Halbvoll wurden sie tief in der Nacht in die Küche zurückgebracht, und die alte Köchin schüttelte traurig und verständnislos den Kopf.

Der Wetterumschwung war ein dankbares Thema gewesen, die ersten Augenblicke zu überbrücken, doch bald stellte sich beklommenes Schweigen ein, denn beide wußten, nach dem Mahl würde es unweigerlich zur Aussprache kommen. Quendans Blick war gleich beim Eintreten auf Thalionmels linken Arm gefallen, den er seit der Schulzeit nicht mehr unverhüllt gesehen hatte, und auch während des Essens wanderten seine Augen gelegentlich vom schönen Antlitz seines Gegenübers zu den seltsamen Malen auf ihrem Arm. Schließlich konnte er sich nicht mehr bezwingen. »Was ist mit deinem Arm geschehen?« fragte er. »Und darf man fragen, welcher Art die Glücksbringer sind, die du unter der Tunika verborgen hast?« fügte er rasch hinzu, um durch die Ballung der Neugier die erste Frage nicht gar zu plump klingen zu lassen.

Aber Thalionmel schien weder verärgert noch verlegen. Sie zog die Amulette unter dem Gewand hervor und hielt sie ins Licht. »Das ist ein Bildnis von Zulhamin, so wie sie vor acht Jahren ausgesehen hat«, erläuterte sie, »und das ist eine Flöte, mit der man den Ruf der Rohrdommel nachahmen kann. Die Male sind die Folge des Wundbrandes, der mich nach meiner ersten Heldentat heimsuchte.« Dann ließ sie die Glücksbringer wieder in den Ausschnitt gleiten und sah Quendan fast herausfordernd an.

»Ich liebe dich«, sagte dieser, statt weiter zu forschen. Er blickte der Freundin tief in die hellen Augen, deren goldene Einsprengsel im Kerzenlicht noch mehr als sonst zu schimmern schienen. Sie hielt seinem Blick stand, die Augen weit und starr geöffnet, und nur auf ihren Lippen glaubte Quendan ein leichtes Beben zu erkennen. »Ich liebe dich«, wiederholte er, »und wenn mein Brief dir schwülstig erschienen sein mag, so war er doch aufrichtig gemeint. Es tut mir leid, daß ich deine Schönheit mit Worten gepriesen habe, die einer Kriegerin mißfallen müssen, und daß ich meine Gefühle poetisch verkleidet habe, statt schlicht zu schreiben, wie mir ums Herz ist, aber ... aber so geht es mir eben, wenn ich mir einbilde, Hesindes Odem streife mich.« Er war bei den letzten Worten leicht errötet, senkte jedoch den Blick nicht.

»Dein Brief war wunderschön, der schönste Brief, den ich je erhalten habe, und er liegt wohlverwahrt bei meinen geringen Schätzen.« Thalionmel sog die Luft tief ein, bevor sie weitersprach. »Und nun will ich dir endlich sagen, worauf du schon so lange wartest: Du darfst mich nicht lieben! Denn auch ich habe die Gefühle, die bei dem Festmahl und Zulhamins Tanz in meinem Herzen wachsen wollten, ausgerissen und abgetötet, weil ich erkannte, daß Liebe daraus werden würde.« Wieder bebten ihre Lippen, doch diesmal bemerkte sie es selbst und preßte sie fest aufeinander.

»Wer will mir verbieten, dich zu lieben?« erwiderte Quendan. »Kein Mensch und kein Gott vermögen dies, denn es ist nicht dem Willen unterworfen. Aber selbst wenn ich es könnte, würde ich nicht damit aufhören wollen, denn seit ich weiß, daß ich dich liebe, ist mein Leben zwar schwerer, aber auch reicher geworden, ja, es erscheint mir jetzt erst wirklich lebenswert. Lach nur, liebes Herz, doch ich sage dir: Du bist mein Leben und wirst es immer sein!« Er machte eine Pause, um sich zu beruhigen, denn seine Stimme hatte sich erhoben, während er sprach. Plötzlich stieß er den Stuhl zurück und näherte sich der Freundin, fast drohend, und in seinen Augen loderte es wie Zorn.

Thalionmel lachte keineswegs, und sie hatte bei Quendans Rede nicht einmal die Lippen verzogen. Als Quendan den Tisch umrundete, erhob auch sie sich von ihrem Stuhl, und nun standen die beiden sich gegenüber, mit grimmigen Mienen, wie Feinde.

»So, da hast du also die keimende Liebe aus deinem Herzen gerissen!« fuhr Quendan fort, bevor Thalionmel etwas erwidern konnte. »Kann man das? Sag mir, wie du es angestellt hast, dann werde ich es vielleicht auch eines Tages lernen. Aber bist du sicher, daß du göttergefällig handelst, du, die doch immer die Frommste sein wollte? Heißt es nicht Rahja verspotten, wenn du tötest, was Sie zum Leben erweckt hat? Und heißt es nicht auch Frau Travias Gesetze mit Füßen treten?« Er hieb mit der geballten Rechten in die Linke und wollte eben weiterreden, als er sah, daß Tränen in den Augen der Freundin schimmerten. »Liebes Herz ... vergib mir«, stammelte er.

»Ich gehöre Rondra«, vernahm er ihre Stimme wie aus weiter Ferne. »Und die Liebe zu Ihr ist unteilbar.«

Eine Weile schwiegen beide. Dann ergriff Quendan Thalionmels Hände, und diesmal ließ sie ihn gewähren – ohne Widerstand und ohne den Druck seiner Finger zu erwidern; kühl und wie leblos lagen sie in den seinen. »Wer sagt, daß Geweihte der Himmelslöwin nicht lieben dürfen?« begann Quendan nach einer Weile. »Die jungen Priester, die ich bei deinem Fest kennengelernt habe, wie hießen sie gleich ... Joswina und ...«

»Josmine und Stipen.«

»Nun, wie dem auch sei, die beiden sind das beste Beispiel dafür, daß Liebe und Ehe Rondra-Geweihten nicht verboten sind und nicht das Mißfallen der Herrin erregen.«

»Bei mir ist es anders – ich habe Ihren Ruf vernommen.« Und nun erzählte Thalionmel dem Freund vom Erlebnis in der Nacht ihres vierzehnten Tsafestes. »Sie hat mich damals gerufen, damit ich die Ihr angetane Schmach räche, und Sie wird mich wieder rufen, wenn es soweit ist. Und ich glaube, bei dieser letzten Heldentat werde ich sterben, welche die Bestimmung und das Ziel meines Lebens ist. Darum ist es besser, daß ich dich nicht liebe, denn sonst will ich vielleicht nicht sterben, und auch für dich ist es besser, mich nicht zu lieben, denn du wirst mich verlieren.«

Quendan ließ Thalionmels Hände fahren und umfaßte statt dessen ihre Schultern. Er zog sie ein wenig näher heran und betrachtete sie lange, traurig und mit kaum merklichem Kopfschütteln. Dann sprach er weiter, während er sorgsam die Worte wählte. »Nenn mir ein liebendes Paar, das im selben Augenblick, am selben Tag oder auch nur im selben Mond gestorben ist. Nicht wahr, das kannst du nicht? Natürlich werde ich dich eines Tages verlieren, und da du Kriegerin und Priesterin bist, werde ich dich vielleicht früher verlieren, als mir angemessen scheint. Und wenn die Götter wollen, werde ich den Kummer über deinen Tod überleben. Aber wenn es der göttliche Wille ist, mich früher abzuberufen als dich, dann wirst du mich verlieren und weiterleben. Doch laß uns dieses traurige und kranke Thema wechseln – ich fühle, wie lebendig du bist, und ich fühle meine eigene Lebendigkeit und will mich daran erfreuen ... Ich will dich heiraten, Thalionmel, den Rondra- und Traviabund mit dir schließen, und ich will, daß wir Kinder haben. Nun schüttle nicht den Kopf! Was ist verkehrt an diesem Wunsch, was sollte der Herrin daran mißfallen? Es kann nicht in Ihrem Sinne sein, daß die Krieger aussterben – Sie braucht Nachwuchs! Siehst du, diesem Argument kannst du nichts entgegensetzen. Aber ich will dich nicht bedrängen, liebes Herz, weder was Tsas noch was Travias Segen betrifft. Doch raub mir nicht alle Hoffnung, laß mir einen kleinen Schimmer, sag mir, daß du die keimende Liebe nicht ganz und gar aus deinem Herzen gerissen hast.«

»Nein, das habe ich nicht, es ist mir nicht gelungen.« Wieder bebten Thalionmels Lippen, und Quendan verstärkte den Druck auf ihre Schultern, zog sie noch näher heran.

»Du machst mich zum glücklichsten Menschen der Welt. Danke, liebes Herz. Spürst du, wie das Glück durch meinen Körper strömt?« Tatsächlich fühlte Thalionmel ein feines Vibrieren, das von Quendans Händen auf sie überging und auch sie zum Vibrieren brachte. Sie spürte, wie Wärme in ihren Körper floß, wie ihr wohl und leicht wurde. Und da legte sie die Arme sacht auf Quendans Rücken, um zu prüfen, ob es ihm ebenso erginge.

»Noch eines will ich dir sagen«, raunte der Freund ihr ins Ohr. »Ich glaube, daß du die Heldentat schon begangen hast, für die Rondra dich einst erwählte. Beim Festmahl war viel von deinem heroischen Zweikampf die Rede, und ich habe aufmerksam gelauscht. So weiß ich, daß die Söldnerin Rovena die Herrin mit üblen Worten beleidigt hat. Und du hast die Schmach gerächt, hast die überlegene Lästerin in einem schier übermenschlichen Kampf besiegt, bei dem du fast dein Leben gelassen hättest. Für diesen Kampf, den Sie in göttlicher Allwissenheit voraussah, hat Sie dich gerufen, davon bin ich überzeugt, und Sie hat es so zeitig getan, damit dir genug Jahre blieben, den Umgang mit dem langen Eisen meisterlich zu lernen. Nun, was meinst du dazu?«

»Aber … aber ich habe nichts gespürt …«

»Natürlich hast du nichts gespürt, denn du hast gekämpft und nicht gebetet wie damals im Tempel.«

Auch Thalionmel verstärkte den Druck ihrer Arme. Ihre Wange berührte fast Quendans Kinn, als sie weitersprach. »Nein, nein, das ist es nicht! Ich muß den Wüstendämon vernichten, und wenn nicht ihn, dann seine frevlerischen Anbeter … Das ist meine Bestimmung! Und ich muß Fuxfell töten, ich muß ihn endlich töten …«

»Ach, liebes Herz, wie sehr du mir aus der Seele sprichst!« Quendan strich mit der Wange das Haar aus dem Gesicht der Freundin, während seine Finger ihr Rückgrat und die Muskeln daneben betasteten. »Ich sehe es ebenso: Im Rastullahwahn liegt die größte Gefahr, die unser liebliches Land und die rechtgläubige

Welt bedroht. Und wenn die Irregeleiteten sich je erdreisten sollten, ins Reich einzufallen, so werde ich an deiner Seite kämpfen, und wir werden Seite an Seite sterben, wenn es Rondra gefällt. Ja, nun wunderst du dich. Du hältst mich für einen Bauern, der in seiner freien Zeit bunte Bilder malt, und das stimmt auch in gewisser Weise. Aber eben nicht ganz, denn ich habe von der Begegnung damals im *Löwenkrug* so manches mit nach Hause genommen. Und daß du das Kleid der Herrin angelegt hast, war mir Grund genug, Ihren Willen und Ihr Wesen neu zu überdenken. Ich übe mich seitdem wieder stärker in Ihren Tugenden. Ich habe einen Fechtlehrer, der mich zweimal in der Woche unterweist, und ich habe die götterfürchtigen und rondratreuen meiner Bauern bewaffnet. Diese unterrichtet er auch. Nun, was sagst du dazu?«

»Ich liebe dich.« Thalionmels Kopf war plötzlich völlig frei von allen Gedanken. Sie hatte nur einen Wunsch, und der erfüllte sie ganz: Sie wollte Quendan ganz nahe bei sich spüren, seine Haut und seinen Atem fühlen. Als seine Finger ihren Gürtel und dann das Band am Ausschnitt der Tunika lösten, ließ sie es willig geschehen, half ihm sogar durch leichte Bewegungen des Körpers, das Gewand über Schultern, Brüste und Hüften zu streifen.

Und dann waren sie beide nackt. Einen kurzen Augenblick lang sah Thalionmel Quendans aufgerichtete Männlichkeit, bevor sie sich mit geschlossenen Augen seinen Zärtlichkeiten hingab. Es sieht gar nicht lächerlich aus, dachte sie, schön und rahjagefällig ist es. Doch sie wußte nicht, wer je etwas anderes behauptet hatte. Als sie den Geliebten in ihrem Körper spürte, fiel alle Bedrängnis von ihr ab, und alle Zweifel waren vertrieben. Sie liebte ihn, das war ihr Gewißheit. Sie liebte ihn mit allen Fasern ihres Körpers, mit allen Sinnen, mit ihrer Seele, mit allem an und in ihr, das lieben konnte.

Drei Tage später kehrten die Verlobten nach Neetha zurück. Die Ritterin wollte sich von Schwertschwester Gunelde für eine Weile von ihren kirchlichen Pflichten entbinden lassen.

Zunächst, so hatte das Paar geplant, würden sie nach Wobran reisen, damit Thalionmel Familie und Besitz ihres Freundes kennenlerne, danach sollte es zurück nach Brelak gehen, wo sie gemeinsam Kusmines Werk, die Bürgerwehr, zu neuem Leben erwecken wollten. Ein rondragefälliges Unterfangen, wie beide befanden. Und am zwölften Tsa, dem dreißigsten Jahrestag der Vermählung von Durenald und Kusmine und ihnen zu Ehren, sollte die Hochzeit gefeiert werden.

Wohlgemut erklommen die beiden den Hügel zum Tempelgelände. Thalionmels Herz schlug schneller, je näher sie dem Tempel kamen, und sie wußte nicht, ob es vor Freude oder Erregung geschah. Sie blickte zur Kuppel hinauf, und plötzlich sah sie die Gestalt – einen hochgewachsenen Greis in weißem Gewand und mit wallendem weißen Haar. Hoch oben auf dem Gipfel der halben Kugel stand er und schaute sie aus schwarzen Augen durchdringend an. Sie blinzelte, da sie ihn zuvor nicht bemerkt hatte und ihn nun, trotz der großen Entfernung, deutlich sah. Gerade wollte sie den Freund auf die Erscheinung aufmerksam machen, als der Greis wie drohend die Faust gen Himmel reckte. Dann sprang er in die Tiefe.

Als man später nach dem Verletzten oder Toten suchte, war er nirgends zu entdecken, und kein Blut am Boden kündete von Unfall oder Selbstentleibung. Doch zeigte sich noch am Abend desselben Tages ein Riß im Mauerwerk der Kuppel, genau im Zentrum, dort, wo der Greis gestanden hatte.

Fünfzig Jahre später mußte die Kuppel eingerissen werden, und man baute statt dessen ein Satteldach.

10. Kapitel

Thalionmels Ruhm wuchs mit jeder Heldentat, die sie beging, und mit der Zeit drang die Kunde von der mutigen, rondragefälligen und strahlend schönen Kriegerin über die Mauern von Neetha hinaus und verbreitete sich im Land. Als sie achtzehn war, kannte man ihren Namen in Methumis und Drôl, und als sie neunzehn war, kannte man ihn in Vinsalt, Perricum und Keft. Drei Wochen nach dem heroischen Zweikampf wußte man schon in der Wüste davon und sprach mit Abscheu darüber, und als Thalionmel mit Quendan in Wobran weilte, trafen in Keft die ersten Scheiche und Hairane ein, die Mhukkadin, Hairan von Keft und selbsternannter Künder und Wahrer des rechten Glaubens, in sein Haus geladen hatte. Eine Woche später waren alle Stammesoberhäupter in der Oase versammelt.

Dreizehn Männer saßen an der niedrigen Tafel im Speisesaal des Hairanhauses: Der ehrenwerte Mhukkadin selbst samt seinen drei Söhnen, der jüngste dem Knabenalter eben entwachsen, die Hairane der fünf nächstgelegenen Oasen, der junge Scheich Haymamud al'Feyzal aus dem fernen El'Ankhra, Scheich Tugruk Pascha aus Shebah mit der verstümmelten, häßlich vernarbten Nase, Hahmud Dhach'gamin, trotz seines jugendlichen Alters und seines schwarzen Bartes der Weise genannt, und – um die abscheuliche und unglückbringende Zahl zwölf zu vermeiden – Nazir del'Hilal, ein frommer Pferdezüchter.

Während des Mahles – sieben Gänge einschließlich des gebutterten Tees, des Dattelkonfekts und der Vorspeise aus salzigen Oliven – tauschten die Nachbarn nur Neuigkeiten den Handel, geschäftliche und familiäre Beziehungen betreffend, denn allen wäre es unpassend erschienen, kauend und schluckend über so ernste und wichtige Fragen zu verhandeln wie jene, um derentwillen die Zusammenkunft einberufen worden war.

Nachdem Mägde und Sklavinnen die Schüsseln und Platten fortgeräumt und die Becher von neuem mit Wein gefüllt hatten, ergriff Hairan Mhikkadin das Wort. »Geliebte Brüder, hochgeschätzte Nachbarn, ehrenwerte Novadis und mutige Streiter für den wahren Glauben«, sagte er. »Ihr wißt, warum wir uns hier versammelt haben. Vor nunmehr sechs Jahren und siebenundzwanzig Gottesnamen ist hier in Keft Rastullah, der Eine, uns, Seinem auserwählten Volk, erschienen, hat uns mit Seiner Wahrheit erhellt, mit Seiner Weisheit erfüllt und mit Seinen Gesetzen beschenkt. Und wie haben wir Ihm gedankt? Schlecht, denn noch immer huldigen die Länder außerhalb der Khom den frevlerischen Geistern und beten sie als Götter an. Doch hört, was unser Lehrer, der weise Hahmud Dhach'gamin, euch sagen wird, denn keiner kennt Rastullahs Gesetze so gut wie er, keiner vermag Seinen Willen besser zu deuten.« Mit diesen Worten wies er auf den links neben ihm Sitzenden, einen hageren Mann Anfang der Dreißig mit langem schwarzen Bart und leuchtenden blauen Augen unter zusammengezogenen Brauen, der sich nun erhob, die Versammelten streng musterte, dann die Handflächen gegeneinander legte, die Fingerspitzen zur geneigten Stirn führte und eine Weile wie betend oder grübelnd verharrte. Die Männer starrten ihn schweigend an, doch als das Gebet immer länger währte, griff Nazir nach seinem Becher, um sich mit einem Schluck Wein zu erfrischen.

»Er zürnt!« rief Hahmud in diesem Augenblick mit so dröhnender Stimme, daß Nazir fast den Becher fallengelassen hätte. Drohend reckte der Weise die geballte Rechte und schüttelte sie. »Er zürnt!« wiederholte er und beobachtete, wie Worte und Geste auf die Versammelten wirkten. Scheich Haymamud, der greise Hairan Gaftar aus Al'Rifat, der Pferdezüchter Nazir und die drei Söhne Hairan Mhukkadins senkten beschämt die Köpfe. »Wollt ihr wissen, warum Er zürnt?« fragte Hahmud Dhach'gamin in die Runde, und nun hoben sich die Köpfe wieder, die sich in Zerknirschung geneigt hatten. »Es ist dies Weib, Rondra, wie die Ungläubigen sie nennen, ein minderer Geist, aus Wind und Donner erschaffen, das Seinen Zorn erregt. Und uns zürnt Er auch, da wir, entgegen Seinem Willen und ausdrücklichen Befehl, die Macht der falschen Göttin bis heute nicht gebrochen haben. Fällt sie, so werden auch die anderen fallen! Doch ist sie stärker denn je. Tag für Tag verspottet sie Rastullah, den Einen, indem sie junge Weiber dazu verleitet, sich in widernatürlichem Stolz gegen die Bestimmung ihres Geschlechts zu erheben, die Waffen zu ergreifen und wie Männer zu kämpfen. Wenn wir nicht endlich aufbrechen, alle Tempel der überheblichen Rondra niederzureißen, so wird Er bald Seine Augen von uns wenden und Seine Liebe von uns ziehen, und dann werden unsere Brunnen versiegen, unsere Äcker keine Frucht tragen und unsere Kamele, Pferde, Ziegen, Schafe und Frauen unfruchtbar werden.«

Die Männer seufzten, strichen sich die Bärte und wiegten nachdenklich die Köpfe, denn in der Tat waren die Regenfälle in der Khom seit Rastullahs Erscheinen mit jedem Jahr spärlicher ausgefallen; auch in Keft war der Wasserspiegel des Sees bedenklich gesunken. »Du sprichst wahr, weiser Hahmud«, meldete sich Scheich Haymamud zu Wort. »Die Rondra-Pest muß vernichtet werden! Laßt uns nach Norden ziehen, in den Rashtulswall! Dort haben die falschen Priesterinnen, die sich Amazonen nennen, ihrer Götzin eine

Trutzburg errichtet. Diese wollen wir schleifen, die Frauen töten oder, wenn sie jung und schön sind, zu Sklavinnen machen.«

»Sehr wahr, sehr wahr«, hörte man vereinzelte Stimmen murmeln, aber Hahmud Dhach'gamin drehte sich mit einer jähen Bewegung nach links und wies mit ausgestrecktem Zeigefinger auf den Gobelin, der dort die Wand schmückte; er zeigte junge Mädchen in wehenden kurzen Hemdchen, die in einem üppig blühenden Garten nach Schmetterlingen und Vögeln haschten. »Dorthin müssen wir gehen, nach Westen!« rief der Weise. »Die gottlose Stadt Neetha soll unser erstes Ziel sein. Wenn dort der Tempel niedergerissen ist, hat Rondra ihre südlichste Bastion auf der Westseite des Kontinents verloren. Dann wird es uns ein leichtes sein, auch den Rest des Alten Reiches zu erobern. Und wer die Hohenpriesterinnen, die alte und die junge, tötet oder gefangennimmt, den wird Rastullah mit Reichtum an Söhnen und Gut belohnen.«

Hahmud verschränkte die Arme vor der Brust und blickte grimmig von einem zum anderen. Obwohl er sonst ein guter Redner war, der, inspiriert vom Geist des All-Einen, sein Publikum zu Tränen rühren oder in lodernden Zorn versetzen konnte, hatte er sich diesmal die Worte der kurzen Ansprache vorher zurechtgelegt, denn es entsprach weniger Rastullahs Wunsch als dem Willen des Kalifen, das Liebliche Feld zu unterwerfen und dem Kalifat einzuverleiben. Der heißblütige Mallkillah hatte schon lange ein Auge auf das fruchtbare Land geworfen und seinen Wunsch dem weisen Hahmud in einem zierlich verschlüsselten Brief angedeutet. Aber es gab keine Widerrede und keine Einwände; die älteren Männer strichen sich die Bärte, dann nickten sie, der hitzige Scheich Haymamud reckte die Faust und rief: Nach Neetha, auf nach Neetha!« Scheich Tugruk Pascha lächelte breit und böse. Er war einer der Überlebenden des Scharmützels bei Kabash, wo es seinen Männern vor ein paar Jahren fast gelungen wäre, eine Schar ketzerischer Sonnenpriester niederzumachen. Aber dann war plötzlich eine blutjunge blonde Kriegerin herangestürmt, hatte wie eine Berserkerin gefochten und etliche der frommen Wüstenkrieger in den Tod geschickt. Ihm selbst hatte sie beim Kampf ein Stück der Nase abgetrennt. Seine Frauen und Sklavinnen liebten ihn seitdem weniger – nur aus Gehorsam und ohne Leidenschaft teilten sie sein Lager –, und er hatte sich geschworen, dereinst die Schmach zu rächen. Der Name der Kriegerin war Thalionmel von Brelak, das hatte er später erfahren.

War man sich auch schnell über das Ziel des Feldzugs einig, so kam es doch zu Meinungsverschiedenheiten, was die Führung betraf: Hairan Mhukkadin, schon über fünfzig, aber immer noch kräftig und gewandt, beanspruchte den Platz an der Spitze des Zuges für sich selbst, denn schließlich war Rastullah hier in Keft, in seiner Oase erschienen. Aber Tugruk Pascha widersprach: Er als Scheich stehe über jedem Hairan, und darum gebühre ihm dieser Platz. Bevor der Wortwechsel zum Streit wurde, mischte sich der weise Hahmud ein. Wie viele Krieger die Versammelten für den Feldzug gewinnen könnten, fragte er, und nun zeigte sich, daß die Zahlen, die die Männer nannten, zusammengerechnet für zwei bis drei Heere ausgereicht hätten, denn über zwölfhundert sollten es sein.

»Und wenn es auch nur achthundert sind, so sind es doch mehr, als eine Oase aufnehmen kann«, sagte Hahmud, »und ihr wollt doch nicht auf dem Weg zu rastullahgefälligem Ruhm euer eigenes Land zerstören und ausplündern.« Dieses Argument, dem sich die Widersacher nicht verschließen konnten, führte zu dem schnellen Entschluß, die Krieger in zwei Hälften zu teilen, deren eine Hairan Mhukkadin und deren andere Scheich Tugruk anführen sollte. Und wie von selbst ergab sich daraus der geniale Einfall, Neetha zugleich von Norden und von Süden anzugreifen – wie eine todbringende Zange werde man die gottlose Stadt packen und zerquetschen.

Es wurde vereinbart, daß Tugruk Pascha seine Krieger im heimatlichen Shebah sammeln und von dort, dem Wadi Shebanoh folgend, über die Eternen führen sollte. Danach würden die Männer sich durch die Wälder zum Chabab durchschlagen, die wenigen Dörfer am Wegesrand im Handstreich nehmen und im letzten Dorf vor Neetha (Shilish mit Namen, wie Nazir wußte – von dort waren es nur noch gut dreißig Meilen bis zu der verhaßten Stadt) auf die Kundschafter des anderen Zuges warten, um einen gleichzeitigen Angriff abzusprechen. Hairan Mhukkadin und seine Krieger jedoch sollten den Karawanenweg über Achan und die Pforte von Kabash nehmen und von Thegun aus der Hauptstraße folgen. Als Zeitpunkt des Aufbruchs wurde der zwanzigste Gottesname festgelegt, was den neun letzten Tagen des Hesindemondes entspricht, damit, pünktlich zur siebten Wiederkehr von Rastullahs Erscheinen, die stolze Stadt unterworfen und von der Rondrapest und dem anderen Götzengesindel befreit sei.

Scheich Tugruk Pascha wurde blaß, und sein Nasenstumpf und die wulstige Narbe daneben röteten sich, als der Zeitpunkt der Feldzüge festgelegt wurde, denn im Winter würde er die Eternen nicht ohne Verluste überqueren können, aber sein Stolz und sein Glaube verboten ihm, Einwände zu erheben.

Man trennte sich am übernächsten Tag, und alle, die nicht in Keft zu Hause waren, kehrten in ihre Heimat zurück. Als Zeichen der Freundschaft versprachen Hairan Mhukkadin und Scheich Tugruk Pascha ihre jüngsten Kinder einander und verabredeten, die offizielle Verlobung der fünfjährigen Hairanstochter mit

Tugruks neun Jahre altem Sohn nach dem Sieg über Neetha zu feiern. Dann schieden sie als Freunde und in Frieden.

Selbstverständlich war die Zusammenkunft geheim gewesen, und die Stammesoberhäupter hatten beschlossen, auch das Sammeln der Krieger im geheimen und an geheimen Orten durchzuführen, doch gibt es kein Geheimnis, das erst dreizehn und dann immer mehr Menschen teilen und bewahren können. Bald wußte man in den meisten Oasen von dem geplanten Feldzug gegen die Ungläubigen im Lieblichen Feld – die Frauen am Brunnen tuschelten darüber, und die jungen und alten Männer prahlten in den Betten ihrer Frauen oder Mätressen mit ihren zukünftigen Heldentaten. So konnte es nicht ausbleiben, daß irgendwann ein unbefugtes Ohr die Neuigkeit erlauschte und ein unbefugter Mund sie weitergab, aber vielleicht war es auch umgekehrt.

Wie dem auch gewesen sein mochte, Anfang Boron erfuhr der Seidenhändler Khorim al Tulaicham von seinem Stallburschen, der es auf dem Markt gehört haben wollte, daß sich in der Khom etwas zusammenbraue, und als seine Karawane zehn Tage später nach Chanebmund aufbrach, wußte er immerhin, daß die Novadis im Firun einen Feldzug ins Alte Reich planten. Kurz hinter Bir-es-Soltan trennten sich die beiden Karawanen, die Unau zur selben Zeit verlassen hatten – Khorim zog weiter nach Chanebmund, die anderen Händler, deren Tiere mit Salz, Dörrobst und Kümmel beladen waren, reisten nach Südwesten, um ihre Güter nach Selem zu bringen. Als kurz vor der Stadt einer der ihren verstarb, weil er sich an fauligem Wasser vergiftet hatte, schickte man zum Kloster der heiligen Noiona, damit einer der Brüder oder Schwestern ihn borongefällig bestatte. Es war Bruder Eboreus, der die Riten vollzog, den Toten segnete und seine Seele Boron anempfahl, und als nach der Bestattung die

Händler ihm dankten und Münzen in die Hände drückten, raunte der eine oder andere ihm seltsame Dinge ins Ohr.

So lautet die Geschichte, die Bruder Eboreus an einem regnerischen Abend Anfang Hesinde an Schwester Alara weitergab: Die Novadis würden im Firun über die Berge ins Liebliche Feld einfallen und an Rastullahs Geburtstag – wann immer das sein mochte; Eboreus hatte fragend die Schultern gehoben – Neetha schleifen. Danach würden sie, in einem barbarischen, blutrünstigen Ritual, eine Tochter der Stadt, die Priesterin Thallomell (welcher Kirche sie angehörte, wußte der Geweihte nicht) ihrem grausamen Götzen opfern. Und sie führten eine unheimliche neue Waffe mit sich, Todeszange genannt.

Alara dachte über das Gehörte nach, und ihr fiel ein, daß Laienbruder Zordan, der ihr inzwischen nahestand, fast wie ein Freund, ihr bei einem Besuch vor zwei oder drei Jahren berichtet hatte, er habe in Erfahrung gebracht, daß seine Nichte, der er einst ein so grausames Unrecht angetan hatte, in Neetha die Weihen der Rondrakirche erhalten habe. Und später hatte er ihr von zwei Heldentaten erzählt, mit denen sie Ruhm erlangt hatte: einen Kampf gegen Riesenechsen und einen gegen eine Horde Wüstenkrieger. Als die Noionitin sich dieser Berichte entsann, machte sie sich auf den Weg nach Selem, Zordan Fuxfell zu suchen.

Sie fand ihn am Krankenlager von Suleibeth, der Grimmigen. So wurde die Greisin genannt, weil sie, seit Al'Anfaner Piraten vor fast sechzig Jahren ihren Mann und ihr Kind in die Sklaverei verschleppt hatten, kein einziges Mal mehr die Lippen zu einem Lächeln verzogen hatte. Stumm hatte sie seitdem auf dem Bänkchen vor ihrer Hütte gesessen, mit wildem Blick ins Leere gestarrt und sich von dem ernährt, das die anderen Elenden ihr überließen. Doch kaum einer wußte heute noch, was sie in den Wahnsinn der Verzweiflung getrieben hatte, denn mit ihren achtzig Jahren war Suleibeth die Älteste in der Unterstadt. Und so wenig sie der inneren Bedürfnisse ihres Körpers achtete, so wenig Augenmerk legte sie auch auf sein Äußeres. Obwohl Zordan sich selbst im Zustand größter Verwirrung und tiefster Hoffnungslosigkeit nicht gesehen hatte, wußte er doch durch Alara, wie er damals ausgesehen hatte. Fast glaubte er in einen Spiegel zu schauen, als er die Greisin zum erstenmal erblickte. Dieser Umstand und die Tatsache, daß sie denselben Namen trug wie seine Mutter, führten dazu, daß Zordan sich der Grimmigen mit besonderer Hingabe widmete. Er wusch und fütterte sie und sprach zu ihr in sanften, tröstenden Worten. Oft betete er, Boron möge die arme Seele von ihrem Leid erlösen, doch seine Gebete wurden nicht erhört. Vor drei Wochen nun war Suleibeths Körper von einer Krankheit heimgesucht worden, die ihr die meisten ihrer geringen Kräfte raubte und sie aufs Lager zwang. Doch seit sie endlich den Tod nahen fühlte, war eine Veränderung mit ihr vorgegangen – der Grimm war aus ihrem Blick gewichen, und ihre Züge hatten sich geglättet. Und vor drei Tagen hatte sie zum ersten Mal seit sechzig Jahren gesprochen. »Er war das schönste Kind von Selem«, hatte sie Zordan mit dünner brüchiger Stimme erzählt. Da wußte ihr Betreuer, daß sie erst sterben könne, wenn sie sich das ganze Elend ihres Lebens von der Seele geredet hätte. Und solange würde er bei ihr wachen.

Alara setzte sich in dem stinkenden Stübchen auf den einzigen Schemel, von dem Zordan sich bei ihrem Eintritt erhoben und den er ihr angeboten hatte. Er selbst kauerte sich neben dem Lager in das faulige Stroh, das den Boden bedeckte, und ergriff wieder die ausgemergelte Hand der Greisin. Schwester Alara berichtete ihrem Adepten, was die Kaufleute ihr mitgeteilt hatten. Lange grübelten die beiden über den Sinn der seltsamen Neuigkeiten und kamen schließlich zu dem Schluß, mit der Priesterin Thallomell müsse Zordans Nichte, Thalionmel von Brelak, und mit der Todeszange müsse ein zangenartiger Angriff auf die Stadt gemeint sein: von Norden und Süden zugleich. Und Rastullahs Geburtstag deuteten sie als den Tag seines Erscheinens in Keft. Doch konnte sich Zordan nicht mehr auf das genaue Datum besinnen. Er wußte nur, daß es Ende Firun gewesen war.

»Ich sollte nach Neetha gehen und meine Nichte warnen«, meinte er, und als Alara zustimmend nickte, fuhr er fort: »Doch kann ich Suleibeth nicht im Stich lassen. Sie wird bald sterben, und ich habe ihr versprochen, in der Stunde des Todes bei ihr zu sein.«

Aber so rasch, wie Zordan vermutet hatte, verließ das Leben die Greisin nicht. Es dauerte drei Tage, bis sie zum zweiten Mal das Wort ergriff, und bei dieser Gelegenheit erfuhr er, daß ihr Mann ein schöner, starker und stolzer Waldmensch gewesen war, Jangu mit Namen, und die große Liebe ihres Lebens. Meistens lag Suleibeth still und mit geschlossenen Augen auf ihrem Lager, aber hin und wieder wurde sie von heftigen Krämpfen heimgesucht, bei denen sich ihre Züge wie unter grausamen Foltern verzerrten und sie röchelnd und hustend nach Atem rang. Es schnürte Zordan das Herz zusammen, sie so zu sehen und doch nichts weiter tun zu können, als ihr noch fester die Hand zu drücken und besänftigend über die Stirn zu streichen. Nach und nach erzählte Suleibeth ihm von ihrer Liebe und kurzen Ehe, von dem Knaben mit der samtig schimmernden Haut, den Kohlenaugen unter langen gebogenen Wimpern und den schwarzen Ringellocken, der erst vier Jahre alt gewesen war, als man ihn raubte. »Wenn ich nur wüßte, was aus Jangu und dem kleinen Hayatepe geworden ist, dann könnte ich endlich sterben«, flüsterte sie am Abend des dreißigsten Tages ihres Krankenlagers. Zordan war so von

Mitleid bewegt, daß er ein inbrünstiges Gebet zu Boron sandte, die arme Seele endlich zu erlösen. Da wußte er plötzlich die Antwort auf ihre quälende Frage. »Sie schlummern süß in Borons Schlafgemach und haben das Leid der Knechtschaft längst vergessen«, sagte er. »Sie warten auf dich.«

In dieser Nacht starb Suleibeth, die Grimmige, und alle, die am nächsten Morgen das Antlitz der Toten sahen, erkannten das feine Lächeln auf ihren Zügen.

Nachdem Zordan die Leiche gewaschen und begraben hatte, nahm er Abschied von seinen Schutzbefohlenen und machte sich auf den Weg zum Kloster, denn Alara hatte ihm für die Reise ein Maultier aus dem Stall der Schwestern und Brüder versprochen. Es war ein altes mageres Tier und doch das einzige, das die Noioniten entbehren konnten. Alara riet dem Freund, bei El Arrat die Hauptstraße zu verlassen und dem Bergpfad längs des Arrati zu folgen, denn sie hatte von Reisenden aus Drôl gehört, daß die heftigen Regenfälle der letzten Zeit den Weg durch die Sümpfe westlich des Loch Harodrol fast unpassierbar gemacht hatten. Alara besaß eine alte ungenaue Karte der Gegend, die sie Zordan mitgab, und sie hatte einen Beutel mit Proviant für sieben Tage für ihn bereitet. Sie überließ ihm eine wollene Decke, in die er sich des Nachts oder bei Kälte hüllen könne, ein Messer und ein Säckchen mit ein paar Silber- und Kupfermünzen. »Ich wünsche dir den Segen der Zwölf für dein Beginnen«, sagte sie, als sie ihm zum Abschied die Hand reichte. »Und wenn es dir mit Borons Beistand gelungen ist, Neetha und deine Nichte zu retten, so komm zu uns zurück, um hier dein Werk zu vollenden.«

»Ich glaube nicht, daß ich wiederkehren werde«, erwiderte Zordan, kaum wissend, warum, und eine Träne stahl sich in sein Auge. »Boron sei mit dir.«

Man schrieb den vierzehnten Hesinde, als Zordan

Fuxfell nach Neetha aufbrach, und sein Vorsprung an Zeit betrug gegenüber Hairan Mhukkadins Truppen, die sich in Keft gesammelt hatten, vierzehn und gegenüber denen Tugruk Paschas elf Tage, doch da sein Weg ein langer war, er selber krank und sein Reittier alt und schwach, schrumpfte der Abstand mit jedem Tag. Aber das wußte Zordan nicht, sonst hätte er vielleicht aufgegeben. So aber hielt ihn die Hoffnung, Neetha rechtzeitig zu erreichen, im Sattel oder, wenn er dem braven Tier ein wenig Ruhe gönnen wollte, auf den Füßen.

Es war ein beschwerlicher, weiter Weg, den Zordan zurücklegen mußte. Bis Port Corrad kam er recht gut voran, denn die Küstenstraße war in einem besseren Zustand, als er erwartet hatte. Da die schwarze Kutte, die er gewöhnlich trug, beim Reiten hinderlich gewesen wäre, hatte Schwester Alara ihm sein altes Gewand ausgehändigt, das sie gereinigt und all die Jahre über in einer Truhe verwahrt hatte. Schäbig sah es aus, ausgefranst, verblichen und fleckig, und es schlotterte ihm um den abgemagerten Körper, aber es wärmte, und Zordan war dankbar, daß lederne Stiefel seine Füße vor Nässe und Steinen schützten. Die wenigen Menschen, denen er begegnete, mohische Jäger, Bauern und Fischer, hielten ihn wohl für einen in Elend geratenen Edelmann, einen aus dem Kloster Entwichenen oder einen alten Gaukler, der sich von seinen Künsten nicht mehr ernähren konnte, denn sie grüßten ihn mit gespielter Ehrerbietung oder Hohn. Aber das bemerkte Zordan nicht, wenn er ihren Gruß mit einem »Boron sei mir dir« erwiderte.

Zwischen Port Corrad und El Arrat wurde der Weg zur gepflasterten Straße, und Zordan schaffte die Strecke in einem Tag. Danach aber ging es ins wilde einsame Bergland, wo viel Räuberpack hausen soll. Doch der einsame Reiter blieb von ihnen unbehelligt, und auch die reißenden Tiere ließen ihn in Frieden. Da er wenig aß, reichten seine Vorräte bis einen Tag vor Vishia, einem kleinen Dorf am Oberlauf des südlichen Harotrud. Der ärmliche Ort mit kaum mehr als einem Dutzend kleiner, aus unbehauenen Steinen errichteten Häusern, war die letzte menschliche Ansiedlung für lange Zeit, und Zordan beschloß, hier Brot, Hartkäse und Dörrfleisch zu kaufen. Doch als er an die Tür des größten Hauses klopfte, öffnete ihm eine Schar hohlwangiger Kinder, Waisen, wie er erfuhr, denn vor einer Woche hatten Banditen das Dorf überfallen und ausgeplündert und die meisten Männer und Frauen erschlagen, so auch die Eltern der fünf Mädchen und Jungen. Als Zordan die traurige Geschichte erfahren hatte, mochte er nicht mehr nach Proviant fragen, aber es schien, als hätten die Kinder sein Begehr erraten, denn sie schenkten ihm zwei Laibe hartes Brot, ein kleines Stück geräucherten Speck und ein paar runzlige Winteräpfel. Gerührt von soviel Güte und Gastfreundschaft, überließ Zordan den Kleinen sein ganzes Geld. Dann zog er weiter.

Einsam war es in den Wäldern, so einsam, daß Zordan bisweilen ins Träumen geriet, aber vielleicht war es auch der Hunger, der hin und wieder seinen Geist verdunkelte, denn um seinen schmalen Vorrat zu schonen, aß er nur so viel, wie er brauchte, um sich am Leben zu erhalten.

Auch die letzten Meilen vor der schmalen Brücke, die den nördlichen Harotrud überspannt, hatte Zordan halb schlafend, halb betend verbracht. Daß sein Reittier den Weg verlassen hatte, merkte er erst am veränderten Klang des Hufschlages. Aber da war es auch schon zu spät – zu spät, abzusitzen und das Unglück abzuwenden: Die Brücke stammte aus den alten Zeiten, als der heutige Pfad eine Handelsstraße gewesen war, und seitdem war sie nicht mehr instand gesetzt worden. Nur zwei oder drei Schritt war das Maultier über die Planken gelaufen, als seine Hufe durch das morsche Holz brachen. Der Reiter blieb unverletzt, als der plötzliche Ruck ihn vom Rücken des Tieres warf, aber das arme Maultier hatte sich die Vorderläufe übel zerschunden, und es war ihm nicht möglich, sich aus der tödlichen Falle zu befreien. Auch Zordan konnte ihm nicht helfen. Da zog er sein Messer, bat das treue Tier um Vergebung und schnitt ihm die Kehle durch. Er blieb so lange bei dem sterbenden Maultier, bis der Todeskampf vorüber war, dann setzte er seinen Weg zu Fuß fort.

Wie viele Tage er schon geritten und gewandert war, als die Hügel allmählich in flaches Land übergingen und er am besseren Zustand des Weges erkannte, daß die nächsten Köhlerkaten und Waldbauerngehöfte nicht mehr weit sein konnten, hätte Zordan nicht zu sagen vermocht. Seine einzige Sorge war, Neetha zur rechten Zeit zu erreichen. Der Proviant war seit langem aufgebraucht, und er ernährte sich von Beeren, die die Vögel vergessen oder verschmäht hatten und die er im Vorübergehen pflückte. Oft wanderte er auch bei Nacht, und unablässig dankte er den Göttern, daß Sie ihm die Kraft dazu verliehen. Unweit des Dorfes Gravina, an der Kreuzung zweier Wege gelegen, brachen die Räuber aus dem Gebüsch, die Zordan zu Beginn der Reise ständig erwartet, mit denen er nun jedoch nicht mehr gerechnet hatte. Aber es gab bei dem ausgehungerten Wanderer nichts zu holen, und die Schläge und Tritte der Strauchdiebe zauberten auch kein Gold hervor. Da nahmen sie ihm die Stiefel, und nur dem Mitleid der Anführerin – es hatte in der Nacht gefroren, und sie wollte ihr Gewissen nicht mit dem Tod des Fremden belasten – war es zu verdanken, daß sie ihm die Decke ließen.

Einen halben Tag und eine halbe Nacht lang blieb Zordan Fuxfell an der Stelle liegen, wo die Räuber ihn überfallen hatten, denn er war betäubt von Entbehrung und Schmerzen. Als er am Morgen des nächsten

Tages Gravina erreichte, mehr taumelnd als gehend, sah ihn ein junger Perainebruder, der Rüben, Heilkräuter und getrocknete Praioskolben zu den Ärmsten im Dorf gebracht hatte und nun mit leerem Fuhrwerk nach Bahin heimkehren wollte. Der fromme Mann lud Zordan auf den Wagen, ohne ihn nach seinem Namen, seinem Woher und Wohin zu fragen. Dann flößte er ihm aus einem Wasserschlauch eine dünne Suppe ein, aber nur so viel, wie der Entkräftete bei sich behalten konnte.

So gelangte Zordan nach Bahin, und nach einer Nacht im warmen Stübchen des Geweihten, das an den winzigen Tempel grenzte, und einem einfachen, aber wohlschmeckenden Frühstück fühlte er sich kräftig genug, die Reise fortzusetzen. Aber Bruder Bernhelm wollte davon nichts wissen, und da erzählte ihm Zordan von der drohenden Gefahr und der Dringlichkeit seines Auftrags. Der Geweihte brauchte nicht lange nachzudenken – er spannte sein Pferdchen an, schüttete Stroh auf den Boden des Wagens, und eine Stunde später fuhren die zwei am Chabab entlang nach Westen. Weiter als bis Wanka konnte Bruder Bernhelm Zordan nicht bringen, denn in Zeiten der Gefahr wollte er die Bauern und ihre Äcker nicht im Stich lassen, aber er gab seinem Gast den Hinweis, in Shilish nach Bauer Thimmorn zu fragen. Dessen Ältester diene als Soldat in der Garnison von Neetha, erklärte der Geweihte, und der rondratreue Thimmorn werde Zordan gewiß ein Pferd zur Verfügung stellen. Bruder Bernhelm drückte Zordan zum Abschied einen Beutel mit Proviant in die Hand und wünschte ihm den Segen der Zwölf, dann wendete er den Wagen und kehrte nach Bahin zurück.

Eine Weile blickte Zordan dem Fuhrwerk nach. Als er den Blick zum Horizont schweifen ließ, glaubte er, in der Ferne die schneebedeckten Gipfel der Eternen zu erkennen, aber es war wohl eine Augentäuschung.

Einen novadischen Kriegszug sah er nicht, und so setzte er, gestärkt an Leib und Seele, seine Reise fort. Am Nachmittag des nächsten Tages erreichte er Shilish – zehn Meilen vor dem Dorf hatten seine Füße ihm nicht mehr gehorchen wollen, und er hatte, wie schon so viele Male zuvor, im Freien genächtigt.

Bauer Thimmorn zu finden, war nicht schwer, und der gute Mann war auch, als er Zordans Geschichte hörte, sofort bereit zu helfen, nur stand es um seine Pferde nicht zum besten. Zwei magere Klepper hatte er im Stall, und Zordan entschied sich für die Rappstute, weil der freundliche Blick ihrer dunklen Augen ihn an ein Pferd erinnerte, das er vor langer Zeit besessen hatte. Er dankte Thimmorn für das Tier, lehnte aber dessen Angebot ab, das Nachtmahl mit den beiden Alten zu teilen und in ihrem Hause zu übernachten, und reiste weiter, ohne zu rasten. Nur noch zehn Meilen trennten ihn vom Ziel seiner Reise, als er tief in der Nacht entschied, dem Tier und sich selbst ein wenig Ruhe zu gönnen, und als er im Morgengrauen, geweckt von der Kälte der Firunnacht, seinen Weg fortsetzte, war er frohen Mutes. Er wußte ja nicht, daß zu diesem Zeitpunkt Bauer Thimmorn, seine Frau sowie die meisten Bürger von Shilish nicht mehr unter den Lebenden weilten. Denn wenige Stunden nachdem er das Dorf verlassen hatte, waren Tugruk Paschas Krieger dort eingefallen und hatten alles niedergemäht, das sich ihnen in den Weg stellte.

Auch Tugruk Pascha hatte eine entbehrungs- und verlustreiche Reise hinter sich. Mit weit über zweihundert Wüstensöhnen war er Ende Hesinde von Shebah aufgebrochen (insgesamt hatten die beiden Heerführer kaum sechshundertundfünfzig Krieger für den Feldzug gewinnen können, von denen vierhundert Hairan Mhukkadin und die restlichen Scheich Tugruk Pascha folgten), aber keiner der Männer kannte den Winter in den Eternen, und weder Tiere noch Reiter wußten, was sie erwartete. Viele erfroren, andere wurden von Schneebrettern erschlagen oder von Lawinen begraben, und als die Krieger sich zum Banchab durchgeschlagen hatten, war der Zug auf hundertundsiebzig Männer geschrumpft – ausgehungerte Männer, grausam vor Haß und Trauer, auf ausgehungerten Pferden.

Es war beschlossen worden, bis Shilish die Straße zu meiden, um den Überfall so lange wie möglich geheimzuhalten, doch war die Gegend, durch die Scheich Tugruk seine Männer führte, nicht völlig unbesiedelt. Immer wieder stießen sie auf winzige Weiler und Einödhöfe, und wenn sie sie verließen, gab es dort kein lebendes Wesen mehr. Nach dem Gemetzel plünderten sie die Speicher und Scheunen und tauschten, soweit es möglich war, ihre Pferde gegen bessere aus. Als der Haufe sich nahe Shilish am vereinbarten Treffpunkt sammelte, waren die Körper der Krieger wieder kräftiger geworden, aber ihre Seelen grausamer denn je zuvor. Sie überfielen Shilish um die zehnte Stunde nach Mittag, und als sie weiterzogen, hatte die dritte Morgenstunde eben begonnen. Berauscht vom Blut und der Gewißheit des nahen Sieges, trieb Tugruk Pascha seine Männer an, aber das war kaum nötig, denn sie sehnten sich selbst danach, Neetha zu schleifen und die Rondrapest auszurotten.

Der östliche Horizont rötete sich gerade, als die Wüstenkrieger die Reichsstraße erreichten. Im morgendlichen Dunst erahnten sie die fernen Dächer und Kuppeln von Neetha mehr, als sie sie sahen, aber den weiß vermummten einsamen Reiter auf seinem Rappen wenige hundert Schritt voraus erkannten sie deutlich.

Zordan Fuxfell hatte sich zum Schutz gegen die Kälte in die wollene Decke gehüllt und sie fest um Haupt und Körper geschlungen. Immer wieder fielen ihm die Augen zu, doch gelang es ihm jedesmal, sie rechtzeitig aufzureißen, bevor er im Reiten einnickte.

Kurz vor der Reichsstraße wollte ihn wieder der Schlaf übermannen, als ein Lichtstrahl seine Augen kitzelte. Er kam von Norden her, von Neetha. Obwohl die Praiosscheibe noch nicht über den Horizont gestiegen war, hatte ein einzelner Strahl den Weg durch eine Schlucht der Eternen gefunden und die goldene Sonnenscheibe auf dem Dach des Praiostempels zum Leuchten gebracht. Dieses Licht weckte Zordan, hielt ihn wach und ermunterte ihn, sein Reittier anzutreiben.

Als die Sonne sich über die Berge schob, Stadt und Land mit rotgoldenem Licht übergoß und Zordan die Kuppel des Rondratempels erkannte, begann sein Herz wild zu hämmern. Es schlug so laut, daß es den Hufschlag des Pferdes übertönte, daß es Tier und Mann, ja selbst den Boden zum Beben brachte. Fast erschien es Zordan, als folge ihm ein Heer von Reitern, sosehr dröhnten die rasenden Huf- und Herzschläge ringsumher. Da wandte er sich um und sah die Wüstenkrieger. Sie waren ein paar hundert Schritt hinter ihm, halb so viele, wie ihn von Neethas Südtor trennten, und sie kamen rasch näher. Zordan wollte schreien, wollte seiner Stute die Fersen in die Flanken treiben, und war doch wie gelähmt. Vergebens, alles vergebens! dachte er, und die Verzweiflung griff mit kalter Hand nach seinem Herzen.

Warum hält keiner der Zwölf die Ungläubigen auf? ging es ihm durch den Kopf. Warum schleudert Rondra keinen Feuerblitz unter sie, um sie zu vernichten? Und bei diesen Gedanken entsann er sich seiner so lange ungenutzten Gabe. Aber ach, wie sollte er mit seinen kümmerlichen Fähigkeiten einen ganzen Kriegszug aufhalten? Was sollten bunte Flämmchen wohl ausrichten gegen die vielköpfige Übermacht? Dabei war er sich keineswegs gewiß, daß es ihm gelänge, den Zauber zu wirken. Dennoch versuchte er, Hesinde und die anderen Elf um Beistand anflehend, seine magischen Kräfte zu sammeln und zu bündeln. Doch war er zu erregt, um sich versenken und auf eine Formel konzentrieren zu können, und so entließ er die astrale Energie in seltsamer Gestalt, in welcher der Schimmer des Lichtzaubers und das schwache Strahlen des Freundschaftszwanges sich durchdrangen und zu einem neuen Muster verbanden.

Scheich Tugruk Pascha, der an der Spitze des Zuges ritt, hatte den Fremden als erster entdeckt, und mit dem Erschlagen des Ungläubigen wollte er sich für den großen Kampf in Stimmung bringen. Also gab er seinem Pferd die Sporen, und der Abstand zu dem fernen Reiter verringerte sich zusehends. Doch plötzlich hielt der Fremde inne und wandte sich um. Ein seltsames Leuchten ging von ihm aus, ein freudiges Strahlen und Wiedererkennen. Da fühlte auch Tugruk Pascha, wie Freude ihn durchströmte, denn er erkannte plötzlich, daß der Fremde ein Freund und Stammesbruder war. Wie konnte ich auch nur für den Bruchteil eines Augenblickes einen der Unseren für einen Ungläubigen halten? dachte er und schüttelte mißbilligend den Kopf. Man sieht doch an seiner Tracht und dem festen Blick seiner schwarzen Augen, daß er zu uns gehört. Und er scheint trotz seines hohen Alters ein hitziger Kämpfer zu sein. Doch wo ist seine Waffe? Ich sehe weder Khunchomer noch Speer. Weiter kam Tugruk Pascha nicht in seinen Überlegungen, denn nun war er bei dem Mann. »Nimm diesen Speer, Bruder, und spieß damit die Ungläubigen auf!« rief er und reichte dem Fremden die Waffe.

Zordan Fuxfell sah, wie ein finsterer Krieger im gesteppten blauen Waffenrock sich von der Spitze des Zuges löste und in gestrecktem Galopp näher kam, so daß die Enden seines Kopfputzes aus weißen Tüchern im Winde flatterten. Der Mann hatte den Khunchomer über den Kopf erhoben und rief das »Ckià, Ckià, Tsii-Tsii«, mit dem die Wüstensöhne sich zum Kampf bereiten. Unfähig, sich zu regen, zu denken oder zu beten, beobachtete Zordan, wie der Krieger nun auch noch einen Speer hob. Da wußte er, daß sein letzter Augenblick gekommen war. Doch der gräßliche Schmerz und die darauffolgende Schwärze, die er erwartete, blieben aus. Statt dessen spürte er, wie sich seine Finger um den Stiel einer Waffe schlossen, und ehe er recht wußte, was geschehen war, und was er tun sollte, waren die übrigen Krieger schon bei ihm, um ihn herum, und ihr vielstimmiges schrilles »Ckià, Ckià, Tsii-Tsii« erfüllte die Luft.

Der Strom der Reiter riß Zordan mit sich fort. Wie lange er ritt, wußte er nicht, aber als er selbst und die ihm zunächst Reitenden die Chababbrücke erreichten, war die Praiosscheibe vollständig dem Dunst am östlichen Horizont entstiegen.

Am Fuß der Brücke kam es zu Stau und Gedränge, denn der Weg über den Fluß war schmaler als die Straße, auf der die Wüstenkrieger zu viert oder fünft nebeneinander hatten reiten können; mehr als drei zugleich konnten nicht hinüberstürmen. Und auf der Brücke selbst gab es ein Hindernis, aber das sahen nur jene, die weiter vorn ritten.

Zordans Stute tänzelte und schnaubte unruhig, als es unvermittelt nicht mehr weiterging, und da bemerkte es auch der Reiter. Wie aus einem Traum tauchte er auf, sah neben sich die finsteren, haßverzerrten Gesichter, hörte zwischen den Kriegsrufen und Verwünschungen den Klang von Eisen, Stöhnen und Geheul und die Todesschreie von Tieren und Menschen. Als Zordan lauschend um sich blickte, mit so übernatürlich geschärften Sinnen, als sollten alle flüchtigen Eindrücke zu einem einzigen gebündelt werden und als sei einen Herzschlag lang der Fluß der Zeiten angehalten, entdeckte er oben auf der Brücke, auf ihrem Scheitelpunkt, die helle, strahlende Frauengestalt. Es war eine Kriegerin im Kleid der himmlischen

Rondra, mit goldenem Haar und einem langen Schwert, das aus purem Gold geschmiedet schien. Mit beiden Händen hielt sie es über den Kopf und schwang es in weiten erbarmungslosen Kreisen, und wenn die Waffe ihr Ziel gefunden hatte, sah man rote Fontänen spritzen und Glieder und Leiber seitwärts fallen.

Zordan erkannte seine Nichte sofort – an ihren fast unbewegten, aus heiligem Grimm gemeißelten Zügen, an den hellen Augen, aus denen es wie göttlicher Zorn loderte, entdeckte er das ernste, strenge Kind von einst. O Thalionmel, Schwesterkind, von mir Mißhandelte, da stehst du wie die himmlische Rondra und verteidigst ganz allein die Stadt gegen ein Heer von Ungläubigen! dachte er, und Trauer und Mitleid erfüllten ihn. Denn er sah ihre Schmerzen und ihre Wunden und erkannte, daß sie den Kampf nicht überleben würde. Aber er fühlte auch Stolz, sie so kämpfen zu sehen, mutig, wild und unbarmherzig wie die Himmelsleuin selbst und so schön von Angesicht und Gestalt wie eine fleischgewordene Göttin. Er suchte ihren Blick, während die hinter ihm Reitenden ihn weiter nach vorn schoben und die vor ihm Reitenden einer nach dem anderen vom goldenen Rondrakamm der Kriegerin in die Dämonenhöllen ihres Götzen geschickt wurden.

Auch Thalionmel schien Zordan zu bemerken, denn sie heftete ihre Augen auf ihn, während ihr Zweihänder zischend die Luft durchschnitt und klirrend auf die Waffen der Gegner oder mit dumpfem Schlag auf ihre Körper traf. Nur noch eine Reihe von drei Kriegern trennte Oheim und Nichte voneinander, und in wenigen Augenblicken würde Thalionmels Waffe Zordans Herz durchbohren. Vergib mir, Nichte, dachte er verzweifelt, während vor ihm Rösser und Reiter tödlich getroffen in den Chabab stürzten. Er wußte, Boron hatte ihm vergeben, und er fürchtete den Tod nicht mehr, aber wie sollte sie ihm jemals verzeihen? Daß sie ihn töten und er durch ihre Hand sterben würde, schien ihm recht und angemessen, und er gönnte ihr die Genugtuung der Rache, doch sollte sie wissen, wie sehr er das ihr angetane Unrecht bereute und wie sehr er ihre Vergebung ersehnte. Vergib mir, flehten seine Augen, als sie die Waffe zum Hieb schwang, und in dem Bruchteil eines Herzschlags, bevor die Klinge sein Haupt von den Schultern trennte, glaubte er ein Lächeln auf ihren Zügen zu erkennen. Das war das letzte, was Zordan Fuxfell auf dieser Welt sah. Dann umfingen ihn Schwärze und ewiger Schlaf.

Wenn wir wissen wollen, wie es Thalionmel in der Zwischenzeit erging, müssen wir Satinavs Sanduhr auf den Kopf stellen und ein paar Körnchen rückwärts rieseln lassen. Für sie war die Zeit der Verlobung die schönste ihres Lebens, abgesehen von der Kindheit, die sie, da von der schwarzen Finsternis des großen Unglücks so jäh beendet und aus der großen zeitlichen Distanz, in goldener Verklärung sah.

Schwertschwester Gunelde billigte den Entschluß der Ritterin und wünschte dem jungen Paar Rondras, Travias und Rahjas Segen, aber der Ausdruck ihrer Augen und der Klang der Worte stimmten nicht völlig mit dem Gesagten überein. Thalionmel und Quendan bemerkten es, doch sprachen sie nicht darüber.

Ganz anders reagierte Zulhamin, als sie von der Verlobung und der im Tsa geplanten Heirat erfuhr. Sie fiel der Schwester um den Hals, drückte und herzte sie, und auch Quendan blieb nicht ungeküßt. Kaum hatte Zulhamin die Neuigkeiten erfahren, begann sie auch schon, Pläne für die Hochzeitsfestlichkeiten zu schmieden. Man müsse in Brelak feiern, meinte sie, den Eltern zu Ehren, und das ganze Dorf solle mit Freibier und Schnaps bewirtet werden. Und sie selbst wolle das Hochzeitspaar mit einem Tanz beschenken, der die

Darbietung zur Ritterweihe bei weitem übertreffen werde. Noch während Thalionmel und Quendan bei ihr weilten, probierte sie die ersten Schritte und Figuren aus, die ihr dazu in den Sinn kamen. Als man sich trennte, strahlten alle drei in Vorfreude auf das kommende Fest.

Pagol war der dritte, der die erfreuliche Nachricht erfuhr. Er stand müßig an seinem Stand und schaute sich nach Kundschaft um, als er die Freundin und ihren Begleiter erblickte. Schon von fern erkannte er an den Blicken, die sie einander schenkten, daß sie ihren Liebesbund besiegelt hatten und ein Paar geworden waren. Und seltsam, es schmerzte ihn nicht und erfüllte ihn nicht mit Neid. So konnte er auch der Kriegerin und dem Edelmann von Herzen die Hände drücken und für die gemeinsame Zukunft den Segen der Zwölf wünschen. »Ich habe schon seit Tagen gespürt, daß etwas Schönes geschehen werde, denn mein Glücksbringer hat mich die ganze Zeit mit wohliger Wärme erfüllt«, sagte er, und so war es auch gewesen.

Wenige Tage später brachen die Verlobten nach Wobran auf. Es war mit der Hochgeweihten vereinbart worden, daß Thalionmel bis zur Hochzeit jeweils einen halben Mond in Neetha und die andere Hälfte in Brelak oder Wobran weilen solle, und alle waren es zufrieden. In Quendans Eltern fand Thalionmel zwei herzliche, schlichte Landedelleute, die ihre Freude, bald eine so berühmte Kriegerin als Tochter in die Familie aufnehmen zu dürfen, nicht verhehlten. Quendans Vater machte der zukünftigen Schwiegertochter galant den Hof, und die Mutter zeigte ihr voll Stolz die Waffen und Auszeichnungen der eigenen Schulzeit in Neetha.

So vergingen die Wochen und Monde, und immer wenn Thalionmel im Tempel weilte, versah sie ihren Dienst mit besonderer Hingabe. Obwohl kein Sterblicher auch nur die Spur von Mißfallen an ihrem Entschluß gezeigt hatte, war sie doch niemals ganz sicher, ob auch die Herrin ihn billigte. Um Rondra zu versöhnen, falls Sie verstimmt wäre, und um Ihr ihre Liebe zu beweisen, focht die Ritterin oft bis zur völligen Erschöpfung, ernährte sich von trockenem Brot und Wasser und suchte in langen Gebeten, vor dem Standbild auf dem harten Boden kniend, die Meinung der Göttin zu ergründen. Aber sie erhielt keine Antwort. »Kasteist du dich als Strafe für die Liebesfreuden, die wir genießen?« fragte Quendan einmal, als er die Freundin nach schier endlosen einsamen fünfzehn Tagen in die Arme schloß und ihren Körper sehniger und magerer fand, als er ihn in Erinnerung hatte. »Das wäre nicht billig, denn nur Unrecht muß man bestrafen.«

Ja, Quendan hatte recht, das mußte Thalionmel sich eingestehen, und deshalb entzog sie sich einer Antwort durch einen innigen Kuß. Er hatte recht darin, daß sie sich, sobald sie in Neetha war, durch überstrengen Rondradienst von der vorangegangenen weltlichen Liebe zu läutern suchte. Denn sie hatte erkannt, daß ihre Liebe zu Quendan ebenso unteilbar war wie die zur Herrin. Wenn sie den Gefährten liebkoste und das Lager mit ihm teilte, waren die Unsterblichen ausgeschlossen, auch Rahja, und es gab auf der Welt nur noch den Geliebten und sie selbst. Doch lagen sie nicht immer beieinander, wenn sie gemeinsam die Zeit verbrachten, und manchmal, unvermittelt und unerwartet, streifte etwas die Kriegerin – wie ein Hauch, wie die Ahnung eines Hauchs, wie ein Flirren der Luft, wie ein kurzes Kribbeln der Kopfhaut oder ein Sträuben der Körperhärchen. Dann ahnte sie, daß ihr Glück zart und zerbrechlich war und flüchtig wie ein Traumgespinst. Aber diese Ahnungen und Anwandlungen waren so ungewiß und nebelhaft, daß sie sich nicht in Worte fassen ließen, und so schwieg sie darüber.

Quendan, wie jeder liebende Mensch, spürte es, wenn die Geliebte ihm entglitt, ihre Gedanken in fremde Fernen trieben, und dann brachte er stets das Gespräch auf den zukünftigen Kindersegen. Er malte aus, wie, eines nach dem anderen, die kleinen blonden Kriegerinnen und Krieger heranwüchsen, und in diesen Augenblicken erinnerte er sie so zwingend an Durenald, daß Thalionmel lachte und die nebelhaften Sorgen vergaß. Doch jedesmal, wenn das Monatsbluten ihr zeigte, daß Tsas Segen ausgeblieben war, wußte sie nicht, ob sie enttäuscht oder erleichtert sein sollte.

Ende Travia war es gewiß, daß die Grenzstreitigkeiten zwischen Altem und Neuem Reich sich nicht auf diplomatischem Wege würden lösen lassen. Immer häufiger in den letzten Monden hatten die Kaiserlichen versucht, die Grenze ihres großen Reiches nach Süden zu verschieben. Ein paar Dörfer hatten sie schon eingenommen, und diese Schmach verdroß den König sehr. Er hatte ein kleines Heer nach Norden entsandt und Boten zu allen seinen Herzögen, Fürsten, Grafen, Markgrafen und Comtos mit Schreiben des Inhalts, man möge ihn in dem patriotischen Kampf unterstützen. Auch in der Mark Neetha und in der Stadt selbst rüsteten königstreue Krieger und kriegerische Adelige sich zum Feldzug, und Mitte Boron brachen sie auf, angeführt von Knappe Stipen.

Fast alle Geweihten des Siegestempels hatten sich entschieden, dem Ruf des Königs zu folgen, und so war Schwertschwester Gunelde zunächst befremdet, daß Thalionmel nicht im entferntesten daran dachte, sich ihnen anzuschließen. »Nicht im Norden wird Rondras Ehre angetastet«, sagte die Ritterin. »Die Gefahr liegt im Osten, in der Wüste, wo der frevlerische, die Zwölfe beleidigende Rastullahwahn ausgebrütet worden ist und sich vermehrt wie unzüchtiges Schleimgetier. Und auch wenn die irrgläubigen Wüstensöhne sich in der letzten Zeit still verhalten haben und uns keine Berichte von Überfällen zu Ohren gekommen sind, so weiß man doch nie, was ihr Dämon ihnen als nächstes einflüstern wird und welche Schandtaten sie im Schilde führen. Wenn sie kommen, so werden sie nach Neetha kommen, denn der Ruhm unseres Göttinnenhauses ist Legion und die Macht unserer Herrin ein Dorn in den abscheulichen Dämonenaugen ihres Götzen. Deshalb ist hier mein Platz, hier in Neetha, hier im Tempel der Löwin!« Sie hielt inne, als sie den prüfenden, fast skeptischen Blick der Hochgeweihten bemerkte, und wie in ihrer Mädchenzeit, wenn sie sich durchschaut oder ertappt fühlte, stahl sich ein zartes Rot auf ihre Wangen. Ja, hier ist mein Platz, dachte Thalionmel. Und doch hatte sie der Herrin schon zweimal einen halben Mond gestohlen und war im Begriff, es wieder zu tun. Und selbst in der Himmelsleuin eigenem Haus schweiften ihre Gedanken gelegentlich in rondraferne Gefilde, sosehr sie es durch unerbittliche Strenge ihrem Körper gegenüber auch zu verhindern suchte. Doch bevor sie sich vor der Göttin, vor sich selbst und vor der Schwertschwester rechtfertigen konnte, bevor ein himmlischer Blitzstrahl sie dazu brachte, Quendan und allen weltlichen Freuden zu entsagen, ergriff Ritter Odil das Wort.

»Die Ritterin hat recht, Schwertschwester,« sagte er. »Auch ich werde hierbleiben, um die Rastullahknechte rondrawürdig zu empfangen, sollten sie sich vor unsere Tore wagen. Mir träumte letzte Nacht von einem Feldzug, und die Krieger, die ich sah, waren gekleidet und bewaffnet wie die Wüstensöhne, gegen die ich einst in Machsiz kämpfte. Ein solcher Traum kommt nicht von ungefähr und sollte uns zu denken geben.«

»Du brauchst den Entschluß der Ritterin nicht zu verteidigen, Odil«, erwiderte die Hochgeweihte; es war ihre Gewohnheit, alle Geweihten, vom Novizen bis zum Ritter, mit ›du‹ anzureden, während sie sich selbst von Novizen und Knappen ›Euer Ehrwürden‹, von den Rittern aber ›Schwertschwester‹ nennen ließ. »Sie ist nur der Herrin Rechenschaft schuldig. Und sollte ihr Körper einmal außerhalb der Stadt weilen, wenn sie hier gebraucht wird, so wird es den Novizen eine Ehre sein, als Rondras Boten zu ihr zu eilen. Was deinen Traum betrifft – nun, solche Zeichen sollte man wahrlich gründlich prüfen und deuten, und das wollen wir heute abend gemeinsam tun. Nachdem ich nun eure Beweggründe kenne, dem König den Beistand zu verweigern, ist es mir eine Freude, euch in den kommenden Zeiten in meiner Nähe zu wissen, die uns vielleicht schwere Prüfungen bringen.« Sie lachte plötzlich rauh und herzlich. »Ich fühlte mich schon wie eine alte Gouvernante, wenn ich an die kommenden Monde dachte – so ganz allein mit den Kindern in Rondras Haus.« Damit war das Gespräch beendet.

Am Nachmittag desselben Tages suchte Thalionmel ihren alten Freund Pagol auf. Je länger sie ihn kannte, desto mehr empfand sie es als Ärgernis, daß er sein Talent vergeudete, indem er die dummen Briefe schrieb, die dumme Menschen ihm diktierten. Und er dauerte sie, denn sein Beruf machte ihm nur wenig Freude. Zudem stand der Winter vor der Tür – dann wurde die Kundschaft rar, seine klammen Finger hatten Mühe, die Feder zu halten, und seine Wangen wurden noch schmaler als sonst. Seltsam, ging es Thalionmel durch den Kopf, seit ich mit Quendan verlobt bin, mache ich mir mehr Gedanken über Pagol, seine Zukunft und sein Wohlergehen als in all den Jahren zuvor. Sie wollte dem Freund vorschlagen, als rechte Hand und Sekretarius von Frau Sandström in ihre, Thalionmels, Dienste zu treten. Die Arbeit wuchs der alternden Verwalterin über den Kopf, und ihr Augenlicht hatte in der letzten Zeit stark nachgelassen. In der freien Zeit, die ihm bliebe, könnte der Schreiber geistliche und weltliche Schriften kopieren. Die Brelaker Bibliothek war bei dem Brand fast vollständig vernichtet worden, und Thalionmel verspürte den Wunsch, nach und nach die Verluste zu ersetzen. Ihr Vorschlag verband so geschickt Mildtätigkeit mit Eigennutz, daß Pagol ihn nicht als beschämendes Almosen empfinden konnte. Und in der Tat, er zögerte nicht lange, als Thalionmel ihre Rede beendet hatte; nach einem forschenden Blick in die Augen der Freundin willigte er in den Handel ein. Am nächsten Tag ritten die beiden nach Brelak, und diese zweite und letzte Reise an der Seite seiner einzigen Liebe beglückte Pagol weit mehr als das in Aussicht gestellte Gold. So kam es, daß der Schreiber die folgenden zwei Monde und fünfzehn Praiosläufe in Brelak verbrachte, und es war eine schöne Zeit.

Auf dem Gut lebte eine junge Magd, Harika mit Namen, die drittjüngste aus Bauer Lechdans neunköpfiger Kinderschar. Harika zählte fünfzehn Götterläufe, war ein redliches Mädchen von schlichtem Gemüt mit schlichtem blonden Haar, das sie zu zwei Zöpfen geflochten trug, und treuherzigen blauen Augen. Sie half im Stall und ging Titina zur Hand, und das Leben, das sie führte, hielt weder große Sorgen noch große Freuden für sie bereit. Doch das änderte sich mit dem Tag, an dem der neue Sekretarius und Schreiber in Brelak eintraf. Zunächst fürchtete sich Harika vor dem fremden, trotz seiner Jugend so klugen Mann mit den unergründlichen Elfenaugen, der mit der strengen Herrin auf Duzfuß stand, doch da er stets freundlich dankte, wenn sie ihm sein Mahl servierte, und sich ohne Herablassung nach ihrer Familie und ihrer Arbeit erkundigte, verlor sich die Scheu allmählich und wich Bewunderung und schwärmerischer Zuneigung. Pagol bemerkte es wohl, und es rührte ihn mehr, als es ihm schmeichelte oder gar rahjagefällige Gefühle in ihm erweckte. Als er eines Tages dahinterkam, daß sich die Kleine den Überfluß in seinen Schüsseln vom Munde abgespart hatte, erkannte er, daß sie ihn liebte. Wie seltsam lenken die Götter doch die Geschicke der Menschen, dachte er da. Der armen Harika und mir ist das gleiche Los beschieden, da wir beide an unerwiderter Liebe leiden, und doch oder vielmehr eben darum können wir nicht zueinanderfinden und unser Leben miteinander verknüpfen.

Als er so dachte, stand er seit einem Mond im Dienst der Baroneß und Rondra-Ritterin Thalionmel von Brelak. Nach weiteren fünfzehn Praiosläufen war er geneigt, Harika als seinen Schützling zu bezeichnen, denn als Lohn für ihre Freundlichkeit führte er sie nun in die geheimnisvolle Welt der Buchstaben und Worte ein. Ach, wie warm wurde Pagol ums Herz, wenn er beobachtete, wie die junge Magd mit ungeschickter Hand und herausgestreckter Zungenspitze die Schriftzeichen abmalte, die er ihr vorgezeichnet hatte. Ihr Eifer, ihm zu gefallen und alles recht zu machen, war in seiner Einfalt so reizend und anrührend, daß Pagol nach weiterer Halbmondesfrist zwar nicht ihre Liebe, wohl aber ihre Freundschaft erwiderte.

Als Frau Sandström Pagol eines Tages Ende Firun zu einem außerhalb des Dorfes gelegenen Gut schickte, um die längst überfälligen Steuern einzutreiben und den Bestand an Vieh zu zählen und zu notieren, bat Harika, ihn begleiten zu dürfen. Warum hätte er es ihr abschlagen sollen? Er freute sich ja über die Gesellschaft, denn die Magd war von ernster, stiller Wesensart, sprach nicht über Dinge, von denen sie nichts verstand, und quälte niemandes Ohren mit unablässigem müßigen Geschwätz. Zudem war sie nicht zimperlich und verstand von Pferden und vom Reiten ebenso viel oder so wenig wie er selbst.

Das rote Nachmittagslicht wich eben blauer Dämmerung, als die beiden sich auf den Heimweg machten. Pagol war guter Dinge, denn die in Geld zu entrichtenden Steuern lagen in seinem Beutel, die Liste über die in Naturalien abzuführenden Steuern war vollständig, das Vieh gezählt, und es hatte weder Gezeter noch Tränen gegeben. Mit ausholenden Gesten und verstellter Stimme begann er unvermittelt, ein tulamidisches Liebesgedicht zu deklamieren, das er einst für einen reichen Händler aus dem Tulamidenlande in verzierten Buchstaben auf allerfeinstem Pergament niedergeschrieben hatte. Er sprach es zuerst in Tulamydia, da er nicht wenig stolz darauf war, die Sprache zu beherrschen, und vor der jungen Freundin mit seinen Kenntnissen prunken wollte (diese mühsam erworbene Fertigkeit hatte ihn zu einem bei den reisenden Tulamiden beliebten Schreiber gemacht und manch zusätzliches Silberstück eingebracht). Anschließend trug er das Gedicht in Garethi vor, und als er an die Stelle kam, wo der Verfasser die Lippen der Geliebten mit den Nüstern eines Shadifs vergleicht, konnte Harika ein helles Kichern nicht unterdrücken. Aus dem Kichern wurde Lachen, das sie schüttelte und prustend nach Atem ringen ließ, und das alles sah so süß und lustig aus, daß es ansteckend wirkte und Pagol bald schallend laut einfiel.

Die Gefährten hatten eben den Karrenweg verlassen und waren auf die Straße nach Brelak eingebogen. Noch immer wurden sie, sich halb willentlich, halb unwillentlich stets von neuem anspornend, von kaum verebbenden Lachanfällen heimgesucht. Wie albern und übermütig die kleine Harika doch sein kann, dachte Pagol und fragte sich, ob seine alte Freundin Thalionmel wohl je so ausgelassen hatte lachen können, als er plötzlich einen heftigen Schmerz in der Brust verspürte – wie der Stich mit einem glühenden Dolch. Sein Lachen erstarb, und er krümmte sich im Sattel. Was war das? Das Ende? Er preßte die Hand vors Herz, und da bemerkte er, daß die schmerzende Hitze nicht von seinem Körper ausging, sondern aus dem Beutel drang, in dem er seinen Glücksbringer verwahrte. Die Drachenschuppe glühte und klopfte, als wolle sie die Silben Tha-li-on-mel skandieren. »Was ist dir?« vernahm er Harikas besorgte Stimme, aber da war die seltsame Anwandlung auch schon vorüber, und er blickte die Freundin verwirrt und bestürzt an, unfähig zu antworten.

Die letzten hundert Schritt hatten die Freunde sich ganz ihrer Heiterkeit überlassen und nicht auf drohende Gefahren geachtet. Und so hatten sie auch den nahenden Hufschlag nicht gehört. Als Pagol sich nun umblickte, sah er plötzlich zwei Reiter aus der Finsternis des nahen Waldes sprengen; im fahlen grauvioletten Dämmerlicht leuchteten ihre flatternden Umhänge gespenstisch hell. »Paß auf, Harika!« konnte er noch rufen und sein Pferd zum Straßenrand lenken, dann waren die beiden schon heran. Pagol hatte befürchtet, überrannt zu werden – daß die Fremden ihre Waffen ziehen und mit wilden Kriegsrufen nach ihm und der Freundin hauen würden, hatte er nicht erwartet. So traf ihn der Hieb, der Wams und Brust schlitzte, völlig unvorbereitet und warf ihn aus dem Sattel. Halb betäubt von Schreck und Schmerz blieb er wie tot liegen. Die Krieger hielten an. Einer der beiden wendete sein Pferd, um zu den Gestürzten zurückzukehren, doch der andere rief ihm in der kehligen Sprache der Wüstenkinder zu: »Laß ab von den beiden, Bruder! Was schert uns das Gesindel? Wir dürfen keine Zeit verlieren, wenn wir zur Nachtigallenstund in Shilish eintreffen wollen. Laß uns Rastullah, dem Einen, danken, daß alles so wohl bereitet ist, und die Zange morgen zupacken wird. Und der hochherzige Tugruk Pascha wird uns für unsere Mühe reich mit Gold belohnen.« Dann sprengten die Reiter davon, und Pagol vernahm nur noch den sich rasch entfernenden Hufschlag.

Als der Schreiber sich nach einer Weile mühsam aufrichtete, um seine Wunde zu untersuchen, noch völlig verwirrt von dem plötzlichen Angriff und den

Worten, die er gehört hatte, spürte er, wie ihm eine Hand unter die Achsel griff und ihn stützte. Es war Harika. Das Mädchen war unverletzt; dem Hieb des zweiten Kriegers ausweichend, hatte sie sich, von einem Lichtstrahl Hesindes erleuchtet, vom Pferd gleiten lassen und dann tot gestellt. Sie jammerte nicht, stellte keine Fragen, schnitt nur mit einem kleinen Messer Wams und Hemd auf, betrachtete stirnrunzelnd die Verletzung, soweit das in dem schwachen Licht eben möglich war, und meinte dann: »Es sieht nicht gut aus, fürchte ich. Wir müssen zum Gut zurück und nach Danja schicken.« Doch Pagol schüttelte den Kopf.

»Reite du nur zum Gut«, brachte er mühsam hervor, »und berichte dort, was ich dir sagen werde. Ich selbst muß unverzüglich nach Neetha reiten, denn ich habe schlimme und wichtige Kunde.« – Und Thalionmel ist in großer Gefahr! dachte er, sprach es aber nicht aus.

Es gelang Harika, den Freund zu überzeugen, daß er sein Ziel eher erreichen werde, wenn er die Wunde von der Heilerin verbinden ließe. In der Zwischenzeit wolle sie zum Gut reiten, von dem Vorfall berichten und mit frischen, kräftigen Pferden zu Danjas Haus zurückkehren.

Die Verletzung war nicht lebensbedrohlich, wie sich herausstellte, aber es war ein langer, recht tiefer und sehr schmerzhafter Schnitt. Danja legte einen festen Verband an und riet Pagol dringend zu Bettruhe und heilsamem Schlaf, aber da er davon nichts wissen wollte und darauf bestand, noch in derselben Stunde weiterzureisen, flößte sie ihm einen belebenden und schmerzstillenden Sud ein und fütterte ihn mit einer stärkenden Suppe. Kaum hatte er den Napf geleert, als es an die Türe klopfte. Harika stand draußen, zwei Pferde am Zügel haltend, deren Nüstern weißer Dampf entwich und deren Flanken sich vom vorangegangenen scharfen Galopp rasch hoben und senkten.

Die Magd hatte sich zum Schutz gegen die Kälte in eine dicke wollene Decke gehüllt und hielt eine solche auch für den Freund bereit. »Ich komme mit«, sagte sie so entschlossen, daß Pagol nicht versuchte, es ihr auszureden.

Was sollen wir über den Ritt nach Neetha berichten? Er verlief still und ereignislos und war eine Qual für Pagols Körper und Seele. Die wenigen sanften Worte, mit denen Harika ihn zu ermuntern suchte, trösteten ihn nicht, und er wäre lieber allein gewesen mit seinen düsteren Ahnungen, doch trank er dankbar aus dem mit verdünntem Süßwein gefüllten Schlauch, den sie ihm hin und wieder reichte. Er wußte, daß etwas Schreckliches geschehen werde und daß es Thalionmel betraf. Sie würde im Zentrum des Grauens stehen und von dem tödlichen Strudel verschlungen werden – es war mehr als eine Vorahnung, es war grausame Gewißheit. Und nichts, rein gar nichts könnte er tun, um ihr beizustehen.

Als die Reiter das Stadttor von Neetha erreichten, graute der Morgen, aber noch rötete der Osten sich nicht. Auf ihr heftiges Klopfen und ihre Rufe »Die Ungläubigen kommen, die Ungläubigen kommen!« wurde ihnen aufgetan.

»Wir wissen, daß sie kommen«, erwiderte grimmig der Torwächter, »und wir werden ihnen einen gebührenden Empfang bereiten, doch soll kein Rechtgläubiger vergebens in Neetha Schutz vor ihren Horden gesucht haben.« Er verschloß das Tor wieder und sicherte es mit schweren eisernen Riegeln.

Pagol starrte ihn ungläubig an. »Ihr wißt, daß sie kommen?« fragte er, und die Erleichterung machte sich in einem schweren Seufzer Luft.

»Ja, wir sind gestern gewarnt worden, und wer immer in Neetha eine Waffe zu führen versteht, ist oben auf dem Wehrgang zu finden. Wir können noch Kämpfer gebrauchen, aber ihr beiden seht wahrlich nicht nach Kriegern aus und solltet euch besser in der nächsten Taverne verkriechen.«

»Und das Südtor ist ebenso gut gesichert?« fragte Pagol, schon im Fortreiten begriffen.

»Das Südtor? Nein, wieso? Außer den beiden Wächtern ist keiner dort, aber von Süden droht ja auch keine Gefahr.«

»O doch, gerade von Süden!« schrie Pagol, und dann erzählte er hastig, was er in Brelak erlebt und erlauscht hatte. Die Nachricht vom geplanten Zangenangriff der Novadis schlug ein wie ein Blitz, und wenige Augenblicke später waren die Pferde der Reisenden requiriert und zwei Bogenschützen mit ihnen zum Südtor unterwegs.

Pagol war so erschöpft von dem Blutverlust, den Schmerzen, Sorgen und dem harten Ritt, daß er fast eine Stunde brauchte, um das Südtor zu erreichen. Immer wieder mußte Harika ihn stützen, wenn er zu straucheln drohte, doch mit ihrer Hilfe schaffte er es schließlich. Was er dort wollte, hätte er nicht sagen können – vielleicht hoffte (oder fürchtete) er, Thalionmel dort anzutreffen, da er auf dem Wehrgang der Nordmauer zwar die Hochgeweihte des Siegestempels und Ritter Odil gesehen hatte, nicht aber die Ritterin. Auf Harikas eindringliche Bitten hin, man möge dem Freund und ihr Einlaß gewähren, denn der Schreiber Pagol sei derjenige, der, obwohl vom Säbel eines Wüstenkriegers schwer verwundet, sich dennoch auf den weiten Weg gemacht habe, um die Bürger von Neetha zu warnen und die Stadt zu retten, überließ man ihnen das jetzt verwaiste Turmstübchen des einen Wächters. Eine schmale Pritsche stand darin, und auf diese ließ sich der Verletzte fallen.

Das Zimmer hatte ein winziges Fenster, kaum größer als eine Schießscharte, und Pagol bat Harika, auf einem Schemel beim Fenster Platz zu nehmen und ihm genau zu berichten, was sie sah.

»Ich sehe, daß die Praiosscheibe aufgegangen ist«, sagte die Magd. »Der Dunst hat sich aufgelöst, und alles ist von rötlichem Frühlicht übergossen. Es könnte ein schöner Tag werden... In der Ferne erkenne ich eine Staubwolke auf der Straße, die näher kommt. Es sind Reiter, Krieger in weißen Gewändern, mehr, als ich zählen kann, und sie sind schon so nahe heran, daß ich ihr schrilles Rufen höre.« – ›Was siehst du noch?‹ wollte Pagol fragen, aber Harika sprach schon weiter. »Auf der Brücke steht eine Kriegerin. Sie trägt ein Kettenhemd und einen weißen Waffenrock. Ich kann sie nicht erkennen, denn sie kehrt mir den Rücken zu, aber sie sieht der Herrin ähnlich, der Baroneß von Brelak. Ja, sie ist es, und sie hält ein langes goldenes...«

Weiter kam Harika nicht mit ihrem Bericht, denn Pagol war bei den letzten Worten aufgesprungen und stieß sie fast grob zur Seite. Er erkannte Thalionmel sofort, und er sah den Kriegshaufen, der ihr entgegensprengte. Nein, sie konnte nicht siegen, konnte die Ungläubigen nicht aufhalten! Sie würde fallen, genauso wie Neetha, doch das Schicksal der Stadt und sein eigenes waren ihm in diesem Augenblick gleichgültig. Den ganzen Kampf über saß Pagol am Fenster, konnte die brennenden Augen nicht von dem grausigen Schauspiel wenden und spürte nicht, daß seine Finger die schmale Hand fast zerbrachen, die die seine hielt. Jeden Hieb, der die Freundin traf, jeden Speer, der in ihren Körper drang, fühlte er wie am eigenen geschundenen Leib, und es war eine Gnade für ihn, daß sie ihm den Rücken zuwandte, auch wenn er Tränen des Kummers vergoß, keinen letzten Blick ihrer wunderbaren Augen erhaschen zu können.

Die wenigen Pfeile, die von der Stadtmauer herüberflogen, lichteten die Reihen der Angreifer kaum, vergrößerten nur ihre Wut. Aber Thalionmel fiel nicht, und auch als die Sonne ihren höchsten Stand erreicht hatte, stand sie stark und aufrecht wie zuvor, und ihr

Schwert beschrieb todbringende Kreise. Ihr Kettenhemd schimmerte, ihr Helm funkelte, ihr Rondrakamm blinkte, ja, sie selbst schien zu leuchten. Als der feige Pfeilhagel vom Ufer herübergeflogen kam, als sie, von unzähligen Pfeilen getroffen, endlich ins Schwanken geriet, wurde das Leuchten so stark, daß Pagol einen Herzschlag lang die Augen schloß. Und als er sie wieder öffnete, war alles schwarz ringsumher, der Sturm brauste, und das Wasser des Chabab kochte. Eine riesige Flutwelle erhob sich, wölbte sich über die Brücke und verschlang sie.

Eine Weile noch schwebte das Leuchten über den Wassern, dann war es erloschen.

Es war gegen Mitternacht, als Thalionmel erwachte. Was sie geweckt hatte, wußte sie zunächst nicht – das Zimmer war unverändert, wie sie im Schein der fast niedergebrannten Kerze erkannte, und neben sich hörte sie Quendans ruhige Atemzüge.

Morgen (oder heute) war ihr einundzwanzigster Geburtstag, und der vorangegangene Tag war angefüllt gewesen mit den Vorbereitungen für das kleine Fest, das Quendans Eltern zu Ehren ihrer zukünftigen Schwiegertochter ausrichten wollten. Und nach dem Abendessen hatten Quendan und sie ein Fest ganz anderer Art gefeiert. Vielleicht war die letzte Liebesnacht die schönste ihres Lebens gewesen, gewiß aber war sie die wildeste, zärtlichste, schamloseste und hingebungsvollste. Quendan hatte die Geliebte oft damit geneckt, daß sie den Ausdruck ›Rahja opfern‹ allzu wörtlich nehme, indem sie die Liebe so ernst betreibe wie einen Dienst, wie eine Arbeit. Aber gestern abend hatte er sie in die Arme geschlossen und ihr ins Ohr geraunt: »Wie weich und rahjahold du sein kannst, liebes Herz, meine Liebeskriegerin. Oh, ich fühle, daß Frau Rahja unseren Bund segnet, und dann wird es auch Frau Tsa tun, ja, vielleicht hat sie es heute nacht getan.«

Das war vor einer Stunde gewesen, der ein tiefer, traumloser Schlaf folgte. Und jetzt, in den Bruchteilen von Augenblicken zwischen Erwachen und Wachsein, hatte sie jeden Moment noch einmal durchlebt. So gegenwärtig war ihr alles jüngst Vergangene, daß sie es wie ein heißes Vibrieren in Körper und Seele spürte. Ihr Herz schlug schnell, und die Haare auf Haupt und Gliedern richteten sich auf, wie es ihr gelegentlich bei nahendem Gewitter widerfuhr. War das Liebe? Sie blickte zur Seite, wo der Geliebte schlief, ein seliges, fast kindliches Lächeln auf den Zügen. Ja, gewiß, es war Liebe, die Liebe zu ihm hatte sie geweckt! Während sie sein Bild in sich einsog, wurde das wilde Klopfen in ihrer Brust lauter und dröhnender, fast drohend, und in die Hitze, die ihre Adern durchströmte, mischte sich eisige Kälte.

Thalionmel schüttelte den Kopf und blinzelte, denn Quendans Gestalt wurde durchscheinend. Wollte er sie verlassen? Haßte sie ihn deshalb sosehr? Wie kam plötzlich dieser unmäßige, nie gekannte Zorn in ihr Herz, diese übermenschliche Wut?

Plötzlich wußte sie die Antwort, und als sie sich erhob, war sie gefaßt und die Kerze noch ebenso lang wie beim Erwachen.

Mit sicheren, kaum hastigeren Bewegungen als sonst legte sie das wollene Unterkleid an, danach das Kettenhemd, das auf einem Ständer hing. Als sie Sandalen und den Waffenrock der Löwin gegürtet, die goldenen Schienen an Armen und Beinen befestigt hatte, war die Ritterin bereit – bereit, dem Ruf der Göttin zu folgen. Nun hieß es Abschied nehmen, und auch dazu war sie bereit. Sie hatte gewußt, daß dieser Augenblick kommen würde, hatte es niemals ganz vergessen.

Auf einem Schreibpult beim Fenster lagen Pergamente, Federn und Tinte bereit, aber es blieb keine Zeit zum Schreiben, denn der Weg nach Neetha war weit, und wenn das erste Morgenlicht den Chabab in flüssiges Gold verwandelte und Kuppeln und Dächer zum Leuchten brachte, würde sie dort gebraucht. Ay'Halam al'Rondrachai, das Löwinnenschwert, ruhte auf ihrer Schulter, als sie an Quendans Lager trat. ›Leb wohl, mein Geliebter‹, sagte sie, ohne die Lippen zu bewegen und ohne daß ein Laut ihrer Kehle entwich. ›Leb wohl, Quendan, lieber Freund. Mögen die Götter dich allzeit segnen. Ich gehe, denn ich muß tun, was meine Bestimmung ist. Ich gehöre dir nicht mehr und bin schon fort, auch wenn mein Körper hier an deinem Bett steht. Meine erste und einzige Liebe hat nach mir gerufen, und ihr muß ich folgen. Doch wisse: Wenn ich bei dir war, war ich es immer ganz und gar. Und von allen Sterblichen warst du der einzige, der mich vergessen ließ, wozu ich geboren wurde. Gräme dich nicht und grolle mir nicht und hadere nicht, denn dein Schicksal ist es, mich zu verlieren. Ich habe dich geliebt, das weiß ich noch, aber ich weiß nicht mehr ...‹ Thalionmel wandte sich um und verließ leise das Zimmer, ohne sich noch einmal umzusehen. Ihre Brauen waren gerunzelt, die Augen trocken.

Der Ritt, den die Priesterin ihrem Schimmel würde abverlangen müssen, war hart, denn wenn sie die Stadt rechtzeitig erreichen wollte, durfte sie das Tier nicht schonen. Vergib, daß ich dich schinden werde, bat sie stumm, während sie die Sattelgurte festzog. Thalionmel wußte, alle Worte, die sie mit ihrer Stimme hatte sprechen sollen, waren gesprochen, und es gab auf dieser Welt nichts mehr zu sagen. Sie machte sich nicht die Mühe, den Zweihänder am Pferd zu befestigen, denn die Zeit drängte. Weniger, um sich selbst zu schützen, als vielmehr, damit der blendendweiße Waffenrock keinen Schaden nehme, wand sie einen Lederstreifen um den unteren Teil der Klinge.

Und so, den Rondrakamm auf der Schulter, die Lippen fest aufeinandergepreßt, das Kinn vorgereckt, die

Augen zu schmalen Schlitzen verengt, mit flatternder Helmzier und wehenden Locken sprengte sie davon. Wer immer die einsame nächtliche Reiterin sah, mochte sie für eine von Rondras Sturmboten halten, denn trotz der finsteren Schwärze, bei der sie ihre Reise begann und die sie die größte Zeit ihres Weges begleitete, schwebte ein heller Schimmer um Haupt und Körper der Kriegerin, und der Hufschlag ihres Rosses dröhnte wie Donnergrollen.

Zwei Stunden vor Neetha kündigte der Tag sich mit Blässe im Osten und dem ersten schlaftrunkenen Gezwitscher an, aber Thalionmel bemerkte es nicht. Sie sah nur, daß die Kraft ihres Tieres nachließ, und unbarmherzig zwang sie es vorwärts. Eine Stunde vor Neetha war der Atem des Pferdes ein rasselndes Pfeifen, und an der Stelle, wo die Straße nach Shilish abzweigt, blieb es schlotternd stehen und konnte keinen Huf mehr vor den anderen setzen. Thalionmel saß ab und schaute sich um. Noch war es nicht Tag, aber der rosig-violette Dunst am östlichen Horizont zeigte, daß die Praiosscheibe bald der Nacht entsteigen würde. Fern im Osten war dumpfes Grollen zu hören, und eine staubige Wolke ließ sich erahnen. Da lächelte die Kriegerin grimmig, nickte und schulterte ihr Schwert. ›Leb wohl, Rondrikan, warst ein gutes Pferd‹, sagte sie unhörbar, bevor sie sich umwandte und ihren Weg zu Fuß fortsetzte.

Bis zur Chababbrücke war es nur noch eine Meile, und Thalionmel erreichte den Fluß, als eben die ersten Novdis auf die Reichsstraße einbogen. Langsam schritt sie bis zur Brückenmitte, ließ den Blick zur Kuppel des Siegestempels schweifen, der so lange ihre Heimat gewesen war, und blieb stehen. Das Stadttor war geschlossen, wie stets im Winter um diese Stunde, aber auf der Wehrmauer entdeckte die Kriegerin zwei Bogenschützen. Offenbar traf der Angriff die Stadt nicht völlig unvorbereitet, und vermutlich warteten weitere

Kämpfer hinter dem Tor. Doch dort sollte ihr eigener Platz nicht sein! Nein, sie würde auf der Brücke kämpfen, und nur über ihre Leiche würden die Ungläubigen nach Neetha eindringen! Und sie würde allein kämpfen, allein mit ihrem Ritterinnenschwert Ay'Halam al'Rondrachai. Wie zur Bestätigung schwang sie es einmal im Kreis, und da zeigte sich, daß die Brücke in der Tat keinen Raum bot für weitere Krieger, wenn diese sich nicht behindern wollten.

Thalionmel hob den Zweihänder über den Kopf und erwartete so Tugruk Paschas Haufen, der rasch näher kam. Sie versuchte noch einmal alle Menschen, die ihr teuer waren, vor dem inneren Auge heraufzubeschwören, um von ihnen Abschied zu nehmen, aber die Bilder zerrannen, bevor sie Gestalt annahmen, denn soeben sprengten die ersten Wüstenkrieger auf die Brücke. Und da sah sie Quendan! Mit gramversteinerten Zügen stand er vor ihr und schaute ihr in die Augen. ›Warum hast du mir das angetan?‹ schien sein Blick zu fragen, und neben unendlicher Trauer lag auch ein Vorwurf darin.

›Nicht ich habe es dir angetan. Diese sind es!‹ erwiderte sie. Sie holte aus, ihr Schwert wies auf die heranstürmenden Reiter und fällte alle drei mit einem einzigen Hieb.

So begann die ungleiche Schlacht auf der Brücke. Ungleich war sie auf beiden Seiten, denn auch wenn Tugruk Pascha nacheinander über hundert Männer gegen die einsame Kriegerin antreten ließ, so schien es doch, als seien die Wüstensöhne, jetzt, in der Stunde der Entscheidung, nicht nur von allen Zwölfen, sondern auch von ihrem grausamen Dämon verlassen. Keinem der Männer gelang es, die Priesterin zu töten, ihre Hände begannen beim Anblick der zornlodernden Gestalt zu zittern, und ihre Pferde scheuten vor ihr. Sie selbst aber stand wie ein Fels, strahlend vor Schönheit, leuchtend, wie von überirdischer Kraft erfüllt, und ihr

Löwinnenschwert hieb unbarmherzig, wieder und immer wieder, Stunde und Stunde, so als kennten die Arme, die es führten, keine Müdigkeit.

Tugruk Pascha, der am Ufer stand, sah es, und Tränen der Erbitterung füllten seine Augen. Er sah, wie die gottlose Kriegerin getroffen wurde, sah, wie sie aus vielen Wunden blutete und dennoch focht, als wäre ihr Körper unempfindlich gegen Schmerzen. Er sah, wie seine Männer verstümmelt und getötet wurden, hörte ihre Schreie und das schrille Wiehern der Pferde. Da befahl er seinen Bogenschützen, die Schlacht zu beenden.

Sobald der Kampf begonnen hatte, spürte Thalionmel, wie Kraft sie durchströmte. Sie hätte erschöpft sein sollen von dem Ritt, aber es war, als würde ihr alle Lebenskraft, die das Leben noch für sie bereitgehalten hätte, auf einmal und für diese letzte Schlacht zuteil. Sie fühlte grimmige Freude, verzweifelte Glückseligkeit – es war ein nie gekannter Rausch. Sie wollte nur töten, töten, töten, so als müsse sie alle jene rächen, denen seit Anbeginn der Zeiten je ein Unrecht geschehen war.

Als der erste Hieb sie traf, als der novadische Khunchomer ihr Kettenhemd durchdrang und tief ins Fleisch schnitt, spürte sie zwar den grausamen Schmerz, sah und fühlte, wie das Blut ihrem Körper entströmte, die Kraft jedoch schwand nicht mit dem Lebenssaft und blieb ihr unverändert erhalten. Ja, nun war es gewiß, Rondra selbst führte ihr die Hand – endlich durfte sie das Werkzeug der Göttin sein! Doch war sie nicht leer, keine Hülle, keine Puppe – sie war lebendiger als je zuvor, hatte sich niemals vorher sosehr wie ein Mensch gefühlt. Und deshalb mußte sie den Kampf auch allein bestreiten, deshalb waren es ihre Arme, die das Schwert führten, ihre Augen, aus denen der Haß blitzte, ihr Körper, der die Schmerzen erlitt.

So fällte Thalionmel einen nach dem anderen, mitleidlos und ohne zu zaudern. Einzig um die Pferde tat es ihr leid, und es schmerzte sie, die Angst und Qual in ihren unschuldigen Augen zu sehen. Einmal streifte sie ein anderer Blick, flehend, verzweifelt und müde zugleich. Der Mensch, zu dem die Augen gehörten, war schmächtig und trug einen verschossenen roten Rock unter dem hellen Umhang. Sollte ich ihn kennen?, ging es ihr durch den Sinn, während ihre Arme den begonnenen Hieb vollendeten. Ja, es ist Fuxfell. Da schickt Sie ihn mir in meinem letzten Kampf, damit ich auch meine eigene Queste zu Ende bringen kann. Ein Lächeln, halb gerührt, halb belustigt huschte über ihre Züge und war vorüber, als Fuxfells Kopf zu Boden fiel.

Die Praiosscheibe stieg empor, erreichte ihren höchsten Stand und schwebte wieder abwärts, ohne daß Thalionmel es bemerkte. Doch etwas anderes geschah, das sie sehr wohl spürte, obwohl es lange dauerte, bis sie erkannte, was es war. Es hing mit den Schmerzen zusammen, die die Speere und Khunchomer der Wüstenkrieger ihr zufügten. Zunächst waren sie immer stärker geworden, bis ein Punkt erreicht war, an dem Thalionmel, sie nicht länger ertragen zu können glaubte, und zugleich bitteren Stolz fühlte, daß sie es dennoch tat, ohne ihren Zügen zu erlauben, es zu zeigen. Doch plötzlich, es mochte auf Mittag zugehen, ließen die Qualen nach. Wandelt sich der Schmerz nun in rondragefällige Lust? fragte sie sich, denn daß solches geschehen kann, hatte sie in den Schriften der heiligen Rondragabund gelesen. Doch spürte sie keine nahende Ekstase, aber sie fühlte die körperlichen Schmerzen immer weniger, und so erleichternd es war, so beunruhigte es sie auch. Denn als der nächste Speer ihr Kettenhemd durchbohrte und dicht beim Herzen in den Körper drang, sah sie es wohl, aber sie fühlte es nicht. Sie fühlte weder das Herz zucken noch die Arme zum ungezählten Mal den Rondrakamm schwingen, um den Angreifer zu bestrafen. Verwundert schaute sie sich um: Der eben Getroffene stürzte vom Pferd und blieb, im Steigbügel gefesselt, hinter der niedrigen Brückenbrüstung hängen. Doch da wurde eine lange goldene Klinge in den Leib des Pferdes getrieben und vollendete den Sturz von Roß und Reiter. Und schon drängten die nächsten heran, als sehnten sie sich danach, vom Rondrakamm der Kriegerin in die Dämonenhöllen geschickt zu werden. Viele waren es, und alle hatten wutverzerrte Mienen. Auch die Erschlagenen, deren Leiber langsam dem Meer zutrieben, wirkten wie in Wut erstarrt. Ihr Anführer, der den Kampf vom Ufer aus verfolgte, weinte bittere Tränen. Und noch einer weinte. Es war Pagol. Thalionmel erkannte sein schmales blasses Gesicht in einer Fensteröffnung des Torhauses. Seine Brauen waren schmerzlich zusammengezogen, und eine Träne nach der anderen rann ihm über die Wangen. Wieso sehe ich das alles? Meine Augen sind nie die schärfsten gewesen, dachte sie. Wieso sehe ich, was hinter mir ist? Etwas zerrte an ihr, als wolle es sie aus den Kleidern ziehen, und schon wurden diese seltsam locker. Da reckte der novadische Anführer die Faust und gab seinen Bogenschützen den Befehl, einen Hagel von Pfeilen zu der Kriegerin zu schicken. »Vernichtet dies gottlose Weib!« hörte Thalionmel ihn brüllen. »Dann zerschneidet ihren Körper in tausend Stücke und werft sie in die Fluten, damit nichts von ihr übrigbleibt und ihre Seele niemals Ruhe findet!« Die Pfeile flogen heran, und viele von ihnen fanden ihr Ziel. Thalionmel sah es, sie sah es ohne Schrecken, denn sie wußte, sie würde keine Schmerzen spüren. Sie würde niemals wieder etwas spüren, das ihren Körper betraf, denn er war kein Teil mehr von ihr. Sie hatte ihn verlassen. Eine kleine Traurigkeit wehte sie an, die Sehnsucht zurückzukehren, doch das Zerren wurde stärker, wurde Saugen, Rufen, Liebe und Licht.

Und während auf der Erde schwarze Wolken die Sonne verdunkelten, der Rondrikan Bäume knickte und entwurzelte und eine gewaltige Flutwelle die Brücke fortspülte, schwebte Thalionmels Seele auf einer Bahn aus Licht zu Rondras Hallen empor.

Damit endet die Geschichte vom Leben der heiligen Thalionmel.

Epilog

Endlich ist sie vollbracht, die mondewährende Arbeit! Kaum sind meine Finger noch in der Lage, die Feder zu halten, und mein schwaches Augenlicht wird wohl bald gänzlich erlöschen. Oh, wie froh will ich sein, wenn Boron mich endlich erlöst! Ob ich dich einst wiedersehen werde, Harika, geliebtes Weib? Und dich, Thalionmel, geliebte Freundin? Ich wünsche mir nichts sehnlicher und fürchte doch zugleich nichts mehr. Denn ist es gewiß, daß unser dreier Lebensqual nicht dort von vorn beginnen wird? Ja, wir alle haben gelitten, auch ich, und einmal will ich es aussprechen. Ich habe mit ihr gelitten und um sie gelitten und viel Kummer erduldet. Und darum werden Vergessen und ewiger Schlummer vielleicht süßer sein als himmlische Liebe.

Nun habe ich deine Lebensgeschichte für die Nachwelt aufgezeichnet, meine Freundin, und habe sie doch nicht aufgezeichnet. Denn in dem Buch ist nur ein kleiner Teil deines Lebens beschrieben, der größte Teil aber fehlt. Ist es dir recht, und bist du zufrieden? Oder schüttelst du droben in Rondras Hallen mißbilligend den Kopf und runzelst die Brauen über deinen wunderbaren Augen. Denn von deinen zwölf großen Taten habe ich wenig erzählt, weniger als von manch einer deiner scheinbar geringen.

Und auch du, lieber Leser, magst mich schelten, daß so wenig Heroisches zu finden ist in dem Buch über die heilige Heldin. Vielleicht bezichtigst du mich gar der Lüge, denn ich habe über Begebenheiten geschrieben, bei denen ich nicht zugegen war, über Gedanken, die keiner mir mitteilte, über Farben, Klänge, Menschen und Dinge, die ich weder sah noch hörte, und ich habe beschrieben, was nur die Götter wissen können. Und doch ist nichts falsch und alles die Wahrheit. Denn es war der Geist der Erzählung, der mich durchdrang und mir einflüsterte, was ich mitteilen sollte. Er führte mir die Feder, ließ mich Wort an Wort und Zeile an Zeile reihen. Ich war nur sein Werkzeug und habe geschrieben, was er mir diktierte. Ich selbst hätte vielleicht eine andere Auswahl getroffen und manches anders gemacht, aber dann wäre es mein Buch geworden und nicht das ihre.

Oft habe ich mich beim Schreiben gefragt, warum der armen Thalionmel dreimal das Glück ihres kurzen Lebens entrissen wurde, und welchen Grund die Göttin hatte, sie so früh sterben zu lassen. Nun, wirst du sagen, das liegt doch auf der Hand: Ein echter Held muß hart sein. Wer ein weiches Herz hat, wen Kummer bedrückt und Liebe beglückt, ist nicht aus dem rechten Holz geschnitzt. Und nur wer stark genug ist, die Liebe zu Rondra über alles zu stellen, kann sein Leben der Göttin weihen und es Ihr opfern, indem er eine Tat vollbringt, die alles menschliche Maß übersteigt. Und wenn er jung und schön ist bei seiner letzten Heldentat, um so besser, denn in Jugend und Schönheit zu sterben, das wünschen sich doch alle echten Helden.

Ja, das sind die üblichen Reden, leere Worte und unnützes Geplapper, und deshalb habe ich mir die Antwort auch selbst geben können. Ich aber glaube, daß man es sich nicht so einfach machen darf mit Sinn und Verlauf eines Heldenlebens und dem Einwirken der Götter auf das Geschick ihres Lieblings. Und auch wenn ich mir damit den Zorn der göttlichen Rondra zuziehen mag, so will ich doch aufschreiben, zu welchem Schluß ich gekommen bin.

Es waren die Eifersucht und die göttliche Prunksucht, um derentwillen Thalionmel sterben mußte! Denn auch die Götter lieben den Prunk, und Sie sind eifersüchtig, eifersüchtiger vielleicht als die Menschen, und am eifersüchtigsten von allen ist die unerbittliche Rondra. Sie wollte Ihre Auserwählte ganz für sich allein und sie mit niemandem teilen. Und Sie wollte sie jung und strahlend vor Heldenmut, Opferwillen und Rondravertrauen. Das ist die Überzeugung, zu der ich gelangte, während der Geist der Erzählung mir nach und nach so manches Geheimnis aus Thalionmels äußerem und innerem Leben offenbarte. Warum mußte sie so früh und auf so grausame Weise die Eltern verlieren? Weil sie mit zu inniger Liebe an ihnen hing? Weil ohne das unfaßbare Unglück ihr Herz nicht bereit gewesen wäre, den Ruf der Göttin zu empfangen? Vielleicht, doch gab es gewiß noch einen anderen Grund. Denn in Thalionmels Wesen verband sich das Kämpferische mit dem Ernsten und Frommen, und über kurz oder lang hätte sie ohnehin den Weg in den Tempel gefunden. Aber Rondra wollte es nicht so schlicht, wollte es auffälliger, wollte es mit göttinnenmäßiger Wucht. Deshalb mußte Ihr Liebling erst tief gestürzt werden und alle Bitterkeit menschlichen Daseins erfahren. Und bei dieser Gelegenheit pflanzte die unbarmherzige Göttin den Samen des Hasses in das Herz des Mädchens und nährte die kümmerlichen Keimlinge von Grausamkeit und Wut. Doch dann, nachdem Sie entschieden hatte, Thalionmel sei lange genug in der Finsternis gewandelt, rief Sie nach ihr – mit Blitz, Donner und Fanfarenschall!

Warum starb Rondirai? Ging es bei der kleinen göttlichen Tändelei um die Amazone? Sollte diese belohnt und erhöht werden? Nein, es ging um Thalionmel, sie war der Grund! Sie hatte von Rahjas Kelch genippt und ein menschliches Wesen mit einer Leidenschaft geliebt, die die Götter nicht kennen und die uns Sterblichen vorbehalten ist. Doch es sollte nicht sein, denn wen die himmlische Löwin erwählt, der darf keinen anderen lieben.

Was war mit den seltsamen Fügungen, die Thalionmels letzte Heldentat vorbereiteten und begleiteten? Waren sie vonnöten? War ihr Opfertod vonnöten? Nein und nochmals nein! Es hätte Frau Rondra nichts gekostet, Ihre Stürme früher zu entfesseln, und es hätte Sie nicht mehr gekostet als das Heben einer Braue, sich selbst den Irrgläubigen zu offenbaren oder einen göttlichen Blitz unter sie zu schleudern. Doch wären das Spielereien gewesen im Vergleich zur Vollendung der Dramaturgie, die Sie ersann: Erst mußte Ihr Liebling mit übermenschlicher Kraft kämpfen und dabei unfaßbare Schmerzen des Körpers ertragen. Und die Übermacht, gegen die Sie Ihre Erwählte antreten ließ, war so groß, die Ungleichheit des Kampfes so drastisch, daß selbst ein Dummkopf oder Zweifler das göttliche Wirken erkennen mußte. Doch fehlte dem Schauspiel noch der Höhepunkt, und er kam in Gestalt der rächenden Woge im Augenblick von Thalionmels Opfertod. Welch schönes Bild, welch prächtiger Stoff für ein Lied!

Denn die Götter wollen sich nicht nur in Ihren eigenen Taten den Sterblichen offenbaren – mit Ihren Wundern müssen Sie knausern, um ihnen das Wunderbare zu erhalten –, sondern auch und vor allem in den Taten Ihrer Diener. Von diesen Taten wird erzählt, gedichtet und gesungen, durch sie wird die Gottheit gepriesen, Ihr Ruhm verbreitet und in alle Welt getragen. Vielleicht ist es gar so, daß die Götter uns Menschen ebensosehr brauchen wie wir die Unsterblichen.

Doch war es nicht nur des Ruhmes willen, daß Rondra Ihren Liebling zu sich holte. Sie tat es auch aus Eifersucht. Aber diesmal war es nicht nur ein Sterblicher, dem Sie Thalionmel mißgönnte, es waren auch Ihre göttlichen Schwestern, mit denen Sie nicht teilen wollte. Denn Rahja hatte Thalionmel bemerkt und Ihre dunklen Augen auf sie gerichtet, und Hesinde, Travia, Peraine und Tsa hatten es wie Feenstaub auf sie rieseln lassen.

Du hast sie bekommen, stolze Rondra, nun belohne und erhebe sie! Und schenke Deiner Dienerin immerwährende Glückseligkeit!

Anhang

Erklärung aventurischer Begriffe

Die Götter und Monate

1. Praios = Gott der Sonne und des Gesetzes – entspricht Juli
2. Rondra = Göttin des Krieges und des Sturmes – entspricht August
3. Efferd = Gott des Wassers, des Windes und der Seefahrt – entspricht September
4. Travia = Göttin des Herdfeuers, der Gastfreundschaft und der ehelichen Liebe – entspricht Oktober
5. Boron = Gott des Todes und des Schlafes – entspricht November
6. Hesinde = Göttin der Gelehrsamkeit, der Künste und der Magie – entspricht Dezember
7. Firun = Gott des Winters und der Jagd – entspricht Januar
8. Tsa = Göttin der Geburt und der Erneuerung – entspricht Februar
9. Phex = Gott der Diebe und Händler – entspricht März
10. Peraine = Göttin des Ackerbaus und der Heilkunde – entspricht April
11. Ingerimm = Gott des Feuers und des Handwerks – entspricht Mai
12. Rahja = Göttin des Weines, des Rausches und der Liebe – entspricht Juni

Die Zwölf = Die Gesamtheit der Götter
Der Namenlose = Der Widersacher der Zwölf

Maße, Münzen und Gewichte

Meile = 1 km
Schritt = 1 m
Spann = 20 cm
Finger = 2 cm

Dukat (Goldstück) = 50 DM*
Silbertaler (Taler, Silberstück) = 5 DM*
Heller = 0,5 DM*
Kreuzer = 0,05 DM*

* Neue DSA-Regeln sehen einen realistischeren Umrechnungsfaktor vor. Hiernach ist der Dukat ca. DM 250,– wert. Auch die anderen Münzwerte sind entsprechend anzuheben.

Unze = 25 g
Stein = 1 kg
Quader = 1 t

Himmelsrichtungen

Osten (Rahja), Süden (Praios), Westen (Efferd), Norden (Firun)

Begriffe, Namen, Orte

Albernia = westliche Provinz des Mittelreiches
Almada = südliche Provinz des Mittelreiches
Alveran = Wohnort der Götter
Bannstrahl = Orden der Praioskirche
Beni Novad = Teilstamm der Tulamiden
Boronanger = Friedhof
Bosparanjer = kostbarer perlender Wein
Bosparano = alte Sprache (Latein)
Bote des Lichts = höchster Praios-Geweihter
Bund des Schwertes = die Rondrakirche
Dere = die Welt

Dabla = kleine tulamidische Trommel
Difar = niederer Dämon (flinker Difar = Durchfall)
Eternen = Gebirge östlich des Alten Reiches
Ferkinas = wildes Bergvolk im Rashtulswall
Garethi = aventurische Hochsprache des Alten und Neuen Reiches
Golgari = der Totenvogel, Borons Bote
Götterlauf = Jahr
Hairan = tulamidisches Stammesoberhaupt
Hesindigo = blauer Farbstoff
Khom = große Wüste östlich des Alten Reiches
Khoramsbestie = hyänenartiges Raubtier
Khunchomer = tulamidischer Krummsäbel
Kor = Sohn Rondras und des Drachen Famerlor, Gott der Söldner
Kusliker Rad = Münze im Wert von fünf Dukaten
Laraan = Liebesdämon
Madamal = Mond
Mhanadistan = von Tulamiden bewohnte Region südlich des Raschtulswalls
Mohas = aventurische Volksgruppe, Regenwaldbewohner
Nachtwind = großer, gefährlicher Nachtvogel
Nivesen = aventurische Volksgruppe des hohen Nordens
Noiona = Heilige der Boronkirche, Schutzpatronin der geistig Verwirrten
Novadis = zum Rastullahglauben bekehrte Tulamiden
Praioslauf = Tag
Praiosscheibe = Sonne
Raschtulswall = Gebirge nordöstlich der Khom
Rastullah = Eingott der Novadis
Rondrakamm = Zweihänderschwert mit geflammter Klinge
Rondrikan = Sturm aus Nordwesten
Satinav = Dämon der Zeit
Schlinger = Riesenechse (Tyrannosaurus)
Schivone = aventurischer Schnellsegler
Schwert der Schwerter = oberste(r) Rondrageweihte(r)
Schwertschwester = Hochgeweihte der Rondrakirche, Tempelvorsteherin

Shadif = 1. Pferderasse der Tulamiden, 2. Steppenlandschaft südlich der Khom
Sharisad = tulamidische Tänzerin
Sumu = Erdriesin
Sumus Leib = die Erde
Thalusien = von Tulamiden bewohnte Region
Tharf = geweihter Wein des Rahjakultes
Traviabund = Ehe
Tsafest = Geburtstag
Tulamiden = aventurische Volksgruppe, Bewohner der Khom und der angrenzenden Gebiete
Tulamydia = Sprache der Tulamiden

Das Schwarze Auge
„Deutschlands bekanntestes Rollenspiel"
Das Schwarze Auge
Abenteuer Basis-Spiel
Die Helden des schwarzen Auges
Regelbuch II
Hotline: 08165/924260